LE CORNAC

DU MÊME AUTEUR

Voir page 401

Maurice Denuzière

Le Cornac

roman

Fayard

Toute ressemblance des personnages fictifs
avec des êtres vivant ou ayant vécu ne pourrait être
que fortuite. Toute ressemblance
de ces personnages avec des archétypes
de notre société ne pourrait être que volontaire.

Les vrais ennemis de la société ne sont pas ceux
qu'elle exploite ou tyrannise, ce sont ceux qu'elle humilie.
Voilà pourquoi les partis de révolution comptent
un si grand nombre de bacheliers sans emploi.

Georges Bernanos,
Nous autres Français, Gallimard, 1939.

Nous avons passé des siècles à ergoter sur les droits de l'homme
sans songer à reconnaître le plus essentiel,
celui du travail, sans lequel tous les autres ne sont rien.

Charles Fourier,
Traité de l'Association domestique et agricole, 1822.

Le travail ne peut être une loi sans être un droit.

Victor Hugo,
Les Misérables, 1862.

1.

L'offre d'emploi paraissait alléchante : « Recherche jeune comédien pour jouer père Noël. Soirée familiale. » Suivait un numéro de téléphone. Le texte retint aussitôt l'attention de Cyril Loubin, nouveau membre de la caste montante des sans-emploi diplômés. Ce garçon de vingt-trois ans, blond, regard turquoise, traits fins, visage osseux, grand, sec, dont les épaules prendraient avec l'âge une voussure romane, venait de casser son dernier billet de cent francs pour s'offrir une salade du chef et un café. En cette matinée de décembre, attablé à la brasserie du Coq d'or où il avait ses habitudes, il acheva son repas en méditant une fois de plus sur l'injustice sociale du moment.

Breveté de l'Institut des études électromécaniques, option optique, Cyril Loubin partageait le sort de milliers de garçons instruits qui, surplus incasables, piétinaient désespérément au seuil de professions saturées.

Et, cependant, il s'était orienté vers un métier peu couru. Rêveur impénitent, amoureux de la mer comme tous ceux nés loin d'elle, il ne poursuivait, depuis l'enfance, qu'un objectif : devenir gardien de phare. Méthodique et sérieux, il avait suivi les études et obtenu le diplôme destinés à lui ouvrir l'administration des Phares et Balises. Mais les phares étaient de moins en moins gardés. Au ministère de la Mer, un fonctionnaire avait accepté, par pure courtoisie, d'inscrire Loubin sur la liste des candidats gardiens. « Nous ne recrutons même plus de personnel d'entretien et nos ingénieurs constructeurs de phares seraient désœuvrés sans les commandes des pays émergents. Ah, mon garçon! Depuis Ptolémée, la technologie a fait de tels progrès! Nous ne possédons plus que quarante-sept phares gardés sur les côtes françaises, dont quatorze en mer. Je crains bien que vous n'ayez choisi un métier en voie d'extinction. Analyse paradoxale, je vous l'accorde, quand il s'agit de veiller à la conservation des lumières!» avait conclu le fonctionnaire.

Désespérant de trouver un phare à garder, activité hautement humanitaire qui offre des sensations marines à l'abri du mal de mer, Loubin avait opté pour un certificat d'acoustique. « Tout est bruit à notre époque. On contrôle les tintamarres urbains : ramassage des poubelles, pétarades de motos, braillements de manifestants, sonorisation de foires; les bruits industriels, les bruits domestiques, celui des pianos et ceux des scènes de ménage. Sans oublier les bruits des aéroports et des discothèques. Le contrôle est donc activité porteuse et emploi assuré », avait affirmé le directeur de l'Institut privé des gestions appliquées. L'enseignement dispensé, genre études-alibi pour cancres et paresseux bourgeois, avait englouti le mince héritage de sa mère, morte quinze ans plus tôt. En écho aux deux cent cinquante *curriculum vitae* envoyés à des entreprises susceptibles d'embaucher un contrôleur des bruits, Cyril n'avait reçu que des réponses négatives, dilatoires, ou pas de réponse du tout.

C'est pourquoi, à bout de ressources, Cyril Loubin envisageait, en attendant mieux, le secteur des petits boulots dont son voisin de palier, un réfugié du Kosovo, champion de la débrouillardise, tirait de substantiels profits. Laver les automobiles ou les vitrines, garer les voitures des clientes pour les coiffeurs et les couturiers, distribuer des prospectus ou livrer des pizzas à mobylette, vendre du muguet le 1er mai, du houx pour Noël, du gui pour le 31 décembre, des jonquilles au printemps paraissaient à Cyril des occupations avilissantes. Mais l'hiver était là et sa logeuse exigeait, en marquant de plus en plus d'insistance, le paiement du loyer. Il se voyait donc contraint d'entrer dans la vie active comme il rentrait le soir chez lui : par la porte de service.

Car il aurait préféré mourir de froid ou de faim sous un pont plutôt que solliciter une aide supplémentaire du général Loubin, son père et seul parent. Ce dernier, déçu que Cyril eût refusé de faire carrière dans l'artillerie lourde, comme tous les Loubin depuis Louis XIV, se désintéressait de ce fils unique, issu de son premier mariage, depuis la fin de ses vaines études. Le général estimait que le gardiennage des phares aurait dû être confié aux militaires et n'admettait de bruit que celui du canon. Il ne comprenait pas que l'on se passionnât pour le contrôle des bruits urbains ou domestiques, qu'une surdité récente l'empêchait d'entendre.

Le jour où Cyril avait tenté d'expliquer que l'étude des bruits a un rapport direct avec la physiologie et même avec la psychologie, puisque la perception des sons influence subtilement les idées, les sensations et les sentiments de l'être humain, le général avait froncé le sourcil, imaginant derrière «ce galimatias pseudo-scientifique» un moyen de manipulation mentale propre à pervertir le moral des armées.

«Maman avait horreur du bruit, elle aurait compris l'intérêt de le combattre», avait rétorqué Cyril.

La générale Loubin avait été enlevée tragiquement à l'affection des siens, avec une demi-douzaine d'autres épouses d'officiers supérieurs, le jour où, pendant les manœuvres, un missile expérimental avait choisi pour cible la tribune des invités «par suite d'une aberration informatique», précisèrent plus tard les experts. Le père de Cyril avait tiré quelque consolation du fait que la disparue, fille de général, avait été le premier et le seul membre de deux très anciennes familles de militaires à périr sur un champ de manœuvres, à défaut d'un champ de bataille. Depuis dix générations, tous les Loubin mâles étaient morts dans leur lit, les cinq premiers de la vérole, deux autres d'indigestion, les trois derniers de cirrhose coloniale. Le général ayant promptement convolé avec la veuve sans enfants d'un médecin-colonel mort empoisonné par des champignons vénéneux, l'enfant du premier lit avait été envoyé en pension et, pour tout dire, franchement négligé.

Les rapports entre père et fils, entre beau-fils et marâtre, s'étaient tendus dès que Cyril avait été dispensé du service militaire pour fragilité psychologique. Le père avait un moment escompté que son fils finirait par opter pour l'armée dans une période où le travail manquait pour ceux qu'il nommait avec mépris les pékins.

Au cours de la scène mémorable qui avait suivi son exemption circonstanciée, Cyril avait eu le front de lancer à son géniteur : «Moi, je suis un civil de carrière!» «Jamais je ne te pardonnerai cette indigne dérobade. Tu déshonores notre famille et ta pauvre mère doit pleurer dans sa tombe pour avoir donné le jour à un tel pleutre! Va et ne reparais devant moi qu'en uniforme de la Légion, où ceux qui ont perdu l'honneur tentent de le retrouver», avait conclu le général en montrant la porte à son rejeton.

Le pécule de Cyril, résidu du très mince héritage maternel, lui avait permis de subsister jusque-là, mais tout a une fin, même les livrets de Caisse d'épargne.

La serveuse, qui savait ce client bien élevé à la recherche d'un emploi, joignait chaque jour à sa commande le journal, ouvert à la page des petites annonces. Relisant, entre deux bouchées, celle qui avait retenu son attention, Cyril Loubin estima, étant donné l'urgence de se procurer un peu d'argent, que jouer les pères Noël constituait une activité très provisoire mais honnête. Il avait autrefois tenu le rôle d'Agamemnon, «roi barbu qui s'avance», dans *la Belle Hélène*, de M. Offenbach, lors d'un gala de fin d'année, au collège.

Sa décision prise, il appela le numéro donné par l'annonce. Une voix aigre lui répondit qu'il était le trente-cinquième candidat et qu'il devrait se présenter à 15 heures, le jour même, à la banque Bordier Picarougne et Cie, 118, avenue du Veau-d'Or.

– Dites à l'huissier que vous venez pour l'annonce. Il vous conduira à la personne chargée de la sélection, précisa la voix avant de raccrocher sans autre formule.

Cyril courut chez lui, évita de justesse la gardienne, chasseur de termes en cette saison, passa par la douche de l'étage, enfila sa meilleure chemise, lustra ses chaussures, choisit une cravate sobre et, vêtu d'un pantalon gris et de son unique blazer, se rendit à l'adresse indiquée.

La banque Bordier Picarougne et Cie, spécialisée dans la gestion de fortunes, fonctionnait sans guichets. C'était une des rares banques du genre à n'avoir pas encore défrayé la chronique quotidienne des scandales financiers. Elle occupait un immeuble à façade grise, patinée par un siècle de crasse urbaine. Le hall, chichement éclairé, rappelait l'entrée des catacombes et l'huissier au crâne ivoirin semblait en sortir.

— Vous êtes en avance de sept minutes, constata le cerbère.

— Vous avez raison, monsieur. L'heure c'est l'heure, avant l'heure c'est pas l'heure, après l'heure c'est plus l'heure, dit aimablement Cyril, se souvenant d'une maxime adjudantesque cent fois répétée par le général, son père.

Cette logique militaire plut au gardien.

— Mon garçon, puisque vous êtes le premier, je vais voir si Mlle Agathe Picarougne, notre fondé de pouvoir, peut vous recevoir tout de suite, dit-il en décrochant le téléphone.

À distance, Loubin perçut la voix aigre qui l'avait convoqué une heure plus tôt.

— Vous avez de la chance, dit l'huissier, Mlle Picarougne vous reçoit. Montez au premier, la porte à droite, au fond du couloir.

Mlle Picarougne ressemblait à sa voix. Sa physionomie, uniquement composée d'angles aigus, n'aurait inspiré qu'un peintre abstrait et son long corps sec relevait exclusivement de la géométrie plane. Casquée de guingois d'une perruque grise et bouclée, elle inspirait un sentiment d'inaltérable rigidité. Scruté, des cheveux aux chevilles, par le regard bleu glacier de cette personne, Cyril eut la sensation d'être parcouru par un rayon laser.

L'examen dut être satisfaisant car le fondé de pouvoir alla s'asseoir derrière un bureau, net comme une banquise sur laquelle on aurait oublié une lampe et un sous-main.

D'un tiroir, elle tira un bloc de papier et saisit un crayon.

– Nom, prénom, carte d'identité, carte de securité sociale, dit-elle.

Loubin s'exécuta.

– Vous êtes étudiant, vous étudiez quoi ? grinça la demoiselle.

Cyril déclara qu'il venait de terminer des études d'électromécanicien, option optique, et d'acousticien.

– D'ailleurs, j'ai apporté mes diplômes, dit-il en s'empressant de mettre sous les yeux de l'examinatrice les documents.

– Et vous n'avez pas encore de premier emploi, n'est-ce pas ? dit-elle en s'efforçant d'adoucir son ton.

– Hélas, madame.

– Mademoiselle, rectifia sèchement la banquière.

Puis elle enchaîna :

– Vous recherchez donc ce que les fonctionnaires, à l'abri du chômage, nomment petits boulots. C'est ça ?

– C'est ça, concéda Cyril.

– Ce que propose M. Édouard Bordier est une intervention très limitée dans le temps. De 22 heures à… peut-être une heure ou deux du matin, au cours de la nuit du 24 au 25 décembre.

– Il se trouve que je suis libre cette nuit-là, dit Cyril.

Il crut voir un éclair malicieux dans le regard-laser de la demoiselle. Peut-être pensa-t-elle que toutes ses autres nuits étaient occupées.

– Vous avez vos parents ?

– Mon père, seulement. Maman est décédée.

– Et, que fait votre père ?

– Il est général d'artillerie.

– Très bien, dit la demoiselle en quittant son fauteuil.

Elle s'en fut tirer d'une bibliothèque un annuaire, que Cyril reconnut pour être celui de la Défense nationale. Au passage, elle jeta un regard au miroir suspendu entre deux portes et fit pivoter sa perruque d'un quart de tour.

«Sûr qu'elle va vérifier!» se dit-il.

Elle vérifia en effet le dire du jeune homme et reçut confirmation que le général Charles-Hubert Loubin, commandeur de la Légion d'honneur, était père d'un fils nommé Cyril, issu d'un premier mariage, et commandait présentement la 3e division de missiles antimissiles.

La sonnerie du téléphone interrompit l'entretien.

– C'est bon. Je te fais confiance. Et puis, l'affaire sera réglée, dit Mlle Picarougne à son correspondant.

Puis, désignant un siège de la main :

– Asseyez-vous.

L'interrogatoire reprit dès lors sur un ton plus mondain et, quand il fut achevé, Mlle Picarougne décrocha le combiné et intima l'ordre à l'huissier de renvoyer tous les candidats qui piétinaient dans le hall. Cyril comprit qu'il était reçu père Noël. C'était bien la première fois que la référence à son général de père se révélait utile.

Mlle Picarougne expliqua que les Bordier donnaient, chaque 24 décembre, pour leurs parents et alliés, dans leur hôtel particulier, à Neuilly, une sorte de réveillon au cours duquel était prévue l'apparition d'un père Noël.

– Chaque année, le scénario est différent. Cette fois, votre hotte ne contiendra que des friandises, les cadeaux étant disposés dans un salon.

– Devrai-je arriver par la cheminée? s'enquit Cyril, encouragé par le ton plus aimable de la dame.

– Non, rassurez-vous. Aucun des petits-enfants Bordier ne

croit plus au père Noël, pas même le petit dernier, âgé de trois ans. Vous arriverez par le grand escalier, après vous être costumé. On éteindra toutes les lumières et vous descendrez muni d'un flambeau. Si possible avec dignité. La mise en scène vaut ce qu'elle vaut, mais elle est de la bru de M. Bordier, conclut avec un peu d'humeur Mlle Picarougne.

Les invités adultes, une vingtaine au moins, étant passés à table, Cyril aurait encore à distraire et à calmer les enfants tandis qu'on leur servirait, dans l'office, une légère collation avant de les envoyer au lit. Pour cette prestation, il recevrait cinq cents francs et un panier de victuailles.

– De quoi agrémenter votre propre réveillon, souligna la demoiselle.

– Et, pour la tenue, manteau rouge à capuchon, barbe, moustaches ?

– Voici l'adresse d'un costumier qui sera prévenu par nos soins, conclut-elle en tendant un papier.

Étant dûment embauché, Cyril Loubin se préparait à prendre congé quand l'anguleuse personne le retint par le bras.

– Envoyez-moi un *curriculum vitae* détaillé. On ne sait jamais, dit-elle avec un sourire qui, tel un clic sur image virtuelle, conféra à sa physionomie triangulaire un semblant d'harmonie.

Le soir du 24 décembre, portant son déguisement de circonstance dans un sac de sport, Cyril Loubin fut très aimablement accueilli chez les Bordier. Une femme de chambre le conduisit au troisième étage où il se transforma en père Noël fort présentable. L'image que lui renvoya une psyché le satisfit, bien qu'il ressentît le trac de l'acteur avant l'entrée en scène. La hotte de plastique, imitation osier, qu'il endossa

contenait des sachets de berlingots, des papillotes en chocolat, des sucres d'orge, des pâtes de fruits et d'amandes, des
caramels et autres friandises qu'il ne s'attarda pas à identifier.
À l'heure convenue, un valet de chambre, dont le visage portait tous les stigmates de l'ennui ancillaire, lui tendit un flambeau allumé et le poussa sur le palier.

– Ils sont tous en bas qui t'attendent, mon vieux. Vas-y
doucement. Avec majesté, qu'a dit Madame. Et fais gaffe,
avec ta torche, de pas foutre le feu aux rideaux, compléta le
valet.

Levant haut sa flamme, Cyril remarqua, suspendus au
mur, des portraits d'hommes à favoris, à barbe, à moustache.
Entre les paliers, des générations de banquiers semblaient
observer avec ironie sa noble et lente descente du large escalier de chêne ciré vers le hall obscur d'où montait un brouhaha mondain.

Tout se passa bien jusqu'au premier étage. Longtemps,
Cyril devait s'interroger sur la cause exacte de la catastrophe,
sans parvenir à une explication logique. Car, lorsqu'il prit son
envol dans l'escalier, il eut le sentiment qu'un mauvais plaisant avait subtilisé une marche. Il tenta vainement, en mou-
linant l'air des bras, de retrouver l'équilibre, mais, empêtré
dans sa robe rouge, ne put y parvenir. En un éclair, il pensa
au flambeau virevoltant, imagina l'incendie. Découvrant une
grande potiche posée sur une marche, il y plongea vaillam-
ment sa torche et son avant-bras au moment où s'amorçait la
fatale dégringolade. La vision de vingt personnes, visage levé
vers lui, bouche ouverte, regard stupéfait, rangées en demi-
cercle derrière un groupe d'enfants rieurs, disparut avec l'extinction du flambeau et, dès lors, Cyril accepta son sort. Cela
avec d'autant plus de résignation que la hotte aux friandises,

basculant d'arrière en avant, le coiffa tel un heaume. Aveuglé, le visage enfoui dans les papillotes et les nougats, l'avant-bras coincé dans la potiche devenue gantelet médiéval, gesticulant tel Icare promis à l'écrasement, il renonça à freiner sa glissade. Sa tête heurtant les marches une à une au cours d'un roulé-boulé douloureux, il crut sa fin prochaine. Il finit par s'immobiliser, recroquevillé et meurtri, aux pieds des invités. Avant de perdre connaissance, il perçut les applaudissements des enfants, tandis qu'une voix gaillarde lançait :

— Quelle bonne idée, mon cher Bordier! Un père Noël cascadeur, vous nous gâtez!

Plusieurs témoins avaient compris que cette cascade était involontaire et, les lumières rallumées, le maître de maison se précipita pour relever Cyril.

— Il est évanoui. Il a dû se faire très mal, constata une dame.

La famille Bordier comptait deux médecins. Par bonheur, un seul était présent, ce qui évita des diagnostics contradictoires. Le praticien retira avec précaution la hotte qui contenait la tête de Cyril, puis la potiche chinoise qui enfermait son bras, le débarrassa de sa barbe de coton et retint deux hommes déjà prêts à soulever le gisant.

— Allongez-le sur place. Ne le remuez pas. La colonne est peut-être atteinte! ordonna-t-il.

Une aspersion d'eau glacée ranima le garçon qui, ouvrant les yeux, eut un instant le sentiment de se trouver couché sur le péristyle du temple d'Agrigente, la tête reposant entre deux colonnes dont les sommets semblaient se rejoindre dans le mystère d'une douce pénombre. Puis les colonnes s'éloignèrent et Cyril, recouvrant toute sa lucidité, comprit qu'il s'agissait, gainées d'un collant argenté, des jambes d'une jeune femme vêtue d'une de ces «robes qui ne commencent pas et finissent tout de suite», comme disait la défunte générale Loubin.

Le médecin lui fit remuer bras et jambes, constata qu'il n'avait «rien de cassé» et, rassuré, permit qu'on relevât le jeune homme, tandis que les enfants faisaient moisson de berlingots et de caramels répandus sur l'escalier.

— Je vous prie d'excuser ma maladresse et cette chute ridicule, dit Cyril, un peu confus.

— Ne vous excusez pas. Vous auriez pu vous tuer dans notre escalier. Et cette idée de descente au flambeau n'était vraiment pas heureuse, reconnut Mme Bordier à qui Cyril trouva une vague ressemblance, en plus dodue, plus aimable et plus élégante, avec la vieille demoiselle de la banque qui l'avait engagé dans cette aventure.

— Félicitations, mon ami, quel sang-froid! Avoir pensé, en chutant, à éteindre le flambeau dans la potiche, c'est là un geste élégant, une attention de gentleman, ajouta M. Bordier.

— Et mon précieux vase rouleau, époque Ming, est miraculeusement intact, minauda, reconnaissante, Mme Bordier.

Cyril, maintenant sur pied, demanda à s'isoler un instant pour dépouiller son déguisement et rétablir sa tenue. Dans les toilettes, une glace lui renvoya l'image d'un garçon un peu pâle, portant au front et au menton les discrets pansements posés par le médecin. Avec une douleur supportable à l'épaule, ces égratignures représentaient les seuls dégâts causés à sa personne.

On s'apprêtait à l'entourer d'attentions, comme s'il eût été un invité de marque, mais Cyril déclara qu'il préférait rentrer chez lui.

— Nous le regrettons, mais nous comprenons. Je crois savoir, d'ailleurs, que vous êtes attendu quelque part. À chacun son réveillon, n'est-ce pas? dit le maître de maison avec bonhomie.

Cyril jugea inutile de détromper ce brave homme. Cette nuit, personne ne l'attendait nulle part ni ailleurs. Du fait de son engagement chez les Bordier, il avait décliné l'invitation de son ami kosovar.

– Voici vos honoraires. Étant donné les circonstances, je me suis permis de doubler la somme convenue, dit le maître de maison en lui tendant une enveloppe.

Cyril apprécia le geste. Ces grands bourgeois avaient du savoir-vivre. Il se préparait à prendre congé quand M. Bordier intervint encore :

– Notre nièce Picarougne va vous reconduire. Je vais la prévenir que vous êtes prêt, dit-il en s'éloignant vers le grand salon où les invités, ayant oublié l'incident, conversaient, verre en main, en attendant de passer à table.

La perspective de se retrouver en face de la vieille fille à la voix aigre incita Cyril à protester véhémentement de sa capacité à regagner seul son domicile. Mais M. Bordier ne voulut rien entendre. Il reparut un instant plus tard, flanqué de la jolie fille en minirobe qui avait involontairement offert à Cyril, à demi conscient, une évocation floue mais érotique de temple grec.

– Voici ma nièce, Estelle Picarougne. Elle va vous conduire, dit le banquier avant de serrer la main du jeune homme.

«Les demoiselles Picarougne se suivent et ne se ressemblent pas», pensa Cyril, au comble de l'étonnement.

– Nous filons à l'anglaise, dit vivement Estelle qui paraissait pressée et enchantée d'avoir une occasion de quitter la famille.

Tandis qu'un valet apportait les manteaux, Cyril eut le temps d'observer la jeune fille. Il lui trouva la joliesse naturelle et distinguée, agrémentée de ce rien d'audace dans la toilette qui tient lieu de provocation aux filles de la bourgeoisie fin de siècle. Ainsi en témoignait la simple minirobe du soir en faille noire, retenue par deux étroites brides de strass prêtes à glisser sur des épaules rondes et blanches. Plastique sans défaut, visage rieur, regard assuré et mutin, bouche attirante, mèches brunes : telle lui parut la séduisante Estelle.

À peine furent-ils assis dans la voiture que Cyril demanda à être déposé à une station de taxis.

– Comment ! C'est pour vous que j'ai fait ce soir une apparition chez mon oncle Bordier, où les soirées sont ennuyeuses à mourir.

– Venue pour moi, dites-vous ! Il y a dix minutes, j'ignorais encore votre existence. Je ne vous ai jamais vue !

– Moi, si. Et c'est même grâce à moi, ou plutôt à cause de moi, que vous avez joué les cascadeurs amateurs !

– Je ne comprends pas, grogna Cyril qui supportait mal qu'on se moquât de lui.

– Ne vous fâchez pas. Je vous dois en effet une explication. Quand vous avez été reçu par ma tante Agathe, le fondé de pouvoir de la banque, j'étais dans un bureau attenant, vous observant derrière une glace sans tain.

– Non ! Ce sont des mœurs de basse police et...

Estelle rit franchement et ignora, sans le moindre complexe, un feu rouge.

– Ma tante, estimant que j'étais mieux à même qu'elle de juger les jeunes gens qui répondraient à l'annonce de son beau-frère Bordier, avait demandé mon concours. Et, tout de suite, vous m'avez plu. Sérieux, poli, un peu coincé; je lui ai dit par téléphone : «Vas-y, engage-le!»

— Je me souviens, en effet, d'un appel pendant que nous conversions, votre tante et moi.

— Vous ne m'en voulez pas trop? Mon Dieu, quelle dégringolade! Vous auriez pu vous rompre les os, demeurer infirme toute votre vie, susurra la jeune fille sans cacher son émotion.

— Puisque j'en sors indemne…, ainsi que la potiche Ming de votre tante, pouvez-vous me déposer à une station de taxis? répéta-t-il.

Mais Mlle Picarougne insista pour conduire l'éclopé jusqu'à son domicile, dans le IXe arrondissement.

— Vous habitez un bel immeuble. Chez votre père, le général, peut-être? demanda-t-elle en arrêtant sa voiture devant l'immeuble vieillot qu'habitait Cyril.

— Non, mademoiselle. Je vis seul et dans une chambre de bonne.

— Une chambre de bonne, bien sûr. Mais je suis certaine que vous saurez en sortir. Avez-vous une idée de la façon dont vous pourriez gagner honnêtement votre vie? De nos jours, savez-vous, il faut travailler régulièrement pour réussir, avoir du courage, surtout ne pas se laisser rebuter, au départ, par les occupations les plus modestes, dit-elle, sentencieuse.

— Je compte ne travailler qu'une nuit par an en jouant les pères Noël, répliqua sèchement Cyril, reconnaissant dans les propos de la jeune bourgeoise ceux que tenaient sa marâtre, sa logeuse, l'épicière et le boulanger.

Estelle Picarougne se tut mais, au moment où Cyril ouvrait la portière, elle le retint par le bras.

— J'ai oublié de vous remettre ceci, dit-elle, lâchant le volant pour fouiller dans son sac.

Elle en tira une enveloppe gonflée qu'elle posa sur les genoux de Cyril.

– On a fait une collecte chez les Bordier, après l'accident. C'est pour vous. De quoi vous offrir des chaussures neuves et une cravate moins graisseuse, ajouta-t-elle, fielleuse.

– J'ai reçu le salaire promis et je n'ai jamais fait la manche, même par péronnelle interposée ! Bonsoir ! rétorqua Cyril en repoussant l'enveloppe.

– Oh ! Pardonnez-moi ! Je ne voulais pas vous offenser, ce n'était qu'une suggestion, enchaîna Estelle avec arrogance.

Cyril Loubin se retint de répondre, descendit de l'automobile et claqua la portière. Aussitôt, la jeune fille la rouvrit et jeta l'enveloppe sur le trottoir, dans la neige fondue.

– L'orgueil, il faut en avoir les moyens, mon vieux ! lança-t-elle avant de démarrer d'un coup d'accélérateur rageur.

– Petite garce ! cria Loubin.

En se retournant, il se heurta à un couple qui sortait de l'immeuble.

– Querelle d'amoureux ne peut être bien grave, jeune homme, surtout une nuit de Noël, dit la femme tandis que son compagnon se baissait pour ramasser l'enveloppe jetée par Estelle.

– Elle vous rend sans doute vos lettres, mais vous lui en écrirez d'autres, n'est-ce pas… pour le jour de l'An, sans doute ! dit l'homme en tendant l'épaisse enveloppe à Cyril avant de s'éloigner, guilleret, sa femme au bras.

Le fait que l'aumône des Bordier lui parvînt finalement par l'innocent truchement d'un inconnu annihila l'orgueilleuse réaction de Cyril. Il empocha l'argent et gagna son sixième sous les toits en maudissant les jeunes bourgeoises oisives et vaniteuses.

2.

La mésaventure du réveillon rendit Cyril Loubin circonspect et le fit même douter de ses capacités à subsister par des engagements de hasard.

Au lendemain des fêtes de fin d'année, qu'il passa seul en écoutant la radio, suivant, l'œil vague, derrière la fenêtre de sa mansarde, la chute des flocons de neige sur les toits, il descendit chez la gardienne de l'immeuble. C'était une Espagnole, émigrée des années soixante, qui, économies faites, se préparait à regagner sa Castille natale. De femme de ménage à l'heure, elle était devenue femme de chambre à temps complet avant de connaître la consécration en accédant à une loge de concierge. Entre-temps, elle avait épousé un forgeron de son village, promu, à son arrivée en France, mécanicien par le garagiste du quartier. Les Morales avaient fort bien élevé leurs deux filles sur seize mètres carrés évolutifs, qui, suivant les heures, se transformaient quotidiennement de loge en salle à manger, de salle d'études en dortoir, de salon en lingerie, car Mme Morales repassait pour les locataires aisés. La fille aînée terminait une maîtrise de droit; la cadette, moins douée, tentait de décrocher son baccalauréat.

La gardienne fut heureusement surprise quand Cyril annonça qu'il venait payer le loyer en retard, et plus encore quand il lui remit une boîte de pâtes de fruits, prélevée dans le panier des victuailles offertes par les Bordier. Ne pouvant donner d'étrennes, il avait trouvé commode de se défaire au profit de Mme Morales de friandises sucrées, interdites par une carie qu'il n'avait pas les moyens de faire soigner.

– Vous avez enfin trouvé un travail, mon pauvre? demanda la femme.

– Ce ne fut qu'une prestation, dit-il, désinvolte, tel un consultant qui ne court pas après les contrats.

– Bien sûr, bien sûr. Mais il vous faudrait un emploi fixe. La propriote serait plus tranquille si elle savait que le terme sera payé recta, dit l'Espagnole.

– Si cette dame me retire sa confiance, je puis donner congé, vous savez. Il ne manque pas de chambres de service, sans salle d'eau ni téléphone, à louer dans le quartier, répliqua avec humeur et superbe Cyril.

– Vous fâchez pas, m'sieur Loubin. Ce que j'en dis, c'est parce que Mme Ménard s'étonne que vous ne trouviez pas d'emploi. Elle sait bien que vous êtes un honnête garçon, discret et diplômé avec ça. Mais elle ne comprend pas que vous soyez chez vous à l'heure où tout le monde travaille. De là à vous ranger dans la catégorie des paresseux qui cherchent une occupation en priant le Bon Dieu de pas en trouver, il n'y a qu'un pas.

– Laissez-la franchir ce pas, madame. C'est un refrain que je connais.

– Elle m'a dit l'autre jour : «Ces jeunes sont trop difficiles. Y a des tas d'offres dans *le Figaro*.» Elle lit *le Figaro*, nous on lit *le Parisien*, et c'est vrai qu'il y a des pleines pages d'annonces, dans ces journaux! Alors, c'est bien qu'il y a de l'embauche quelque part! Au jour d'aujourd'hui, un garçon dans votre situation doit prendre ce qui se trouve. Tenez, à Rungis, on a besoin de bras pour décharger les cageots, m'a dit l'épicier. Et mes filles, même la cadette, se paient leurs vacances en plumant les poulets, aux aurores, chez le volailler. Quand on n'a pas le sou, c'est pas honteux, pour un garçon, de décharger les légumes ou le poisson, pas vrai?

– Ce n'est pas une question d'honneur, madame. C'est une question de muscles et aussi de relations. Il faut être introduit. Les halles, c'est une vraie mafia!

– Enfin, comme on dit chez nous : « ¡*Cada uno sabe donde le aprieta el zapato!*» Si vous préférez : «Chacun sait où sa chaussure lui fait mal!» Ici, vous dites : «Chacun voit midi à son clocher.» Et vous jugez mieux que moi ce que vous devez faire. La seule chose qui intéresse Mme Ménard, c'est que le terme soit payé recta!

Quelques jours plus tard, comme il prenait son courrier, Mme Morales lui fit signe d'entrer dans la loge. Il pensa aussitôt, à la vue de la fille cadette penchée sur ses cahiers, que la lycéenne était aux prises avec une équation du second degré. Sûr qu'on allait, une fois encore, faire appel aux connaissances du chômeur pour démêler les A des B et les plus des moins. Mais, au lieu de demander, Mme Morales offrit.

– Mme Belland, vous savez, celle du troisième, s'est cassé la jambe. Elle ne peut plus sortir son chien. À cause de la loge, je peux rien faire pour elle, mais j'ai pensé que vous pourriez promener son teckel, lui faire faire ses besoins, le matin et le soir. Mme Belland a de quoi payer. Elle donnerait bien dix francs par sortie d'une demi-heure. Hein, qu'est-ce que vous en dites?

Cyril ne manifesta aucun empressement à accepter. D'abord parce que le roquet de la locataire du troisième aboyait chaque fois qu'on passait devant la porte de l'appartement, ensuite parce qu'il ne tenait pas à ce que tout l'immeuble sût qu'il était sans emploi. Un chômeur père de famille nombreuse, ou un quinquagénaire licencié pour raison économique, attire la sympathie, alors qu'un jeune inoccupé est plus souvent taxé de paresse et, pour peu qu'il ne soit ni sale ni fripé, soupçonné de vivre d'expédients inavouables, trafic de drogue ou rapine. Trop bien vêtu, il peut même passer pour souteneur. Et puis, vingt francs par jour pour une heure de balade avec un chien hargneux, c'était peu payé.

– Je vais réfléchir, Mme Morales, dit-il en se retirant.

– Réfléchissez pas trop longtemps, le teckel il a besoin, m'sieur Cyril, et moi, j'peux pas quitter la loge.

L'inventaire de ses ressources accéléra sensiblement la réflexion de Cyril Loubin. Une heure après la proposition de la gardienne, il sonnait à la porte de Mme Belland. Le coup de sonnette déclencha les aboiements aigres du teckel, qui continua de grogner quand la vieille dame, étayée par des cannes anglaises, ouvrit sa porte.

– Ah, monsieur, vous me rendriez un grand service en promenant Rodrigue. Il jappe pour un oui pour un non mais il n'est pas méchant, dit la vieille dame tandis que le chien reniflait le bas du pantalon de Cyril en se préparant à lever la patte.

D'un coup de pied discret, le garçon éloigna le basset hargneux qui, babines troussées, découvrit des dents jaunes de vieux fumeur.

– Si vous pouviez commencer tout de suite, ce serait bien, car le pauvre petit se retient depuis des heures, supplia Mme Belland. Quand vous reviendrez, nous parlerons salaire, mais sortez-le tout de suite, je vous en prie, ajouta-t-elle en désignant la laisse suspendue dans l'entrée.

Cyril Loubin obtempéra, attacha Rodrigue qui se laissa faire et s'élança aussitôt dans l'escalier avec une vivacité inattendue pour un animal aux pattes courtes et torses.

Dans la rue, la première automobile en stationnement fit l'affaire; puis une porte cochère, un platane et un caisson des télécommunications furent successivement honorés. Cyril s'opposa toutefois à ce que le teckel arrose l'éventaire du marchand de journaux. Soulagé, le chien vint, frétillant de la queue, se frotter aux jambes de son cornac, qui lui gratouilla la tête.

– Tu as du cœur, Rodrigue, et nous pourrons nous entendre, concéda Cyril.

La promenade se poursuivit sans encombre, le teckel ayant été habitué à user des caniveaux pour libérer son intestin. «Après tout, promener un chien n'a rien de déshonorant», se dit Cyril qui vit même dans la présence de Rodrigue un alibi à des flâneries dans le quartier. Cependant, il aurait préféré ne pas rencontrer M. Jérôme Ternin, autre locataire de son immeuble. Cet ancien professeur de latin-grec, reconverti dans la sociologie après qu'un ministre de l'Éducation nationale eut enterré les langues mortes, enseignait dans un institut privé depuis qu'il avait pris sa retraite. Il était l'amabilité même. Vivant seul, il ne laissait jamais passer l'occasion de bavarder.

– Mais, c'est le toutou de notre pauvre voisine qui s'est brisé le péroné, dit-il, reconnaissant le basset. Comment se nomme-t-il, déjà?

– Rodrigue, dit Cyril.

– Il y aurait une étude sémantique intéressante à faire sur les motivations profondes qui président au choix du nom d'un chien. Sans doute Mme Belland est-elle une admiratrice de Corneille, risqua le professeur.

– J'ignore ses goûts littéraires, monsieur, et ce n'est que pour rendre provisoirement service que je promène Rodrigue, car j'ai toujours eu de la sympathie pour les chiens, mentit Cyril en faisant mine de s'éloigner.

Mais le professeur en manque de communication tenait un auditeur. Il n'allait pas le lâcher si vite.

– Voyez-vous, jeune désoccupé – le professeur préférait ce vieux synonyme d'inoccupé à celui de chômeur –, dans notre société matérialiste où triomphent l'égoïsme et la vénalité, la fonction canine revêt une importance nouvelle. Le chien, dont certains affirment qu'il n'est qu'un loup domestiqué, donc abâtardi, apparaît plus que jamais comme l'idéal compagnon de jeu de l'homme et le consolateur de la femme, qu'elle ait dédaigné de prendre époux, que ce dernier soit décédé ou parti avec la bonne. On ne célébrera jamais assez la fonction sportive de l'épagneul ou du pointer qui accompagne son maître à la chasse, celle, sécuritaire, du roquet pavillonnaire, toujours disposé à mordre le mollet de l'intrus, celle, sociale, du chien de berger au regard vairon qui veille sur le troupeau pendant que son maître lutine une estivante. Le bichon, favori des peintres de la Renaissance, le caniche espiègle, le chihuahua enrubanné de la star sur le retour, le ratier à l'oreille cassée de la concierge méritent bien l'affection, parfois mièvre et bêtifiante, que leur portent maîtres ou maîtresses. Et puis, les chiens, comme les chats, ont acquis une influence économique. Voyez, à la télévision, les campagnes des publicitaires, toujours prêts à vanter les qualités gastronomiques des pâtées industrielles.

– Cependant, je perçois chez certains citadins un racisme anti-chien, corrigea Cyril.

– En effet, on le constate, mais les chiens n'y sont pour rien. Les rapports homme-chien seraient au beau fixe, mon ami, si Médor et Mirza ne semaient pas sur les trottoirs des excréments qui provoquent des glissades, parfois des chutes. La fracture du fémur survenant chez des sujets âgés conduit souvent ces derniers à l'hôpital, voire au cimetière. Mais les chiens ne peuvent être condamnés pour autant : les fautifs sont les maîtres, qui n'ont pas appris le premier devoir du chien civilisé qui est de déféquer dans le caniveau ou en des lieux réservés. Je connais des maîtres qui, pour ne pas se mouiller les jours de pluie, entraînent leur toutou dans le garage, au sous-sol de leur immeuble! Certaines cités ont créé des latrines canines hors du passage des piétons, parfois à l'abri des regards, rarement à l'abri des nez! conclut M. Ternin.

Rodrigue, qui jusque-là avait patiemment assisté à l'entretien, se mit à tirer sur sa laisse en piaulant pour attirer l'attention d'une levrette qu'il aurait été bien incapable d'escalader!

– Trouvez-lui une Chimène à sa taille, mon ami, conseilla en riant le vieux professeur qui avait suivi le manège du teckel.

Mme Belland fut enchantée d'apprendre que son chien et son voisin étaient devenus bons amis. Malgré son handicap, elle offrit à Cyril une tasse de thé et une tranche de cake, puis elle lui proposa cinquante francs par jour pour trois promenades de vingt minutes, matin, midi et soir. C'était plus que n'avait laissé espérer Mme Morales.

– Le samedi et le dimanche aussi, bien sûr, car, pour un chien, il n'y a pas de jour sans, vous le comprenez, dit-elle avec un sourire.

– Le dimanche aussi! C'est une contrainte, madame! s'exclama Cyril.

– Le médecin m'a assuré que je pourrai sortir dans un mois avec une canne. Ce ne sera donc l'affaire que de trois ou quatre dimanches, précisa, minaudante, Mme Belland.

– Certes, concéda sans enthousiasme Cyril, hésitant à s'engager.

– Pour le dimanche, naturellement, je doublerai la somme quotidienne, dit la dame.

Cyril accepta. Après tout, il empocherait en tout plus de mille cinq cents francs sans trop se fatiguer, et profiterait des sorties de Rodrigue pour visiter les agences de travail temporaire.

– Et puis, M. Loubin, vous pouvez emmener Rodrigue à des rendez-vous ou chez des amis. Il sait se tenir. Je vous demande simplement de ne pas le céder à une chienne en chaleur. Son pedigree lui interdit les mésalliances.

– Comptez, madame, que je veillerai à ne pas laisser Rodrigue produire des bâtards!

On sut bientôt dans le quartier qu'un jeune homme, «ayant besoin de travailler», acceptait de «sortir» les chiens. Les propositions affluèrent chez Mme Morales, intermédiaire indispensable pour négocier avec les propriétaires de chiens étrangers à l'immeuble. Cyril dut bientôt tenir un horaire strict des sorties, qu'il limita à vingt minutes par chien, et une comptabilité.

– Si tu continues, tu auras besoin d'un ordinateur et peut-être même d'une secrétaire, ironisa Kalim Kolari, son voisin de chambre kosovar.

Se trouvant dans une situation semblable à celle de Cyril, mais dépourvu de diplôme, et même de papiers, le jeune réfugié, gaillard de haute taille, musculeux et débrouillard, assurait l'*intérim* du voiturier d'un grand restaurant.

– Moque-toi. Promener les chiens n'a rien d'exaltant, mais je compte me faire, ce mois-ci, près de sept mille francs, répliqua Cyril.

– Et nets d'impôt, commenta Kalim, toujours pratique.

– Je n'ai pas l'intention de monter une entreprise de promeneur de chiens, mais je dois organiser mes affaires.

Cyril, méthodique, scrupuleux, même un rien maniaque, établit un planning et sut s'y tenir. Les commerçants du quartier, habitués à voir le jeune homme promener un teckel, ne s'étonnèrent pas, quelques semaines plus tard, de l'apercevoir, à chaque heure du jour, arpenter l'avenue en tenant en laisse des chiens de races diverses.

Il y eut d'abord Clovis, un vieux boxer, propriété d'une pharmacienne, elle aussi d'âge avancé. C'était un chien revenu de tout. Des poils blancs fardaient ses bajoues pendantes et sa démarche de sénateur lui conférait une indéniable dignité. La pharmacienne avait prévenu :

– Vous verrez, Clovis a ses habitudes et n'en démord pas.

– Incontestable qualité pour un chien de garde, avait souligné Cyril.

Clovis suivait Cyril sans même lui jeter un regard. Taciturne, silencieux, obstiné, il empruntait toujours le même itinéraire. Quittant l'officine de sa maîtresse, le boxer enfilait l'avenue qu'il suivait jusqu'à une autre pharmacie, située à cinq cents mètres de la première.

Quatorze platanes jalonnaient le parcours du boxer. Il en honorait sept, un sur deux à chaque sortie. Tantôt les pairs, puis les impairs, réglé comme un omnibus du temps où les trains partaient et arrivaient à l'heure. Au dernier arbre, il descendait dans le caniveau, se posait entre deux voitures en stationnement, puis traversait le trottoir pour lever une dernière patte contre la vitrine de la concurrence. Ensuite, rien ne pouvait l'empêcher de faire demi-tour pour rentrer à la maison.

Clovis détestait les caresses, indice pour lui d'un manque de virilité canine. Célibataire endurci ou vieux viveur exténué par les abus sexuels, il ne tenait aucun compte des chiennes et grommelait si l'une d'elles, séduite par sa carrure et sa tête à la François-Joseph, osait lui faire des avances. Cyril crut lire dans le regard las du boxer que ce chien tenait tous les êtres, bipèdes ou quadrupèdes, pour des gens infréquentables. Il tolérait son guide comme un ministre son garde du corps, un éléphant son cornac. Sa superbe le rendait indifférent à tout appel, à tout spectacle. Ayant dû le garder une nuit à la demande de la pharmacienne – qui paya deux cents francs ce service exceptionnel et fournit la pâtée, mélange de bourguignon, de carottes et de riz complet –, Cyril fit monter Clovis dans sa mansarde. Son repas achevé, le chien s'endormit aussitôt sans donner le moindre signe de gratitude. Dès sept heures du matin, il se posta, le museau contre la porte, émit un seul aboiement autoritaire qui fit trembler les vitres et exigea la première sortie de la journée. Cyril le classa d'office dans la catégorie des égocentriques dénués de tact.

S'il ne pouvait envisager de promener le boxer avec un autre chien, Cyril crut qu'il pourrait sortir ensemble des pensionnaires manifestant des affinités ou capables de se supporter.

Une tentative faillit tourner au drame le jour où Loubin associa la dame caniche blanche, Cléo, qui appartenait à une entraîneuse de boîte de nuit, à un labrador nommé Mazarin, dont le propriétaire affirmait qu'il était issu d'un accouplement clandestin entre le chien du président de la République et la chienne d'une actrice célèbre. Le caniche, dont les mœurs copiaient sans doute celles de sa maîtresse, se mit en tête d'aguicher Mazarin. Le labrador prit fort mal cette tentative de racolage et envoya bouler Cléo d'un coup de patte rageur, démontrant ainsi qu'il ne frayait pas avec la première venue, comme ses origines élyséennes auraient pu le faire croire.

Cléo pleura trois minutes et, femelle jusqu'au toupet frisé, oublia la rebuffade. Au contraire du boxer Clovis, cette chienne pomponnée s'intéressait à tout et manifestait souvent l'envie de monter dans les automobiles, les grosses cylindrées de préférence, arrêtées au feu rouge. «Sûr que le professeur Ternin tirerait de cet engouement de la chienne pour les belles autos une explication érotico-sociologique du plus grand intérêt», se dit Cyril, se promettant d'en entretenir son voisin à la première occasion.

Le gardien de phare frustré eut aussi, pendant quelques jours, la garde d'un afghan nommé Prince, dont les maîtres avaient dû se rendre à l'étranger. Fier de sa sveltesse et de sa robe – blanc, feu et noir –, hautain, arrogant, très soucieux de sa toilette, Prince refusait de sortir les jours de pluie. Cyril faillit se fâcher avec Mme Morales parce que l'afghan, se dérobant devant une averse, inonda sans vergogne le hall d'entrée de l'immeuble.

L'épagneul Galopin, un agité qui coursait les pigeons, les chats et insultait tout humain en uniforme, valut à Cyril de faire connaissance avec la police. Tandis qu'il s'attardait devant une vitrine de chausseur, l'épagneul, tirant brusquement sur sa laisse, lui échappa. Ce fut pour se jeter sur une contractuelle dont il saisit à pleine mâchoire le bas de l'imperméable. Un crissement aigre annonça la déchirure, préméditée, d'une livrée de l'État. Le cri de la dame fit se retourner Cyril et une douzaine de passants, tandis que la contractuelle, appliquant la consigne en cas d'agression, portait un sifflet à ses lèvres et en tirait de stridentes roulades. Si, d'ordinaire, les carabiniers mettent quelque lenteur à réprimer le désordre, ce jour-là, une couple de gardiens de la paix arriva au trot sur les lieux du délit.

— J'ai vu cette femme donner un coup de pied au chien, assura un quidam qui venait de trouver une contravention sous le balai d'essuie-glace de son automobile.

Cyril démentit aussitôt, estimant que cette basse vengeance, en forme de dénonciation calomnieuse, ne pouvait valoir témoignage.

— À qui est ce chien ? demanda le brigadier, après avoir constaté que seul l'imperméable de sa collègue avait souffert.

— Il est avec moi, dit Cyril, tenant ferme et court la laisse récupérée de Galopin.

Le policier tira son carnet et son stylo à bille.

— Vos papiers, s'il vous plaît, dit-il sèchement.

Cyril produisit sa carte d'identité et crut utile de préciser que le chien ne lui appartenait pas, qu'il ne faisait que le promener pour rendre service à son propriétaire, un célibataire très occupé.

— Il n'a pourtant pas l'air d'être bien méchant, cet épagneul, dit, conciliant, le jeune gardien qui accompagnait le brigadier.

– N'empêche qu'il a déchiré mon imper et filé mon collant, dit la contractuelle en montrant un mollet de footballeur. Il aurait pu me mordre... dans une veine, ajouta-t-elle pour envenimer la situation.

Comme pour démontrer que l'accusé était inoffensif, l'élève policier, arrivé un mois plus tôt de sa Corrèze natale, se pencha sur Galopin et lui effleura la croupe. Le geste fut, hélas, mal interprété. L'auxiliaire bonasse évita de justesse une morsure qui eût aggravé le cas.

– Mais il est peut-être enragé, ce cabot! lança le brigadier tandis que son subordonné, penaud, prenait ses distances.

Ainsi qu'on aurait pu le prévoir, Cyril Loubin, Galopin, la contractuelle furieuse et l'élève gardien de la paix furent embarqués dans le car de police par le brigadier et conduits au commissariat.

Le commissaire, chasseur et lui-même propriétaire d'un chien d'arrêt, se montra compréhensif quand Cyril révéla que le propriétaire du chien était chef de bureau au ministère des Finances. Il exigea néanmoins devant ses subordonnés qu'un vétérinaire vînt sur le champ examiner Galopin, Cyril étant incapable de produire un certificat de vaccination antirabique.

Le médecin des animaux commença par museler l'épagneul, puis rendit son diagnostic.

– Ce chien est sain, mais il est jeune et, comme souvent ceux de sa race, un peu nerveux. C'est un chien qui a dû être forcé par un chasseur, dit le praticien qui militait avec Brigitte Bardot.

Cyril régla la consultation du vétérinaire et signa le procès-verbal qu'on lui tendit. Il donna l'adresse du propriétaire du chien afin que le Trésor public pût envoyer la facture d'un imperméable. La contractuelle exigea qu'on joignît celle d'un collant quinze deniers, taille 2. Elle obtint encore du commissaire une semaine de repos pour se remettre du traumatisme que lui avait causé l'agression canine.

La mésaventure ne compromit en rien l'activité de Cyril Loubin. Le maître de Galopin prit la chose en riant et ne tint pas rigueur au jeune homme de son instant d'inattention, origine du délit.

Après Rodrigue, avec lequel Cyril continuait à entretenir des relations particulières, sa favorite devint une chienne king-charles nommée Lulu, affectueuse, obéissante, timide et toujours élégamment toilettée. Chaque jour, sa maîtresse changeait le ruban qui retenait les longs poils de la chienne au-dessus de sa fine tête d'aristocrate.

Belle femme plantureuse, la quarantaine triomphante, vêtue par les grands couturiers et maquillée avec art, la propriétaire de Lulu décida de remettre chaque jour, à 16 heures 50 précises, sa chienne à Cyril, au pied de la statue de Lamartine dressée au bout de l'avenue Beaupré. Elle la reprendrait au même endroit, à 18 heures 50. La procédure avait le parfum du mystère.

— Je me rends chaque après-midi au chevet d'une tante malade que mon mari déteste. Aussi, je lui laisse croire que je promène Lulu pendant deux heures au Bois. Je dois naturellement être rentrée avant lui, d'où une indispensable ponctualité dans nos rencontres. Vous comprenez bien, monsieur, ce dont il s'agit. Je ne veux pas priver ma tante de ma visite quotidienne et je ne veux pas contrarier mon mari.

— Je comprends parfaitement, madame. Je suis ponctuel et discret, avait assuré Cyril.

Le fait que cette charmante personne eût offert cinquante francs par jour ouvrable, la tante n'étant pas visitée pendant le week-end, avait encouragé le promeneur de chiens à la compréhension, bien qu'il trouvât l'alibi avunculaire un peu simplet.

Ils comparèrent leurs montres, les réglèrent à la minute près et les échanges quotidiens devinrent routine.

Tout se passa comme le souhaitait l'absente des cinq à sept jusqu'au jour où Lulu, d'ordinaire réservée, tendit brusquement sa laisse pour se jeter en aboyant joyeusement au pied d'un homme d'âge mûr et d'allure distinguée. L'inconnu, planté au bord du trottoir, adressait un aimable adieu de la main à une dame en train de monter dans une limousine anglaise conduite par un chauffeur.

– Mais! On dirait ma Lulu! s'exclama l'homme.

À l'appel de son nom, Lulu confirma, par un aboiement aigrelet, son identité.

– C'est bien Lulu, dit Cyril qui regretta aussitôt son indiscrétion.

– Mon épouse vous a-t-elle confié notre Lulu? demanda l'homme, aimable.

Ayant pris la petite chienne dans ses bras, il se laissait lécher le menton avec ravissement.

– En effet, monsieur, Madame votre Épouse m'a confié Lulu. Une course urgente, m'a-t-elle dit. Je dois lui restituer votre chienne à 18 heures 50, devant Lamartine, monsieur.

– Tiens, je reconnais bien là ma femme. C'est une maniaque de l'heure. J'y suis moi-même très attentif. Je ne rentre jamais chez moi avant 19 heures 10. Les couples organisés ont leurs habitudes, voyez-vous. Mais pourquoi ma femme, si méfiante, s'est-elle adressée à vous?

– Comme j'ai des loisirs et que j'aime les chiens, je les promène quand leurs propriétaires sont malades ou occupés. On le sait dans le quartier. C'est très sain pour les chiens et pour moi, déclara Cyril.

– Je vois que j'ai affaire à un garçon sérieux et bien élevé. Puisque nous sommes entre hommes, puis-je vous demander de ne pas dire à mon épouse que nous avons fait connaissance ? demanda le mari avec un clin d'œil qui sollicitait une complicité de fait.

– Je ne dirai rien et vous pouvez être assuré de la discrétion de Lulu, dit Loubin avec un sourire, accordant ainsi la complicité demandée.

– Les jeunes hommes comme vous sont rares, de nos jours, et je n'ose vous demander si vous avez une profession ?

– Je suis dans l'attente d'un phare à garder… en Bretagne, mentit Cyril.

– En attendant, vous promenez les chiens. C'est aimable et généreux pour eux et pour leurs maîtres. Cela rend service à tout le monde, commenta l'homme.

Tirant son portefeuille, il tendit à Cyril un billet neuf de deux cents francs.

– Acceptez sans façon. Faites-vous un petit plaisir, je vous en prie. Vous m'êtes sympathique et je comprends votre situation, conclut l'homme en posant Lulu sur le trottoir avant de s'éloigner.

Après avoir restitué la chienne à sa maîtresse, Cyril, regagnant sa mansarde, décida de s'offrir, ce soir-là, un vrai dîner avec son voisin le Kosovar, depuis huit jours sans travail.

– Je t'invite à manger une choucroute chez Erckman, lança-t-il en poussant la porte de Kalim Kolari.

– Tu as vendu un chien de race ou quoi ?

– Mieux que ça, mon gars : j'ai cautionné l'adultère réciproque ! Le cocuage équilibré ! Je n'ai vendu que du silence, lança gaiement Loubin.

3.

L'immeuble où Cyril Loubin occupait une chambre de service de quatre mètres sur trois était de type cossu, époque haussmanienne. Il aurait eu besoin d'une sérieuse restauration, mais la propriétaire vivait sur la Côte d'Azur et ne se souciait que d'encaisser des loyers qu'elle tentait régulièrement d'augmenter. Escalier de bois ciré jusqu'au sixième, couvert d'un tapis usé jusqu'au troisième, soubassement de faux marbre dans la montée, portes palières couleur aubergine, éclairage pauvret, l'édifice avait été gratifié, entre les deux guerres, d'un ascenseur devenu asthmatique et maintenant en panne deux jours par semaine.

Cet élévateur n'atteignait pas l'étage de service, sinistre à souhait. Labyrinthe de couloirs autrefois conquis sur les combles, l'endroit était sagement habité par les employés de maison des locataires aisés, quelques étudiants impécunieux, des émigrés de dix nationalités et plusieurs provinciaux pressés de regagner, chaque fin de semaine, de plus confortables pénates dans le Cantal ou le Morbihan. En échange d'une assistance épistolaire à destination administrative, la dernière Portugaise du secteur, depuis vingt ans au service d'un couple de musiciens, entretenait le linge de Cyril. Il reconnaissait parfois, sur la corde commune tendue le long du couloir, ses chemises en concubinat malicieux avec les soutiens-gorge de la soubrette du cinquième, entre les chaussettes du maçon turc et les mouchoirs des enrhumés de l'étage.

Les Espagnols qui hantaient ces lieux un quart de siècle plus tôt avaient depuis longtemps regagné la Castille ou l'Andalousie après avoir, pendant vingt ou trente ans, vécu le plus chichement possible pour acquérir dans leur village natal une maison ou une boutique. D'ibérique, l'enclave était devenue, au fil des ans, maghrébine, puis africaine, avant de virer balkanique par l'arrivée de Tchèques, Bosniaques, Slovènes et, depuis peu, Kosovars. Y résidaient aussi, de plus en plus nombreux, des Français de souche que le chômage réduisait au rang d'immigrés assistés. Cyril était de ceux-là.

Au contraire de quelques xénophobes, il se sentait à l'aise dans cette sorte de concession internationale et polyglotte qui retentissait, le soir venu, de musiques variées, expressions d'incommunicables nostalgies. À l'heure des repas, l'air prenait une épaisseur composite. Des narines exercées auraient reconnu les effluves épicées du chachlik, la forte exhalaison du chou farci, l'arôme ensoleillé des merguez, le fumet agressif du haddock, le parfum doucereux des pâtisseries orientales, que supplantait parfois le bouquet parisien d'une soupe à l'oignon.

Le fils du général Loubin ne voisinait qu'avec l'étudiant kosovar Kalim Kolari qui, militant pour l'indépendance de sa province, avait dû fuir pour échapper aux exactions serbes. Le crime de Kalim et d'autres étudiants avait été de célébrer, un 26 juin, l'anniversaire de la fameuse bataille dite du Champ des merles au cours de laquelle, en 1389, les Serbes avaient été battus par le sultan Murat Ier. Comme tous ses compatriotes de bonne éducation, Kalim affirmait descendre des Dardanos, ancêtres des Troyens et des Thraces, et prenait de saintes colères quand il lisait dans les journaux que le Kosovo, peuplé en majorité d'Albanais, était la région la plus arriérée d'Europe. Qui osait, usant de ses initiales, l'appeler KK, s'attirait une gifle aussi cinglante qu'aristocratique. Très doué, ce réfugié, qui n'avait pas vocation de martyr patriote, avait trouvé en Loubin un bon professeur. Cyril l'aidait à perfectionner son français et lui confiait des livres de sciences dont il tirait grand profit. Des études, interrompues par la guerre qui ensanglantait son pays, auraient dû permettre à Kalim Kolari d'obtenir un diplôme d'informaticien. En attendant que sa situation soit régularisée en France, il ne pouvait s'inscrire aux cours proposés par différents organismes aux démunis de son espèce. Loubin l'aidait dans ses démarches, jusque-là sans succès.

L'emploi de promeneur de chiens, bien qu'il rapportât à Cyril plus que le salaire minimum interprofessionnel de croissance, dit smic, ne pouvait durer longtemps. Après de paisibles débuts, cette activité, non répertoriée dans les professions libérales, se détériora au fil des jours. Le jeune homme eut d'abord des algarades avec les commerçants dont ses pensionnaires arrosaient le seuil. Puis il se fit, à différentes reprises, houspiller par les passants quand, malgré sa vigilance, un de ses chiens s'oubliait sur un trottoir pendant qu'il obligeait un autre à se délester dans le caniveau.

Il dut un jour affronter la colère d'un élégant sexagénaire qui, ayant souillé ses chaussures, ameuta les passants. Tel un chœur antique, ceux-ci unirent leurs voix pour clamer bien haut leurs doléances variées à l'égard de la population canine et de ses alliés. L'un dit que sa tante s'était cassé le col du fémur après une chute sur un excrément; un statisticien révéla l'impressionnant tonnage de crotte répandu quotidiennement dans les rues de la ville; un troisième regretta qu'on n'infligeât pas une amende aux propriétaires de chiens indisciplinés, «comme à New York»; un contribuable excédé demanda la création d'un impôt sur les chiens; un retraité chenu, qui rentrait d'un week-end au Canada, proposa que «tout chien vu dans la rue, en laisse ou non, soit euthanasié, comme à Montréal».

Découragé et las de s'entendre charger de tous les péchés canins du monde, Cyril s'ouvrit un soir de sa déconvenue au professeur Jérôme Ternin, rencontré chez le boulanger.

– Je vais renoncer à promener les chiens. J'en ai assez de me faire insulter et menacer par les gens. L'été arrive et les chiens vont partir en vacances avec leurs maîtres. Je ne reprendrai pas mes fonctions à la rentrée, annonça-t-il.

Le professeur lui saisit affectueusement le bras et l'entraîna au bar-tabac des Amis, où il avait coutume de vider un carafon de chablis avant de rentrer chez lui. Les verres emplis, M. Ternin s'adossa au comptoir, satisfait d'avoir un auditeur à sa merci.

– Mon pauvre garçon, dit-il, l'époque est cruelle. Pleine de cris et de fureurs, enivrée de violence, percluse d'égoïsmes et de vanités. Elle ne propose aux jeunes, même diplômés comme vous, que des lendemains incertains. Je ne manque d'ailleurs jamais de rappeler à mes étudiants que les civilisations sont mortelles. En revanche, je me garde de leur dire que la nôtre est à l'agonie, pour ne pas les pousser à la désertion universitaire. Or, au chevet de la mourante, les riches se voient pauvres, les pauvres encore plus démunis, et ceux qui vivent des charités étatisées tremblent en imaginant une grève des contribuables. Une morosité pathologique teinte aussi bien les rapports commerciaux que les propos de salon. Tout est bon pour fortifier l'exaspération primaire des uns et justifier l'agressivité des autres. Les excréments de vos chiens sont, si j'ose dire, très porteurs. Ils figurent en bonne place dans la nomenclature des atteintes à l'environnement, cause à la mode et devenue ministérielle. Aussi, ne vous étonnez pas d'être honni des passants après avoir été adulé des propriétaires de toutous. Comment voulez-vous que les citadins supportent les chiens, ils ne se supportent même pas entre eux, surtout au volant!

– Les gens qui ont un emploi et un toit ne devraient pas se plaindre d'inconvénients mineurs, inhérents à la vie en société. Il y a tant de drames, de guerres, de famines dans le monde que le dernier des smicards français est un nanti par rapport au Soudanais ou au Rwandais. Actuellement, monsieur, si je trouvais un emploi, même médiocre et hors des compétences que je crois avoir, je m'estimerais heureux, dit Loubin, amer.

Le professeur vida son verre, invita Cyril à en faire autant et répartit le reste du flacon.

– Je puis peut-être vous aider, dit-il après un temps de réflexion. Un de mes anciens élèves qui, faute de débouchés, a renoncé à une vocation d'épigraphiste, occupe, grâce à un appui politique, un poste lucratif au service du nettoiement. Je l'ai rencontré il y a quelques jours et il m'a confié avoir du mal à recruter des conducteurs de caninettes, que le vulgaire nomme motocrottes – vous savez, ces motocyclettes équipées d'un aspirateur à excrétions qui circulent sur nos trottoirs devenus crottoirs. Allez le voir de ma part, peut-être pourrat-il vous engager. Ainsi, de fournisseur au détail vous deviendriez récolteur en gros, tout en restant dans le chien! acheva gaiement M. Ternin.

– Cette perspective n'a rien de drôle, dit Loubin, agacé par l'hilarité de son interlocuteur.

– Ne faites pas cette tête, cher désoccupé! Celui qui, comme moi, ne craint pas de passer pour cynique et asocial trouve chaque jour de quoi rire dans une société qui a érigé la bêtise en système, dont les niaiseries télévisées des publicitaires donnent un excellent reflet.

– «Je me presse de rire de tout, de peur d'être obligé d'en pleurer», comme le proclame Figaro, corrigea Cyril.

Au lendemain de cette conversation, Loubin se présenta au service du nettoiement et fut accueilli par l'ancien étudiant de M. Ternin. Quand le jeune homme eut prouvé sa nationalité française, quand il fut établi qu'il était encore vierge, judiciairement parlant, titulaire d'un bac plus cinq et capable de chevaucher une moto de deux cent cinquante centimètres cubes, il dut préciser qu'il ne souffrait pas d'allergie, ne fumait pas, connaissait le code de la route, lequel interdit aux motocyclettes de circuler sur les trottoirs, ce que soixante-dix pilotes de caninettes doivent faire en permanence dans la capitale.

Embauché sur-le-champ, Cyril Loubin dut s'engager à ne pas utiliser son excrémenteuse moto à des fins personnelles, promenade ou shopping, à ne pas transporter de passager ou passagère, à circuler sans gêner les piétons, à vidanger et nettoyer le réservoir de la machine suivant les instructions d'hygiène imposées. Ces formalités accomplies, il fut envoyé en stage de formation et apprit en une semaine à aspirer les excréments canins où qu'ils se trouvent, au pied des arbres ou des lampadaires, devant les boutiques, sur les passages pour handicapés et dans les bacs à sable réservés aux enfants dans les squares. On l'initia aussi à la délicate opération qui consiste à vider périodiquement dans un égout le réservoir capable de contenir cinquante litres d'excréments récoltés, en inversant la commande de la pompe qui, d'aspirante, devient refoulante.

Vêtu d'une combinaison vert laitue, dans le ton de sa moto, le fils du général Loubin, muni d'un itinéraire, extrait photocopié du plan de Paris, fut lâché dans un quartier résidentiel où la population canine se révéla assez dense pour qu'il ne manquât pas un seul jour de matière première.

En circulant sur les trottoirs, il constata bientôt que les piétons s'écartaient à son approche sans qu'il eût besoin d'avertir. La plupart s'éloignaient vivement en se bouchant le nez car aux effluves organiques se mêlait l'odeur de l'échappement de son véhicule. Ce fut d'ailleurs ce type de pollution et son coût qui lui valurent ses premiers déboires quand un promeneur oisif l'interpella.

– Je vous observe depuis un certain temps, jeune homme. Connaissant la puissance de votre moteur, je crois pouvoir affirmer que votre consommation journalière de carburant permettrait à une automobile de cylindrée moyenne de couvrir la distance de Paris à Lyon. J'ai lu récemment dans mon journal* que le ramassage d'excrément canin revient, avec votre engin, à trente-sept francs le kilo, ce qui met la crotte moyenne à trois francs. Cela coûte chaque année de soixante à cent millions de francs aux contribuables. Le saviez-vous ? Toujours d'après mon quotidien, vous et vos camarades

* *Le Figaro*, 6 novembre 1998.

motorisés ne recueilleriez que quinze pour cent des douze ou quinze tonnes de crottes que deux cent mille chiens déposent chaque jour sur les trottoirs parisiens. De plus, vous contribuez sournoisement, avec votre moteur, à faire des trous dans la couche d'ozone, ce qui est fort préjudiciable à notre malheureuse planète, conclut avec assurance et irritation le défenseur de l'environnement et des finances publiques.

Cyril, qui commençait à ressentir un mal de tête récurrent dû aux émanations fétides que son engin exhalait, surtout quand il devait procéder à sa vidange et au nettoyage de l'aspirateur, aurait volontiers répliqué vertement. Il se retint cependant et se contenta de tourner vivement la manette des gaz pour envoyer une dose supplémentaire d'oxyde de carbone en direction de l'inconnu.

– Malotru! Je me plaindrai à l'élu de mon quartier dès qu'il sera sorti de prison, grommela l'homme en s'éloignant.

En faisant chaque jour du slalom entre les piétons, les poussettes, les clochards endormis, les échafaudages des ravaleurs d'immeuble, les établis des maçons et les échelles des peintres qui transforment les trottoirs en atelier, en évitant les ahuris montés sur patins ou planche à roulettes, les pieds des consommateurs affalés aux terrasses de brasseries, les envols d'enfants à l'heure de la sortie des écoles, Cyril acquit la pleine maîtrise de son véhicule et une parfaite dextérité dans le maniement de l'aspirateur à ordure. Dans le même temps, les gouailleurs, les atrabilaires, les coléreux, les imbéciles, les pédants et les précieuses des beaux quartiers enrichirent considérablement son vocabulaire. Quolibets, insultes, imprécations, invectives, grossièretés, remarques pincées des élégantes et rares traits d'esprit lui prouvèrent que la langue française, bien qu'en pleine mutation charabia-teuse à base de sabir banlieusard et de féminisation démago-gique, conserve une étonnante et imaginative vitalité.

Après avoir réussi, pendant des semaines, à regagner le dépôt sans autre ennui qu'un heurt véniel avec le Caddie tiré par une charmante jeune femme qui, le trouvant à plaindre de faire un tel métier, lui offrit, en plus d'un sourire ravageur, une tablette de chocolat, il accrocha un matin l'éventaire d'un marchand de fruits et légumes. Une pyramide d'oranges s'ef-fondra, entraînant dans sa chute une cascade de pommes. Des passants ramassèrent en hâte les fruits, mais la plupart d'entre eux, dépourvus de sens moral, s'éloignèrent, empor-tant leur butin. Ceux qui rapportèrent oranges et pommes au commerçant furieux furent à peine remerciés, mais tous se déclarèrent prêts à témoigner que l'employé du service d'hy-giène avait volontairement renversé l'étalage avec sa puante moto vidangeuse. Cyril eut beau désigner la chose qu'il avait tenté d'aspirer, déposée, au mépris de l'hygiène élémentaire, sous l'éventaire de l'épicier, il ne fit qu'aggraver son cas. On prit le numéro de sa moto et son identité.

Si l'affaire n'eut finalement pas de suite, quelques jours plus tard, le vol de son instrument de travail mit brusque-ment fin à une carrière qui aurait pu le conduire au Bol d'or motocycliste. Descendu de sa moto pour ouvrir une vanne d'arrosage afin de se procurer l'eau nécessaire au nettoyage de l'engin, il entendit soudain dans son dos vrombir le moteur de sa monture. Se retournant, il la vit filer sur l'avenue, chevauchée par un adolescent coiffé d'une casquette de base-ball et portant un blouson au sigle d'une université de Californie qu'il n'avait certainement pas fréquentée.

– Eh bien, mon pauvre garçon, voilà qu'on vous a volé votre moto, lança un témoin, plus amusé que compatissant.

– À mon avis, elle est heureuse de pouvoir enfin donner la pleine mesure de sa puissance, jusque-là bridée par une activité dégradante, répliqua Cyril au grand étonnement du rieur.

Un cavalier qui rentre à pied au quartier a toujours l'air stupide. Le chef d'escadron des caninettes ne manqua pas de le faire remarquer à Cyril Loubin qui se vit immédiatement congédié pour faute professionnelle grave.

– Le pilote ne doit en aucun cas abandonner sa moto, propriété de l'Administration, rappela le fonctionnaire, brandissant le règlement que Cyril était censé connaître.

Informé avec malignité, par un subordonné jaloux, du licenciement de son protégé, «engagé arbitrairement sans appel à la promotion interne du service», l'ancien élève du professeur Ternin se montra compréhensif.

– Puisque vous voilà démonté, comme on dit dans la cavalerie, je puis peut-être vous reclasser dans l'infanterie. Un ancien du service a fondé, il y a dix ans, une société pour l'entretien des parcs et jardins, devenue maintenant une grosse affaire. Allez le voir de ma part, dit le fonctionnaire, après avoir rédigé un billet de recommandation.

Cyril remercia et rentra chez lui rassuré. Il espérait une embauche assortie d'un salaire qui lui permettrait de survivre.

– On m'a volé ma moto, alla-t-il aussitôt confier, lamentable, à son voisin Kalim Kolari.

– Peut-être qu'elle va servir pour hold-up! C'est un coup de gangster, sûr! dit le Kosovar.

Cyril haussa les épaules.

– Penses-tu! Elle était pleine. Tu te rends compte! Cinquante kilos de…

— Ça y portera bonheur, à ton voleur ! s'esclaffa Kalim.

— En tout cas, c'est pas une moto qui passera inaperçue. Même un aveugle peut la repérer ! commenta Loubin, riant à son tour.

— Apporte du pain et à boire, si tu as, et viens manger avec moi un gros saucisson que j'ai, proposa Kalim.

Cyril s'en fut quérir ce qu'il avait prévu pour son repas du soir : une brique de potage aux lentilles, un morceau de saint-nectaire et une baguette. Il ajouta une bouteille de bordeaux qui n'était ni de premier ni de deuxième cru, et rejoignit son ami.

— Tu l'as eue comment, cette rosette ? demanda-t-il alors que les deux garçons achevaient la charcuterie.

— Je l'ai pas volée. C'est le charcutier d'à côté qui l'a donnée en plus des trente francs que j'ai quand je lave sa vitrine.

Bien que les explications du réfugié fussent un peu filandreuses, compte tenu de son manque de vocabulaire technico-commercial, Cyril finit par comprendre que son ami avait aidé l'honnête commerçant à transformer en «produits garantis maison», après déballage et adjonction d'étiquettes *ad hoc*, des pâtés en croûte, des saucisses, des pots de rillettes et des jambonneaux achetés le jour même au supermarché voisin.

— Après ça, il vend cette mangeaille trois fois plus cher qu'il a payé. C'est bonne affaire, non ? s'émerveilla le Kosovar.

— C'est du vol ! Et une tromperie sur l'origine de la marchandise, s'indigna Cyril.

— C'est le commerce, mon vieux. Et puis les gens, y sont volés que d'argent, un peu, parce que les charcutailles du supermarché, elles sont meilleures et plus fraîches que celles qu'il fabrique ! J'ai mangé les deux et je sais. Avec les rillettes et les saucisses du supermarché, j'ai jamais eu mal au ventre, conclut Kalim.

Quand Cyril se présenta, sur convocation, au siège de Green City – le professeur Ternin aurait condamné cet usage abusif de la langue anglaise pour désigner une société à cent pour cent française –, il évalua immédiatement la différence de productivité entre un service fonctionnarisé et une entreprise privée. Tandis qu'il patientait avant d'être reçu, au carrefour de quatre couloirs promu salon d'attente, il vit circuler d'un bureau à l'autre des gens qui se déplaçaient d'un pas alerte pour vaquer à des occupations que l'on devinait précises. Ils échangeaient au passage de brèves politesses, mais ne bavardaient pas entre les portes vitrées, ne s'attardaient pas autour du distributeur de boissons, comme il est courant dans les administrations, surtout le lundi matin, quand chacun éprouve le besoin de commenter, entre deux bâillements, devant des collègues à demi éveillés, les plaisirs ou incidents du week-end.

En faisant le pied de grue dans de nombreux services administratifs, Cyril avait entendu, autour des percolateurs, tabernacles profanes de la pause-café rituelle, évoquer la première dent d'un bébé, une trouvaille faite au marché aux puces, l'infarctus d'un oncle, les tarifs du Club Med et, plus souvent encore, les critiques des femmes à l'encontre des chefs de service qui prétendent interdire que l'on cesse le travail une demi-heure plus tôt que prévu «pour avoir le temps de se refaire une beauté avant de sortir». Il avait retenu, comme pur apologue des avantages sociaux, la question posée un matin, entre deux tasses de moka capsulé, par une jeune employée à une autre : «Quand prends-tu ta semaine de maladie?»

Agitant ces souvenirs, Loubin se dit que, chez Green City, de telles mœurs ne devaient pas être admises, ce que confirma le bref entretien qu'il eut avec le P.-D. g., fondateur et unique propriétaire de l'entreprise, que tout le personnel appelait encore, avec un respect teinté de crainte, mais sans âcreté prolétarienne, le patron. On semblait ignorer ici que des chefs d'entreprises, pensant naïvement réduire l'aversion congénitale et idéologique des syndicats, venaient de biffer du label de leur groupement professionnel le mot patronat.

Introduit dans le cabinet directorial, sorte de serre imaginée par un disciple de Le Corbusier, meublée de plantes ornementales variées, le solliciteur fut accueilli, avec un minimum de courtoisie, par un homme robuste et chauve, de qui on devinait qu'il détestait perdre son temps.

– Puisque mon ancien directeur et ami vous recommande, on va vous essayer, dit-il en montrant, ouverte sur son bureau, la lettre que Cyril avait remise à une secrétaire, une semaine plus tôt.

Suivit un bref interrogatoire à l'issue duquel le patron de Green City ne parut nullement impressionné par les diplômes du jeune Loubin, et moins encore par le fait que le postulant était fils de général.

– Nous avons ici plusieurs garçons de votre genre, de bonne éducation mais un peu paumés – passereaux, nous les appelons –, que la crise contraint à travailler de leurs mains : deux normaliens, un chartiste et une demi-douzaine d'étudiants en droit, en lettres, en sciences, qui doivent financer leurs études. Comme eux, vous ne ferez sans doute que passer, mais essayez tout de même d'apprendre un peu – quelque chose de la nature dans ses rapports avec la vie urbaine – pendant votre séjour chez nous. Ça pourra vous servir quand vous aurez un jardin. À moins, bien sûr, que vous n'ayez la vocation du jardinage et de l'arboriculture et que vous souhaitiez faire carrière dans le métier. Mais, depuis que ma boîte existe, seuls un diplômé des Langues orientales et un architecte sont restés. Le premier dirige aujourd'hui le service des achats de végétaux exotiques et voyage en Asie pour trouver de nouvelles plantes acclimatables en Europe, le second est mon adjoint immédiat. C'est, sans exagération, le Le Nôtre du siècle. Il dessine parcs et jardins à travers l'Europe, et la Commission de Bruxelles vient de l'accréditer comme expert. Cela simplement pour vous faire comprendre, mon garçon, qu'il y a de l'avenir dans le jardinage de haut niveau. Mais, ici, on travaille dur et sérieusement, et autant d'heures que nécessaire, car la nature n'attend pas, surtout quand elle est cernée d'asphalte et de béton. Je me fous des trente-cinq heures et je jette les paresseux, les absentéistes chroniques, les incapables et les mauvais esprits sans en référer à l'Inspection du travail. On sait, au ministère du Travail, que si l'on me met des bâtons dans les roues, je délocalise en Belgique. Vous voilà prévenu. D'ailleurs, vous serez à l'essai pendant trois mois, payé aux deux tiers du smic, mais avec des tickets restaurant. Vous commencerez comme tout le monde commence ici, au souffleur.

Ayant terminé, le fondateur de Green City se leva, pressa un bouton qui fit apparaître sa secrétaire, une orchidée plantée dans le chignon.

– Conduisez monsieur à l'atelier et dites au contremaître qu'il le mette tout de suite au souffleur. Avec l'automne et ce sacré vent du nord, nos clients appellent pour qu'on ramasse leurs feuilles.

Cyril remercia, ne reçut en échange qu'un signe de tête patronal qui signifiait : «Tout a été dit et décidé; à vous de jouer.»

4.

Après une visite guidée des ateliers, pépinières et serres de Green City, après avoir entendu un exposé dogmatique sur les travaux d'élagage, l'arrosage, la clientèle, les procédures d'intervention du paysagiste et ce que le directeur des ressources humaines nomma la philosophie d'entreprise, Cyril Loubin reçut une rapide initiation au maniement du souffleur à feuilles.

«C'est comme un aspirateur qui marche à l'envers», expliqua le contremaître.

Vêtu d'une combinaison vert bouteille – «le nettoiement, qu'il soit public ou privé, aime le vert», se dit Cyril – et pourvu d'un engin neuf, le nouvel agent – on préférait ce titre à employé ou cantonnier – fut envoyé dans une résidence huppée du XVIe arrondissement, sorte de HLM de luxe, construite en arc de cercle autour des vestiges d'un parc hanté, jusqu'à la prise de la Bastille, par une concubine princière. Le domaine avait eu plus tard pour propriétaires successifs un maître de forges, un fabriquant d'automobiles, un ambassadeur étranger, avant d'échoir, après Mai 68, à un marieur d'entreprises dont la banqueroute frauduleuse avait défrayé la chronique demi mondaine. Un émir du Golfe, successeur du chevalier d'industrie, avait transformé la folie du prince bâtisseur, rendue méconnaissable par des restaurations iconoclastes, en harem parisien. Son héritier en avait fait un relais pour terroristes en transit, ce qui devait lui coûter la vie, ainsi qu'à plusieurs de ses hôtes, lors d'un passage à l'heure d'hiver. La bombe, en attente d'utilisation imminente, mais programmée à l'heure d'été, leur avait sauté à la figure. Trois ans plus tard, à la mort, par ictus extatique, du fils unique de ce milliardaire en pétrodollars, proclamé par les déshérités naïfs martyr de la révolution, les légataires mirent la propriété en vente aux enchères. Ils préférèrent à la France, ce dont on ne peut leur faire grief, l'Angleterre, toujours hospitalière pour ceux qui posent des bombes ailleurs que chez elle et pour les commanditaires des subversions extérieures.

Parmi les enchérisseurs se présenta l'État français qui souhaitait voir réintégrer dans le patrimoine national un site qualifié d'historique par les Affaires culturelles, bien qu'on y eût vainement cherché le moindre souvenir des galipettes monarchiques. Il s'agissait en réalité de loger une concubine républicaine. Mais un promoteur immobilier d'origine sicilienne l'emporta, le ministre des Finances, qui détestait son collègue de la Culture, à son avis trop dépensier, n'ayant pas soutenu, par les deniers publics, un droit de préemption équivoque.

Le promoteur, bien conseillé, avait conservé quelques beaux arbres – peupliers, érables, bouleaux, tulipiers – et fait planter des tamaris et même un ginkgo. «C'est le plus vieil arbre connu des savants. Il existait déjà il y a cent cinquante millions d'années», avait affirmé le P.-D.g. de Green City dont l'entreprise assurait, par contrat, l'entretien des massifs, le renouvellement des fleurs et plantes au fil des saisons, et garantissait le ramassage des feuilles mortes aussitôt que tombées, ce qui, pour l'heure, incombait à Cyril Loubin.

Le gardien reçut plutôt sèchement le nouveau jardinier.

– Mais qu'est-ce qu'il en fait, ton patron, de ses tâcherons ? Hein ? Il les vend ou il les mange ? Tu es le cinquième que je vois depuis le printemps. En tout cas, ramasse les feuilles, et vite. Une des copropriétaires a glissé en traversant le parc. Elle se serait cassé la patte que ton patron, il aurait peut-être été responsable !

Cyril Loubin prouva sa bonne volonté en endossant sur-le-champ, tel un sac tyrolien, l'appareil qui fournissait la puissance au souffleur. Ce geste lui rappela ceux de sa jeunesse scoute, quand il se chargeait du sac à poches multiples couronné d'une gamelle, traversé de pieux de tente, flanqué d'une gourde brinquebalante. Après avoir tiré le fil du démarreur et lancé le petit moteur à deux temps, il ressentit dans les omoplates la vibration de l'engin, sorte de chatouillis qui n'avait rien de stimulant. Il revit alors une séquence de film : James Bond s'envolant au nez des méchants, miniréacteur aux reins ! Lui, hélas, resta bien attaché au sol.

Le bruit du deux-temps ajouté au puissant chuintement du souffleur, qui eût rivalisé avec celui d'un cachalot, fit aussitôt regretter à Cyril le ronron de sa motocyclette. Autre comparaison défavorable : alors que la moto le portait avec son moteur, c'est lui, maintenant, qui portait le moteur et faisait office de châssis humain. Passer du deux-roues aux deux jambes fut ressenti par Cyril comme un humiliant déclassement. Le motard, comme le cavalier, offre une silhouette virile, nimbée de l'autorité de qui commande à l'animal ou à l'engin, tandis que le piéton bâté s'apparente à l'âne maghrébin, dans le meilleur des cas au portefaix médiéval, parfois au coltineur louche dont on se détourne.

Mais ce qui troubla le plus le néophyte, dès les premiers pas, fut l'évidente stupidité du procédé qui consiste à projeter un jet d'air sur les feuilles tombées des arbres pour les réunir en un lieu où elles n'ont aucune intention de se rendre. En admettant qu'elles se montrent coopératives et s'entassent sans regimber, il faut tout de même les ensacher à la main.

« L'inventeur du souffleur, se dit Cyril, sans doute un paresseux notoire, ne peut qu'être un émule des fantaisistes qui, au XIXe siècle, proposaient à leurs contemporains la douche vélocipédique, le patin pour marcher au plafond, le cyclodirigeable, le cerf-volant convoyeur de navires ou le bain galvanique permettant de revêtir les morts d'une couche d'or, d'argent ou de cuivre, selon les moyens des héritiers. » Ces derniers pouvaient ainsi conserver dans leur salon le regretté grand-père, statufié dans l'attitude du discobole de Myron, ou la jolie cousine, prématurément décédée, en Vénus callipyge ! Ces images, vues autrefois dans un livre, se présentèrent à Cyril tandis qu'il constatait que, pour les végétaux au moins, la vie existe bien après la mort.

La feuille fanée est même extrêmement remuante. Détachée de la branche natale, elle ne désire que jouir de sa liberté pour vagabonder à son aise dans la lumière d'automne. Elle est assurée de la complicité d'Éole, qui commande aux vents et même au plus modeste courant d'air. Cyril ne s'était jamais intéressé aux mœurs des feuilles dites mortes. Il vit des solitaires tourbillonner comme des danseuses ; d'autres, timides, se réfugier dans les encoignures, se glisser sous les soubassements dont il lui fut impossible de les déloger ; d'autres encore se déplacer en escadrille puis, soudain folâtres, se disperser. Certaines, grisées par un courant ascendant, s'élevaient en virevoltant par-dessus les toits, échappant à jamais au ramasseur salarié. Loubin comprit assez vite que la feuille morte est dépourvue d'instinct grégaire et témoigne d'une aversion opiniâtre pour tout rassemblement.

Postés derrière leurs fenêtres, des occupants de l'immeuble virent le jeune homme, brandissant son souffleur comme un combattant son lance-flammes, s'activer dans le parc où les vents jouaient aux quatre coins, courir après les feuilles de peuplier, s'efforçant tel un berger de les diriger en groupe vers un recoin abrité dont elles s'évadaient en rase-mottes, tandis qu'à l'autre bout de la pelouse il tentait d'apprivoiser les feuilles d'or clair du ginkgo, plus insaisissables que toutes les autres. Il constata aussi que la seule ennemie de la feuille volante est la pluie, qui la colle au sol où elle pourrit. Le plus puissant souffleur ne peut convaincre une feuille sèche réhydratée par l'averse de quitter l'asphalte sur lequel, par vengeance, elle devient tapis glissant sous les pas du piéton.

Après une heure d'effort, tandis que le moteur commençait à lui meurtrir les côtes et répandait des volutes bleutées qui incitèrent les curieux à fermer leurs fenêtres, Loubin fut interpellé par une femme penchée sur un balcon du premier étage.

— Vous n'avez pas bientôt fini de nous assourdir avec votre engin, paresseux ? Vous pouvez pas les ramasser à la pelle, les feuilles mortes, non ?

Cyril allait répondre que les feuilles, comme les regrets, ne se laissent cueillir à la pelle que dans les chansons, quand surgit d'une porte donnant sur le parc un homme en robe de chambre, manifestement en colère.

– Dites donc, espèce d'empoté, vous m'empêchez de dormir ! Je travaille la nuit, moi. Si vous n'arrêtez pas votre pétarade, je vous fous ma main sur la figure !

– Mais, monsieur, je tente de ramasser les feuilles. Je suis employé de Green City et le contremaître m'a dit de faire ainsi, dit Cyril, penaud.

L'homme en robe de chambre égrena une série d'épithètes peu courtoises pour la société Green City, son directeur, son contremaître, et les répéta avec quelques variantes à l'intention de Loubin.

– Ce garçon n'y est pour rien. Pour une fois qu'un jeune travaille pour gagner sa vie, faut pas le décourager. C'est son patron qui est idiot. Souffler sur les feuilles est une invention de technocrate borné, intervint le gardien, sorti de sa loge au bruit de la dispute.

– Vous n'avez qu'à les ramasser à la main, les feuilles. Ça ne fera pas de bruit, ça n'empuantira pas mon appartement et ce sera plus vite fait, lança le dormeur réveillé avec humeur.

Désorienté, Cyril avait coupé son moteur et le silence lui parut aussi agréable qu'un verre d'eau fraîche.

– Je vois que tu es embêté et qu'il te faut tout de même ramasser ces sacrées feuilles, émit le concierge qui avait pris la défense de Cyril.

– En effet, monsieur, mais je désespère d'y parvenir avec cet engin, concéda Loubin.

Compréhensif, le cerbère disparut dans l'immeuble et revint bientôt avec un large râteau, fait de lames souples disposées en éventail, et un vieux balai.

– Tiens, mon garçon, débrouille-toi avec ça. Quand tu auras fini, sonne à la loge, dit le brave homme.

Ainsi Cyril Loubin réussit à rassembler les feuilles jaunies avec une telle aisance qu'il se demanda si ces mortes, qui avaient paré les arbres du parc, n'attendaient pas d'être ratissées suivant l'ancestrale méthode et conduites à leur dernière demeure – en l'occurrence des sacs jetables – par le bras de l'homme et en silence.

Quand il restitua râteau et balai, le gardien l'invita à entrer dans sa loge, après avoir toutefois exigé qu'il se déchaussât. C'est donc en chaussettes – par bonheur, aucune n'était trouée – que Cyril fut convié à prendre, sur un parquet ciré, un rafraîchissement.

– Tu es sans doute genre Coke, hein ? J'en ai toujours au frais pour mon petit-fils, dit l'homme, ouvrant son réfrigérateur pour en tirer une bouteille de Coca-Cola et une boîte de bière.

Ils trinquèrent flacon contre boîte et, après la première gorgée, la conversation s'engagea.

– Mais, en attendant qu'on te donne un phare à garder, tu peux pas trouver un travail plus intéressant que ça ? demanda le gardien quand le jeune homme eut énoncé ses diplômes et révélé ses ambitions.

– Je ne fais que chercher, monsieur.

– Lis les journaux, que diable ! Tiens, celui-ci annonce en manchette huit mille offres d'emplois ! C'est pas rien, tout de même ! dit le brave homme en désignant le quotidien posé sur le bureau.

Cyril se saisit du journal et l'ouvrit.

– Tous les jours, je lis les annonces, monsieur. D'ailleurs, voyez vous-même. Ici, on demande un responsable d'étude biocinétique, là un toxicologue, puis un *sourcing manager*, qui n'est rien d'autre qu'un acheteur de matériel, puis des délégués médicaux, des techniciens en électronique, des conducteurs de travaux, des négociants de site, des programmeurs, des informaticiens, des consultants, des gestionnaires de patrimoine, des comptables, des contrôleurs de gestion, des fiscalistes, des juristes, des représentants possédant une automobile et « faisant preuve de charisme, de crédibilité, de créativité », lut Cyril. Plus loin, ajouta-t-il, feuilletant le journal, on recherche des hôtesses, des gouvernantes, des secrétaires bilingues, des infirmières, des cuisiniers, des chefs de rayon et chefs de tables confirmés, et même des gardiens d'immeuble, mais jamais un électromécanicien débutant. Car, pour tous ces emplois offerts, qu'il s'agisse d'engager le vice-président d'une banque liechtensteinoise ou d'embaucher un laveur de vaisselle à mi-temps, l'employeur exige toujours de la pratique et une expérience de deux à cinq ans dans la spécialité proposée. Or, comme mon expérience professionnelle se résume, à ce jour, à celle de promeneur de chiens et souffleur de feuilles mortes, avec entre-temps un stage de conducteur de caninette, je ne puis prétendre, comme vous le voyez, qu'aux petits boulots, c'est-à-dire à ces obscurs travaux que le premier venu est capable d'effectuer mais que personne ne veut faire ! Considérées par nos ministres aux dents longues et aux idées courtes comme panacée au chômage des jeunes, ces activités improductives, éphémères et mal rétribuées ne mènent qu'à l'ANPE, conclut Cyril, amer.

– Tous ces employeurs qui demandent expérience et pratique à des gars comme toi qui sortent des écoles, ils ont donc jamais commencé, eux ? C'est comme si on exigeait d'une pucelle à marier qu'elle ait déjà eu des enfants. Ce monde tourne tout de travers et je crois bien que, plus qu'ils sont haut placés, les gens, plus ils sont bêtes, asséna le gardien.

Cyril rendit le journal, vida son flacon et prit congé.

– Je comprends qu'il soit difficile pour un garçon comme toi de trouver un premier emploi, mais dis-toi que tu possèdes un bien que je n'ai plus : la jeunesse, conclut le gardien en raccompagnant le visiteur jusqu'à ses bottes de caoutchouc abandonnées au seuil de la loge.

Ce soir-là, en regagnant sa mansarde, Cyril Loubin n'agitait que des pensées moroses. « La jeunesse est un bien inestimable », se répétait-il comme pour s'en persuader, mais avec un rien d'agacement à l'égard du gardien installé dans une vie relativement confortable. Cent fois il avait entendu des gens, apparemment sensés, lui dire : « Vous êtes jeune. On a besoin des jeunes pour remplacer ceux qui partent en retraite anticipée. Vous en faites pas, ça s'arrangera. »

Or, ça ne s'arrangeait pas. Les retraités n'étaient pas toujours remplacés, ou l'étaient par des stagiaires que les entrepreneurs ne payaient pas. Ces garçons et ces filles, promis à un éternel apprentissage, se succédaient aux postes vacants, médiocrement rétribués par l'État qui fournissait ainsi de la main-d'œuvre gratuite, ou très bon marché, à des entreprises fières d'afficher en fin d'année des bilans largement bénéficiaires.

Plus d'une année s'était écoulée depuis la fin de ses études et Cyril Loubin se trouvait toujours dans la situation du désoccupé contraint de vivre d'expédients, comme son ami le Kosovar. Diplômes, bonne éducation, probité foncière, sens civique, attachement atavique aux valeurs qui font les citoyens responsables et les peuples sereins, toutes ces qualités, jointes à une volonté fiévreuse de travailler, ne suffisaient pas à lui conférer une place, même modeste, dans une société où la compétition affairiste, rendue féroce par la crise économique, ne considérait que la rentabilité de l'individu. De la même façon qu'elle nomme la houille, l'eau et le pétrole ressources naturelles, la société dite évoluée n'appelle-t-elle pas ressources humaines les diverses catégories de travailleurs? C'est dire que les zélateurs du rendement exploitent sans distinction, avec la même désinvolture et la même âpreté, les unes et les autres.

Blessé dans son orgueil, malheureux de ne pouvoir s'employer intelligemment, conscient d'être exclu de la compétition, n'étant même pas reconnu comme «ressource humaine», ce qu'il eût accepté avec des millions d'autres individus, Cyril se dit ce soir-là qu'il aurait dû suivre la carrière militaire, comme les précédentes générations de Loubin. Nourri, logé, vêtu, chauffé, peut-être aurait-il eu la chance d'exercer une activité en rapport avec ses compétences, l'armée étant devenue un corps de spécialistes et de techniciens. Il chassa cette idée, releva mentalement le menton et se dit, en franchissant le porche de son immeuble bourgeois, qu'il y avait plus malheureux que lui.

Comme souvent les soirs de spleen, Cyril, après avoir soupé de fromage et de fruits, alla sonner chez le professeur Ternin qui, toujours, l'accueillait sans réticence. Quand le visiteur fut installé dans un fauteuil bancal dont les accoudoirs de cuir aux plaies béantes dévoilaient leur crin rêche, le sociologue libéra un autre siège des livres et journaux qui l'encombraient, puis s'en fut quérir des verres et une bouteille de chablis, son breuvage habituel.

– Alors, qu'est-ce qui ne va pas, mon garçon?

Le jeune homme raconta son après-midi de chasseur de feuilles, sa conversation avec le gardien.

– Il a eu raison, cet homme, de vous rappeler que la jeunesse est un bien, mais c'est un bien qui se dévalue chaque jour! Aussi faut-il en jouir au quotidien et je reconnais que, dans votre cas, les possibilités de jouissance sont réduites par le chômage, constata le professeur.

– Il semble que l'emploi soit devenu un privilège, dit Cyril, lamentable.

– Allons, ne vous abandonnez pas à l'amertume. Souffler les feuilles mortes est une activité ridicule et épuisante que Laurel et Hardy n'auraient osé imaginer. Si j'étais à votre place, je me procurerais un râteau et un balai et je laisserais dans un coin le souffleur mécanisé. Après tout, ce qui importe à votre patron, c'est que les feuilles soient ramassées, non?

– Chez Green City, on tient au standing. Balai et râteau font mesquin, rural, pauvret, obsolète, *out*, comme on dit! Tandis que le souffleur fait moderne, technologique, *in*, en quelque sorte, monsieur. Le contremaître a beaucoup insisté sur l'image qu'on doit donner de l'entreprise. D'ailleurs, le spot de Green City à la télévision met en scène un jeune bellâtre qui souffle et entasse des feuilles avec tant de facilité que je les crois habilement lestées pour le film. Son souffleur va jusqu'à trousser jusqu'à la taille l'ample jupe d'une jolie gitane qui passe à proximité.

– Façon comme une autre de révéler la feuille à l'envers, s'esclaffa M. Ternin, grivois.

– En tout cas, ça fait gai, aisé, élégant et un tantinet érotique. Mais c'est une publicité mensongère, je vous assure, ajouta Cyril.

Jérôme Ternin n'allait pas laisser passer l'occasion d'un bref intermède sociologique sur la publicité, une de ses bêtes noires.

– Mensongère, peut-être, mais à coup sûr niaise, mon garçon, car la niaiserie sévit à l'état endémique chez les publicitaires, commença-t-il. C'est une constatation que font tous les sociologues. Reste à expliquer la nature profonde de cette niaiserie. Certains de mes collègues pensent qu'elle tient essentiellement à un manque de culture générale, allié à des goûts vulgaires, à une négligence voulue quant à la destination réelle et pratique de l'objet ou du produit vanté, à la croyance que les consommateurs adhèrent aux fantasmes de metteurs en scène de pacotille, au souci qu'ont les scénaristes spécialisés de choquer le bourgeois pour amadouer le populaire.

» Pour ma part, j'ajoute dans certains cas à ces éléments un zeste de perversité. Quand on voit des gangsters fuir en riant avec leur butin grâce aux performances d'une cinq-chevaux, un enfant dérober un gâteau, un adulte tronquer un fromage en cachette, une fillette tremper ses doigts dans un pot de confiture, des bambins dévaliser le réfrigérateur familial ou nouer ensemble les lacets des chaussures de leur mère pour qu'elle trébuche en quittant son siège, on peut craindre que ce genre de spectacle ne contribue à saper l'autorité des parents et des éducateurs, déjà bien compromise. Et puis, nous nous interrogeons aussi sur l'étrange mansuétude des annonceurs qui acceptent de voir leurs produits paraître sur l'écran dans des situations abracadabrantes, souvent ridicules, parfois folles et même d'une désolante trivialité.

» Une de nos collègues, qui milite pour les droits des femmes, s'insurge contre l'usage abusif que les publicitaires font du corps féminin. On admet, certes, qu'une gracieuse jeune femme passe un soutien-gorge ou enfile un collant arachnéen devant les caméras serviles pour révéler à quatre ou cinq millions d'hommes, qui attendent la retransmission d'un match de football, les qualités esthétiques de sa lingerie intime ; on accepte encore qu'une star des défilés de mode se déshabille en descendant, moins bien que Mistinguett, hélas, un luxueux escalier afin de mettre en valeur des dessous rendus encore plus séduisants par les formes déjà connues qu'elle exhibe avec une nouvelle candeur. Encore, reprit le professeur avec un clin d'œil, qu'on imagine plutôt une femme se dévêtant en montant l'escalier au sommet duquel l'attend un amant impatient, ce qui illustrerait le mot fameux de Clemenceau : «Le meilleur moment en amour, c'est quand on monte l'escalier !» Baste ! Tout cela, répétons-le, est acceptable, mais l'abus tient dans le fait, cent fois constaté, que la demoiselle dénudée semble être devenue le présentoir élu pour yaourt, eau minérale, chaussures, café, dentifrice, automobile ou lave-vaisselle. Rien à voir avec la parure féminine, qui ne peut être mise en valeur que par une femme, tandis qu'une automobile ou un aspirateur, hein ! C'est donc bien là un usage abusif du corps féminin. Associée à l'objet utilitaire pour le valoriser, car on regarde plutôt la belle fille que le presse-purée, la femme en tenue légère, toujours mutine, parfois lascive, comme offerte, est mise en scène pour transmettre un peu de son charme à l'objet ou au produit à vendre. Cela ne fonctionne cependant que pour les voyeurs ou les simples d'esprit, ceux qui pensent qu'en fumant certaine marque de cigarettes américaines ils vont acquérir la virilité supposée du cow-boy et l'adresse de Buffalo Bill…

Ayant achevé son trop long exposé, Jérôme Ternin emplit à nouveau les verres et, comme Cyril demeurait silencieux, il revint au sujet qui, plus que la publicité à la télévision, occupait les pensées de son jeune voisin.

— Que comptez-vous faire, finalement ? demanda-t-il.

— Je vais continuer chez Green City. Je n'ai pas le choix, mais, après mon expérience de cet après-midi et vos conseils, je vais me procurer un râteau et un balai. J'hésite cependant à me présenter à Green City avec cet équipement de cantonnier ancien style.

— Pourquoi non, si vous fournissez vous-même râteau et balai ? Votre patron sera enchanté d'économiser son matériel et du carburant. De plus, vous n'assourdirez plus les occupants des lieux où vous opérerez et la réputation de l'entreprise en sera améliorée. C'est à vous de faire comprendre cela à votre patron, insista le professeur.

Puis il invita Cyril à vider un dernier verre.

— Courage, mon garçon. Faites preuve d'initiative et tenez-moi au courant de la suite des événements, conclut, amical, le sociologue en raccompagnant son voisin.

Tôt levé, Cyril Loubin courut le lendemain matin jusqu'au bazar pour acquérir un râteau aux dents de bois souple, fabriqué en Chine communiste, et un balai du type monture de sorcière à rameaux de plastique imitation genêt, produit à Taïwan.

Muni des instruments de travail qui font l'orgueil du cantonnier automnal, Loubin comprit dès son arrivée au dépôt de Green City, où les ouvriers venaient chaque matin prendre possession de leurs outils et machines, que son initiative suscitait une curiosité inquiète.

— Où as-tu pêché cet engin ? demanda un jeune commis en désignant le râteau que Cyril, immobilisé, tenait planté comme une hallebarde.

– Je l'ai acheté. C'est un râteau, dit-il.

– Un quoi, tu dis ?

– Un râteau. Tu n'en as jamais vu ? s'étonna Cyril.

– Jamais vu par chez nous ! Ça sert à quoi ?

– À ratisser les feuilles mortes. J'ai fait l'expérience, c'est mieux que le souffleur, engin idiot, bruyant, pollueur et qui m'a valu des insultes. Dorénavant, c'est avec mon râteau et mon balai que je ramasserai les feuilles mortes. D'ailleurs…

– D'ailleurs quoi ? intervint sèchement le contremaître qui avait entendu la fin de la tirade.

– D'ailleurs, ça fera faire des économies au patron. Plus besoin d'essence, plus de bruit, un ramassage rapide et soigné, précisa Cyril, souriant et sûr de lui.

– Qui m'a foutu un loustic pareil ! Il a la chance d'être engagé à l'essai depuis deux jours, qu'il veut déjà faire le malin. T'es trop instruit pour nous, mon gars, trop prétentieux. Ici, c'est moi qui commande. T'as pas à choisir tes outils. Vous le voyez, vous autres, avec son râteau et son balai, dit l'homme, se tournant vers des ouvriers que ses éclats de voix avaient attirés.

– Revenir au râteau, non mais ! Rabaisser l'ouvrier au rang de l'esclave ! Le faire suer sang et eau pour besogner à la main, alors que nous avons fait la révolution pour imposer la machine qui diminue la peine du travailleur ! D'où il sort, ce réactionnaire ? lança un chétif.

– Ce nouveau a mauvais esprit, ça se voit. Le bourgeois y tient pas compte de la fatigue de l'ouvrier. Y serait capable de nous faire augmenter les cadences avec son râteau rétrograde, renchérit un ancien.

– Les feuilles n'obéissent pas toujours au souffleur, c'est vrai. On passe quelquefois une heure à souffler pour remplir un sac, mais, après tout, on n'est pas payé au poids de feuilles ramassées, reconnut, jovial, un étudiant en philosophie engagé depuis trois mois.

— C'est pas une raison pour revenir au temps des serfs. Le râteau, comme le fléau à battre les douves pour empêcher les grenouilles de crier quand le seigneur dort, est un instrument condamné par le progrès social, ajouta un marxiste féru d'histoire.

— Ça serait pas une idée du patron pour faire des économies, des fois ? compléta un gaillard soupçonneux.

— C'est une initiative personnelle. Je n'ai rien demandé au directeur, confessa Loubin, intimidé par l'agressivité de ses compagnons.

— À mon avis, le patron ne goûterait guère cette plaisanterie, dit le mécanicien chargé de l'entretien des souffleurs.

— J'aimerais lui soumettre moi-même mon idée et lui donner mes raisons, insista timidement Cyril.

— Le patron, il est en Hollande pour acheter des tulipes et il se fout des idées d'un traîne-savates comme toi. Il est ce qu'il est, mais c'est un patron moderne. Il y a dix ans qu'il a supprimé les râteaux qui donnaient des ampoules aux gars. C'est pas maintenant qu'on va y revenir. C'est un coup à nous foutre une grève dans la corporation, rugit le contremaître.

— Faut pas le garder chez nous, ce type. D'abord, il boit que de l'eau ou du jus américain. Vous avez vu, vous autres, qu'il a même pas offert un pot, comme ça se fait quand on rentre dans une équipe, hein ? commenta l'ancien.

— Assez parlé, intervint le contremaître. Tout le monde au boulot. Quant à toi, Loubin, balance-moi ton râteau et ton balai et prends ton souffleur. Je te réserve une propriété de Saint-Cloud qui nous fait bien deux tonnes de feuilles chaque automne, ricana le chef.

— Je prends mon souffleur, mais j'emporte mes outils. Je les ai payés, ils m'appartiennent, et les feuilles seront ramassées, de toute façon! dit Cyril, irrité.

— Si tu emportes ton râteau et ton balai sur un chantier de la société, tu n'auras pas besoin de revenir ici. Je ne veux pas de contestataire de ton espèce! Entendu? hurla le contre-maître.

S'il avait été un Loubin pareil à ses aïeux militaires, habitués à ne jamais discuter un ordre, Cyril aurait obtempéré à l'injonction, mais il avait déjà prouvé que le gène de la subordination à l'autorité balourde lui faisait défaut. Il mit sur l'épaule râteau et balai, geste atavique, sans doute imposé à son insu par le fantôme d'un trisaïeul mousquetaire, et prit sa décision:

— Entendu, monsieur. Gardez votre souffleur et faites recueillir vos deux tonnes de feuilles par qui vous voudrez. Je démissionne. *Ciao!* conclut-il en effectuant un demi-tour réglementaire qui aurait satisfait l'adjudant le plus exigeant.

5.

La rupture avec Green City, bien que de son fait, augmenta chez Cyril Loubin le sentiment de frustration qui l'étreignait depuis qu'il cherchait un emploi.

«Ai-je une place dans une société qui m'a préparé à l'exercice d'un métier qui n'existe plus?» se demandait-il chaque fois qu'il apprenait que tel phare breton ou vendéen venait d'être automatisé. Il fit part de cette interrogation au professeur Ternin, rencontré chez la gardienne où tous deux prenaient leur courrier.

– Un verre de blanc nous aidera à mieux cerner cette question fondamentale, mon ami, dit M. Ternin, enchanté d'avoir un compagnon pour partager au bar-tabac voisin sa bouteille de chablis vespérale.

La gardienne regarda les deux hommes s'éloigner, puis haussa les épaules. Elle avait de la sympathie pour le jeune et pour l'aîné, mais désapprouvait le plus âgé quand il entraînait M. Loubin au café. «Mauvaise habitude que cela!» grommela-t-elle.

Attablé avec son compagnon, Jérôme Ternin vérifia la température de la bouteille servie dès son apparition, goûta le vin, fit emplir les verres et, ce cérémonial achevé, se tourna vers Cyril.

– Alors, où en êtes-vous, ratisseur de feuilles mortes ?

Le jeune homme lui conta l'échec de sa tentative d'imposer le râteau, et sa démission.

– Mon garçon, nous nous trouvons devant un cas typique de cristallisation corporative. Le patron de l'entreprise, comme le contremaître et les ouvriers, sait que l'on ramasse plus aisément et plus vite les feuilles mortes avec un râteau et une pelle qu'avec un souffleur. Mais ni l'un ni les autres n'en conviendront. Le patron parce qu'il n'admet pas qu'on discute ses choix d'entrepreneur moderne, les ouvriers parce qu'ils tiennent pour avantage acquis l'usage du souffleur. L'engin les élève au-dessus de la condition du travailleur manuel, lequel est stupidement considéré dans ce pays comme socialement inférieur.

Les deux hommes choquèrent leurs verres et burent une gorgée.

– Je vous assure que le métier de gardien de phare, le seul qui me plaise, est un travail qui fait appel à la main autant qu'à la tête ; je ne comprends donc pas l'ostracisme dont vous parlez, dit Cyril.

– De par votre éducation bourgeoise, vous ne pouvez pas comprendre. Le travail manuel a été déconsidéré en France par ceux qui croient que la main suffit pour accomplir certaines tâches, alors que la main n'est que l'instrument permettant de mettre en œuvre un savoir. C'est l'esprit qui guide le geste, dans tous les cas. Le sculpteur, le chirurgien, le pianiste, le sertisseur de diamants, le pilote de formule 1 ne pourraient exercer leur art sans la main. Les appelle-t-on pour autant, avec quelque condescendance, travailleurs manuels ? Non !

– C'est vrai, concéda Loubin.

– Il y a plus de vingt ans, un ministre, devenu depuis chef d'orchestre, eut l'idée, plus démagogique que délicate, de revaloriser le travail manuel en faisant apposer partout des affiches représentant des travailleurs de force, musculeux et suants, en pleine action. Les ouvriers prirent fort mal cette publicité fallacieuse. Et ils eurent raison. Que les manuels croisent les bras, et la nation unanime reconnaît soudain l'irremplaçable valeur sociale de leurs mains, commenta le professeur.

– Comme gardien de phare, j'accepterais avec fierté qu'on m'appelât travailleur manuel, précisa Cyril.

– Je le crois volontiers, mais vous devez renoncer à cette profession, comme j'ai renoncé à enseigner le latin et le grec, comme le paysan s'est débarrassé de son cheval et la locomotive de sa vapeur. Aujourd'hui, les phares s'allument et s'éteignent seuls, le métropolitain roule sans conducteur, l'ordinateur trait les vaches, les enfants ne sortent plus des choux mais des éprouvettes, et toutes les pendules d'Europe, sauf les britanniques, naturellement, se mettent à l'heure exacte sur injonction d'une onde allemande !

– Je sais, je sais, avoua Cyril sans pour autant tirer les conséquences de ce savoir.

– Soyez de votre temps ! Lancez-vous dans l'informatique, le marketing, le management, le *high tech,* le commerce international ou, peut-être mieux, la gestion. Car tout est gestion à notre époque : on gère les comptes en banque comme les stocks de pétrole, les matières premières comme les secondes, les flux migratoires comme le gibier d'eau. Le secteur tertiaire, celui qui ne fabrique rien, recèle, paraît-il, un gisement d'emplois !

– Je me suis renseigné auprès d'anciens camarades qui ont suivi des cours de gestion. Ils sont chômeurs comme moi. La gestion des gestionnaires qui n'ont rien à gérer est, d'après eux, le seul débouché actuellement envisageable, ajouta ironiquement Cyril.

– Alors, lancez-vous dans l'action culturelle! Le premier venu peut s'y faire une place en élucubrant sur la musique *rap*, l'art du *tag* urbain, le mouvement perpétuel différencié, le classement analytique des vespasiennes, la vie sexuelle de l'huître perlière ou l'application de la théorie d'Einstein aux conflits sociaux. Avec un peu de culot, vous pourriez même obtenir une subvention du ministère ou vous faire sponsoriser par une banque. Bref, devenez, cher Cyril, maître à penser. Dans les bistrots en manque de poivrots on propose aux consommateurs des cours de philosophie pratique. Grâce à eux renaît la dialectique de l'ancien Café du Commerce, qui fit la fortune des marchands d'apéritif anisé et modela si heureusement le sens politique de nos concitoyens!

– Noble mission, mais hors d'atteinte de mes capacités : je n'ai pas d'idées philosophiques, ironisa Cyril.

– Détrompez-vous, mon garçon! Tout le monde peut en avoir. Et puis, souvenez-vous du conseil que Méphistophélès donne à Wagner, l'élève de Faust : «Là où les idées manquent, un mot peut être substitué à propos; on peut avec les mots discuter fort convenablement, avec des mots bâtir un système; les mots se font croire aisément…»

Loubin, pensif, vida son verre. La saveur chaleureuse du vin lui procura un réconfort provisoire.

– Mais alors, qu'allez-vous faire? Quel est le prochain *job* possible, pour parler moderne? reprit M. Ternin.

Cyril allait répondre qu'il ignorait tout du lendemain quand Kalim Kolari entra dans le bar. Après un regard circulaire, le Kosovar se dirigea d'un pas assuré vers ses deux voisins attablés.

Jérôme Ternin, xénophobe inavoué comme bon nombre de Français face aux étrangers en nombre, acceptait avec compréhension et générosité, comme beaucoup de Français aussi, l'immigré à dose individuelle. Il s'était pris d'affection pour Kalim et s'intéressait, en tant que philologue, à l'albanais, langue maternelle du jeune homme. Au cours de conversations sans fin et toujours arrosées, le professeur recherchait avec passion les racines d'un parler, d'après Kalim d'origine illyrienne, mais qui empruntait, assurait Ternin, aux dialectes indo-européens les plus mal connus, révélant ainsi des influences slaves que reniait avec hauteur le Kosovar.

Ce fut moins l'apparition de Kalim que sa tenue vestimentaire qui surprit les buveurs. Le Kosovar était métamorphosé : une vraie gravure de mode. Il arborait un costume trois pièces de cheviotte anglaise d'un gris soutenu, une chemise d'oxford du bleu exact de ses yeux, une cravate de tricotine de soie marine. Glissant jusqu'aux chaussures, le regard de Loubin découvrit des richelieus lustrés.

– Bon sang, tu as braqué un banquier ou séduit une veuve américaine ? interrogea-t-il sur-le-champ.

– Vous êtes, à mon avis, légèrement *overdressed* pour le lieu et l'heure, commenta M. Ternin dont les pantalons tire-bouchonnaient sur les maigres jambes et qui endossait, hiver comme été, des vestons de tweed aux poches béantes, déformées par les surcharges.

Puis le professeur ordonna au patron :

– Apportez un verre pour ce jeune homme et une bouteille du même.

Ce dernier était saisi lui aussi par la transformation du réfugié à qui il consentait parfois du crédit, bien qu'un antique panneau en forme de faire-part affirmât au-dessus du bar : « Crédit est mort ! »

– Alors, raconte ! s'impatienta Cyril dès que les verres furent pleins.

– Je fais de l'import, dit Kalim, assez fier.

– Quel genre de commerce ? Comment vous êtes-vous si vite enrichi au point d'apparaître comme le Brummel de l'arrondissement ? demanda le professeur.

– J'importe des remèdes. Je fais dans la pharmacie, révéla, sibyllin, le Kosovar.

– L'exercice illégal d'une profession aussi strictement surveillée peut vous envoyer en prison pour longtemps, prévint M. Ternin.

– Je vois, tu es devenu le gigolo de la pharmacienne du coin, risqua Loubin qui connaissait le goût de la veuve pour les jeunes gens sains et robustes.

– Bon, je vais vous dire. Il y a quelques semaines, le boucher m'a demandé, en se cachant de sa femme qu'est toujours à la caisse, d'aller acheter pour lui un médicament à la pharmacie. Il m'a donné le papier d'un docteur pour avoir le remède…

– Ça s'appelle une ordonnance, précisa le professeur qui ne perdait pas une occasion d'instruire le réfugié.

– C'est ça que la fille de la pharmacie a dit. Elle m'a dit aussi : « C'est y pas Dieu possible que vous ayez besoin d'Orviril à votre âge ! » J'y ai demandé pourquoi elle disait ça, et là, elle m'a dit tout doucement, comme si c'était secret, que c'est un remède pour les hommes qui peuvent plus avoir de rection.

– D'érection, rectifia le professeur.

– Maintenant, je sais tout, ça veut dire bander! L'Orviril c'est le meilleur de tous les produits, à ce qu'il paraît. Et ça m'a pas étonné que le boucher il en ait besoin, vu qu'il va coucher avec la vendeuse de la crémerie qu'on prendrait pour sa fille. Il dit à sa femme qu'il va aux courses à Longchamp et hop, il met la petite dans son auto au bout de l'avenue et y s'en vont faire l'amour chez elle.

– Non! Il ose faire monter cette fille à peine pubère dans sa voiture, à deux cents mètres de chez lui? Sa femme pourrait voir le manège, dit le professeur.

– Y a pas danger, parce que, dès que le boucher est parti, le premier commis y baisse le rideau et monte à l'étage avec la bouchère pour faire la même chose que le boucher et la crémière. Ça, je l'ai vu. Mais le premier commis, lui, il a pas besoin de remède pour faire son affaire! précisa Kalim en riant.

– Cela explique ta nouvelle garde-robe! Tu fais chanter séparément le boucher et la bouchère, et tous deux te donnent de l'argent. C'est du propre! risqua Loubin.

– Qu'est-ce que ça veut dire, «chanter le boucher»? J'ai jamais vu le boucher et la bouchère chanter, et mes sous viennent pas d'eux! Je fais des affaires tout seul, moi, déclara Kalim, indigné.

Comme le professeur demandait des éclaircissements, le Kosovar confessa qu'il avait appris par la préparatrice de la pharmacie, qui, comme sa patronne, lui faisait les yeux doux, que l'on ne délivre l'Orviril que sur ordonnance. Beaucoup d'hommes en useraient volontiers, avait expliqué la jeune femme, qui n'osent pas demander à leur médecin de leur en prescrire.

– Elle m'a dit qu'au Luxembourg, l'Orviril est vendu librement, comme les pastilles pour le rhume, et que des gens font exprès le voyage pour en acheter. «Si j'étais vous, qu'elle m'a dit, j'irais en chercher et, moi, je vous aiderais à le vendre.» J'ai demandé : «Si moi je vais en chercher un tas, je peux gagner bien?» «Et comment! qu'elle m'a dit. Au prix officiel, c'est dix francs la pilule, mais au marché noir, on la trouve à vingt et même quarante francs.» Le soir, elle m'a emmené chez elle pour parler. On s'est un peu bien entendus, Sophie et moi. Vous voyez quoi je veux dire, hein? Le lendemain, elle m'a avancé l'argent pour le voyage et ça fait déjà cinq fois que je vais chercher de l'Orviril. Comme ça, quand la pharmacienne est pas là, Sophie elle peut en vendre à des clients sans papier du médecin. Et moi, par le boucher qui m'en achète, j'ai trouvé des vieux qui en veulent et même en redemandent. Comme ils se racontent entre amis leurs affaires de baisage, j'en suis maintenant à cinquante ou soixante pilules par jour à cinquante francs, parce que je dis qu'il faut bien payer les frais de train et les risques de passage de la frontière avec le passeport d'un copain régularisé qui me ressemble.

– Bravo! Te voilà trafiquant de drogue aphrodisiaque! On commence par l'Orviril et on finit par la cocaïne. Tu es sur la mauvaise pente, mon vieux! déclara Loubin avec humeur.

Kalim Kolari devint soudain grave.

– Je sais ce que c'est la drogue, moi. Les Serbes ils en donnent à ceux qu'ils veulent abrutir et, après, ils peuvent plus s'en passer. Jamais je ferai ça. C'est bandit et compagnie et ça tue le cerveau.

Le professeur Ternin intervint avec bonhomie :

– Notre ami Kalim est un garçon sérieux et un noble cœur. Bien que ce trafic d'Orviril soit contestable, parce qu'il

détourne du commerce patenté un produit aux effets parti-
culiers, on doit admettre que son activité de passeur permet à
des gens chez qui le respect humain l'emporte douloureusement sur le désir de retrouver, avec frénésie et durabilité, dit-
on, le plaisir élémentaire du mâle.

— En somme, Kalim serait un bienfaiteur de l'humanité
impuissante en manque de copulation! ironisa Loubin.

— En quelque sorte, mon garçon, et cela n'est pas rien.
Montaigne n'a-t-il pas écrit : «Les plaisirs de l'amour sont
selon moi les seuls vrais plaisirs de la vie corporelle»? Laissons donc Kalim à son commerce licencieux mais illicite, et
trinquons à sa réussite, conclut le professeur en levant son
verre.

— Tu es vraiment débrouillard, toi, reconnut Cyril, envieux.

— Dès que j'ai gagné assez, je m'arrête. D'abord parce
qu'un Croate m'a donné l'adresse d'un fonctionnaire qui,
pour cinquante mille francs, vous fait des papiers, permis de
séjour, permis de travail, carte d'identité, carte de sécu et
tout. Et tout bien en règle. Sinon, j'ai un filon pour me procurer un passeport diplomatique par Internet... Et aussi
parce que la fille de la pharmacie commence à me fatiguer.
L'autre soir, elle voulait que je prenne une pilule d'Orviril
pour que ça dure plus longtemps! confessa le Kosovar,
déclenchant l'hilarité de ses compagnons.

— Je n'aurais jamais soupçonné que cette jeune fille, dont
j'ai eu le frère comme étudiant, fût aussi coquine, dit
M. Ternin, pensif.

— Tu te débrouilles mieux que moi, c'est sûr, insista Loubin. Moi, je suis toujours sans travail, licite ou non!

Kalim Kolari vida son verre et posa sur son ami un bon
regard chargé de commisération.

– Attends, j'ai peut-être quelque chose pour toi, dit-il en tirant un papier de sa poche. C'est un copain qui m'a donné le tuyau. On demande des gens pour un salon. Tiens, lis.

Loubin prit le papier et découvrit que les organisateurs du prochain Salon des salons souhaitaient recruter une vingtaine de jeunes gens de bonne présentation, parlant anglais, allemand, russe, chinois ou japonais. «Dix jours de travail payés au smic, plus prime de panier», indiquait l'annonce.

– Merci. Je vais voir, dit Loubin sans enthousiasme.

Ce soir-là, le Kosovar invita ses deux voisins à dîner au Coq d'or. En rentrant chez eux, les trois hommes, d'humeur joyeuse, firent assez de bruit dans le hall de l'immeuble pour réveiller la gardienne qui risqua un œil derrière son rideau.

– Et maintenant, voilà qu'ils font la noce! murmura-t-elle à l'adresse de son mari en se recouchant.

Seuls lui répondirent les ronflements de l'époux. Il ne fallait rien de moins que la sonnerie stridente d'un réveille-matin posé dans une assiette pleine de pièces de monnaie pour tirer l'ancien forgeron du sommeil.

Dès la première heure, au lendemain de cette petite fête, Cyril Loubin repassa son pantalon anthracite, cira ses chaussures noires dont les rides menaçaient de devenir fentes, noua sous le col de sa seule chemise blanche une cravate club des plus sobre, endossa son blazer soigneusement brossé et se mit en route pour la Défense où l'administration du Salon des salons occupait le vingt-huitième étage d'une tour. En bon Parisien attaché à l'*intra-muros* de Charles V, Loubin n'avait jamais eu l'occasion, moins encore la curiosité, de visiter, tel un touriste japonais à Caméscope, le quartier d'affaires aux prétentions manhattaniennes. Cette ville annexe, vouée à la verticalité, le dérouta plus encore que la Grande Arche, donjon des ministères expatriés, pendant dégénéré de l'arc de triomphe de la place de l'Étoile, que les Beaucerons du troisième âge en sortie culturelle prennent parfois pour un silo à grains.

Après un parcours en plein vent sur des esplanades désertes et quatre tentatives infructueuses pour identifier l'ascenseur 5 B, il finit par atteindre les bureaux paysagers dans un style piscicole avec aquariums, son et lumière et marlins naturalisés. Dans le hall, une douzaine de garçons reprenaient leur souffle face à un comptoir en demi-lune sur lequel semblait posée, tel le chef de Jean-Baptiste réclamé par Salomé, une tête d'hôtesse inexpressive. La propriétaire de cette face figée s'étant levée pour inviter un des candidats à se rendre pour entretien au bureau 319, Cyril constata avec soulagement qu'elle n'avait pas été décapitée. Il donna son nom et la demoiselle, économe de ses paroles, lui attribua d'une voix mourante un numéro d'ordre. Il attendit une heure avant d'être appelé, tandis que de nouveaux postulants jaillissaient de l'ascenseur, les joues rouges, l'œil hagard, exténués par une errance prolongée entre les tours.

Quand il se présentait, parmi d'autres, devant un employeur éventuel, Cyril Loubin retenait toujours l'attention. Sa haute taille, sa minceur, ses cheveux blonds sagement coiffés – ni trop longs comme ceux du hippie démodé ni trop courts tels ceux du tôlard récemment libéré –, son regard franc, son air réservé et sa tenue vestimentaire classique lui valurent, cette fois encore, d'être remarqué par le responsable du recrutement pour le Salon des salons.

L'homme, un cadre grisonnant à l'air blasé, était rompu aux approches des solliciteurs de tout poil. Au premier coup d'œil, il savait reconnaître le pauvre type ignorant, prêt à tout pour manger, l'obséquieux larmoyant, le caractériel imprévisible, l'indiscipliné déroutant, le futur contestataire qui met la pagaille dans une entreprise, le paresseux amateur de planques temporaires, le hâbleur trop assuré de plaire, enfin le professionnel du chômage venu chercher la preuve écrite qu'il a répondu à une offre d'emploi ne pouvant lui convenir afin de continuer à percevoir les indemnités allouées aux désoccupés.

D'emblée, le recruteur classa Cyril Loubin dans la catégorie la plus corvéable et la moins exigeante, celle des garçons bien élevés, sérieux et travailleurs, contraints aux petits boulots aléatoires pour survivre.

Quand il eut pris connaissance du *curriculum vitae* de Loubin, l'homme se montra plus communicatif et donna des précisions :

– Vous ignorez sans doute, jeune homme, que se tiennent en France, chaque année, près de deux cent cinquante salons. Le but du Salon des salons, manifestation internationale, est donc de faire connaître aux professionnels de toutes les branches de l'industrie et du commerce les salons qui existent et leurs spécialités, récita, pour la énième fois ce matin-là, en préambule, le représentant des organisateurs.

– Deux cent cinquante salons ! Presque cinq par semaine, c'est incroyable, dit Cyril qui ne connaissait que les Salons de l'automobile et de l'agriculture.

– D'où l'importance socio-économique de notre Salon des salons. Pendant dix jours, tous les promoteurs de salons disposent d'un stand individuel, chacun ayant à cœur de mettre en valeur son organisation, les services offerts aux exposants, et d'en révéler l'impact commercial. Puisque vous parlez l'anglais, l'allemand et un peu l'espagnol, qu'avec le français et l'espagnol vous pouvez comprendre un peu l'italien, et que vos références, bien que rares et curieuses, paraissent bonnes, nous allons vous affecter au service général qui couvre tout et n'importe quoi. Votre tenue, blazer, pantalon gris, est parfaite; mettez plutôt une chemise bleue, le blanc fait cérémonie. La liste et le plan des stands vous seront remis lors de votre entrée en fonction, ainsi qu'une cravate originale et un badge, que vous devrez porter en service. Chaque exposant amène naturellement ses hôtesses et ses animateurs. Ne vous occupez pas d'eux. Vous appartiendrez à l'état-major. Soyez disponible à tout instant pour renseigner, guider les visiteurs, prévenir les incidents, dissiper les incompréhensions. Tout ira bien, vous verrez. Bon esprit et bonne volonté suffisent pour réussir dans ce genre de travail. Faites-moi parvenir deux photographies d'identité, aujourd'hui même, pour l'établissement de votre badge. Rendez-vous samedi prochain, à sept heures du matin, au palais des Salons, conclut le recruteur en lui tendant la main.

«Me voilà casé pour dix jours, nourri, à l'abri des intempéries, avec en prime la possibilité de rencontrer des gens susceptibles de proposer des emplois intéressants», se dit Cyril, retrouvant son optimisme.

Comme il se préparait à quitter l'étage de son nouvel et très temporaire employeur, Cyril Loubin fut abordé par un quinquagénaire élégant, genre P.-D.g. de multinationale.

– Je sais que vous venez d'être retenu pour le Salon des salons et j'ai une proposition à vous faire, si vous m'accordez dix minutes d'entretien. Mon bureau est au quinzième étage.

– Je vous suis, répondit Cyril qui accordait toujours inconsidérément confiance aux gens courtois.

Dans son bureau paysager dans un style africain, avec totems et masques de sorciers bantous, l'inconnu déclina son identité : Arnaud de Belleroche de Saint-Solin. La double particule très vieille France parut des plus rassurante à Cyril, invité à s'engloutir dans un fauteuil flasque comme une couette, qui absorba son corps tel un sable mouvant. L'hôte, en position dominante sur un siège plus rigide, proposa un rafraîchissement que le visiteur accepta. Quand une secrétaire blonde, ondulante et parfumée, incarnation grandeur nature de la poupée Barbie, eut servi les jus d'orange, Arnaud de Belleroche de Saint-Solin, dont une chevalière armoriée ornait l'auriculaire, livra son message.

– J'exerce, jeune homme, une profession un peu spéciale et qui, en fait, n'a pas de nom. Disons, pour que les choses soient claires et que vous compreniez ce que je vais vous proposer, que je suis une sorte de diviseur des salons.

– Diviseur des salons ! Drôle de profession. Je ne vois pas à quoi cela correspond, confessa Cyril.

– Je vous explique. On a dû vous dire là-haut – l'homme désigna à travers le plafond les bureaux que Cyril venait de quitter – qu'il existe en France, chaque année, près de deux cent cinquante salons différents.

– En effet. Et je trouve que c'est beaucoup, commenta Cyril.

– C'est peut-être beaucoup, mais on pourrait en organiser plus encore en affinant les spécialités. Je m'explique : il y a le Salon de la chaussure, qui regroupe toutes les chaussures. Mais on pourrait avoir le Salon de la chaussure masculine et celui de la chaussure féminine, celui de la chaussure de ville et celui de la chaussure de sport, celui de la chaussure de montagne et celui de la chaussure de brousse, etc. Vous comprenez ?

– Très bien! En somme, vous scindez les salons. D'un fourre-tout vous faites des compartiments. Mais ça rapporte quoi? ajouta Loubin, crédule.

L'homme sourit.

– Quels sont vos diplômes et quelle profession envisagez-vous?

– Je veux être gardien de phare. Vivre seul face à la mer en me rendant utile aux marins. L'ennui, c'est qu'il n'existe plus de phare à garder, avoua Cyril après avoir décliné ses diplômes.

Le sourire de l'homme s'élargit et Loubin crut lire dans son regard une sorte de commisération teintée de bienveillance.

– Je vois. Vous n'êtes pas un homme d'affaires, plutôt un poète. Alors, sachez que louer des emplacements dans les salons est d'un très bon rapport, pour peu qu'on ait ses entrées porte de Versailles, à Villepinte, au Bourget ou au Grand Palais, et quelques relations dans ces places. Le mètre carré, dans certains salons, vaut de l'or et laisse plus de bénéfice qu'une suite au Ritz ou au Crillon, voire qu'une parcelle de vignes en Bourgogne. Et cela, sans soucis ni aléas.

– Mais, que puis-je faire là-dedans? s'étonna le jeune homme.

– Vous pouvez, lors du Salon des salons, me renseigner. Et même, en bavardant avec les occupants des stands qui ne semblent pas avoir de succès auprès des visiteurs, leur faire observer, comme ça, sans avoir l'air intéressé, que leur salon englobe trop de spécialités, qu'il n'est pas suffisamment ciblé mais trop onéreux, qu'il serait plus profitable de concentrer leurs efforts sur un secteur donné, celui où ils sont les plus forts ou les mieux placés, en laissant les moins intéressants à un autre salon à créer. Vous comprenez?

– En somme, vous me demandez de jouer les rabatteurs. Pourquoi ne faites-vous pas vous-même ce genre de démarches qui demandent certainement des connaissances que je n'ai pas ? L'entrée au Salon des salons est publique et...

– L'ennui, c'est que je suis connu comme le diviseur des salons existants et que mon activité déplaît à certains. Car plus il existe de salons et plus le calendrier des lieux d'exposition se resserre, plus les emplacements sont convoités, d'où la flambée des loyers. C'est pourquoi je vous propose de collaborer à mon entreprise comme... disons, informateur plutôt que rabatteur. Et, naturellement, pour toute division réussie à partir de vos informations ou contacts et aboutissant à la création d'un nouveau salon sous mon contrôle, je vous donnerai trois pour cent du profit. N'est-ce pas intéressant ?

Bien qu'incapable, sur le moment, de motiver sa réticence face à une proposition qui, sans être malhonnête, exigeait qu'il s'engageât comme rabatteur au service d'un homme dont le seul but était de diviser pour encaisser, Cyril Loubin aurait pu déclarer qu'il ne se sentait pas armé pour une telle activité. Mais son caractère entier et sa méfiance atavique envers les profits acquis par l'exploitation de la crédulité humaine l'emportèrent. Il vida son verre de jus d'orange et s'extirpa en gesticulant de l'étreinte molle du fauteuil.

– Voyez-vous, monsieur, votre proposition, si prometteuse qu'elle soit, ne me plaît guère. Je ne suis doué ni pour le boniment ni pour le mercantilisme. Aussi permettez-moi de me retirer en vous remerciant de m'avoir fait une offre que d'autres, moins timorés que moi, pourront, je pense, mieux apprécier.

– Ces scrupules vous honorent, jeune homme. Mais ce n'est qu'une question d'affaires, voyez-vous.

– Pour moi, c'est une question de principe, répliqua Cyril, ferme et sérieux.

Le diviseur de salons se leva à son tour, inclina le buste cérémonieusement et raccompagna Cyril jusqu'à la porte de son bureau.

– Souvenez-vous de cette phrase d'un sage, et faites-en votre profit : «Il faut toujours s'appuyer sur les principes, ils finiront bien par céder.» Quand les vôtres auront cédé, revenez me voir. L'orgueil, il faut en avoir les moyens, mon garçon, ajouta plus sèchement le diviseur de salons.

Cette même phrase relative au coût de l'orgueil lui avait été jetée autrefois par Estelle Picarougne. Ainsi la jeune bourgeoise et l'aristocrate fin de race semblaient avoir la même conception de ce que les Loubin, civils ou militaires, s'obstinaient à nommer l'honneur.

Comme Cyril, caché par un palmier en plastique moulé, attendait l'ascenseur, il vit sortir de son bureau et emprunter un couloir l'homme qu'il venait de quitter, accompagné de la secrétaire suspendue à son bras.

– Dommage! Nous avions là un garçon de qualité, dit Arnaud de Belleroche de Saint-Solin.

– Un imbécile, oui! répondit la poupée Barbie.

6.

Avec vingt autres garçons portant comme lui une cravate d'un jaune phosphorescent frappée du sigle du Salon des salons, Cyril Loubin prit son service sur un chantier en pleine effervescence. Deux heures avant l'ouverture au public, des ouvriers, nerveux et sans cesse houspillés par les exposants, s'affairaient pour achever les stands dans une ambiance de foire d'empoigne. Marteaux, scies, rabots, perceuses, aspirateurs étaient à l'ouvrage. Cyril, disposé à tout prendre avec bonne humeur, entendit ce tintamarre comme une pièce de musique dodécaphonique interprétée par des percussionnistes amateurs.

– T'inquiète pas. C'est comme ça pour tous les salons. Ce n'est qu'au jour de la fermeture que tout est vraiment en place, dit un garçon, habitué à ce genre de manifestation.

Bon camarade, il invita le nouveau venu à prêter une attention particulière aux salons dits des métiers de bouche et précisa :

– On s'y nourrit et abreuve plus agréablement qu'à la cantine du personnel.

On ne conçoit pas, de nos jours, un salon sans un escadron de jolies filles, ou recrutées comme telles suivant des critères assortis, parfois, de considérations autres que professionnelles.

Comme tous les timides, Cyril Loubin était facilement ébloui par les femmes. Il avait quinze ans quand une cousine délurée, Régine, l'avait autorisé à explorer une anatomie féminine qu'il ne connaissait, jusque-là, que par les tableaux des musées et les revues de pornophotographie qui circulaient au lycée. Bien qu'adroitement déniaisé par sa parente, il avait attendu sa majorité pour connaître, avec une ardente divorcée, la véritable extase de l'amour, quand le cœur, l'esprit et les sens entrent simultanément en fusion Cette liaison avait duré quelques mois, jusqu'au jour où, lassée d'entendre vanter avec lyrisme la solitude du gardien de phare, les tempêtes shakespeariennes, les hurlements des sorcières océaniques et l'assaut rageur des vagues contre un donjon isolé, la dame s'était réfugiée dans le lit d'un banquier plus prosaïque et mieux argenté.

Cyril ne conservait nulle amertume de cet abandon, dont subsistait le souvenir de voluptés éventées et, au fond d'un tiroir, une demi-douzaine de poèmes où M. Ternin aurait aisément reconnu l'influence composite d'Alphonse de Lamartine, Félix Arvers et Paul Géraldy.

Depuis qu'il avait joué les pères Noël cascadeurs, quand Cyril pensait femme, le souvenir de la jeune Estelle Picarougne s'imposait. Cette petite bourgeoise arrogante l'avait traité comme un valet, mais il ne pouvait oublier son parfum de femme riche, ses longues jambes, son profil de médaille florentine, la palpitation de ses seins sous la soie. Ils s'étaient séparés fâchés et leurs routes ne se croiseraient sans doute jamais plus, mais, dans ses moments de rêverie, Estelle Picarougne devenait pour le jeune homme la sylphide romantique qui exalte et désespère.

En regardant autour de lui, ce matin-là, tandis que les derniers représentants des corps de métiers faisaient retraite et que pompiers, agents de sécurité, démonstrateurs et animateurs de toutes catégories gagnaient leur poste, Cyril ne vit que des demoiselles en uniforme de toutes couleurs. Minijupes serrées à l'extrême ensachant des croupes fermes ou mobiles, blouses moulant des bustes dont l'insolence relevait peut-être du plus menteur des soutiens-gorge importés d'Amérique, elles se préparaient, nerveuses, émues ou désinvoltes, à jouer les charmeuses patentées.

Un coup de trompe ayant annoncé l'ouverture des portes au public, la représentation commença et, comme par magie, tout ce qui était immobile se mit à bouger.

Encore fraîches et souriantes, des hôtesses montées sur patins à roulettes, lançant leurs jambes gainées de lycra, glissaient entre les groupes avec l'aisance des girls de *Holiday on Ice*. Moins assurées, d'autres filles, chaussées de ressorts à lames, bondissaient tels des kangourous, retenant d'une main leur calotte de groom, distribuant de l'autre des dépliants. Des femmes-sandwichs, montées sur échasses de berger landais, avançaient avec circonspection dans la foule, déjà dense, des badauds. Toutes portaient, *recto verso*, des panneaux publicitaires rendus illisibles par le balancement saccadé de leur progression.

Certains exposants, faisant plus confiance aux ondes électromagnétiques et aux cellules photoélectriques qu'à l'homme, s'étaient assuré le service de robots capables d'évoluer seuls, de contourner un obstacle et même de faire la différence entre un P.-D.g. de multinationale et un maître d'hôtel. Ces androïdes pataud, évadés d'un film de science-fiction, déambulaient en agitant leurs bras courtauds, bielles prolongées de tenailles d'acier, pour inviter les passants à leur serrer la pince, ce qui donnait tout son sens à l'expression populaire.

Distributeurs consciencieux de prospectus, ils vantaient, d'une voix d'eunuque synthétique, les salons dont ils donnaient les dates, et acceptaient des réservations enregistrables par leur mémoire de vingt-cinq mille kilo-octets. Si les adultes blasés ne prêtaient que peu d'attention à ces propagandistes rabâcheurs, les enfants les entraînaient dans des parties de cache-cache dont l'électronique sortait toujours vainqueur.

Dans les stands, des humanoïdes ordinaires, faits de chair et de sang, habitués à l'animation factice de ce genre de rassemblement, accueillaient les visiteurs, répondaient aux questions, détaillaient, en usant d'un vocabulaire fondé sur les superlatifs, les redondances et les pléonasmes, les avantages du salon qu'ils représentaient. De la coiffure à la lunetterie en passant par la motoculture, la maîtrise des données, la thalassothérapie, l'encadrement des chromos, la robotique, l'emballage, les objets de culte, la mode enfantine, l'infographie, l'instrumentation industrielle, les ascenseurs, les armes de poing et les missiles balistiques chers au général Loubin, tous les secteurs étaient représentés. En parcourant les allées, Cyril se fit ainsi une idée des éléments constitutifs de l'économie nationale.

Il commençait à prendre goût à cet inventaire quand un homme âgé, chétif et tremblant d'émotion, le saisit par le bras.

– Venez vite, je vous en prie, mon épouse est coincée dans un cabinet par un drôle d'engin. Elle va se trouver mal! dit-il d'une voix chevrotante.

Engagé pour rendre service, Cyril suivit le vieillard jusqu'aux toilettes. Il dut fendre l'attroupement formé autour d'un robot étincelant qui, avec une rare obstination, heurtait violemment de ses pinces nickelées et de sa tête cylindrique, hérissée d'antennes, la porte d'une cabine. Une voix aigre répondait à chaque coup de boutoir de l'automate dont les yeux globuleux, d'un rouge intense, clignotaient frénétiquement, signe évident de colère informatique.

– Il va enfoncer la porte, vous verrez, dit une dame, impressionnée par la force de l'agresseur.

– Puisqu'ils font tout comme les hommes, à ce qu'on dit, à mon avis il a besoin, répétait la préposée.

D'après les témoins, elle avait tenté d'entraîner l'automate vers les urinoirs, mais ce dernier lui avait décoché un direct du gauche à l'estomac, dont elle se remettait doucement. Cette réaction programmée incitait les badauds à tenir leurs distances.

– Faites quelque chose, bon sang! criait le mari de la prisonnière.

Celle-ci, bien qu'on l'en eût assurée sur tous les tons, refusait de croire que l'assaillant était une machine. Elle redoutait d'être violée par un pervers, qu'elle imaginait armé.

– Allez chercher la police! Sortez-moi de là! criait-elle.

Chez les Loubin, la témérité, forme irréfléchie du courage, n'avait jamais fait défaut et, bien qu'il soit déloyal d'attaquer un adversaire par derrière, Cyril, désireux de justifier son salaire, s'avança d'un pas assuré, écarta largement ses longs bras maigres et décida de ceinturer le robot furieux.

Il n'eut pas loisir d'achever son geste. Une ruade de l'automate, dont la tête avait brusquement pivoté de cent quatre-vingts degrés, le déséquilibra et l'envoya s'étaler aux pieds des témoins. Assis face à l'engin exaspéré dont le regard cathodique lançait maintenant des éclairs, le fils du général demeura un moment interloqué. Il se souvint que son trisaïeul, le colonel Eusèbe Loubin, avait été de même jeté à terre par une chamelle en rut lors de la prise de la smala d'Abd el-Kader en 1847.

Ce furent les pompiers, alertés par un quidam, qui relevèrent Cyril avant de considérer l'automate dément.

– On a déjà rencontré un phénomène comme ça, l'an dernier, au Salon de la maintenance psychologique. Une psychothérapeute l'avait aguiché, et sûr qu'il l'aurait troussée si nous n'étions pas intervenus, dit un pompier.

– Même qu'on dut l'abattre à coups de hache, ce qui nous valut des ennuis, car ces machins-là coûtent le prix d'une Ferrari, à ce qu'il paraît, compléta le sergent.

– Mais, bon sang! Agissez donc, larmoyait toujours le mari de la cloîtrée, attendant des soldats du feu qu'ils fissent leur devoir.

– Si on y touche, on risque de s'électrocuter. Le seul moyen est de le prendre au lasso et de le ficeler. Écartez-vous, messieurs dames, ordonna le gradé en posant sa hache pour se saisir d'une corde.

Le pompier, bel homme et consommateur de westerns, n'ignorait rien de l'art du cow-boy. Ayant confectionné la boucle coulissante, il fit tournoyer avec élégance son lasso, suscitant l'admiration d'une demi-douzaine d'hôtesses appelées pour canaliser les curieux. Le geste auguste du vacher hollywoodien réussit pleinement, mais aux applaudissements succédèrent aussitôt des cris de déception. Le robot, qui n'en était pas à son premier rodéo, venait de sectionner la corde d'un coup sec de sa pince. Son ricanement inhumain fit rougir de confusion le sergent, mais amusa les couards qui, toujours, soutiennent les rebelles quand eux-mêmes ne courent aucun danger.

– Le mieux serait peut-être d'appeler un ingénieur en robotique, finit par proposer un sage.

L'idée adoptée, un message fut lancé par haut-parleur, et dix minutes ne s'étaient pas écoulées qu'apparut un gaillard désinvolte, blue-jean javellisé et baskets, queue-de-cheval artistement nouée sur la nuque, un zircon Burma vissé dans le lobe de l'oreille gauche.

– Tiens, c'est encore Tonton qui fait des siennes ! constata-t-il sans manifester le moindre étonnement.

– Ma femme est enfermée depuis près d'une heure. Elle est claustrophobe et, si elle me fait une crise d'urticaire, vous en entendrez parler ! menaça le mari de la prisonnière.

De l'autre coté du panneau, la dame répondait maintenant aux assauts de Tonton par de vigoureux coups de pied.

– Ne vous énervez pas, monsieur, nous sommes là, intervint le sergent avant d'ordonner à ses hommes d'aller quérir un appareil de réanimation et une civière.

Bien que peu loquace, le technicien démontra l'efficacité du spécialiste. Il tira de la poche de son blue-jean un boîtier, visa le robot et, d'une pression du doigt sur un bouton, expédia un rayon laser qui rendit l'agité aussi amorphe qu'une poupée obèse de Mme de Saint Phalle.

Toutes lumières éteintes, les pinces sur la soudure du pantalon, Tonton, inoffensif et discipliné, se tint désormais aux ordres de son berger.

– Et voilà ! Pas de quoi s'affoler. Un palpeur qui colle et Tonton se met en sécurité défensive, commenta le technicien en examinant les antennes du robot.

– Vous pouvez sortir, madame, lancèrent en chœur les témoins.

La porte des toilettes s'ouvrit brusquement et, tandis que le public attentif s'attendait à voir paraître une vieille dame accablée, au bord de la défaillance, surgit une jeune personne dodue, plutôt jolie, vêtue d'une minirobe moulante dont les fines bretelles glissaient sur des épaules nues. Le feu aux joues, le regard étincelant, la libérée brandissait la chaussure dont elle avait brisé le talon en martelant l'huis de sa cellule. Elle agita rageusement le soulier sous le nez de son vieux mari.

– Tu me le copieras, ton Salon des salons, tiens ! Me faire draguer, jusque dans les toilettes, par un robot ! Non mais ! Mes escarpins de Dior foutus, un collant extra-fin filé, mon Rimmel qui coule, et tous ces imbéciles qui me regardent comme si je descendais de la navette spatiale. Viens donc, mollusque ! Sortons d'ici !

Les pompiers écartèrent les badauds stupéfaits, le vieux monsieur salua le public et, tête basse, s'en fut, trottinant derrière sa boitillante épouse.

– Vous croyez qu'ils sont mariés ? demanda au sergent des pompiers la tenancière des toilettes.

– Probable, madame, sinon, elle lui parlerait pas comme ça ! assura, en connaisseur, le gradé.

Cyril Loubin rédigea un rapport qu'il fit parvenir, le soir même, à la direction du Salon des salons, ce qui lui valut, le lendemain, les félicitations du cadre qui l'avait engagé.

– Je vous inscris pour une prime de cinquante francs, dit le responsable.

Cinq autres journées passèrent sans incident notoire. Cyril eut seulement à raccompagner jusqu'à la station de taxis un négociant, victime d'une dégustation prolongée de vins grecs, et à prévenir la Croix-Rouge qu'une étrangère accouchait au stand de la literie. Il reçut cinq francs d'une dame de qui il avait retrouvé le gant, et un ouvrage de puériculture pour avoir veillé sur le bébé-démonstration du stand de la couche-culotte pendant que la responsable observait la pause-café syndicale.

L'aventure l'attendait au dernier jour du salon. C'était un mercredi et les mères, accompagnées d'enfants braillards ou pleurnicheurs, se pressaient dans les allées, tandis que leurs rejetons, courtisés par les publicitaires en tant que vecteurs insidieux de la consommation, collectionnaient baudruches, jeux vidéo, trompettes, crécelles et tambourins.

Circulant dans les allées désormais familières, saluant les responsables des stands dans l'espoir de séduire un futur employeur, Cyril aperçut, assis à même le sol près d'une poubelle où les visiteurs jetaient sans les avoir lus les dépliants qu'on leur remettait, un petit garçon en larmes.

«Encore un enfant égaré par ses parents», se dit-il en approchant le bambin.

– Pourquoi pleures-tu? Tu as perdu ta maman?

L'enfant leva sur Loubin une mine renfrognée en acquiesçant d'un mouvement de tête.

– Nous allons la retrouver. Viens avec moi jusqu'au service d'accueil. On fera appeler ta maman par haut-parleur et elle viendra te chercher. Comment t'appelles-tu?

– Ambroise, articula l'enfant en reniflant.

– Et quel âge as-tu?

– Cinq ans.

Dodu, teint rose, mine volontaire, assez bien vêtu, l'enfant n'avait rien d'un nécessiteux. Il se leva, prêt à suivre le jeune homme qui lui prit la main et l'entraîna vers le kiosque des hôtesses. Chemin faisant, Cyril qui, tel Candide, jouissait «d'un jugement assez droit avec l'esprit le plus simple», crut bon de tenir au bambin des propos lénifiants :

– Depuis la mésaventure du Petit Poucet, la radio a remplacé avantageusement les cailloux blancs pour retrouver son chemin et sa maman, expliqua-t-il gaiement.

Le petit égaré n'avait jamais entendu l'histoire de Poucet, maintenant interdite d'école comme traumatisante pour les jeunes cerveaux. Aussi prêtait-il plus d'attention à l'environnement qu'au discours de son guide, jusqu'au moment où, ayant imposé un arrêt face au stand du matériel scolaire, Ambroise interpella grossièrement le délégué de ce salon, entre tous éducatif, et lui tira la langue. L'insulté jaillit de son comptoir et vint se planter devant Cyril :

– Votre enfant est rudement mal élevé, permettez-moi de vous le dire. Tout à l'heure, il s'est glissé sous la console de mon ordinateur et il a débranché le circuit. Résultat : cinquante-deux adresses de clients potentiels effacées. Un vrai garnement !

L'enfant, à demi caché derrière Cyril, ajouta un pied de nez à sa première grimace, ce qui augmenta la fureur du plaignant.

– Vous n'êtes même pas capable de faire tenir votre rejeton tranquille ! Non, mais quelle éducation lui donnez-vous ? Je suis enseignant et vous devriez savoir que la famille doit être l'antidote aux mauvaises manières contractées à l'école ! Les maîtres sont faits pour instruire, pas pour éduquer !

– Ce n'est pas mon fils, monsieur, mais un enfant qui a perdu sa mère. Je l'ai trouvé pleurant près des poubelles, se hâta de déclarer Loubin.

Ce refus de paternité ne calma pas le pédagogue.

– Il ne pleurait pas sa mère, ce sacripant. Il pleurait parce que la coiffeuse du Salon des arts capillaires lui a donné une paire de gifles bien méritée. Savez-vous qu'il a vidé, sur la moumoute historique d'un rocker, deux flacons de teinture, et qu'il a enduit des brosses de crème épilatoire! Ce gamin est un pervers. Une graine de loubard! Et je vous prie de m'amener ses parents quand vous les aurez trouvés. Si jamais vous les trouvez, parce que, des mioches comme lui, on doit être content de s'en débarrasser, acheva l'homme à l'ordinateur, toujours en colère.

Cyril Loubin s'éloigna avec l'enfant.

– C'est vrai ce que dit ce monsieur? Tu as fait ça?

– Il voulait me tirer derrière un rideau pour me donner un Crunch, qu'il a dit. Je suis sûr qu'il aurait ouvert son pantalon, m'sieur. C'est en me défendant que j'ai débranché son PC avec mon pied, m'sieur.

– Et la coiffeuse, elle ment aussi?

– Je voulais qu'elle me fasse les cheveux blonds, comme les footballeurs de la Coupe du monde. Elle a pas voulu, alors je m'ai vengé!

– Et elle t'a giflé?

– Ouais. Mais j'vais le dire! J'ai vu à la télé qu'y a un service pour les enfants battus! Ma mère lui fera un procès, à cette vieille!

– D'abord, ta maman devra vérifier ce que tu dis. Puis, elle ira voir le monsieur à l'ordinateur et la coiffeuse, avertit Cyril, comprenant qu'il avait affaire à un gosse rusé, capable de causer des ennuis aux adultes.

Comme ils approchaient du kiosque des hôtesses, l'enfant lâcha brusquement la main de son cornac et s'enfuit. Ayant parcouru dix mètres, il se retourna et dédia à Cyril, interloqué, un bras d'honneur, avant de reprendre sa course en se faufilant, véloce et adroit, entre les badauds. Sans grande conviction, car il se sentait incapable de rattraper l'affreux gamin, Cyril Loubin prit le même chemin.

Il avançait, pensif, dans la foule que dominait, venant à sa rencontre, une des filles montées sur échasses, quand il vit celle-ci battre l'air des bras pour tenter de rétablir son équilibre, trébucher au-dessus des têtes et s'abattre en hurlant. Ancien trois-quarts de l'équipe de rugby du collège, Cyril démarra et, en deux enjambées, se trouva placé pour recevoir l'échassière dans ses bras. Mais une femme de taille moyenne et en bonne santé pèse plus qu'un ballon ovale. Cet arrêt de volée envoya Loubin au tapis, l'hôtesse couchée sur lui, joue contre joue, dans une position que le procureur Starr aurait qualifiée d'indécente. Les témoins relevèrent le couple, constatèrent que personne n'était blessé et tombèrent d'accord pour reconnaître que l'accident était imputable à un petit garçon qui, se glissant entre les échasses de l'hôtesse, avait heurté l'une d'elles. Cyril épousseta son pantalon et reçut, confus, les félicitations d'un monsieur décoré, tandis que la jeune femme pleurait en tentant de rétablir son chignon en déroute.

– C'est vrai, dit-elle, cet affreux gamin regardait effrontément sous ma jupe. J'ai tenté de le repousser. Alors il a écarté mon échasse en criant «Bien fait! J'ai vu ta culotte!» et m'a déséquilibrée. C'est un vicieux. Il a déjà fait le coup à d'autres hôtesses. On dit même qu'il a mis un hamster du Salon des animaux de compagnie dans un four à micro-ondes.

Cyril attribua aussitôt ces exploits au jeune Ambroise, apprenti terroriste, que les services de sécurité et les pompiers tentaient de capturer pour le rendre à ses parents, eux aussi recherchés par les victimes.

Débarrassée de ses échasses, la femme-sandwich retrouva Cyril à la fin du service, comme ils en étaient convenus après l'incident.

– Si vous n'aviez pas été là, je me serais certainement fait très mal, reconnut-elle.

– Il aurait été dommage que vous abîmiez votre joli nez, compléta Cyril, disposé au marivaudage.

– Oh! mon nez n'est pas si beau que ça! Et puis, n'importe comment, j'ai cessé de plaire. Alors!

– Comment, vous avez cessé de plaire? Je vous trouve au contraire très plaisante et, si vous êtes libre de vos mouvements, je vous invite à dîner dans un bistrot du Quartier latin, proposa-t-il.

– Je suis libre de mes mouvements. Je suis divorcée et mes enfants sont élevés par ma mère en Normandie. Mais j'ai l'habitude de dîner seule, vous savez. Ne vous croyez pas obligé de…

– Ce n'est pas une obligation. Je dîne le plus souvent seul, moi aussi, mais, ce soir, nous pourrions dîner seuls… ensemble!

La jeune femme se mit à rire et accepta. Elle demanda seulement à passer chez elle pour troquer son uniforme rouge contre une robe.

– Ma voiture est au parking; si vous m'accompagnez, je ne vous ferai pas attendre longtemps.

C'est alors que Cyril découvrit qu'il ne s'était pas présenté et qu'il ignorait encore le nom de celle que le hasard lui avait jetée brutalement dans les bras.

Il déclina son identité et apprit que sa compagne se nommait Céline, mais qu'on l'appelait plus familièrement Célia.

– Si vous ne craignez pas le désordre, vous pouvez monter chez moi, proposa-t-elle en arrêtant sa voiture devant un modeste immeuble du quartier Italie.

– Je préfère vous attendre dans l'auto en écoutant la radio, dit-il, car il ne voulait pas passer pour un dragueur pressé.

– C'est bien, dit Célia en pressant le bouton de l'autoradio.

Comme les êtres que rien ne destinait à se rencontrer et qui se découvrent, Cyril et Célia se révélèrent mutuellement leur vie. Cyril commença, sa situation étant la plus simple, la plus banale. Il se déclara orphelin, ce qui n'était qu'un demi-mensonge, pour ne pas dire que son père était général et n'entretenait plus aucune relation avec lui.

Célia, dont le visage aux traits fins portait déjà, en fines ridules, les marques d'années difficiles, posa sur son vis-à-vis un regard doux et las.

– Dites-vous que, bien que sans emploi, vous êtes encore un privilégié. Vous avez reçu une bonne éducation, vous avez des diplômes, vous parlez anglais et allemand, et surtout vous n'êtes responsable que de vous-même. Sans charges et sans responsabilités, personne ne dépend de vous et vous ne dépendez de personne. C'est un double avantage, matériel et moral. Seul, on peut vivre de peu, et je vous envie. Dans cette galère, vous êtes vraiment un privilégié, répéta-t-elle.

– Je le reconnais volontiers, dit Cyril, ému depuis le début du repas par le sourire résigné de la jeune femme.

Comme il insistait pour connaître les raisons de cette mélancolie, elle se livra.

– Je me suis mariée très jeune. En quatre années, j'ai mis trois enfants au monde, tous réussis, Dieu merci, et puis mon mari a rencontré une Américaine, veuve et riche, qui lui a offert ce qu'il désirait depuis toujours : un voilier de compétition. Grâce à sa seconde épouse, et aussi à ses qualités propres, car c'est un homme courageux, il est devenu un des grands de la voile. Par discrétion, je ne vous dirai pas son nom, car il est maintenant très connu. Seulement, il oublie souvent de verser la pension alimentaire qui permet à ma mère d'élever mes filles. Alors, il faut actionner la justice, ce qui coûte cher. Moi qui n'avais jamais travaillé, qui suis dépourvue de diplômes – je ne sais même pas taper à la machine –, j'ai dû me mettre au travail. Il m'arrive de faire le ménage chez des gens aisés, ou de remplacer une serveuse dans un restaurant, quand je ne suis pas retenue comme hôtesse pour un salon. Ma mère ne sait pas trop comment je m'en tire. Mais c'est mon affaire !

– Mais vous n'avez pas d'amis… un ami ? interrogea Cyril.

– Vous voulez dire un amant ? Si, j'ai un amant. C'est un homme marié, qui ne quittera pas sa femme pour m'épouser. D'ailleurs, elle est plus jeune que moi. Il est gentil, bien élevé et dissimule avec élégance son égoïsme de mâle. Il m'a même aidée plusieurs fois quand je ne pouvais pas payer mon loyer. Je le vois de temps en temps. Il voyage beaucoup. On se téléphone. Une fois, il m'a emmenée en week-end à Blois. C'est bien peu de chose, comme vous voyez. Mais, à trente ans, avec trois enfants à charge, qui peut s'intéresser sérieusement à moi ?

– Je vous connais à peine, mais je crois cependant que vous méritez un meilleur sort, l'occasion de refaire votre vie, comme on dit bêtement.

– Oh, je rencontre dans les salons des hommes comme vous, plus âgés bien sûr, qui amorcent un flirt, m'emmènent dîner et attendent le dessert – certains, plus délicats, le café et le pousse-café – pour me faire comprendre qu'ils souhaitent passer un moment au lit avec moi. Peut-être ferez-vous de même tout à l'heure, n'est-ce pas?

La question, posée sur un ton aussi amer qu'ironique, déconcerta Cyril. Être classé coureur de jupons et pris en flagrant délit de se comporter comme tel, l'irrita. Il avait, certes, imaginé une conclusion voluptueuse à cette soirée, car une réputation tout à fait injustifiée faisait, dans la famille Loubin, des hôtesses en tout genre et des divorcées des femmes faciles. Le fait qu'il prît un temps de réflexion avant de répondre amena un sourire un peu méprisant sur les lèvres de sa compagne.

– J'ai vu juste, n'est-ce pas? ajouta-t-elle d'un ton chagrin, déçue de ne pas entendre une dénégation, même dénuée de sincérité.

– Je ne nierai pas que je vous trouve fort désirable, Célia. Mais ce que vous venez de dire vous met définitivement à l'abri de tout comportement équivoque de ma part. Et puis, sachez-le, je ne vous prends pas pour ce que ma grand-mère appelait une Marie-couche-toi-là!

La réplique surprit Céline qui, à travers la table, posa la main sur celle de Cyril.

– Vous préjugez donc de ma réponse! dit-elle vivement.

– La question n'a pas été posée et, rassurez-vous, elle ne le sera pas, répliqua-t-il un peu sèchement, en faisant signe au garçon d'apporter l'addition.

Après un tel assaut, les protagonistes ne pouvaient échanger que des banalités, ce qu'il firent sans entrain, le charme étant rompu.

— Je puis vous déposer chez vous, proposa-t-elle, aimable, alors qu'ils se dirigeaient vers la voiture de Céline.

— Merci, je vais rentrer à pied, dit Cyril, déclinant avec cette offre toute occasion d'un rattrapage qu'il devinait pourtant aisé.

Céline s'assit au volant et mit le contact. Penché vers elle, Cyril Loubin lui baisa la main.

— Peut-être nous reverrons-nous lors d'un autre salon, dit-elle sans conviction.

— Peut-être. En attendant, je souhaite de tout cœur que vous trouviez une épaule où poser votre tête chaque soir que Dieu fait, conclut Cyril avant de refermer la portière.

En démarrant, Céline jeta un coup d'œil dans le rétroviseur et vit le jeune homme, immobile au bord du trottoir, la regarder s'éloigner.

«Je suis une imbécile, car ce soir je n'aurais pas dit non!» maugréa-t-elle, des larmes de rage au bord des cils.

Quand la voiture disparut, marchant vers la Seine, mains dans les poches, Cyril Loubin, dépité, se répétait au rythme de ses pas : «Je suis un imbécile, elle n'aurait pas dit non!»

En somme, un ratage en plein accord!

7.

Souvent, le libertin conserve le souvenir d'une femme vainement courtisée alors qu'il oublie celles qui cédèrent sans réticence. Cyril Loubin, ne faisant pas exception à cette règle trop humaine, mit une bonne semaine à chasser de son esprit la première image de Céline, couchée sur lui après qu'il eut amorti la chute de la jeune femme. Escomptant de son heureuse intervention une nuit de plaisir, il n'avait reçu que les confidences d'un être désabusé.

Pratique et réaliste, Kalim Kolari, à qui il rapporta cet échec, le mit en garde :

— C'est mieux que ça ait raté, mon vieux ! Tu savais pas dans quels draps tu te mettais si elle avait marché. Jamais de divorcée, rappelle-toi. Elles veulent toutes se recaser avec enfants et traites à payer. Évite-les. Crois-moi, ce qu'il y a de mieux pour des gars comme nous, c'est la femme mariée. Le soir, elle doit rentrer chez son mari pour préparer le dîner et tu l'as pas sur les bras pendant le week-end, qu'elle passe en famille avec belle-mère et tralala. Tu t'en tires économique, avec un déjeuner avant ou une tasse de thé après. C'est selon les goûts. Tu dis pas où t'habites, t'as pas le téléphone et t'écris jamais rien, à cause du mari. Comme ça, tu baises tranquille et tu changes quand tu veux.

En écoutant ces propos *machos,* Cyril constata que le Kosovar, «doué pour les langues comme tous les Slaves», d'après les unilingues frustrés, avait fait de réels progrès en français depuis qu'il partageait la couche de Sophie, la préparatrice en pharmacie.

– Comme dit M. Ternin : «Rien de mieux qu'un *sleeping teacher* pour apprendre une langue», confirma Kalim avec un sourire de jeune premier rustique.

– Mais cette liaison avec Sophie contredit les conseils que tu viens de me donner, risqua Cyril.

– Sophie vit comme un garçon. Elle est, comment dire…

– Indépendante, proposa Cyril.

– C'est ça, indépendante. Elle veut pas engager son cœur parce que ça complique tout, qu'elle dit. Je crois qu'elle a connu ça. Elle couche bien tendre et fait des petits déjeuners super. Quand j'ai pas envie ou qu'elle a pas envie, ou qu'on veut pas se voir, pas de problème. On fait chacun comme on veut. Pas d'obligations, qu'elle dit. Et puis, on travaille à nos affaires d'Orviril et, pour ça, je lui dois… comment tu dis, de la…?

– Reconnaissance, peut-être.

– Non, plus que ça!

– De la gratitude, alors.

– C'est bien ça. Je vais avoir bientôt gagné assez pour me payer les papiers que d'autres veulent obtenir *gratis* en se couchant dans les églises et en mangeant pas, qu'ils disent!

– Je désapprouve la corruption de fonctionnaire, tu le sais, et j'aurais mieux aimé un filon plus légal.

– T'es drôle, toi. T'as des principes ringards. Aujourd'hui, ce qu'on appelle corruption, c'est façon d'arranger les choses qui peuvent pas être arrangées par les lois. Si tu avais vécu au

Kosovo, tu serais moins regardant. La corruption, ça fusille pas et ça brûle pas les maisons, déclara Kalim avec vigueur.

– Non, bien sûr, mais ça peut envoyer les gens en prison. Lis les journaux et tu verras que les juges traquent plus souvent les corrompus et les corrupteurs que les détrousseurs de vieilles dames ou les vandales, dit Loubin.

– Les journaux parlent que de ceux qui se font prendre, comme on parle que des avions qui tombent. Tous les autres, y font leurs affaires en douce. La corruption, ça rend service à tout le monde, asséna Kalim, convaincu mais amoral.

Depuis qu'il réglait le terme dans les délais, ce qui pouvait ne pas durer longtemps, Cyril Loubin entretenait des relations plus confiantes avec la gardienne de l'immeuble. En revanche, Kalim Kolari inspirait de plus en plus de défiance à cette femme, aussi soucieuse de la moralité des locataires que de la propreté des paillassons. Mme Morales interrogeait souvent Cyril sur les activités du Kosovar dont l'élégance vestimentaire ne pouvait provenir, à ses yeux, que de trafics inavouables. Le fait que le jeune réfugié découchât fréquemment augmentait les soupçons de l'Espagnole.

– Votre ami Kolari porte un nouvel imperméable, genre Humphrey Bogart, qui doit coûter au moins deux mille francs. Je me demande où il prend les sous, lui fit-elle observer un matin.

– Justement… il fait du cinéma, voilà… au Luxembourg, mentit résolument Cyril.

– Du cinéma! Tiens, c'est vrai qu'il est beau garçon. Je le verrais bien en flic de Los Angeles, avec un nègre comme copain.

– Oh, il n'en est pas encore là, madame Morales. Il tourne dans des petites choses… luxembourgeoises, s'empressa de minimiser Cyril.

– Dommage qu'on n'ait pas le satellite, on pourrait le voir, mais la propriote veut pas de casserole sur le toit. Et vous, qu'est-ce que vous faites, maintenant? demanda Mme Morales.

– J'hésite entre plusieurs propositions, mais je vais devoir choisir, mentit encore le chômeur qui souffrait de plus en plus de passer pour paresseux, valétudinaire, profiteur de bonnes œuvres ou type sans ambition se satisfaisant d'une existence des plus médiocre.

– Je vous demande ça parce que, si vous aviez quelques heures de temps en temps, Mme Orikos, qui habite à côté, au 28, le grand immeuble moderne dont elle est d'ailleurs propriétaire, voudrait un jeune de confiance pour conduire son auto quand elle va faire des courses. «On ne trouve jamais de taxi quand on en veut, et j'ai une auto qui dort au garage», qu'elle m'a dit. Elle a son permis, mais elle n'a plus conduit depuis 1968 parce que des étudiants avaient barbouillé sa voiture de peinture rouge. Il y a six mois, elle a perdu son mari, un assureur grec presque aussi riche qu'Onassis, puis elle s'est fait opérer de la hanche, maintenant elle marche et veut sortir, expliqua Mme Morales.

– Ce qu'il faut à cette dame âgée, c'est un chauffeur de maître, dit Cyril.

– Elle ne veut pas embaucher un chauffeur à plein temps, parce qu'avec le salaire syndical, les charges sociales, les assurances et les taxes de ceci ou cela, ça lui coûterait trop cher. Elle est riche, mais elle est grecque! acheva la gardienne d'un air entendu.

– Si j'ai un moment, je passerai la voir demain en fin de matinée, vous pouvez le lui dire, autorisa Loubin, faussement désinvolte.

Bien que le Salon des salons lui eût rapporté plus de trois mille francs, Cyril savait que ce pécule, ajouté au reliquat de ses précédents petits boulots, ne le dispensait pas d'accepter tout travail, si modeste fût-il. À peine avait-il quitté la gardienne qu'il prit sa décision : il se présenterait dès le lendemain chez la veuve grecque du 28.

Artémis Orikos plut tout de suite à Cyril. Cette vieille dame ressemblait aux douairières que dessinait Philippe Jullian, l'illustrateur de Proust : fragile mais vive, joues rondes et poudrées, cheveux frisés blancs rincés de mauve, face-à-main en sautoir, regard violet, vif et pénétrant, tailleur Chanel du temps de Mademoiselle, canne à pommeau d'ivoire sur laquelle elle s'appuyait négligemment, non pas en infirme mais avec l'aisance de qui manie un accessoire élégant.

Cyril Loubin plut aussi à Mme Orikos qui trouva bonne et honnête figure au grand jeune homme sec qui se présentait comme étudiant et dont la gardienne du 26 garantissait le sérieux.

– Que voulez-vous faire, plus tard, mon petit ? demanda-t-elle après avoir pris connaissance des modestes références de Cyril.

– Gardien de phare est ma vocation, madame, et je suis dans l'attente d'un phare à garder. Il est difficile d'en trouver depuis l'automatisation des feux.

– Ah, si mon pauvre mari était encore de ce monde, il aurait pu vous aider. Vous pensez, comme assureur maritime international, il connaissait tout le monde dans les ports !

Après un quart d'heure d'entretien, ayant encore appris que le postulant chauffeur savait conduire, disposait d'un permis avec tous ses points et, surtout, ne fumait pas, Mme Orikos émit un souhait :

– Sans rien changer à votre tenue, mon petit, blazer, pantalon gris et chemise blanche sont exactement ce qui convient, je préférerais que vous portiez, quand nous sortirons, une cravate noire plutôt que ces jolis papillons multicolores sur fond bleu ciel.

Cyril qui, le matin, avait choisi la plus gaie et la plus fraîche de ses rares cravates, acquiesça, craignant que la vieille dame ne l'affublât aussi d'une casquette à visière !

– Puisque nous sommes d'accord, Hestia va vous conduire au garage et vous montrer notre automobile.

La femme en noir, collerette et poignets de dentelle blanche, qui avait introduit Cyril, invita le jeune homme à la suivre.

Si Mme Orikos avait accueilli aimablement Loubin, la gouvernante, grecque elle aussi et presque aussi âgée que sa patronne, se montra plutôt revêche. Dans l'ascenseur qui les portait au sous-sol, elle se réfugia dans un angle comme si elle redoutait une entreprise indécente de l'inconnu que Madame avait eu tort de recevoir chez elle, peut-être un futur cambrioleur ou, pire, un candidat gigolo. Cyril devina la méfiance qu'il inspirait et tenta de calmer les appréhensions de la femme.

– Mme Orikos doit être une délicieuse grand-mère, risqua-t-il.

– Les Orikos n'ont pas eu d'enfants. Elle n'a donc pas de petits-enfants. Seulement un neveu qui a repris la compagnie d'assurances de son oncle. C'est un homme de qualité, qui veille sur madame Artémis. Il voudra certainement vous voir avant d'accepter que vous conduisiez sa tante, avertit d'un ton sec la femme, entre deux étages.

Cela signifiait que le neveu veillerait aussi à ce que Cyril ne sortît pas de son rôle.

La voiture reposait sous une housse qu'on ôta pour faire apparaître une berline anglaise, couleur aubergine, d'un modèle déjà ancien mais impeccablement entretenue.

– Monsieur avait exigé la couleur exacte de la Rolls de la reine d'Angleterre, commenta la gouvernante, émue.

– Il faut tester la batterie, dit Cyril, pratique, en recevant la clef de contact.

Le test, comme il fallait s'y attendre, fut négatif. Le démarreur grogna comme un dogue qu'on dérange, sans réveiller le moteur.

– Tiens, pourtant elle a toujours bien marché, cette auto, fit la gouvernante.

Son ton donnait à penser que le candidat chauffeur déplaisait autant à la voiture qu'à elle-même.

– Naturellement, des mois sans rouler, la batterie est à plat. Il faut la charger, ou mieux, la remplacer, indiqua Cyril.

– Vous verrez ça avec Madame, dit la gouvernante d'un air pincé en tendant la main pour récupérer la clef du véhicule.

De retour dans l'appartement, Loubin expliqua à Mme Orikos ce qu'il convenait de faire pour mettre son automobile en état de marche.

– Voyez le garagiste de l'avenue. C'est lui qui a toujours soigné nos voitures. Et dites-lui, bien sûr, de m'envoyer la facture, ordonna la vieille dame.

Cyril aurait souhaité savoir comment et combien seraient rétribués ses services, mais il n'osa pas évoquer lui-même le sujet. Il pensa qu'il pouvait faire confiance à une femme accoutumée à être servie.

Quand tout fut en ordre, quarante-huit heures plus tard, et bien que Cyril n'eût pas été jaugé par le neveu de Mme Orikos, en voyage d'affaires en Australie, la première sortie de la veuve grecque, souriante et très à l'aise, fut pour se rendre à sa banque, place Vendôme. Cyril, qui avait vu opérer dans son enfance les ordonnances du général Loubin, n'eut aucune peine à entrer dans la peau de l'automédon stylé, ce qu'apprécia visiblement Mme Orikos. L'adjudant qui avait initié Cyril à la conduite répétait, entre autres conseils, qu'un bon conducteur doit donner au passager, installé côté droit sur la banquette arrière, le sentiment que la voiture roule toujours en ligne droite et à la même vitesse. Fort de cet enseignement, et malgré les aléas de la circulation parisienne, Cyril pilota avec l'assurance et l'aisance d'un chauffeur de grande maison la berline souple et silencieuse qui, tout de suite, accepta sa main.

Ayant déposé Mme Orikos devant sa banque, il dut attendre un bon quart d'heure avant qu'elle reparaisse.

Comme il lui ouvrait respectueusement la portière, la veuve retint son geste.

– Quand nous venions place Vendôme, l'après-midi, nous allions souvent, mon défunt mari et moi, prendre le thé au Ritz. Comme je ne peux m'y rendre seule, accepteriez-vous de me tenir compagnie? On risque, bien sûr, de penser que je me fais accompagner d'un sigisbée, mais comme vous pourriez être mon petit-fils, si j'avais eu le bonheur d'en avoir un, je me moque de ce que penseront les gens! Allons-y.

Cyril trouva sympathique cette simplicité et ce mépris du qu'en-dira-t-on. Il apprécia aussitôt l'atmosphère feutrée et raffinée du salon de thé le plus huppé de Paris. L'entrée de Mme Orikos, reconnue du personnel, appuyée au bras de Cyril, ne suscita aucun mouvement de curiosité. Des dames élégantes pépiaient entre amies, des couples discrets conversaient des yeux et à voix basse, des mannequins du quartier grignotaient des demi-toasts sans beurre ni confiture, des hommes d'affaires étrangers poursuivaient, devant une tasse de darjeeling ou de chine, les discussions commencées ailleurs. Quand le maître d'hôtel se fut enquis, en termes choisis, de la santé de Mme Orikos, après avoir, avec une mine de circonstance, évoqué la mémoire «du plus regretté des assureurs maritimes», la dame commanda thé et pâtisseries.

– Ce lieu me rappelle bien des moments agréables, mon petit, soupira-t-elle. Mon pauvre mari adorait les babas au rhum du Ritz. Enfin! Comme me disait l'archimandrite du Mont-Athos au soir de ses splendides funérailles : «Votre Nestor est parti sans souffrance et, grâce à vous, Artémis, après bien des années de bonheur», rapporta la veuve gourmande en attaquant un troisième éclair au chocolat.

Quand Mme Orikos donna le signal du départ sans manifester la moindre intention de régler le goûter, Cyril Loubin, au fait des convenances, se résigna à payer, ce qui le contraignit à casser un billet de deux cents francs. Il n'en resta rien, Artémis l'ayant invité du regard à laisser la monnaie. Le jeune homme découvrit à cette occasion que, suivant l'établissement où elle est consommée, une tasse de thé peut coûter du simple au quintuple, et que trois éclairs au chocolat pour gens fortunés équivalent, sinon en calories, du moins en francs, à une copieuse choucroute alsacienne de brasserie populaire! Sous l'œil réprobateur du serveur, il empocha l'addition pour l'ajouter au montant du plein d'essence dont, le matin même, le pompiste avait exigé le règlement immédiat.

Mme Orikos ayant décidé de sortir chaque jour, parfois matin et après-midi, Cyril dépassa largement, au bout de la semaine, les trente-cinq heures de travail hebdomadaire imposées par une récente loi.

Il attendit parfois des heures devant un coiffeur, un bottier, une maison de couture, un musée. Toujours courtoise, et semble-t-il soucieuse de perfectionner la formation de son serviteur, Mme Orikos prodiguait généreusement des conseils :

– Retenez bien les fournisseurs chez qui vous me conduisez car, plus tard, quand vous aurez terminé vos études et obtenu la belle situation que vous méritez, j'en suis sûre, vous pourrez vivre en gentleman, en homme de goût.

Au fil des jours, le désoccupé nota donc les bonnes adresses de Mme Orikos, qu'elle résuma ainsi après une série d'étapes dans la ville, encombrée comme d'habitude par des cortèges de manifestants d'ethnies diverses mais d'appétits identiques :

– Rappelez-vous, Cyril : il faut acheter son pain dans le VIe arrondissement, ses charcuteries et son épicerie dans le VIIIe, ses fromages dans le VIIe, son saumon et ses foies gras dans le Ve, ses glaces dans l'île Saint-Louis et ses chocolats faubourg Saint-Honoré. Vous comprenez, maintenant, pourquoi une maîtresse de maison attachée à la meilleure diététique a besoin d'une automobile pour faire ses courses ? conclut-elle.

Le lendemain, comme Loubin conduisait la dame chez son couturier, elle désigna, à la faveur d'un blocage de la circulation dû à des manifestants engagés dans une protestation contre les manifestations de la veille, la boutique d'un fameux bottier italien.

– C'est là que mon défunt mari se chaussait, comme plusieurs hommes politiques ou juristes qui se piquent d'élégance. Ici, vous aurez, pour dix mille francs, une paire de chaussures excellentes, bien qu'à ce prix on ne puisse prétendre à la toute première qualité.

– Dix mille francs! Ça met le soulier à cinq mille francs! Même un smicard unijambiste ne peut s'offrir ça, ne put s'empêcher de commenter aigrement Cyril.

– Souvenez-vous, mon petit, que le bon marché est toujours trop cher. En revanche, la qualité se retrouve toujours dans la griffe et dans le prix, dit-elle sans même comprendre le sens social de la réflexion de Loubin.

Rentrant chez lui exténué après avoir remisé la voiture, Cyril Loubin ne manquait jamais de raconter sa journée à Kalim. Un soir, après l'avoir entendu, son ami le Kosovar lui fit une étrange suggestion :

– Tu pourrais pas emprunter l'auto de ta Grecque? Pour draguer, ça serait super. J'ai fait la connaissance d'une grande Norvégienne, ou plutôt de deux, copies conformes, car elles sont jumelles et filles d'ambassadeur. Elles sortent jamais l'une sans l'autre. Elles font les méfiantes, genre «faut la permission de papa-maman», bien qu'elles vivent seules dans un bel appartement au Champ-de-Mars. À mon avis, elles sont plutôt sportives, coquines et jambes en l'air. Si on arrive avec une belle auto, je suis sûr qu'on peut les emmener dîner quelque part. Je peux payer un bon resto. Après, on les raccompagne, on prend chacun la sienne et, au milieu de la nuit, on fait un échange standard ; je suis sûr qu'elles seraient pas contre, car elles aiment rigoler. Mais il faut avoir l'air d'être de leur monde, tu comprends?

– Je comprends que tu rêves! Jamais je n'emprunterai la voiture de Mme Orikos. Tu imagines un accident, même un simple accrochage? Et puis, je ne peux rien prévoir. Mme Orikos décide parfois d'aller dîner chez des amis, ou de se rendre au théâtre, et je dois la ramener chez elle à des heures impossibles, expliqua Cyril, tout de même émoustillé par la perspective nordique.

– Mais c'est le bagne, ton boulot! Tu bosses de dix heures du matin à minuit pour servir de cornac à cette vieille, faire le larbin, poireauter des heures pendant qu'elle se fait friser ou crépir la figure, pendant qu'elle essaie des robes ou se goberge. J'espère que tu es nourri et payé un max pour ça! jeta Kalim, outré.

– Je suis souvent nourri et très bien nourri par Hestia, la gouvernante, qui m'a pris en amitié depuis qu'elle a compris que je ne chasse pas dans le troisième âge. Pour ce qui est du salaire, je ne le connaîtrai qu'à la fin du mois. On n'en a pas encore parlé. Mais je fais confiance à Mme Orikos. Elle est riche et très généreuse, faut voir ce qu'elle donne à l'église orthodoxe et aux orphelins grecs, répliqua Cyril.

– Ouais, compte là-dessus! Les patrons, ceux d'ici ou d'ailleurs, donnent aux œuvres pour faire les compatissants, montrer leur standing et déduire leurs dons des impôts. En revanche, ils paient souvent leurs employés en paroles et en sourires plutôt qu'en argent. On en reparlera, de la générosité de ta veuve milliardaire. En tout cas, le boulot que tu fais, ça vaut au moins dix mille balles par mois! assura Kalim.

– Une paire de chaussures…, commenta Cyril en riant.

— Si, tout de même, tu te décides à lui emprunter son char, à ton Athena, préviens-moi deux jours avant, que j'organise avec les jumelles. En attendant, je tiens Hilde et Hedda au chaud en leur faisant miroiter la sortie. Je suis sûr qu'on consomme pas l'une sans l'autre, alors j'ai besoin de toi. *Ciao!*

Le hasard malicieux favorise volontiers les humains prêts à commettre une bêtise. Cyril Loubin et Kalim Kolari bénéficièrent ainsi d'une occasion inespérée pour passer à la réalisation du projet rabelaisien imaginé par le Kosovar.

Quand Mme Orikos demanda à Cyril de la conduire au mariage d'une cousine, en précisant qu'elle passerait la nuit à Versailles chez une parente, il se souvint des jumelles norvégiennes que Kalim « tenait au chaud ».

— Il serait bon que vous me conduisiez dans l'après-midi et que vous veniez me rechercher le lendemain dans la soirée. Naturellement, vous pourriez dormir à l'hôtel. Mais ils sont chers et j'imagine que vous préférez rentrer chez vous pour étudier. Comme je n'aurai pas besoin de voiture, le mieux sera que vous rentriez à Paris et reveniez le lendemain, n'est-ce pas ?

— Je préfère rentrer, si vous me laissez la voiture, madame.

— Cela va sans dire, mon petit. Allez donc vous promener avec, si ça vous chante, pourvu que vous soyez à Versailles le lendemain, vers dix-neuf heures, acheva la dame, très libérale.

Le soir même, Kalim Kolari, informé, mit l'opération en route et, le lendemain matin, Cyril trouva un billet glissé sous sa porte. L'orthographe était incertaine, mais le message clair : « *O.K.* Rendé vous ici sete heure. Kali. »

À l'heure dite, le Kosovar se présenta et tendit une cravate club du meilleur goût à Cyril.

– C'est un cadeau! Le blazer et la chemise blanche, ça va, mais jette ton étrangleuse de croque-mort, ordonna le réfugié qui usait de l'argot quand il se trouvait à court de synonymes.

Les demoiselles, sagement vêtues, minijupes dissimulées par de longs imperméables, guettaient, à l'abri de la pluie, dans le hall d'un immeuble cossu, l'apparition de leurs chevaliers servants. Kalim, poète imaginatif, les avait prévenues : «Mon ami est inspecteur des phares. Il vit au milieu de l'océan, sans femmes, bien sûr, et même sans sirènes. Il est à Paris pour s'amuser un peu. Alors, soyez gentilles avec lui.»

«Nous serons très gentilles avec lui», avait promis Hedda. «Et aussi avec vous», avait aussitôt ajouté Hilde.

Tout se présentait donc au mieux. Pour le trajet jusqu'au restaurant du boulevard Saint-Germain où Kalim avait retenu une table, les jumelles, passagères distantes, s'installèrent à l'arrière. Mais, au cours du repas, l'atmosphère se détendit. Hedda se rapprocha de Cyril, Hilde de Kalim, car les demoiselles avaient fait leur choix. Loubin devina que ces descendantes de Vikings, blondes au buste marmoréen, aux yeux pervenche, pulpeuses à souhait, ne s'offusqueraient pas, comme Céline, d'un désir trop tôt manifesté. Celui-ci avait au contraire toute chance d'être accepté tel un hommage à leur beauté. Répondant à une tendre pression de la main de Cyril sur son bras nu, Hedda lui décerna un regard brûlant où le romantique crut déceler le mystère sauvage des fjords et l'ardent besoin d'amour des héroïnes d'Ibsen. Saisissant dans sa forte main carrée celle de son compagnon, la jeune fille lui broya les phalanges. «Si elle met autant de vigueur en tout, ça promet», se dit Cyril.

Les couples étant formés, on ne perdit pas de temps en considérations gastronomiques d'après-dîner. Moins de trois heures après être montées dans la voiture de Mme Orikos, les demoiselles en descendaient, sous une pluie battante, pour inviter les deux garçons «à prendre le dernier verre à la maison en attendant que cesse l'averse».

Pour satisfaire aux ultimes décences, on sirota un peu d'alcool en préparant sur les canapés, par les premiers gestes tendres, acceptés et rendus avec usure, ce que garçons et filles escomptaient.

– La pluie redouble. Ce qu'on est bien à l'abri, dit Hedda, après un regard à la fenêtre, en venant se blottir dans les bras de Cyril.

– C'est embêtant parce que les essuie-glaces de l'auto ne fonctionnent pas, dit Kalim avec un clin d'œil à son ami.

– La pluie rend déjà la circulation dangereuse et… sans essuie-glaces… Le mieux est que vous restiez avec nous jusqu'à ce qu'il ne pleuve plus, proposa Hilde en se pelotonnant contre le Kosovar.

Avec une exquise simplicité, les sœurs, très enjouées, proposèrent à leurs cavaliers de faire le tour de l'appartement pour admirer les tableaux suspendus aux murs qui, tous, représentaient des paysages nordiques sous la neige.

– Nous participons chaque année à la grande descente à skis de Lillehammer avec notre équipe olympique, expliqua Hilde.

– C'est à Lillehammer que Sigrid Undset, notre prix Nobel de littérature, a fini sa vie, compléta Hedda.

La visite, comme il fallait s'y attendre, aboutit aux chambres où les couples, après s'être concertés du regard, s'enfermèrent chacun chez soi jusqu'au matin.

Ce fut, pour Cyril comme pour Kalim, la nuit la plus chaude qu'ils eussent jamais vécue. Les Vénus venues du froid se révélèrent de tempérament incandescent. Hedda, athlète musculeuse et tendre, douée d'une sensualité primitive et généreuse, alterna avec un enthousiasme irrépressible les soumissions plaintives et les possessions volcaniques. Au cours des entractes, Loubin imagina que sa compagne avait été initiée aux jeux de l'amour par un chasseur d'ours du Spitzberg ou par un bûcheron lapon ! D'ailleurs, à plusieurs reprises, n'avait-elle pas murmuré « mère » ou « mer » d'une voix rauque ? Appelait-elle sa maman ou, par jeu et connaissant la vocation de son partenaire, n'invoquait-elle pas l'océan ? Cyril ne devait apprendre que beaucoup plus tard, du professeur Ternin, qu'en norvégien *mer* veut dire « encore » !

Maîtresses de maison accomplies, les jumelles quittèrent les chambres les premières, abandonnant leurs amants au sommeil. Tout en préparant un petit déjeuner roboratif – poissons fumés, viande froide, porridge, toasts, beurre, confitures, thé et café –, elles échangèrent en gloussant leurs impressions de la nuit. Sans doute comparèrent-elles les performances des garçons, l'une et l'autre ayant refusé de changer de partenaire à mi-parcours, comme avait osé le suggérer Kalim.

Vers dix heures, en tenue fort décente, elles allèrent réveiller les garçons, leur indiquèrent les salles de bains et les convièrent à passer à table. Un soleil triomphant avait succédé aux averses de la nuit et ce fut un joyeux quatuor qui fit honneur à la collation servie dans les règles. Cyril et Kalim seraient facilement tombés amoureux si les jumelles, redevenues avec le jour demoiselles au maintien irréprochable, ne leur avaient fait comprendre que l'intermède nocturne restait du domaine sportif, dans un contexte copain-copain, rien de plus.

On se sépara avec naturel et démonstrations amicales du côté des filles, avec un peu de mélancolie chez Cyril, toujours sentimental, et chez le Kosovar avec le regret qu'on ne puisse renouveler la partie.

– J'avais déjà entendu dire que les Nordiques ne mêlent jamais les sentiments au plaisir. Pour elle, faire l'amour c'est comme faire du ski, on se grise le temps d'une glissade et puis *adiós !* Finalement, c'est une bonne chose pour nous, commenta Kalim dans l'ascenseur.

– Eh bien, moi, dans cette affaire, la touche sentimentale me manque, répliqua Cyril en sortant de l'immeuble.

– À mon avis, autre chose va te manquer, mon vieux ! Regarde… l'auto de la Grecque est plus là !

8.

Le vol de l'automobile de Mme Orikos compliqua singu-
lièrement la situation du lendemain de fête. Cyril alla aussitôt confier sa mésaventure à Hestia, de qui il s'était fait une
amie. Ce fut cependant une version corrigée de l'événement
qu'il livra, penaud, à la gouvernante.

– J'ai profité de l'autorisation de Mme Orikos pour passer
la nuit au chevet d'une vieille tante malade. Quand j'ai voulu,
ce matin, reprendre la voiture, elle avait disparu. Naturellement, j'aurais dû venir garer l'auto ici. Mais il pleuvait et je
n'ai pas eu le courage d'affronter l'averse, dit-il, exagérant sa
confusion.

Hestia eut un hochement de tête ennuyé et déclara qu'il
convenait de prévenir le neveu de Madame, rentré la veille
d'Australie.

– Est-ce nécessaire ? Je puis faire une déclaration à la
police et louer une voiture pour aller cet après-midi chercher
Mme Orikos à Versailles, proposa Loubin, redoutant la
colère d'un homme qui, unique héritier des Orikos, devait
veiller de près sur les intérêts de sa parente.

– Ne vous en faites pas, Cyril, monsieur Achille n'est pas
méchant. Il a des relations haut placées et fera toutes les

démarches nécessaires. Car, soit dit entre nous, en allant voir vous-même les policiers, vous mettriez Madame dans une situation fâcheuse.

– Comment ça?

– Vous n'êtes pas employé légalement. Vous travaillez, comme on dit, au noir. Alors, imaginez les complications pour tout le monde! Le mieux est de laisser monsieur Achille arranger ça.

Achille Orikos parut au milieu de la matinée et se montra des plus compréhensif. Avec la mâle assurance du héros grec dont il portait le nom, doublée de celle, plus actuelle, du chef d'entreprise habitué à commander, l'élégant quadragénaire aux tempes argentées rappela Cary Grant au fervent de cinéma qu'était Loubin. C'est cependant avec un sourire fortement teinté de scepticisme qu'il accueillit le récit du jeune homme.

– Ne vous fatiguez pas, mon garçon. L'alibi avunculaire a beaucoup servi et c'est faire honneur aux vieilles tantes souffrantes que de les substituer à des jouvencelles en pleine santé. Cela dit, ma tante à moi, bien réelle, ne tarit pas d'éloges sur vous, et, même si la voiture a été volée pendant que vous lutiniez votre petite amie, il n'y a pas, si j'ose dire, de quoi fouetter un chat.

Cyril, confus, apprécia davantage le commentaire grivois que la perspicacité du neveu de Mme Orikos.

– On ne vous tiendra nulle rigueur de l'incident, reprit Achille. On vole, ou plutôt on emprunte, comme disent les bonnes âmes qui ne veulent pas faire de peine aux loubards, une douzaine d'automobiles chaque nuit à Paris. Ou l'on retrouvera bientôt la voiture, réservoir vide, ou elle est déjà repeinte, nantie d'un nouveau numéro de châssis et en route pour un émirat arabe ou un pays de l'Est. Mais de cela je doute fort, car c'est un modèle ancien et poussif, qui ne peut intéresser qu'un collectionneur de tacots. Je vais appeler le commissaire et déclarer que la voiture a été volée cette nuit dans le parking de l'immeuble.

– Mais ce n'est pas vrai, monsieur! risqua Cyril.

– Mon garçon, la vérité est ce que nous la ferons. Je suis bien placé pour vous dire que les assureurs tiquent quand on déclare un vol de voiture sur la voie publique. Tandis que la disparition d'un véhicule dans un garage clos est prise au sérieux, et l'indemnisation garantie. Donc, allez au sous-sol, comme si vous vouliez prendre possession de la voiture, puis rendez-vous chez le concierge et dites-lui que l'auto de Mme Orikos n'est plus à sa place. Jouez le jeu de l'étonnement, de la forte contrariété, car le gardien imaginera tout de suite une enquête et ses conséquences. Demandez-lui s'il n'a rien remarqué la nuit dernière. Je parie qu'il vous dira que, vers trois heures du matin, il a entendu grincer la porte du parking. Ajoutez que vous allez me prévenir et alerter la police.

Le scénario, suivi de bout en bout, se révéla efficace. Cyril répéta à l'officier de police ce qu'il avait raconté au gardien de l'immeuble, le gardien de l'immeuble déclara qu'il avait entendu des bruits suspects au cours de la nuit et tout fut dit.

Quant à Mme Orikos, elle vit arriver à Versailles, à l'heure convenue, la très classique berline noire de son neveu Président-Directeur général de la Compagnie internationale d'assurances maritimes. Le chauffeur, qu'elle connaissait, était accompagné de Cyril Loubin. Ce dernier, observant en cela les consignes de monsieur Achille, raconta à la vieille dame la fable de la voiture volée dans l'immeuble, qui fut admise sans objection. Artémis Orikos soupira et invoqua l'incapacité de la police à protéger les biens des citoyens.

– Que voulez-vous, il n'y a plus d'État! On se moque des lois et les juges, pleins de zèle pour mettre les malheureux P.-D.g. victimes d'une incohérence comptable en prison, trouvent aux vrais malfaiteurs toutes sortes d'excuses. «C'est la société de consommation qui est responsable des rapines et des crimes», disent les magistrats capons et les politiciens gauchis. Le gouvernement devrait avoir le courage de reconnaître ouvertement que les méchants riches sont faits pour être volés et les gentils voleurs pour être décorés! Surtout s'ils ont la bonne idée de raconter leurs méfaits dans un livre que des milliers de futures victimes achèteront et que les académies couronneront! C'est ce que raconte mon amie Martha, qui lit tous les journaux, dit-elle, suffoquant d'indignation.

Le chauffeur de monsieur Achille approuva chaudement, tandis que Loubin, mal à l'aise, estimait plus prudent de se taire. Comme ils roulaient vers Paris, Mme Orikos, que la disparition de son automobile ne semblait pas affecter outre mesure, poussa soudain un cri.

– Mais… si on a volé l'auto, on a aussi pris mon parapluie, que j'y avais laissé! Ça alors, c'est une perte, une perte désolante, irréparable. Le manche d'ivoire sculpté de l'ombrelle de Sarah Bernhardt, que j'avais fait monter en parapluie! C'était le premier cadeau de mon pauvre mari! Il me l'avait offert au jour de nos fiançailles, lors de la vente aux enchères des souvenirs de la comédienne. Mon Dieu, que je suis malheureuse! se mit à geindre Mme Orikos.

– On va peut-être retrouver votre auto, madame, risqua Cyril.

– Peut-être, mais les voleurs garderont le parapluie et le vendront à un antiquaire. Vous pensez, une vraie pièce de musée! L'an dernier, un Japonais m'en a offert cinquante mille dollars! J'aurais mieux fait de le vendre. Je n'aurais pas tout perdu!

– Les voleurs ne penseront pas à le vendre, madame. Ces gens-là ne connaissent pas la valeur des choses. Pour les voyous, un parapluie n'est qu'un parapluie qu'on ouvre quand il pleut, commenta le chauffeur.

– L'ennui, dit bêtement Cyril, c'est que la pluie n'a pas cessé depuis hier!

Esprit logique, Mme Orikos décida, dès son retour à Paris, que, n'ayant plus de voiture, elle n'avait plus besoin de chauffeur.

– Mon petit Cyril, vous m'avez rendu de bons services, mais comprenez que, maintenant, vous pouvez retourner à vos études. Attendez un instant, je vais vous faire un bon certificat.

Tandis que la vieille dame s'installait devant un bonheur-du-jour pour rédiger un billet, Cyril Loubin vit Hestia s'approcher de sa maîtresse et lui parler à l'oreille.

– Bien sûr, mon Dieu, où ai-je la tête, donnez-lui… je ne sais pas, moi, disons deux cents francs, fit Mme Orikos.

Loubin comprit qu'il était question de son salaire pour plus d'un mois de travail et resta interloqué. Hestia dut l'être aussi, car elle se pencha à nouveau vers la vieille dame et lui murmura véhémentement des paroles que le jeune homme n'entendit pas.

– Eh bien, disons trois cents francs, Hestia. Prenez ça sur le compte cuisine. Vous savez que je n'ai jamais d'argent, conclut la Grecque en retournant à sa laborieuse rédaction.

Cyril vit la gouvernante hausser les épaules et quitter le salon.

– Voici un bon certificat. Vous pourrez le montrer à vos professeurs. Comme ça, ils verront que, si vous avez parfois manqué les cours, vous n'avez pas pour autant perdu votre temps, dit Mme Orikos, tout sourire, en tendant une enveloppe à Cyril.

Ce dernier remercia en s'inclinant puis, comme la vieille dame s'éloignait, il osa l'interpeller.

– Il y a aussi, madame, la question du remboursement des frais que j'ai engagés…

– Quels frais, mon petit ? coupa la dame, étonnée.

– Les pleins d'essence que j'ai payés, trois lavages de l'auto, les frais de stationnement. J'ai les factures de tout ça, même les tickets de parcmètres.

Il se retint d'ajouter les notes du Ritz où, par deux fois, il avait accompagné Mme Orikos pour le thé.

– Bien entendu, mon petit, on va vous rembourser ces broutilles. Allez voir Hestia à l'office, elle a aussi quelque chose pour vous, ajouta, minaudante, la dame grecque avant de mettre fin à l'entretien. Adieu, mon petit. Mes vœux de réussite vous accompagnent, conclut-elle en offrant une main sèche, constellée de tavelures, pareille, avec ses doigts maigres et ses ongles laqués, aux serres du faucon.

La gouvernante, que Cyril rejoignit aussitôt, montrait une mine désolée. Un cake aux fruits et le thé étaient servis. Trois billets de cent francs, disposés en éventail, se trouvaient près des couverts.

– J'ai honte pour Madame, mon petit Cyril.

– Moi, j'ai honte pour moi-même, Hestia. Car tout est de ma faute. J'aurais dû faire fixer un salaire avant de prendre le volant pour cette vieille radine. Je comprends de mieux en mieux les anarchistes, les anticapitalistes, les contestataires !

Des gens comme votre patronne justifient leurs révoltes et leurs mauvaises actions. Les nantis devraient cependant savoir, depuis 1789, que les exploités sont capables de trucider leurs exploiteurs. Un de ces soirs, les affamés pendront les repus aux candélabres et ce sera justice!

– Oh, mon Dieu, ne parlez pas comme les vieux communistes. On a vu où conduisent leurs beaux principes! Nous les avons connus, en Grèce. Ils ont allumé la guerre civile en 1947. J'étais jeune, mais je m'en souviens. Sans les Anglais et les Américains, nous étions soviétisés. Et voyez, aujourd'hui, les derniers qui restent en place. Castro a-t-il fait le bonheur des pauvres Cubains? Et les Chinois, où en sont-ils? acheva Hestia.

– Vous défendez votre patronne, c'est bien, mais vous êtes vous aussi exploitée!

– Il y a près de quarante ans que je suis dans la famille Orikos. J'ai connu monsieur Achille enfant. Je peux même dire que je l'ai un peu élevé, car ses parents étaient toujours par monts et par vaux. Grâce à lui, j'ai un bon salaire que Madame ignore, car je suis payée par la compagnie d'assurances comme technicienne d'entretien au meilleur échelon.

– C'est illégal, mais si ça vous arrange… J'imagine que le puissant Achille Orikos est rassuré de vous savoir dévouée, jour et nuit, à sa tante à héritage. Ça le tranquillise. Mais lui, au moins, il paie!

– Trois cents francs est une somme bien insuffisante pour ce que vous avez fait. J'en suis indignée. Et puis il y a tout ce que vous avez payé de votre poche. Mais, que voulez-vous, Madame ignore tout des questions d'argent. C'est un oiseau.

– Un oiseau de proie, oui, rétorqua Loubin, se souvenant des mains-serres de Mme Orikos.

– Ne soyez pas méchant, je vous en prie, supplia la gouvernante.

– Je ne demande pas la charité, mais trois cents francs pour le nombre d'heures passées au volant, c'est plus que mesquin : humiliant! reprit Loubin.

– Je vais téléphoner à monsieur Achille. C'est un homme généreux, pas un patron comme les autres. Il sait ce qu'est le travail. Prenez ces billets en attendant, acheva la gouvernante en servant le thé, après avoir tranché pour Cyril une énorme part de cake.

Deux jours plus tard, Cyril Loubin, qui ruminait son amertume, trouva dans son courrier une lettre d'Achille Orikos l'invitant à passer le voir aux heures de bureau à la Compagnie internationale d'assurances maritimes. Le sigle, gravé en anglaise au dos de l'enveloppe, impressionna Mme Morales.

– J'espère que c'est une bonne nouvelle pour vous. On peut se faire de belles situations dans les assurances, risqua la gardienne qui aurait aimé en savoir plus.

Comme tous les occupants des loges du quartier, elle avait appris par le concierge du 28 que l'auto de Mme Orikos avait été volée et que M. Loubin se trouvait une fois de plus sans occupation. Mais, l'intéressé n'étant pas porté aux confidences, la curieuse resta sur sa faim.

Dès son arrivée dans le hall de la compagnie d'assurances, Cyril fut invité par un huissier, du type catcheur en disponibilité, à l'accompagner jusqu'au bureau de Monsieur le Président.

Ce dernier, contournant sa table de travail, vint tendre à Cyril une main chaleureuse et l'invita à s'asseoir face à lui, dans le coin salon du vaste cabinet de travail. Des maquettes de cargos sous vitrines, une série de tableaux représentant des navires marchands, une roue de gouvernail aux manetons patinés par la paume des timoniers et des fanions aux armes de compagnies de navigation conféraient à la pièce une ambiance maritime. Un Chadburn de cuivre jaune retint l'attention du visiteur.

— C'est le transmetteur d'ordres du dragueur de mines *l'Insolent,* que commandait mon père pendant la guerre. Il a été torpillé en mer Égée. Bien des années plus tard, des plongeurs de notre compagnie ont remonté ce Chadburn pour me l'offrir en mémoire du commandant Ulysse Orikos, disparu avec son bateau, raconta Achille avec un rien d'émotion.

Puis, avant même que Cyril se soit exprimé, le président entra dans le vif du sujet :

— Je vous demande d'abord de pas tenir rigueur à ma tante Artémis de vous avoir offert trois cents francs pour le service que vous lui avez assuré pendant un mois. Croyez-moi, elle a même cru être généreuse.

— Généreuse! s'étonna Cyril.

— Essayez de comprendre. Ma tante, fille unique d'un riche armateur, a été élevée comme une princesse, hors d'atteinte des misères communes. Elle n'a aujourd'hui aucune idée du prix des aliments et des objets de première nécessité, ni bien sûr de la difficulté qu'ont les jeunes, même diplômés et fils de général, à trouver un emploi. Elle ne peut imaginer les privations et les souffrances morales des chômeurs, en qui elle ne voit que des gens qui ne travaillent pas, donc des paresseux. De plus, elle n'a pas eu d'enfant, ce qui n'a rien arrangé. En fait, elle vit comme elle vivait dans les années trente. Ses amies sont, comme elle, bridgeuses, potinières,

135

riches, entretenues par des maris qui les trompent mais les respectent, et servies par des domestiques dont la Sécurité sociale ignore l'existence, du fait qu'on omet de les déclarer. Cela leur coûtera d'ailleurs très cher le jour où elles tomberont sur un mauvais coucheur.

– Et ce sera justice, commenta Cyril.

– Tout à fait de votre avis, jeune homme, mais là n'est pas le sujet, encore que vous soyez dans la situation de ceux qui travaillent au noir et ne jouissent d'aucune protection sociale. Vous auriez eu un accident grave au volant de l'auto de ma tante, vous auriez été amputé d'une jambe ou d'un bras, nous aurions dû vous servir une rente jusqu'à la fin de vos jours.

– Dieu merci, cela m'a été épargné… et à vous aussi !

M. Orikos sourit et enchaîna :

– Hestia m'a dit que vous avez avancé de l'argent pour payer différentes choses. Combien vous doit-on ?

– Voici les notes, dit Loubin en tendant à son interlocuteur factures et fiches.

M. Orikos tira de son gousset une calculette mince comme une carte de visite et, très rapidement, fit le total des frais.

– Je trouve six cent soixante-quinze francs et dix centimes, mais vous avez omis les thés consommés au Ritz, car je sais que ma tante vous y a entraîné. Vous avez réglé les additions, ce qui est d'un garçon bien élevé, mais il n'y a aucune raison que vous en soyez de votre poche. Dites-moi franchement ce que je vous dois.

Cyril, presque mécontent de se sentir gêné, eut un geste seigneurial.

– Oublions cela, monsieur, ce furent des moments agréables, dit-il.

Achille Orikos apprécia le geste mais, strict en affaires, insista.

– Les comptes sont les comptes, que les mondanités forcées ne peuvent éluder, mon garçon. Disons : une séance thé avec pâtisseries au Ritz, car je connais la gourmandise de ma tante, doit coûter au moins deux cents francs, pourboire compris. Disons deux cent cinquante pour être certain. Donc, deux fois deux cent cinquante, ça fait cinq cents francs. Cela vous paraît-il correct ?

– C'est un peu plus que ce que j'ai payé, monsieur. D'ailleurs j'ai les notes, mais je n'ai pas voulu les montrer à Mme Orikos.

– Mettez-les au panier, mon garçon, et n'en parlons plus. Sachez encore que ma tante Artémis n'a jamais réglé elle-même une note. Même pas son coiffeur. Elle ne sait pas remplir un chèque. Toutes les factures arrivent à Hestia et c'est moi qui, ayant la signature sur tous les comptes de ma tante, règle, chaque semaine, les fournisseurs et les achats divers, comme le faisait autrefois mon oncle, son défunt mari. Artémis vit dans un monde à part, voyez-vous. Un monde qui n'existe plus que pour quelques milliers, peut-être quelques centaines de personnes, reconnut le P.-D.g.

– Il faut tout de même une belle dose d'égoïsme pour vivre comme vit votre parente. Les journaux, la radio, la télévision nous font part, chaque jour, des guerres, des famines, des catastrophes, des malheurs petits et grands des humains. De nos jours, monsieur, on ne peut plus ignorer les souffrances et les difficultés des autres, même s'ils habitent aux antipodes. Si Eltsine a un infarctus, si Clinton prend une maîtresse, si Castro reçoit la bénédiction du pape, on le sait dans le quart d'heure, d'Honolulu à Romorantin !

– Certes, vous et moi le saurons, mais ma tante ne le saura pas et, si elle l'apprend, elle l'oubliera aussitôt. Elle ne lit dans *le Figaro* que le carnet pour les avis de décès et les annonces de mariages. Elle ne veut pas de télévision, sous prétexte que les ondes attaquent le cœur et que les images hertziennes gâtent la vue. Quant à la radio, elle n'écoute que les concerts classiques et tourne le bouton dès qu'on annonce les informations.

– Mais Mme Orikos sort de chez elle, va au théâtre, chez son couturier, son coiffeur, son bottier. Elle voit bien, tout de même, affalés sur les trottoirs, les mendiants et les sans-abri. Ne rencontre-t-elle pas ces petites vieilles faméliques qui font les poubelles et ces vieux au regard vide qui, sur les marchés, ramassent les légumes flétris et les fruits blets? s'étonna Cyril.

– Ma tante, vous avez pu le constater en la conduisant, ne fait jamais plus de cinq pas dans une rue. Elle descend de voiture et traverse le trottoir sans prêter la moindre attention aux gens. Voyez-vous, elle ne veut même pas savoir que les autres existent. Les autres, c'est-à-dire les Nombreux, comme les nommaient nos anciens Grecs, les personnes étrangères à sa famille, à son cercle de relations, à ses fournisseurs. Vous pensez bien qu'à quatre-vingts ans sonnés, elle ne va pas modifier sa conception sociale de l'existence, dit Achille Orikos.

– Certes, mais du jour au lendemain les autres peuvent faire irruption dans son environnement! reprit Loubin.

– De cela, bien sûr, je la protège. Je m'efforce de la maintenir dans la douce ignorance de ce qui pourrait troubler la fin de sa vie. Et je vous remercie de l'avoir servie quelque temps avec autant de tact et de gentillesse, ajouta Achille

Orikos en se dirigeant vers son bureau derrière lequel il s'assit avant de tirer un carnet de chèques d'un tiroir.

– Vous avez un compte en banque, j'imagine ?

Cyril en avait un, qui souffrait d'une instabilité chronique entre crédit et débit. Sur sa réponse affirmative, le neveu de Mme Orikos remplit un chèque et le lui tendit.

– J'ai arrondi le smic à sept mille francs. J'ai ajouté les frais que vous avez engagés, y compris les thés mondains, soit au total mille cent soixante-quinze francs, et j'ai naturellement déduit les trois cents francs en espèces que vous a déjà remis Hestia. Ce qui vous vaut donc un chèque de sept mille huit cent soixante-quinze francs. N'est-ce pas honnête ?

Cyril n'avait jamais eu en main un aussi gros chèque. Bien que la somme eût encore été insuffisante s'il avait eu l'intention de s'offrir une paire de chaussures chez le bottier italien recommandé par Mme Orikos, il remercia l'assureur.

– C'est... bien... très bien, je vous assure, monsieur, balbutia-t-il.

– Voilà donc une affaire réglée, conclut Achille Orikos en se dirigeant vers la porte pour raccompagner son visiteur.

Comme il s'apprêtait à franchir le seuil, Loubin dit son espoir de voir la police retrouver la voiture et le précieux parapluie de Mme Orikos.

– J'ai dû en effet, à la demande de ma tante, faire un additif à sa plainte pour ce parapluie auquel elle semble tenir beaucoup. Mais, en ce qui concerne la voiture, qu'on la retrouve ou pas, elle ne veut plus en entendre parler. Elle m'a dit ce matin : « Toutes les amies de mon âge conduisent de jolies petites voitures sans changement de vitesse, qui se faufilent dans la circulation et que l'on peut garer n'importe où. Pourquoi ne ferais-je pas comme elles ? » Je sais par Hestia qu'elle aurait l'intention de commander un petit coupé italien nerveux en diable. De quoi me faire encore bien du souci, et je vais devoir la dissuader. Pensez, elle n'a pas touché un volant depuis trente ans! conclut Achille avec un soupir en serrant la main du jeune homme.

Assuré de pouvoir payer son loyer pendant un trimestre, Cyril Loubin regagna, l'esprit serein et le cœur léger, sa mansarde. Un message comminatoire du professeur Ternin, glissé sous sa porte, interrompit net son sifflotement, plus gai que juste.

«Passez me voir, quelle que soit l'heure. Amitiés.

Jérôme Ternin.»

Avant de répondre à cet appel, Cyril ne put se retenir de sortir pour la dixième fois de sa poche le chèque remis par Achille Orikos. Il l'examina comme s'il se fût agit d'un incunable, relut la somme, s'étonna qu'il soit tiré sur une banque suisse et admira la signature aux volutes harmonieuses. Il finit par le glisser dans son portefeuille, remettant au lendemain le plaisir de le déposer à sa banque où ne devait plus rester sur son compte qu'une somme dérisoire.

L'instant d'après, il sonnait chez Jérôme Ternin.

Le professeur l'accueillit avec soulagement.

– Ah! enfin, mon bon ami, je suis bien aise de vous voir.

– Que se passe-t-il? demanda vivement Cyril.

– Nous pouvons craindre le pire pour notre ami Kolari. Un inspecteur du service des étrangers est venu le demander, ce matin très tôt. Par chance, il avait découché, comme souvent, et Mme Morales est restée évasive sur le moment de son retour. Elle a hélas parlé, je ne sais pourquoi, de voyage au

Luxembourg, ce qui constitue non seulement une indiscrétion, mais un péril pour notre ami. À mon avis, les douanes ou la police ont découvert le trafic d'Orviril et il risque de gros ennuis, le médicament n'étant délivré que sur ordonnance.

– On pouvait s'y attendre, commenta Loubin.

– Et puis, ce n'est pas tout. On dit qu'un malheur n'arrive jamais seul. Lisez ça, ordonna le professeur en tendant à Cyril le journal du jour, sur lequel il indiqua un article de tête.

Le titre, sur quatre colonnes, résumait clairement le contenu : «Un réseau de trafiquants de cartes de séjour pour immigrés clandestins démantelé par la police». Le sous-titre précisait : «Un fonctionnaire incarcéré pour avoir vendu des papiers officiels à des réfugiés. Des rabatteurs croates sont recherchés». En lisant que le corrompu réclamait cinquante mille francs pour fournir un assortiment complet de documents en règle aux sans-papiers, Cyril comprit qu'il s'agissait bien de la filière dont devait user le Kosovar.

– J'espère qu'il n'a pas encore remis la somme à l'intermédiaire, dit Loubin.

– Si, hélas! Ce pauvre Kolari l'a versée. Il était même tout content, hier soir. «Dans huit jours, j'ai mes papiers», m'a-t-il lancé quand je l'ai croisé dans le hall. Si la police remonte la filière, Kalim sera poursuivi pour corruption de fonctionnaire, et peut-être même expulsé. Les autorités, quoi qu'on en dise, tolèrent la présence de réfugiés politiques clandestins à condition qu'ils ne se fassent pas remarquer. Mais Kalim s'est rendu coupable d'un délit caractérisé, acheva M. Ternin.

– Et, de plus, il ne reverra sans doute jamais ses cinquante mille francs, ajouta Loubin.

– Si la police les retrouve, je crains qu'on ne lui demande comment il a pu, sans travailler, réunir une telle somme. Et là, nous déboucherons sur le trafic de médicaments, ce qui aggrave la situation!

– Que puis-je faire? s'inquiéta Cyril.

– Il est urgent de le prévenir Savez-vous où habite la petite préparatrice, sa copine? Nous sommes lundi, la pharmacie est fermée. Elle est peut-être chez elle.

– Je puis savoir son adresse. Je m'en occupe tout de suite. Merci, professeur.

– Allez, mon garçon,

» Qu'Achille au pied léger vous guide sans retard

» Vers l'ami en danger d'être pris pour pendard,

souhaita Ternin qui, dans les moments d'émotion, avait l'alexandrin spontané.

– Je vous parlerai plus tard d'un Achille qui n'a rien de mythologique! lança Loubin en dévalant l'escalier.

9.

Cyril obtint sans difficulté de Mme Morales, annuaire parlant du quartier, l'adresse de Sophie. Quand il sonna chez la jeune femme, celle-ci, méfiante, hésita à répondre.

– Je suis un ami de Kalim et un client de la pharmacie; d'ailleurs, vous me connaissez. Je dois lui parler. Il y a urgence, mademoiselle.

La porte s'ouvrit timidement. Le visiteur fut reçu sans empressement et cantonné dans l'entrée.

– Kalim est en voyage. Je l'attends ce soir. J'espère que vous n'apportez pas une mauvaise nouvelle, dit-elle, plus hargneuse que craintive.

Sans être appétissante comme une Norvégienne, Sophie ne manquait pas de charmes physiques, ainsi que le révélèrent à Cyril les transparences coquines du déshabillé qu'elle serrait pudiquement, bras croisés, pour soutenir une poitrine libre et moelleuse.

– Je veux simplement que Kalim sache, dès son arrivée, qu'un inspecteur du service des étrangers est venu ce matin le demander à son domicile. Je crains que la découverte du trafic de faux-vrais papiers, sur lequel il comptait pour régulariser sa situation, ne lui vaille des ennuis. À moins que vos importations de médicaments… spéciaux n'aient été éventées par la douane.

– Mince! Ça va faire du vilain! s'exclama la demoiselle.

Le ton était acide et l'accent faubourien.

– C'est bien possible, dit Loubin.

– S'il s'agit des papiers achetés à un fonctionnaire, seul Kalim est concerné. Il se débrouillera. Mais si notre commerce est découvert, je risque de trinquer, moi aussi. Oh la la! Sale affaire, c'est merdique! Si la police interroge Kalim, j'espère que ce grand dadais ne parlera pas de moi. Dans un coup tordu comme ça, moi, je peux perdre ma place à la pharmacie, vous comprenez. Lui, il a rien à perdre…

– Sa liberté, d'abord, et peut-être la vie, coupa Loubin, agacé.

– Sa vie! On guillotine plus en France depuis longtemps! lança Sophie.

– Non, mais si les autorités françaises le renvoient au Kosovo, il sera en danger de mort. Vous avez vu comment les Serbes règlent leur compte aux indépendantistes qui reviennent au pays!

– D'accord. Peut-être qu'il risque gros. C'est son problème. Mais le malheur de l'un n'est pas allégé par le malheur de l'autre. Donc, tenez-moi à l'écart de cette histoire. Moi, en tout cas, je dirai que je ne connais Kalim que comme client de la pharmacie. C'est tout. Ses affaires, je les ignore. Et puis, j'aimerais autant qu'il ne vienne plus chez moi. Essayez donc de l'intercepter à la gare de l'Est, son train doit arriver, m'a-t-il dit, à deux heures et demie.

Cyril Loubin avait un sens profond de l'amitié. Kalim était un frère de galère. Souvent, les jours de disette, ils avaient partagé un demi-camembert et une baguette. Et quand, une fois, Cyril, n'ayant pu payer son loyer, avait été expulsé de sa chambre, le Kosovar l'avait hébergé le temps qu'il se fasse un peu d'argent. Écœuré par l'attitude de Sophie de qui il découvrait la vulgarité, l'égoïsme et la couardise, il décida sur-le-champ de se rendre à la gare, comme elle le lui avait suggéré.

Par chance, les cheminots n'étaient pas en grève ce jour-là et le train n'eut qu'un quart d'heure de retard. Malgré la foule pressée, Cyril repéra aisément son ami.

– Ben! Qu'est-ce que tu fais là? s'étonna le Kosovar qui n'avait pour tout bagage qu'un sac de sport.

– Je suis venu t'attendre...

– T'aurais pu apporter une rose. Ça se fait, chez nous! plaisanta Kalim.

– Je n'apporte que les épines, mon vieux, reprit Loubin en prenant le bras de son ami pour l'entraîner vers la sortie.

Il tenait à s'éloigner au plus vite des CRS qui patrouillaient sur les quais : si la police était informée du trafic d'Orviril, ils pouvaient avoir pour consigne de guetter l'arrivée d'un suspect dont ils possédaient peut-être déjà le signalement.

Arrivé dans la rue, Cyril raconta avec force détails à son ami la visite du policier, évoquant les raisons diverses qui pouvaient l'expliquer. Il rapporta aussi sa conversation avec Sophie.

– Une vraie garce, ta copine! Elle a une telle frousse qu'elle ne veut plus te voir. Elle ne veut même plus te connaître. Vraiment, elle m'a déçu, cette fille, dit Loubin.

– Sophie, je m'en fous. Il n'y a que deux choses qui l'intéressent, le sexe et le fric. J'irai même pas lui donner une fessée, ça lui ferait trop plaisir! Mais le mauvais coup, c'est ce que tu dis de l'arrestation du type aux papiers. Moi, j'ai payé au Croate qu'il m'a envoyé. À l'heure qu'il est, si l'intermédiaire n'a pas encore remis la somme au fonctionnaire, tu penses qu'il a dû se tirer avec mes sous!

– Le journaliste écrit en effet que des Croates sont recherchés.

– Même si la police les trouve, tu penses qu'ils auront pas le fric sur eux. Surtout que le journal les aura avertis, constata Kalim, désemparé.

– Et tu ne peux rien réclamer. Ce serait te jeter dans la gueule du loup! remarqua Cyril.

– Je vais pas redemander mon argent, bien sûr, mais je vais aller tout de suite au service des étrangers, à la Préfecture, pour savoir ce qu'on me veut. C'est pas la peine de faire l'autruche. Tiens, prends mon sac. Pour cinq mille balles d'Orviril – sept cent soixante-cinq euros, comme on compte maintenant – qu'il contient! Et prends aussi le passeport prêté par un copain. Moi, je me pointe chez les flics, rien dans les mains, rien dans les poches. Un pauvre réfugié kosovar qu'a pas envie de prendre une balle dans la nuque par ces salauds de Serbes! Voilà ce que je suis. Avec ce que racontent les journaux sur les récents massacres de civils dans mon pays, peut-être qu'ils auront un peu pitié, conclut Kolari.

Malgré les malheurs qui les avaient frappés, lui et sa famille maintenant réfugiée en Albanie, et qui accablaient toujours ses compatriotes, Kalim conservait, avec une foi méritante en Allah, un optimisme juvénile teinté de fatalisme expérimenté.

En le voyant partir, Cyril ressentit la crainte de ne jamais revoir son ami, et ce fut sans hâte qu'il prit le métro pour rentrer chez lui.

Les dieux de l'Olympe, les seuls auxquels faisait encore mine de croire le professeur Ternin, accordèrent sans doute leur protection au Kosovar, car la seule pénitence qu'ils lui infligèrent fut la perte irrémédiable des cinquante mille francs qu'il avait eu tant de mal à réunir.

Cyril Loubin était assis dans le salon-cabinet de travail du professeur Ternin, à qui il rendait compte de son intervention et faisait part de ses inquiétudes, quand un coup de sonnette nerveux fit sursauter les deux hommes. M. Ternin se leva si précipitamment qu'il heurta une pyramide de livres dressée à même le sol. L'effondrement déclencha une avalanche de dossiers qui, dépassant du bord du guéridon, n'attendaient qu'une pichenette pour se répandre en feuillets heureusement numérotés. Tandis que Cyril, agenouillé sur la moquette dont ne subsistait que la corde, rassemblait les documents épars, le professeur ouvrit la porte et Kalim Kolari apparut.

– Je te signale que tu tournes le dos à La Mecque, dit gaiement le Kosovar en voyant son ami accroupi.

Le sourire du garçon rassura ses amis.

– Alors, raconte. Que te voulaient les flics? demanda aussitôt Loubin.

– Du bien. Oui, mon vieux, rien que du bien! L'inspecteur qui est venu ce matin m'apportait une convocation à remettre en main propre. C'est pourquoi il ne l'a pas laissée à la bignole. Je suis maintenant officiellement et légalement un réfugié politique. Il paraît que c'est à M. Ternin que je le dois. Venez que je vous embrasse! lança Kalim en donnant une vigoureuse accolade au professeur, médusé.

– Oh! Je n'ai fait qu'écrire une ou deux lettres à d'anciens étudiants aujourd'hui bien placés, dit, modeste et ému, M. Ternin.

– On m'a dit, au service des étrangers, que mon cas est remonté jusqu'au cabinet du ministre de l'Intérieur. Vous vous rendez compte ! Maintenant, je peux bénéficier d'aides sociales, reprendre des études. Un jour, je pourrai même devenir français, si je veux ! C'est pas une belle journée ?

On applaudit. On esquissa même, entraîné par le Kosovar, un pas de danse dans le genre folklorique, et M. Ternin déboucha une bouteille de blanc pour arroser l'événement.

– J'aurais voulu vous inviter à dîner, mais je serai fauché tant que j'aurai pas vendu l'Orviril que je viens de rapporter. Et, maintenant que c'est rompu avec Sophie, je devrai écouler seul le stock, ce qui peut prendre du temps, dit Kalim.

M. Ternin, qui venait d'emplir les verres d'un vin doré, intervint soudain avec une autorité magistrale.

– Vous allez me faire le plaisir, Kolari, de cesser ce trafic. Puisque vous voilà enfin dans une situation régulière, n'allez pas gâcher vos chances. Je ne voudrais pas non plus qu'on puisse me reprocher un jour d'avoir recommandé un trafiquant de pilules érectrices ! Je compte que vous respecterez en tout les lois de la République qui vous accueille.

– C'est promis, monsieur. Mais voilà : pour une partie de mes pilules, j'ai des commandes. Il y a de braves vieux amoureux et de jeunes champions du matelas qui attendent ma livraison. Je peux pas les laisser en suspens, dit Kalim.

– D'accord, livrez vos pratiques, ne laissez pas ces malheureux en suspens, comme vous dites avec tant d'à-propos, mais prévenez ces fornicateurs insatiables qu'ils auront à trouver désormais une autre source d'approvisionnement.

– D'accord, promis. Et s'il me reste des pilules, qu'est-ce que j'en fais, Monsieur le Professeur ?

— Vous n'avez qu'à les laisser chez moi! Personne ne viendra les chercher ici.

L'hilarité des deux jeunes gens emplit de confusion le vieil homme.

— N'en prenez pas plus de trois à la fois, s'écria Kalim en s'esclaffant.

— Consultez votre cardiologue avant de consommer, renchérit Cyril.

— Messieurs, ne me prêtez pas des appétits que je n'ai pas, ou que je n'ai plus, et ne soyez pas grivois, je vous en prie. Comme vous, j'ai été jeune et amoureux. J'ai connu des femmes, j'ai eu des maîtresses, mais, avant de leur rendre visite, je ne passais pas chez le pharmacien, mais chez le fleuriste. L'Orviril est à la passion amoureuse ce qu'est l'encre au poète. L'encre seule n'écrit pas de poème, l'Orviril seul ne donne pas d'amour. Tout est artifice dans ces rapprochements stimulés – j'allais dire : simulés. Je plains ceux qui s'en contentent, dit M. Ternin, mélancolique.

Pour éluder des développements dont on ne pouvait prévoir l'évolution, Cyril Loubin intervint.

— J'ai touché aujourd'hui un gros chèque. Je vous invite à dîner au Coq d'or. Que diriez-vous d'un vrai cassoulet toulousain?

La proposition recueillit l'assentiment immédiat des parties et, une demi-heure plus tard, attablés à la brasserie, M. Ternin ayant choisi un madiran adapté au menu, les trois hommes commentèrent la récente aubaine échue à Kalim Kolari. Après qu'il eut fait part de son projet de s'inscrire à des cours d'informatique, le Kosovar interrogea Cyril sur les conséquences, qu'il ignorait encore, du vol de l'auto de Mme Orikos.

– Cette affaire a mis fin à mes fonctions et j'ai été payé sans histoire par le neveu de la vieille, M. Achille Orikos. Un Achille, Monsieur le Professeur, qui n'a peut-être pas le pied léger, mais dont le compte en banque doit être lourd.

– Et ça t'a rapporté combien, ce travail de larbin ?

– Plus de sept mille francs et la possibilité de vous traiter ce soir, dit Cyril.

– Ton épisode chauffeur de maître nous a valu tout de même une belle nuit avec les jumelles norvégiennes, rappela Kolari. Et cela t'a aussi permis de connaître la façon de vivre des milliardaires, compléta-t-il.

– C'est exact. Les gens comme Mme Orikos mènent une existence à part. Dans le genre doré, ce sont des marginaux, dit Loubin.

Constructif et observateur, il retenait toujours les enseignements de la vie, lui fussent-ils imposés de manière détestable.

Jérôme Ternin posa fourchette et couteau pour saisir le thème au bond.

– Intéressante expérience, n'est-ce pas, mon cher Cyril ? Vous avez ainsi pu approcher des nantis de tradition. Les Orikos, et leurs quelques semblables qui subsistent, vivent depuis des générations des revenus de leurs revenus. Ayant des intérêts sur tous les continents et dans cent entreprises diverses, ils ont compensé sans effort krachs boursiers, dévaluations intempestives, spoliations politiques. Les guerres ont non seulement épargné leurs biens et propriétés, mais, dans certains cas, augmenté leur fortune.

» Car il faut faire la différence, mes amis, entre ceux-là, qui jouissent de fortunes ancestrales avec aisance et naturel – l'argent leur étant dévolu par atavisme comme l'air, l'eau, le soleil –, et les enrichis de circonstance : affairistes habiles ou peu scrupuleux, marchands d'armes, spéculateurs veinards, promoteurs immobiliers véreux, chevaliers d'industrie, politiciens débrouillards, magouilleurs, corrompus ou, plus honnêtes, vedettes du sport, du cinéma ou du show-business. Ces Crésus de la première génération ne peuvent, dans la plupart des cas, se défaire des mœurs des parvenus. Grisés par leur fortune récente et peut-être temporaire, car souvent peu assurée, ils dépensent avec ostentation pour acquérir des œuvres d'art, des meubles anciens, des châteaux historiques, des vignobles, parfois des îles. Milliardaires novices, ils font les profits des antiquaires, des joailliers, des couturiers et des bottiers italiens ! Il arrive parfois qu'ils s'éduquent, qu'ils apprennent à se servir correctement d'un couvert à poisson, renoncent à tartiner le foie gras avec un couteau, découvrent qu'un homme doit monter et descendre l'escalier devant une femme, s'effacent même devant une femme de chambre au passage d'une porte, comme le faisait Louis XIV.

» Mais, au contraire des nababs héréditaires, jouisseurs discrets, on rencontre ces néophytes tombés de la corne d'abondance dans tous les lieux à la mode de la planète où ils croient bon de se montrer, afin que nul n'ignore qu'ils ont les moyens de descendre dans les palaces, de naviguer sur des yachts de location, de traverser l'Atlantique en Concorde, de skier sur la neige vierge des Rocheuses, de combattre le vieillissement en se faisant instiller des testicules d'agneau hachés dans des cliniques helvétiques. Les magazines ragoteurs, qui traînent dans les salons de coiffure et les salles d'attente des médecins, publient leurs photographies et livrent leurs états d'âme. Les petites bourgeoises y trouvent une évasion onirique, les impécunieux frustrés et les naïfs y puisent l'espoir de lendemains chanceux. Qu'ils se marient, divorcent, se fassent opérer de l'appendicite ou tuent un phacochère au Kenya : tout est bienvenu qui met en vedette les nouveaux élus de l'opulence. Ils prennent cette célébrité de papier journal et télévisuelle pour renommée, prestige et réputation ! acheva, doctoral, le professeur.

Habitués à ce type de cours de sociologie pratique, Loubin et Kolari avaient écouté sans l'interrompre le discours de Jérôme Ternin. Le Kosovar jugea nécessaire de remplir les verres et Cyril porta un toast.

– Honneur à vous, professeur, qui avez, pour nous, arraché le bandeau de la fortune ! lança-t-il, inspiré par les libations de la soirée.

Kalim applaudit et le vieil homme s'inclina, ému par la gentillesse de ces garçons qui auraient pu être ses petits-fils.

Cyril, rejeton déviationniste d'une lignée de militaires que le métier des armes n'avait pas enrichis, avait été élevé dans une ambiance bourgeoise, certes, mais où l'on comptait. La solde d'un officier, fût-il général, permettait à ce dernier de tenir son rang, sans plus. D'ailleurs, depuis cinq siècles, les Loubin estimaient plus les décorations que les lingots dont ils étaient dépourvus.

– « L'argent ne fait pas le bonheur », répétait ma grand-mère. Mais alors, professeur, qu'est-ce qui fait le bonheur ? demanda Cyril.

– C'est là, mon garçon, une question qui a autant de réponses que d'individus. Platon soutient que « le bonheur est un état tel que celui qui le possède n'en veut point d'autre ». Moi qui ai une plus longue expérience de la vie que vous deux réunis, je dirais bêtement que le bonheur est d'abord l'absence de malheur. Ainsi, les faits ayant heureusement démenti les craintes que nous éprouvions depuis ce matin pour Kalim, le malheur a été évité. Si bien qu'en levant nos verres, nous pouvons dire que nous vivons un moment de bonheur! conclut le professeur, approuvé par les deux garçons.

Cette nuit-là, Mme Morales entendit rentrer ses trois locataires, mais s'abstint de tout commentaire. Son mari et ses filles dormaient du sommeil des justes, qui est censé apporter la fortune.

Si le sort de Kalim Kolari se trouva sensiblement amélioré, une modeste allocation lui permettant de se loger et de se nourrir, la protection sociale lui garantissant des soins en cas de nécessité, et son inscription à des cours d'informatique supérieure lui ayant été accordée, celui de Cyril Loubin demeura ce qu'il était : celui du diplômé sans emploi.

Un soir, tandis qu'il attendait au bar des Amis l'arrivée du professeur pour leur verre de blanc vespéral, Cyril évoqua pour la centième fois avec Victor Pansac, le patron, que les habitués appelaient familièrement Totor, sa peu enviable situation.

– Il semble que des milliers d'emplois aient été créés ces temps-ci... sauf, bien sûr, des postes de gardien de phare, dit-il, amer.

– Je sais, les ministres se gargarisent à la télévision des dernières statistiques qui annoncent une baisse du chômage, mais c'est une blague, dit l'Auvergnat musculeux, présent tous les jours de la semaine derrière son comptoir de six heures du matin à onze heures du soir.

Un consommateur qui sirotait un armagnac se mêla à la conversation.

– Comme vous avez raison, Totor! Ces emplois sont du vent, de la poudre aux yeux. De quoi améliorer les statistiques et rassurer les électeurs, c'est tout!

– On a mis des jeunes dans les bureaux de poste, dans les gares et même dans les perceptions pour, soi-disant, renseigner les gens. Mais ils ne savent rien, les pauvres! Comment voulez-vous qu'ils renseignent? Alors, ils baguenaudent, compléta le tenancier.

– Ce sont des figurants, pas des producteurs, dit le serveur, venu au comptoir prendre livraison de consommations. Sur l'avenue, on a mis des gars pour donner des tickets de stationnement aux automobilistes, alors qu'il y a les distributeurs qui fonctionnent très bien, et depuis longtemps. Non seulement ce service est inutile, mais il complique la vie. Avant, on mettait sa pièce, on tirait son ticket et ça durait trente secondes. Maintenant le préposé, qu'on a habillé de pied en cap, s'il vous plaît, doit noter le numéro de votre véhicule, ce qui est une atteinte à la vie privée, et vous demander combien de temps vous allez stationner. Comme si on le savait! Et, au retour, il faut de la monnaie pour le payer! Et comme ce ne sont pas des ardents au boulot, ces jeunes, dès qu'il pleut, ils se mettent à l'abri. Ils prennent aussi le temps de déjeuner. Pendant leur pause, on retourne au distributeur!

Quand le serveur s'éloigna, plateau chargé, et que l'amateur d'armagnac eut pris congé après avoir réglé son verre, Totor se pencha vers Cyril.

– Toujours rien trouvé, m'sieur Loubin?

– Non, et pourtant, vous savez, je me donne du mal. J'en envoie, des *curriculum vitae*. Je dépense un argent fou en photocopies et en timbres. Mais les réponses, quand il en vient, sont décevantes. J'ai de quoi tenir le coup quelque temps, mais je désespère de trouver un *job* régulier, stable, qui ne soit pas payé au noir, dit le jeune homme.

– Votre copain l'Albanais se débrouille mieux que vous. Paraît qu'il est maintenant pris en charge par les Affaires sociales, c'est-à-dire par nous qui payons des impôts ! C'est pas que j'en veuille aux étrangers, non, mais tout de même, on ferait bien de penser aux Français d'abord, dit le patron avec un rien d'irritation.

– Regardez, M. Pansac, à cette heure-là, dans votre bar, combien y a-t-il de purs Français ? Regardez, insista Cyril en se tournant vers la salle. Moi, je vois des Espagnols qui boivent de l'anis Del Mono, des Maghrébins devant des jus de fruits, des Turcs qui buvotent du café, des Libanais qui vident des verres d'arak, des Portugais qui dégustent du porto, des Pakistanais qui prennent le thé, des Africains qui trinquent au pastis colonial dont nous leur avons donné le goût en même temps que celui de la politique. Ces gens, dont certains ont sans doute la nationalité française, font marcher votre commerce. Et nous ne sommes pas dans un quartier à fort pourcentage d'immigrés ! démontra Loubin avec assurance.

– Je dis pas qu'ils soient pas de bons clients. Pas bruyants, ni chahuteurs ni rien, mais je comprends pas qu'un garçon comme vous, qui a de l'instruction, trouve pas d'emploi, alors que ceux-ci – il désigna la salle d'un coup de torchon – ont de quoi venir consommer. Faudrait qu'en tant que Français vous soyez au moins aidé comme l'Albanais ! Non ?

– Je pourrais avoir une allocation, le RMI-jeunes pour demandeur d'emploi, mais, tant que je puis payer mon loyer et ma baguette de pain, je tiens à me débrouiller sans. C'est une question de dignité, et je ne me considère pas comme le plus malheureux des hommes, M. Pansac, dit Cyril.

– Bien sûr. J'en connais de plus à plaindre encore que vous.

– Je ne demande pas qu'on me plaigne. On m'a d'ailleurs déjà dit que j'étais un privilégié. Je connais le refrain! répliqua Loubin avec humeur.

– Ceux qui ont dit ça n'ont pas complètement tort, m'sieur Loubin. Le matin, quand je sors mes poubelles à cinq heures, je vois ceux qui dorment dans la rue par tous les temps, sous des cartons et des vieilles couvertures. Ceux-là, j'sais pas s'ils sont Français ou pas, mais ils n'ont plus rien, plus de toit, plus de sous, plus d'amis. Ils sont sales et dégoûtants parce qu'ils peuvent pas se laver autrement qu'aux fontaines; ils sont malades parce qu'ils peuvent pas se soigner; ils se soûlent dès qu'ils ont récolté dix francs, pour oublier qu'ils existent. D'ailleurs, comme ils sentent mauvais, les gens se détournent, font comme s'ils les voyaient pas. Et pourtant, je peux vous dire que, parmi ceux que je connais, à qui je donne un café chaud et un sandwich au cantal, le matin, y en a qui ont eu un métier…

– Peut-être, mais il y en a aussi de drôles, parmi vos protégés du matin, patron, coupa le serveur, venu commander deux bières pression.

– Comment ça, drôles? demanda Cyril.

– Pas plus tard qu'hier, quand j'arrive prendre mon service, M. Totor m'envoie porter un sandwich aux rillettes à la vieille sale qu'est toujours assise devant la banque, en face. Vous savez pas ce qu'elle a eu le culot de me balancer, au lieu de dire merci? Elle m'a dit: «Dis donc, tu crois pas que je vais tarauder à sec!» Ce qu'elle voulait, c'était une bouteille de rouge. Des ivrognes et des crasseux, voilà ce qu'ils sont, ces gens qui refusent d'aller dans les centres d'accueil et qui engueulent les assistantes sociales quand elles veulent s'occuper d'eux. Ce qu'il faut, c'est les ramasser et les foutre au Larzac, avec les écolos! fulmina le garçon en s'éloignant, plateau lesté.

– Faites pas attention, m'sieur Loubin, c'est un ancien séminariste qui croit plus à la charité, dit Totor pour excuser son employé.

Avant de disparaître dans l'escalier de la cave, Pansac prit le temps de saluer l'entrée de Jérôme Ternin et de poser à son intention une bouteille de meursault sur le zinc.

– Qui donc ne croit plus à la charité chrétienne? demanda le professeur à Cyril.

– D'après Totor, le garçon manquerait de considération pour les SDF du quartier, dit Loubin en emplissant les verres.

– Ah! Tous ne méritent peut-être pas la même considération, mon ami… Fameux, ce meursault, ça nous change un peu du chablis, dit, après une gorgée lente, le dégustateur.

Toujours disposé à se lancer dans une analyse socioculturelle, il enchaîna :

– Savez-vous qu'il existe une catégorie d'inoccupés mieux adaptés que d'autres à leur situation et qui mènent une existence insoupçonnée de citoyens ordinaires? Héritiers des anciens clochards, du type Boudu sauvé des eaux, si bien incarné à l'écran par Michel Simon en 1932, ils sont à peine mieux lotis, en apparence, que les assistés de Victor Pansac. Vous en conviendrez comme moi, Cyril, ils sont propres, mais pauvrement vêtus, afin d'apitoyer le bourgeois sans le rebuter. Ces asociaux, jaloux de leur indépendance, paient le prix de la liberté, fuient les hospices, centres d'hébergement et autres havres charitables. Ils tirent leurs ressources, les uns de la simple quête, les autres de menus services qu'ils rendent aux commerçants.

— Ces gens ont tout de même bien du mal à survivre, surtout l'hiver, fit remarquer le jeune homme.

— Les déshérités de la basse classe, certes, car il y a une hiérarchie, même dans la misère. Ils sont souvent assistés d'un chien dont le poil lustré atteste un régime alimentaire convenable. Somnolents ou perdus dans des pensées floues, ils se contentent de tendre la main, ou, pour éviter toute fatigue, reçoivent dans une vieille casserole les pièces de monnaie que laissent tomber des dames qu'un chien malheureux émeut davantage qu'un petit Biafrais famélique. Une pancarte explique parfois leur dénuement, donne les raisons de cette mendicité, toujours imposée par la conjoncture économique. Certains, faisant preuve d'humour, s'attirent la sympathie des passants, tel ce garçon encore jeune que j'ai vu assis devant le kiosque à journaux et dont le panonceau annonçait, en belle ronde : «J'ai besoin d'argent pour changer mon quatre-quatre.» D'après le boulanger, ce plaisantin s'est fait trois fois plus d'argent que les autres !

— Ce qui prouve que les gens sont prêts à soutenir toutes les initiatives de nature à stimuler la production d'automobiles ! commenta Cyril en souriant.

— Plus actifs, les mendiants de la classe moyenne jouent, vous en voyez tous les jours, les portiers au bureau de poste, au seuil de la supérette ou de l'église. Chattemites, ils saluent poliment les entrants et souhaitent bonne journée aux sortants, même si ces derniers ne déposent rien dans leur sébile tendue sans ostentation. Quant au gratin de la nouvelle cloche, les mieux organisés, ils se sont créé des occupations quasi régulières. Nous les voyons aider les marchands de légumes et de fruits à décharger les cageots au retour de Rungis, livrer, à l'aide d'un Caddie emprunté au super-marché, les commandes que les clientes de l'épicier ne peu-vent porter elles-mêmes, parfois laver le trottoir devant un commerce, veiller sur une voiture arrêtée en double file afin d'alerter son propriétaire à l'apparition des contractuelles ver-balisantes. Vous connaissez Jojo, l'ancien légionnaire qui ali-mente régulièrement en pièces les horodateurs pour éviter des amendes aux employés de la banque dont les auto-mobiles ventouses stationnent du matin au soir. Il est, croyez-moi, remboursé avec largesse de ses mises de fonds, et défend avec autorité son *job*, complément de sa pension militaire. On murmure qu'il entretient des relations cour-toises avec les contractuelles. Il leur signalerait même les véhicules en infraction quand il n'a pas passé d'accord avec leur propriétaire!

– D'après le boulanger-pâtissier, qui bénéficie de la clien-tèle de Jojo et de ses camarades à l'heure du sandwich, tous se font en moyenne de cinquante à cent francs par jour. Nets d'impôts, compléta Loubin.

Habitant le quartier depuis deux ans, Cyril connaissait aussi bien que M. Ternin ces acteurs de la comédie urbaine. À l'occasion, il leur glissait une pièce jaune, se disant que si le Bon Dieu, comme l'assurait sa grand-mère, rendait un jour au centuple ce que le chrétien donne aux pauvres, il touche-rait les dividendes de sa méritoire générosité.

Depuis qu'il avait entendu un gros homme au teint ver-millon répondre à un mendiant qui le sollicitait : «Je ne donne jamais rien, même pas l'heure!», Loubin distribuait des centimes quand ils n'étaient pas assez nombreux dans sa poche pour faire des francs. Son zèle charitable, héritage de ses années de scoutisme, avait cependant été refroidi le jour même par une rencontre de hasard.

– Pas plus tard que ce matin, confia-t-il au professeur, j'ai assisté, sous l'abri d'autobus, à une conversation édifiante entre Jojo, le berger des horodateurs, et son copain, le portier bénévole de la poste, vous voyez, ce grand blond qui connaît par leur prénom toutes les secrétaires du quartier.

– Je vois, il les aide à enfourner le courrier dans les boîtes, ce qui prouve qu'il sait lire, déduisit le professeur.

– Donc, ce matin, le grand blond dit à Jojo qui, comme lui, s'abritait de la pluie : «Mardi soir, on est tous invités chez Paul. Il pend la crémaillère. T'es de la partie?» Alors, j'ai vu Jojo tirer de sa poche un agenda, oui, un agenda imitation crocodile! Il l'a feuilleté et il a dit, du ton du P.-D.g. dont l'emploi du temps est prévu des mois à l'avance : «Impossible. Mardi, c'est la fête à Lucette; j'ai promis de l'emmener manger des huîtres à la Marée!»

– Quel tableau social édifiant, en effet! Mais êtes-vous certain que l'agenda n'était pas de croco véritable? demanda Ternin, ironique.

– Peut-être, mais je me demande si ce Jojo ne disposerait pas de plus de ressources que moi, ajouta Loubin après une gorgée de blanc. Et j'ai parfois envie de me révolter. J'ai entendu ce matin à la radio que, dans le Mercantour, afin d'assurer la protection des loups, on dédommage les bergers chaque fois qu'un de ces redoutables carnivores fait des ravages. L'État verse plus de cinq mille francs par brebis tuée, et mille cinq cents francs d'indemnité forfaitaire, dite de stress, pour compenser les frayeurs et avortements spontanés des autres brebis ! Vous imaginez ce que cela coûte ! Certains bergers eux-mêmes sont scandalisés.

Jérôme Ternin passa à plusieurs reprises sa main sèche dans l'épaisse toison blanche et floquante qui, couronnant un visage osseux, lui donnait, les bons jours, un air de vieux pâtre grec.

– Certes, je vous comprends. Mais tout est relatif, mon ami, même le dénuement. Les gens qui n'ont jamais connu que la pauvreté s'intègrent parfois dans la société de consommation comme on se glisse en resquillant dans un cocktail. Ils recueillent les miettes du bien-être des autres. Nos clochards d'aujourd'hui, paisibles anarchistes, vivent peut-être mieux que des femmes seules, dépourvues de retraite, qui ne subsistent que grâce aux allocations. Je connais aussi des jeunes cadres au chômage qui, désespérés, ont, certains jours, des pensées suicidaires. Endettés, chargés d'enfants, soucieux de fournir à leur famille un confort relatif, ils sont dans l'incapacité de faire face à une adversité à laquelle ils n'ont pas été préparés. Ces malheureux, honteux de l'exclusion qui, injustement, les frappe, passent leurs journées à errer d'un bureau de placement à l'autre pour trouver un emploi qui, en aucun cas, ne pourra les satisfaire ni leur assurer de quoi maintenir ce qu'il faut bien appeler un modeste train de vie. Tout cela pour vous dire que, malgré les difficultés que vous connaissez, vous êtes encore…

– Un pri-vi-lé-gié ! Je le sais, on ne cesse de me le répéter sur tous les tons, lança Cyril, irrité à l'extrême parce que la réflexion si souvent entendue venait, cette fois, d'un homme intelligent.

Ayant parlé, il prit congé assez sèchement du professeur, qu'il abandonna sans même vider son verre.

– Quelle mouche le pique, m'sieur Ternin, votre ami ? s'étonna Totor, remonté de sa cave chargé de bouteilles.

– Je crois qu'il en est arrivé au point où sa condition de chômeur lui devient insupportable. C'est là qu'on peut craindre toutes les bêtises, mon bon Victor.

10.

Les jours fastes, Cyril Loubin prenait, à la brasserie du Coq d'or, un petit déjeuner tardif en forme de brunch. Angela, la serveuse italienne dont la jeunesse s'était usée dans les plus dures besognes, n'avait rien d'une soubrette moliéresque à qui l'on conte fleurette. Cependant, Loubin s'installait toujours dans son secteur et, contrairement aux habitués pour qui Angela n'existait guère plus que le percolateur, le jeune homme la saluait avec sympathie et lui faisait un brin de conversation. Cette grande femme, brune et sèche, teint gris, paupières bistrées, dont la robe d'uniforme noire, à collerette et manchettes vertes, accentuait encore la maigreur, présentait de longues mains, fines et soignées. Depuis le jour où Cyril lui en avait fait assez ingénument compliment, comme si de telles mains étaient incompatibles avec la condition de serveuse, Angela, peu habituée à retenir l'attention d'un homme jeune, s'était prise pour l'aimable client, de qui elle connaissait la situation, d'une sorte d'amitié amoureuse, teintée de sollicitude maternelle.

Ce matin-là, avant même de servir les œufs au plat et le café commandés, elle mit sous les yeux du jeune client un magazine féminin ouvert à la page des petites annonces.

– Tenez, c'est peut-être un boulot pour vous… en attendant mieux, bien sûr, dit-elle, posant son index à l'ongle carminé sur un encadré.

Une importante société américaine, spécialisée dans la collanterie et la lingerie féminine, recherchait des jeunes gens et jeunes filles de bonne présentation, aptes à se déplacer en France métropolitaine pour effectuer enquêtes et sondages. Les candidats devaient se présenter au cours de la semaine, aux heures de bureau, dans un hôtel proche des Champs-Élysées.

– Merci, Angela, vous êtes mon ANPE, et tellement plus charmante ! dit Cyril.

Ces mots amenèrent sur les lèvres de la serveuse un sourire où tout homme plus habitué que Loubin aux mimiques des êtres désabusés aurait reconnu l'expression d'un plaisir mélancolique. Vingt ans plus tôt, Angela se serait enflammée comme de l'étoupe pour ce garçon doux et attentionné.

Son petit déjeuner avalé, Cyril décida de se rendre aussitôt à l'adresse indiquée.

– Tenez-moi au courant, monsieur, dit la serveuse.

– Certes, Angela. Si c'est intéressant et que ça marche, je viens vous faire une bise derrière l'oreille gauche. Celle du cœur ! lança le jeune homme en se hâtant vers la sortie.

Les Américains sont carrés, rapides et dénués de toute sentimentalité quand il s'agit de traiter une affaire ou d'engager du personnel. Seule les intéresse la concordance entre la personnalité du postulant et le travail qui sera de lui exigé. Les diplômes de Cyril Loubin ne pesèrent pas lourd aux yeux du couple qui l'interrogea en excellent français, sans complaisance, mais avec une courtoisie rustique. La femme, d'âge incertain, parfaitement maquillée, évitait de sourire, sans doute par crainte de voir se creuser à nouveau des rides douloureusement éliminées au prix de plusieurs liftings. Cyril imagina que cette personne, présentée comme conseillère privée du président d'International Winford Panty Hose Company, représentait, en minijupe moulante, l'élégance américaine du moment. Quand elle décroisa les jambes, qu'elle avait longues, il aperçut dans un éclair soyeux, sous le collant arachnéen, une sage culotte de coureur cycliste d'un rouge phosphorescent. L'homme, assez gourmé, s'annonça comme docteur en psychologie de l'université de Berkeley, attaché à la firme. Près de sa rose et blonde compagne évadée d'un vieux film en Technicolor, il parut à Cyril d'une santé délicate. Vêtu de gris, teint olivâtre, joues fripées, œil prasin, prognathe et aux trois-quarts chauve, il aurait eu grand besoin des soins des chirurgiens et des esthéticiennes qui, partant de quelques vestiges de beauté, avaient si bien restauré le visage de la dame aux traits figés par les boutonnières-mannequins.

L'entretien, scientifiquement préparé par le psychologue délégué, dura près d'une heure. Cyril dut d'abord donner des références, imaginer des motivations avant de répondre aux questions les plus insolites. Quelle idée se faisait-il de la hiérarchie sociale par rapport au consumérisme ? Portait-il attention aux femmes élégantes, aux hommes mûrs, aux homosexuels timides ? Quelles étaient ses convictions religieuses ? Comment occupait-il ses loisirs ? Quels sports pratiquait-il ? Sa mère l'avait-elle allaité, dorloté, fessé ? N'était-il pas daltonien ? Souffrait-il de varices, d'allergie au soleil, au froid, à la pluie ? Savait-il se servir d'un indicateur des chemins de fer et se débarrasser d'un chien trop affectueux ?

Cyril, exaspéré, allait mettre fin sans aménité à l'entretien quand l'examinateur, subodorant l'imminence d'une réaction désobligeante, le libéra après lui avoir demandé son numéro de téléphone et son adresse. Cyril confessa, un peu confus, qu'il ne disposait pas du téléphone, ce qui provoqua la stupéfaction de ses interlocuteurs. S'il avait donné comme adresse le palais de l'Élysée ou la caverne d'Ali Baba, ils n'auraient pas été plus étonnés.

– Vous n'avez pas de téléphone? Mais comment pouvez-vous vivre sans? demanda la dame qui passait chaque soir une heure à bavarder avec son amie Gladys, de Caroline du Sud, et conversait tous les matins, sauf le samedi, avec sa fille, épouse d'un ingénieur israélien établi à Tel Aviv.

– Question de principe, madame. Je protège ma vie privée. Et puis, je ne veux pas être sonné, mentit résolument Cyril, relevant le menton.

Comme les Américains tardaient à se remettre de leur étonnement, il crut bon de préciser avec un rien d'ironie :

– Aucune loi, madame, n'oblige les Français à s'abonner au téléphone, pas plus qu'on n'interdit au président de la République de trousser une secrétaire sur son bureau entre deux rendez-vous, contrairement à ce qui vient de se passer à Washington.

– Très original, vraiment! Vous êtes… comment dirais-je… *atypic*… oui atypique, c'est cela, dit la femme avec un sourire limité par l'élasticité réduite de sa peau.

Elle appréciait l'originalité et la repartie d'un garçon aux manières si anachroniques et qu'elle déclara «tellement… tellement européen».

– Si vous pouvez apprendre rapidement à vous servir d'un téléphone, ce sera un plus dans votre dossier de candidature, dit l'homme, narquois.

Loubin donna finalement le numéro de la loge de Mme Morales.

– La gardienne de l'immeuble me transmettra le message, si vous croyez bon de m'en envoyer un, conclut-il avec la désinvolture du dilettante peu soucieux d'être ou non engagé.

En regagnant son domicile, il se qualifia d'idiot. Il avait certainement déplu à des gens dont le professionnalisme, aussi froid que le regard de jade du psychologue, ne faisait aucun doute. En s'inspirant des façons de Jérôme Ternin, Cyril avait nui à sa propre image. Le professeur possédait le téléphone, mais avait rendu sa sonnerie muette. «Je veux appeler mais je ne veux pas l'être», disait-il. Seulement, Ternin jouissait d'une confortable retraite et du revenu de son activité dans l'enseignement privé : il ne craignait donc pas le chômage et ne cherchait pas d'emploi !

Comme il passait devant une des cent boutiques ouvertes par un entrepreneur de travaux publics «diversifié» depuis peu dans la téléphonie mobile après qu'il eut acquis un vignoble champenois, une maroquinerie de luxe, la moitié d'une compagnie aérienne et une fabrique de couches-culottes, Cyril décida d'entrer à son tour dans le cycle de la communication à outrance. Il acheta en promotion, pour un prix modique, un téléphone de poche de la dimension d'une savonnette et contracta un abonnement au tarif jeunes. Nanti d'un appareil qu'il lui faudrait apprivoiser, il se sentit soudain plus en accord avec son temps.

Trois jours plus tard, ayant reçu une convocation de la direction commerciale d'International Winford Panty Hose, Cyril eut tout loisir d'apprécier le dynamisme américain.

Dans un salon de l'hôtel où il avait été interrogé, il se trouva, en compagnie d'une douzaine de garçons et de filles rassemblés, face aux conseillers commerciaux de la firme.

– Si vous êtes ici, c'est que Winford a décidé de retenir vos candidatures aux postes d'enquêteurs délégués de voie publique, lança un gaillard jovial et décontracté.

Débarrassé de son veston et manches retroussées, il voulait mettre tout le monde à l'aise. Un murmure de satisfaction parcourut l'assemblée, une fille risqua même un battement de mains qui ne fut pas imité. L'homme reprit :

– Vous serez engagés au tarif de mille cinq cents francs par semaine, soit deux cent trente euros, pour trois heures de travail le matin et l'après-midi, tous les jours de la semaine, sauf le dimanche que vous mettrez à profit pour rédiger votre rapport hebdomadaire. Ce document devra parvenir à notre siège de Paris le mardi au plus tard, pour être envoyé, après traduction, au service des analyses informatiques de Winford, à Cincinnati, Ohio, et au président Henry Nicador Winford en personne, à Baltimore, Maryland. Les transports en chemin de fer – billets et horaires – seront organisés par nos soins.

» Votre hébergement sera assuré en province dans les hôtels de la chaîne Goodnight, dont Winford est actionnaire. Vous recevrez une indemnité journalière de cent cinquante francs, soit vingt-trois euros, pour vos repas. Si vous prenez ces repas dans les établissements de restauration rapide Big Bull, dont Winford est actionnaire, une remise de dix pour cent vous sera consentie sur présentation de votre badge de délégué-enquêteur. Aucun frais supplémentaire, tel que taxi ou boisson, n'est prévu. Vous recevrez également une carte de téléphone qui vous permettra, en usant du réseau Winphone, dont Winford est actionnaire, de communiquer exclusivement avec nos services.

» Si vos fiches de sondage sont incomplètes, ne reflètent pas la réalité des réponses faites aux questions précises que vous devrez poser, ou si vous remplissez les questionnaires en faisant appel à votre seule imagination pour ne pas fatiguer vos jambes, vos contrats se trouveront *ipso facto* rompus. D'ailleurs, tout cela et d'autres consignes figurent sur le document que vous devrez signer lors de votre engagement définitif.

» Naturellement, notre société va contracter pour chacun des engagés une assurance accident auprès de la Winner Eagle Company, dont Winford est actionnaire. À la fin de l'enquête, Winford offrira aux cinq meilleurs enquêteurs une collection complète de collants en lycra pour les filles, de chaussettes pour les garçons, plus, pour tous, un sac de voyage Wintravel contenant un assortiment de chewing-gum Winteeth…

– … dont Winford est actionnaire, lança un plaisantin.

L'interruption fut peu appréciée du conseiller commercial francophone qui, levant la séance, invita les futurs enquêteurs à le suivre dans un salon voisin où devaient être présentés, sur des mannequins nommés bas-de-corps, c'est-à-dire dépourvus de buste, les produits de la firme. Traversant cette forêt de Vénus callipyges tronquées, en résine synthétique satinée, Cyril découvrit des collants de toutes matières, de toutes couleurs, argentés, dorés, moirés, avec et sans couture, agrémentés de feuilles mortes, de roses trémières, d'escargots, des signes du zodiaque, constellés de cœurs – «à offrir pour la Saint-Valentin», précisa le présentateur. Collants filet, collants résille, collants grisotte, collants avec slip de dentelle incorporé, sans entrejambe pour personnes pressées, avec papillons de strass sur le mollet, collants dont la couture, soulignée de clous d'or de la cheville à la fesse, fit dire à un garçon déluré : «Ne manquez pas d'emprunter le passage clouté»; collants bleu roi, semés de cinquante étoiles d'argent, «autant que d'États américains», rappela le conseiller.

– Voici maintenant notre création spéciale pour la France, ajouta-t-il : collant de lycra ultra-fin, avec tour Eiffel en éclats de diamant véritable sur le côté de la jambe, plus Arc de triomphe en paillettes chevauchant... le... la... *pudenta mulebria,* bafouilla l'homme en désignant d'un geste court le pubis de la femme de plastique, partie du corps féminin qu'un puritanisme atavique lui interdisait de nommer autrement qu'en latin.

– Formidable, manque que la flamme! lança une fille.

Négligeant les rires, le conseiller reprit son exposé :

– Pour l'Allemagne, nous fabriquons le même collant avec la porte de Brandebourg... au même endroit, pour l'Inde avec le Tadj Mahall, pour l'Italie avec le Colisée, pour l'Espagne avec l'Alhambra, pour le Liban avec les ruines de Baalbeck, pour l'Ukraine avec la grande porte de Kiev. Nous avions conçu pour les élégantes Moscovites, très demandeuses, un collant avec le mausolée de Lénine, mais les communo-démocrates n'en ont pas voulu et nous nous sommes rabattus sur les remparts du Kremlin. Les Égyptiennes évoluées, et surtout les touristes étrangères en croisière sur le Nil, s'arrachent en revanche notre collant couleur sable, avec pyramide de Khéops, et ne paraissent nullement choquées d'abriter le plus intime de leur personne sous le monument pharaonique. Nous avions aussi en projet un modèle très allégorique pour d'autres pays du Moyen-Orient : le mont des Oliviers placé sur le mont de Vénus était une trouvaille, non ? Mais la Knesset l'a jugé déplacé, les Palestiniens nous ont menacés de boycott et le Vatican, dont nous sommes fournisseurs pour les bas ecclésiastiques, s'y est opposé, menaçant même notre président d'excommunication, bien qu'il soit mormon.

L'Américain salua d'un sourire satisfait les murmures indignés que suscitèrent dans le jeune auditoire ces atteintes flagrantes à la liberté d'expression artistique et aux échanges internationaux.

– Sachez, reprit-il, que Winford fabrique également le collant avec dessin de jarretelles surtissé, le bas à jarretière élastique agrémentée de dentelle, le bas simple, avec ou sans couture, comme ceux que portaient vos arrière-grand-mères, suspendus au disgracieux porte-jarretelles, baptisé lance-pierres par vos humoristes. Nous fournissons cependant cette pièce de lingerie, élément puéril de l'érotisme Belle Époque, à des lords libidineux, aux danseuses de French Cancan, à certaines *escorts* pour hommes d'affaires, et, depuis peu, il faut le reconnaître, à des adolescentes américaines qui attribuent au *suspender belt* un pouvoir de séduction particulier.

» Notre métier est, comme vous le voyez, très difficile, car il touche à l'intimité même de la femme, dont il ne faut pas effaroucher la pudeur. C'est pourquoi nous ciblons, au moyen d'enquêtes et sondages, nos multiples clientèles. Ne croyez pas que l'on puisse vendre deux milliards et demi de collants chaque année dans le monde, réaliser un chiffre d'affaires de cinq milliards de dollars, être coté à Wall Street, sans un service marketing très pointu et des publicitaires avisés. Les nôtres viennent d'ouvrir un site Internet à partir duquel les maris européens pourront, dans deux semaines, commander, comme les maris américains, des collants originaux et de la lingerie affriolante à offrir à leur épouse. Au contraire de notre premier concurrent, Glamour Panty Hose, notre président, qui a le souci de la décence, refuse les slogans du genre «Glamour, le couturier du désir» ou «Glamour, l'efficacité du strip-tease conjugal», révéla-t-il avant de s'éclaircir la voix pour conclure.

»Mesdames, messieurs, vous connaissez maintenant les produits Winford Panty Hose, premier fabricant mondial de collants, invention géniale due aux ingénieurs en textile qui ont libéré la femme du porte-jarretelles, de la guêpière, du bas qui vrille, et contraint la cellulite à plus de discrétion! Je vous invite maintenant à vous rendre au buffet, servi dans le salon voisin. Vous n'y trouverez pas d'alcool, la tempérance étant une des causes défendues par la fondation Winford, mais vous pourrez vous rafraîchir avec les jus de fruits et... je ne sais pas le dire en français, la *root beer*, fabriqués par Goodglass dont...

– ... Winford est actionnaire! lancèrent en chœur les futurs enquêteurs, ce qui, cette fois, ne déplut pas au conseiller commercial.

Son numéro terminé, l'orateur s'esquiva. Il se rendit directement au bar où ce natif du Tennessee commanda un double bourbon *ginger ale*.

Quarante-huit heures après cette initiation au commerce de la collanterie, Cyril Loubin signait son contrat de sondeur sur voie publique. On lui présenta son équipière, Mélanie Rousset, une brune maigrichonne, renfrognée, aux traits réguliers et communs, à la peau grise, dépourvue de tout maquillage. Les cheveux de la demoiselle, relevés sur le sommet de la tête et tenus par une pince de matière plastique d'un jaune agressif, donnaient à son chef l'aspect d'un ananas blet. Le genre « échappée de l'eau de vaisselle », aurait dit avec mépris la marâtre de Cyril.

De beaux yeux d'un noir profond sauvegardaient cependant chez cette demoiselle – appliquée, semblait-il, à s'enlaidir – une sorte de charme. Sa minijupe, son blouson de microfibre, ses chaussures à talons massifs – sacrifice à une mode qui met aux pieds des femmes de lourds brodequins, croisement inesthétique de cothurnes et de bottillons de parachutiste – annonçaient la fille dans le vent. Cyril reconnut en elle la postulante qui s'était écriée, hilare : « Manque que la flamme ! » en voyant le collant décoré de l'Arc de triomphe.

– Alors, comme ça, on va vivre ensemble pendant deux semaines. J'avais repéré que tu avais pas l'air marrant, pendant la réunion d'avant-hier. Et, manque de pot, c'est sur toi que je tombe ! dit-elle en préambule.

– Tu peux exiger de changer de partenaire. Je ne demande pas mieux. Je n'apprécie guère les filles marrantes, répliqua sèchement Cyril, usant lui aussi du tutoiement.

– Holà ! Oh ! te fâche pas ! Après tout, on n'est pas obligés de se plaire. Comme moi, tu as besoin de bosser, pas vrai ? Alors, autant s'entendre ! Et puis, on n'est pas non plus tenus de se voir en dehors du boulot. Moi, le soir, quand je suis seule, je m'offre une toile. Il y aura sûrement des cinémas là où ils vont nous envoyer, conclut-elle, affichant une indépendance que Loubin n'avait aucune intention d'entraver.

On les expédia à Tours par le premier TGV du matin. Mélanie, fine mouche, s'était renseignée auprès du représentant français de Winford sur les raisons du choix de la capitale tourangelle. Pendant le voyage, entre deux somnolences, elle affranchit son compagnon :

– D'après des rumeurs recueillies aux *States* par Winford, qui doit être aussi actionnaire de la CIA, Tours passe pour la ville la plus échangiste de France.

– Échangiste, qu'est-ce que ça veut dire ? demanda Cyril, naïf.

– Ben ! Tu connais pas ça ? On se réunit à deux ou trois couples, dans un appart, et on change de partenaire quand ça vous chante. Et, quand tout le monde y est passé, on cause en fumant un joint, expliqua Mélanie.

– Vraiment, on fait ça en province ? observa Cyril, sceptique, bien qu'il se souvînt des projets de Kalim Kolari avant leur rencontre avec les Norvégiennes.

– Bien sûr, comme ailleurs, et peut-être plus qu'ailleurs, parce qu'on doit rudement s'emm… s'embêter, le soir, chez les ploucs de province, décréta Mélanie.

Impressionnée, quoiqu'elle s'en défendît, par la personnalité de son compagnon, elle faisait effort pour surveiller son langage.

– Je ne vois pas le rapport entre cette façon de se distraire et la prospérité de la collanterie américaine, fit Cyril, dubitatif.

– D'après le type que j'ai cuisiné, il paraît que, dans ce genre de réunion, les dessous des femmes, les collants surtout, sont remarqués, plus encore, c'est sûr, s'ils sont du genre de ceux qu'on nous a montrés, avec monument historique sur le starter. «Chaque femme en petite tenue se veut plus séduisante que l'autre, et les hommes ne se gênent pas pour commenter, après coup, la lingerie intime de ces dames», m'a dit mon bonhomme, qui a l'expérience, vu qu'il a été deux fois marié. Moi, je sais que ces réunions sont plutôt organisées par les bourgeois cochons, qui peuvent plus avec bobonne. Ces gens, bien sûr, regardent pas au prix d'une douzaine de collants avec tour Eiffel et perlouses.

– J'imagine que les couples qui pratiquent ce genre de sport constituent une minorité. Ils ne représentent certainement pas la cible exclusive de Winford, même en Touraine, objecta Cyril.

– D'accord, mais le type m'a dit aussi que, dans une ville dont la réputation partouzarde est arrivée jusqu'à Baltimore, nos enquêtes et nos sondages serviront leur marketing. C'est un moyen de connaître les goûts des gens, qu'ils disent.

– J'ai lu attentivement les questions que nous aurons à poser aux passants et je ne crois pas qu'il faille leur demander s'ils sont ou non échangistes, observa Loubin.

– Pourquoi pas! Un truc pour se faire inviter, peut-être, dit Mélanie, riant franchement.

Cyril Loubin avait obligeamment porté le sac de la jeune fille jusqu'au train, avant de le placer dans le porte-bagages et de lui céder sa place côté fenêtre. Il jugea courtois, en cours de route, de lui proposer une collation, qu'elle accepta. Il s'en fut quérir au bar des croque-monsieur du type ferroviaire, classe unique pour micro-ondes.

– Ce sont des habitués de la ligne. À mon avis, ils ont déjà fait plusieurs fois l'aller et retour entre Paris et Tours, dit Loubin en tendant à Mélanie assiette de carton et serviette de papier.

Elle rit, remercia, mordit les toasts tièdes, s'essuya la bouche d'un revers de main et, se tournant vers son compagnon :

– Peut-être que t'es plus marrant que tu en as l'air. Je suis sûr qu'on va s'entendre mieux que prévu, dit-elle avec un clin d'œil espiègle.

En débarquant à Tours, ils étaient de vieux copains, chacun ayant livré à l'autre un aperçu édulcoré de son passé et fait un état sincère de son présent. Dès que leurs bagages seraient déposés à l'hôtel, ils avaient consigne d'aller prendre position aux endroits indiqués par le service commercial, au carrefour le plus animé de la ville, mais à bonne distance l'un de l'autre.

– T'as déjà sondé? demanda Mélanie tandis qu'ils rejoignaient leur poste.

– Jamais, et toi?

– Moi, oui. J'ai sondé pour le Comité du chocolat. Ça, c'était chouette, parce qu'on avait des boîtes d'échantillons à offrir à ceux qui répondaient aimablement. «Vous préférez chocolat noir, chocolat blanc, au lait, aux noisettes, praliné, pistaché, à la crème?» Tu vois ça, quoi. J'ai eu mal au foie pendant trois semaines. En septembre, j'ai aussi sondé pour l'Association des fabricants de parapluies. Complètement raté. Un temps superbe! Alors, tu penses, les gens, ils s'en foutaient des parapluies. Ils m'envoyaient balader en disant que j'allais faire venir la pluie. J'ai sondé aussi pour la Saint-Valentin, l'an dernier. Un coup monté par les fleuristes, les bijoutiers, les confiseurs et d'autres. C'est là que j'ai vu comment ils sont amoureux, les gens! Comme c'est toujours anonyme, nos contacts, beaucoup se paient le luxe d'être sincères, tu verras. Les réponses, c'était du genre : «Il y a trente ans que suis marié, alors vous pensez si je m'en fous, de la Saint-Valentin»; ou bien des radins : «Dites donc, j'ai déjà fait un cadeau au premier de l'An»; ou encore des résignés : «Ce que je fais pour la Saint-Valentin? J'emmènerai ma femme dans un bon restaurant, comme ça j'en profiterai aussi! Et puis, quand on mange, on n'a pas besoin de se parler.» Un seul type, un vieux assez beau, chapeau bordé, pochette cascade et tout, m'a draguée. Il m'a fait ça à la solitude : « Et si je vous invitais à prendre un verre chez moi ? C'est triste d'être seul le jour de la fête des amoureux », qu'il m'a dit. Les autres m'avaient tellement écœurée que j'ai failli marcher. Tu verras, dans le sondage, on peut aussi se faire des relations, conclut Mélanie.

Le questionnaire mis au point par Winford ne comportait que trois interrogations, de quoi amorcer, sur le trottoir, la conversation avec les hommes, pour Cyril, avec les femmes, pour Mélanie. « Avec un peu d'entraînement, vous verrez tout de suite à qui vous avez affaire, si vous devez ou non insister. La colonne "Observations" de vos fiches vous permettra de rapporter tout ce qui vous paraîtra intéressant. Toutes les initiatives sont bienvenues. C'est à la qualité du rapport que nous jugeons les compétences et le rendement d'un délégué de voie publique », avait confié à Loubin le conseiller américain.

Dès les premiers jours, Cyril Loubin comprit que le métier de sondeur risque de donner, à qui le pratique, une image peu flatteuse de nos contemporains. Aux trois questions initiales, portant sur les préférences de l'interpellé entre collants et bas, entre types de collants simples ou décorés, et sur l'attention portée à la lingerie féminine, une forte proportion de passants refusaient de répondre. Les gens en activité se disaient trop pressés pour écouter des sornettes ; certains déclaraient parfois sèchement : « Laissez-moi passer », ou même : « Foutez-moi la paix ! » ; d'autres, plus courtois, affirmaient ne pas avoir d'opinion sur la question. Les jeunes s'étonnaient en général qu'on puisse leur parler collants et bas, « une affaire de nanas qui n'intéresse pas les mecs » ; des hommes d'âge mûr s'esquivaient, comme si s'entretenir avec

177

un inconnu des dessous féminins équivalait à une conversation licencieuse.

En usant, comme le lui avait suggéré l'expérimentée Mélanie, d'un vocabulaire approprié, de son sérieux et d'une tonalité professionnelle, Cyril obtint cependant, au cours de la première semaine, de quoi remplir la colonne «Observations» de son questionnaire.

Un monsieur âgé, d'allure cossue, belle prestance, veston de cachemire couleur poil de chameau, Légion d'honneur, shampouiné à la centaurée, très attentif mais réfractaire au collant, s'étendit avec emphase sur le charme désuet du bas.

– Vous êtes un peu trop jeune pour avoir vu au cinéma le film *l'Ange bleu,* commença-t-il.

– Oh si, monsieur, je le connais. Un film culte! Je l'ai vu trois fois à la Cinémathèque.

– Bien. Vous vous souvenez de Marlene Dietrich dans la scène du cabaret, celle où, assise sur une chaise, elle brandit une belle jambe gainée d'un bas de soie retenu par son porte-jarretelles?

– Je vois. Quelle femme splendide elle était! reconnut Loubin.

– Eh bien, imaginez Marlene dans la même attitude en collant d'aujourd'hui, hein? Elle serait ridicule, et l'érotisme suave de cette inoubliable séquence se dissoudrait. Ce ne serait plus qu'un spot racoleur, comme on en voit dix par soirée à la télévision. Les fabricants de bas, en inventant le collant, et les femmes, en l'adoptant par commodité, ont fait disparaître, jeune homme, un des gestes les plus gracieux de nos compagnes, immortalisé d'ailleurs par des peintres des années vingt comme Giovanni Boldini : la femme glissant avec précaution – la soie est si fragile – une jolie jambe tendue dans son bas avant de le fixer, sur la cuisse, au porte-jarretelles à fristouillis. Ceux qui n'ont pas assisté à ce rite aphrodisiaque ignoreront toujours le charme du précieux moment qu'offrait ainsi, à l'élu admis dans son intimité, une femme élégante, acheva l'inconnu avec un éclair de gourmandise dans le regard.

Ayant salué d'un signe de tête, il s'éloigna dignement.

Le lendemain, Cyril, qui se faisait scrupule de « taper », comme le conseillait Mélanie, dans toutes les classes de la société, accrocha un livreur de bière.

– Collant ou bas ? Ça alors, quelle question ! Ma grand-tante Marguerite portait des bas de laine, qu'elle tenait avec des élastiques au-dessus du genou. Elle appelait ça des jarretières, je me rappelle. Quand j'étais gosse, mon frère et moi, on les fauchait pour faire des frondes. Mais, aujourd'hui, je vois pas ma femme ainsi équipée. C'est une belle femme, croyez-moi. Elle a des collants de toutes les couleurs. Sa taille, c'est du deux, si vous en offrez !

Comme Winford n'avait pas prévu de cadeau publicitaire, l'homme regagna son camion en maugréant.

Un peu plus tard, le délégué de voie publique eut un entretien avec un homme qui correspondait assez bien à la catégorie socioculturelle préférée des commerciaux de Winford : un gaillard entre trente et quarante ans, d'une élégance de confection, portant cravate à ramages, type cadre moyen supérieur qui aspire à se débarrasser du moyen.

– Le collant, bien sûr, répondit-il à la première question, puis il s'étonna qu'on puisse encore trouver des bas dans le commerce.

– Et quels sont vos goûts en matière de lingerie féminine ? demanda Cyril.

– Les dessous ? Vous voulez dire porte-lolos, slip, machin à bretelles avec de la dentelle et autres chiffons du même genre, hein ?

– C'est ça. Je voudrais savoir si vous appréciez…

– Pas du tout, mon vieux. Je suis un sportif, un battant et j'ai de grosses responsabilités dans ma boîte. La fille genre paquet cadeau, ruban, fanfreluches, papillotes, très peu pour moi ! D'ailleurs, c'est souvent pour faire passer des imperfections que les femmes se déguisent ainsi. Moi, je veux voir tout de suite le bibelot. Et puis, le temps qu'une fille s'extirpe de toutes ces pelures qui coûtent cher, je pense à autre chose. Le collant, très bien. On l'enlève comme la peau de la banane, vite fait. Et, en haut, une belle fille a besoin de rien. Ça tient tout seul.

– Êtes-vous marié ? osa demander Cyril.

– Je l'ai été, six mois. Mon épouse mettait vingt-cinq minutes à se déshabiller. Son armoire : une vraie succursale du rayon lingerie des Galeries Lafayette ! Il y en avait de toutes les couleurs, des soutiens-gorge, des culottes et des combinaisons, vert Nil, bleu mer du Sud, imitation panthère, zèbre, autruche, à fleurs, à palmettes. Un soir que j'étais pressé, j'avais un avion à prendre, je l'ai épluchée en trente secondes. Elle m'a traité de brute, de bête en rut, de paillard, de lovelace. Le lendemain, elle est retournée chez son premier mari, un copain qui s'est jamais intéressé aux femmes ! Comme ça, elle prend tout son temps pendant qu'il lit son journal.

Estimant l'entretien terminé, Cyril Loubin remercia son interlocuteur, qui fit demi-tour au bout de quelques pas :

– Faut tout de même que je vous le dise, car je ne voudrais pas passer à vos yeux pour un mauvais coucheur. Mon ex m'a relancé, il y a deux semaines. Elle regrettait et voulait me revoir pour qu'on essaie encore une fois de s'entendre. Je lui ai dit : «D'accord. Viens chez moi, on discutera.»

– Et elle est venue? demanda Cyril, intéressé.

– Oui, à poil sous son imperméable! Elle avait compris. Une chance encore qu'il ait plu ce jour-là…, lança l'homme en retournant à sa voiture.

11.

Au cours de sa première semaine tourangelle, Cyril Loubin vit peu Mélanie. S'ils partagèrent chaque midi, au Big Bull, lieu de restauration rapide à l'américaine où l'on servait, entre deux tranches de pain, une viande garantie hors filiation de vache folle, ils vécurent séparément leurs soirées. Comme annoncé, Mélanie fit la tournée des cinémas tandis que Cyril flânait un moment, en ville ou au bord de la Loire, puis regagnait sa chambre d'hôtel afin de lire. Pour Loubin, nul ouvrage ne pouvait être plus passionnant que ce vieux livre qu'il avait trouvé chez un bouquiniste de la ville. L'auteur racontait la construction sur un récif, à trois kilomètres au large d'Arbroath, sur la côte écossaise de la mer du Nord, du phare légendaire de Bell Rock. Le fait que cette tour porte-lumière de plus de trente mètres de hauteur eût été élevée en 1811, au prix d'énormes difficultés, par l'ingénieur Robert Stevenson, père de Robert Louis Stevenson, le fameux auteur de *l'Île au trésor*, ajoutait encore à l'intérêt de la lecture. Stevenson père n'avait-il pas, au cours de sa vie, édifié vingt-trois phares et perfectionné le système catoptrique inventé par Thomas Smith ? Comme chaque fois qu'il plongeait dans ce genre de récit, Cyril s'abandonnait à la mélancolie. La seule

pensée de sa vocation contrariée par l'époque et les circonstances lui nouait la gorge. Ce soir-là, quand Mélanie, revenant du cinéma, frappa à sa porte, il l'aurait volontiers
éconduite.

— Ben, t'en fais une tête! T'es malade ou quoi? Moi, je
viens de voir un film de science-fiction avec des trucages
effrayants. C'est l'histoire d'un type qui a inventé un virus qui
fait disparaître la peau des gens, ils sont comme écorchés,
sanguinolents, c'est très…

— Ah, je t'en prie, ne me raconte pas ces bêtises! Donne-
toi des sueurs froides si tu veux, mais va dormir, coupa-t-il.

— J'ai peur d'avoir des cauchemars. J'ai besoin de parler
d'autre chose avant de me coucher. Je peux fumer?
demanda-t-elle, allumant une cigarette sans attendre la
réponse.

Comme Cyril se taisait, elle s'assit sur le bord du lit.

— Tiens, parle-moi de ce qui te rend triste. C'est ce que tu
lis, peut-être? insista Mélanie d'une voix douce, entre deux
bouffées.

— Tu ne pourrais pas comprendre, Mélanie.

— Ça alors, je suis trop co… gourde pour toi? Qu'est-ce
que tu crois! Si mon père s'était pas barré avec une greluche
en laissant ma mère malade avec quatre mômes, j'aurais
continué au lycée, j'aurais passé mon bac. Je voulais faire
infirmière. J'étais bonne élève. Aînée de la bande, j'ai bossé à
quinze ans en trichant sur mon âge pour faire la plonge dans
un bistrot. Mon père nous a jamais envoyé un rond et ma
mère est morte. Si elle avait été bien soignée, peut-être
qu'elle serait encore là.

— C'est pas Mélanie que tu devrais t'appeler, c'est Cosette,
ironisa Cyril.

La jeune fille avait vu, au cinéma, une version abâtardie de l'œuvre de Victor Hugo. Elle écrasa rageusement sa cigarette sur le talon de sa chaussure et jeta le mégot dans la corbeille à papier.

– C'est comme ça qu'on fout le feu! Comme dans tes films pour débiles mentaux, remarqua-t-il rudement en récupérant le bout de cigarette pour le poser dans le cendrier.

– T'es vraiment une grosse vache! Toi, t'as jamais manqué de rien. Ton père – au fait, qu'est-ce qu'il fait ton père? – t'a payé des études et ta mère, elle a jamais fait des ménages ni ramassé des fruits et des carottes à moitié pourris sur le marché. T'es un minable fils de bourgeois! Tu me prends pour une paumée, mais la paumée te dit merde! hurla-t-elle en quittant la pièce.

Loubin haussa les épaules, ouvrit la fenêtre pour chasser la fumée, puis reprit sa lecture qu'il poursuivit tard dans la nuit. Il se vit en rêve, un soir de tempête, gardien solitaire du phare de Bell Rock assiégé par des sirènes en colère qui ressemblaient à Mélanie.

Le lendemain étant un dimanche, la rédaction de son rapport l'absorba une partie de la matinée. Il s'appliqua à développer ce qu'il déduisit d'une cinquantaine d'entretiens recueillis au cours de la semaine. Étant donné la fâcherie de la veille avec Mélanie, il décida de déjeuner seul dans une brasserie pour éviter un tête-à-tête qui n'aurait pas été agréable. «Une semaine encore et cette petite gourde mal embouchée sortira de ma vie sans laisser d'autre trace qu'un peu de pitié et un vague remords», se dit-il. Car il se reprochait maintenant sa suffisance gratuite envers la pauvre fille.

La pluie noyant la Touraine, il s'enferma dans sa chambre avec l'ouvrage sur le phare de Bell Rock pour prendre des notes techniques. Ces informations pourraient un jour être utiles si jamais les Phares et Balises, où il passait de temps à autre pour demander s'il n'y avait «rien de nouveau», le convoquaient.

À cinq heures, il descendit à la cafétéria de l'hôtel pour prendre une tasse de thé et fut interpellé par la réceptionniste.

– Votre camarade, Mlle Rousset, n'est pas descendue prendre le petit déjeuner, ce matin. Elle est toujours dans sa chambre. Je ne voudrais pas être indiscrète, mais il ne faudrait pas qu'elle soit malade. Et puis, on ne pourra pas faire sa chambre si elle ne laisse pas entrer la technicienne de surface. Celle-ci s'en va à six heures, le dimanche.

– J'irai la voir dans un moment, dit Cyril.

Il but son thé sans se presser en regardant, avec le barman et deux serveuses inoccupées, un match de basket devant un récepteur de télévision destiné à la distraction du personnel et, accessoirement, à celle des clients.

En regagnant l'étage, il estima vaine l'inquiétude de la réceptionniste. Mélanie était bien le genre de fille à passer le dimanche au lit en somnolant ou en feuilletant les magazines dont elle avait fait provision à la gare.

– J'ai pas besoin qu'on fasse ma chambre. J'ai fait mon lit moi-même, merci, cria-t-elle à travers la porte quand le jeune homme y frappa.

– C'est Cyril, Mélanie. Tout va bien? Besoin de rien?

Comme elle ne répondait pas, il insista :

– Tu n'es pas malade?

Elle vint ouvrir en blue-jean et polo, pieds nus, les cheveux cascadant sur les épaules.

– J'arrive pas à me tirer de mon rapport. J'sais pas comment le tourner, larmoya-t-elle.

186

– Je peux entrer ?

– Sûr. T'es pas fâché pour ce que j'ai dit hier ? fit-elle en relevant ses cheveux.

Il vit qu'elle avait pleuré. Le sol était jonché de boules de papier froissé.

– Mouche ton nez et montre-moi ton rapport, dit-il en s'asseyant devant la table.

– J'ai tout déchiré.

– Alors, montre-moi tes fiches de la semaine et raconte-moi ce qui t'a paru le plus significatif au cours de tes interviews de femmes, demanda Cyril.

– Ben, la plupart des femmes actives sont pour le collant tout simple pour aller au boulot, faire les courses ou rester à la maison. Pour le sport, elles préfèrent l'opaque, et le plus fin – quinze deniers, par exemple – pour dîner chez des amis ou au restaurant. Il y en a pas mal qui sont pour les collants fantaisie, résille ou décor, pour les jours de fête. Tu vois, genre sapin pour Noël, fleufleurs pour le jour de l'An, cloches à Pâques…

– Eh bien, voilà ! On met ça noir sur blanc, dit Cyril en commençant à écrire. Seulement, tes «la plupart», «il y en a pas mal», c'est pas très scientifique. Avec tes fiches, on va fabriquer des pourcentages, en extrapolant. Les Américains aiment qu'on leur parle par pourcentages. Par exemple, ils disent : «Il y a quatre-vingt-cinq pour cent de risques qu'il pleuve demain», ou : «Cinquante-cinq pour cent des amateurs de baseball préfèrent regarder les matchs à la télé plutôt qu'aller au stade», ou encore : «Soixante-seize pour cent des maris ronflent en dormant, ce qui incite soixante-deux pour cent des épouses de ronfleurs à faire chambre à part.» Tu comprends ?

– Je comprends. Mais si c'est pas juste, les pourcentages de mon rapport ?

– L'important n'est pas tellement qu'ils soient exacts, c'est qu'ils existent. Bien sûr, il faut rester dans la zone du vraisemblable. Je constate que cinquante-six femmes sur soixante-trois que tu as interrogées portent des collants. On pose donc une règle de trois : cinquante-six multiplié par cent, le résultat divisé par soixante-trois, et on écrit – avec les décimales, ça fait plus sérieux – : « Quatre-vingt-huit virgule quatre-vingt-neuf pour cent des femmes que j'ai interrogées portent des collants ; onze virgule onze pour cent disent préférer les bas », conclut Cyril, satisfait.

– Ce que tu comptes vite ! Tu ne t'es pas trompé, t'es sûr que je peux écrire ça ? dit Mélanie.

– À mon avis, ce pourcentage est proche de la moyenne nationale. C'est donc pas un mensonge, c'est pas inventé, c'est pas non plus de la littérature ; c'est, comme dirait mon père, un compte rendu d'opération.

– Au fait, qu'est-ce qu'il fait ton père ? Tu me l'as toujours pas dit.

– Il est général, commandant d'une base de missiles nucléaires.

– Mince, ton père est général, tu as des diplômes et tu galères, toi ? s'étonna Mélanie, outrée.

– Mon père et moi nous sommes en froid depuis deux ans. Je te raconterai, si ça t'intéresse. Mais finissons ton rapport. Il faudrait le truffer de quelques remarques originales, estima Cyril.

– Je t'ai pas dit que plusieurs dames d'au moins cinquante ans portent des bas avec des porte-jarretelles parce que leur mari veut pas les voir en collant. « Mon époux trouve que le collant fait cocotte», m'a dit l'une. C'est à cause des filles qui font la pub des collants à la télé. Le mari dit qu'elles sont lascives.

– C'est bon, ça, commenta Loubin tout en écrivant.

– Et puis, au contraire, une autre femme, plus jeune, m'a dit qu'au moment de son voyage de noces à Venise avec son troisième mari, elle avait acheté une guêpière lie-de-vin avec des fristouilles et des jarretelles de soie noire. Eh bien, quand elle s'est délo… déshabillée, toute contente, dans le wagon-lits, son bonhomme l'a obligée à balancer sa guêpière par la fenêtre en disant qu'il avait pas épousé une pute de western spaghetti!

– Excellent! commenta Loubin, mais, pour nos employeurs, plutôt qu'une pute de western spaghetti, on va faire dire à ce mari pudibond : «une péripatéticienne du Bois de Boulogne». Faut pas vexer les Américains, pas se moquer de la conquête de l'Ouest, qui fait partie de leur histoire. Tu comprends?

– Tu en sais des choses, s'extasia Mélanie.

Elle raconta encore qu'une femme de petite taille mais à grands pieds s'était plainte des proportions des collants.

– Cette dame gentille m'a dit : «À croire que les types qui fabriquent les collants n'ont jamais vu une femme petite. Moi, les collants vendus pour ma pointure, ils m'arrivent sous les bras.» Une grande qui écoutait s'est mêlée à l'entretien et a dit : «Moi, c'est le contraire : j'ai le pied pour du un, mais je mesure un mètre soixante-dix-neuf. Le collant, je tire dessus pour le placer. Je fais vingt pas et je l'ai sous les fesses; cent mètres plus loin, il est descendu au milieu des cuisses : je peux plus monter dans le bus. J'ai pas voulu du porte-jarretelles, mais je suis revenue aux bas à jarretières à cause de ça. C'est mauvais pour la circulation, mais ça me facilite la vie. »

– Parfait, Mélanie. Tu vois. Tu as de quoi faire un excellent rapport, riche, substantiel et productif. Tu n'as plus qu'à recopier ce que j'ai noté, dit Cyril en lui caressant la joue.

– Je te remercie. T'es pas si grosse vache que ça !

– La vache est un animal peu intelligent mais inoffensif et tendre, Mélanie. Quand tu auras fini ton rapport, nous irons manger quelque chose. J'ai trouvé une brasserie sympa.

– Oh, t'es gentil… J'ai faim. Mais, avant, tu reliras mon machin, à cause des accords de participes : je me plante toujours entre avoir et être.

– Promis. Tu termines et nous irons mettre nos pensums à la poste, conclut-il en quittant la chambre de la jeune fille.

Au cours de la deuxième semaine, Cyril Loubin trouva fastidieuse une mission mercantile qui l'obligeait à accoster les passants pour tenter de les faire parler de leurs goûts en matière de dessous féminins. Une pluie obstinée ne facilitait pas les entretiens et il se fit souvent rabrouer, les gens étant pressés de se mettre à l'abri. Les hommes courtois se défendaient d'un « Non merci », sans même savoir l'objet du sondage ; les plus cavaliers se contentaient d'un geste de la main comme pour écarter un moustique ; excédés par les sollicitations pressantes des vendeurs à la sauvette, d'autres lançaient : « J'en ai déjà un ! » ; quelques-uns, le prenant pour un touriste égaré, déclaraient promptement : « Désolé, je ne suis pas d'ici. » Il eut aussi un entretien surréaliste avec un brave homme sourd qui, ne retenant que la première syllabe de collant et une partie de lycra, crut à un questionnaire sur les colles acryliques !

Fort heureusement, un lovelace lui fournit matière à un paragraphe original pour son rapport de fin de semaine. L'homme, un voyageur de commerce, se voulut d'emblée aimable et loquace avec Cyril, débutant dans un métier proche du sien.

– Le collant est incommode et même dangereux pour le conducteur d'une auto. Moi qui fais trois mille kilomètres par semaine, je peux vous l'assurer, commença-t-il.

– Vous dites « dangereux pour un automobiliste ». Je ne vois pas comment, relança aussitôt Loubin.

Il possédait maintenant la technique pour éviter qu'un entretien tourne court.

– On est entre hommes, je peux donc vous parler librement, reprit le quidam. Lorsqu'on a ramassé une gentille passagère dans sa voiture, une femme dont on devine qu'à l'étape elle acceptera de partager votre chambre et votre lit, il arrive, quand on roule sur une départementale tranquille, qu'on ait envie, tout en conduisant, de lui faire de la main droite une câlinerie, genre hors-d'œuvre, vous voyez ce que je veux dire. Mais quand, la main glissée dans la ceinture élastique du collant, on a l'avant-bras engagé, si un obstacle survient et qu'on a besoin, d'urgence, de reprendre le volant à deux mains, on risque le dérapage, l'accident, la catastrophe. Je suis certain que des collisions inexplicables trouvent là un début d'explication. Avec le bas et le porte-jarretelles, nous ne connaissions pas ce genre de problème. Accès facile, dégagement aisé..., acheva, en riant grassement, le VRP égrillard.

Le marchand de journaux qui, depuis huit jours, voyait opérer Cyril, finit par sortir de sa boutique :

– Des clients m'ont dit que tu fais une sorte de sondage sur le collant. Je peux te dire, moi aussi, mon opinion là-dessus, proposa-t-il.

– Je serais enchanté de la noter, monsieur.

– Les autres te l'ont peut-être pas dit, mais vous autres, fabricants de collants, faites exprès de les tisser très fin pour qu'ils se déchirent. Voilà le commerce!

– Il arrive parfois des accidents avec un collant quand une dame l'enfile sans précaution, monsieur. Une bague peut en effet l'érailler.

– Ça, bien sûr, ça peut arriver, mais quand il est enfilé, le collant, c'est pour la journée, pas vrai? Et puis, c'est pas ce que je veux dire, mon gars. Ma femme va toujours faire ses courses l'après-midi, entre cinq et sept, pendant que je tiens la boutique, parce que, le reste du temps, elle est occupée aux périodiques et nous, on se lève à cinq heures du matin à cause de la presse. Eh bien, un jour sur deux ou trois, quand elle rentre à la maison, elle peste : «Encore un collant filé», qu'elle dit. Pourtant ma femme est soigneuse, c'est pas le genre à sauter les barrières du square. Donc, vos collants ne sont pas assez solides. Ça finit par coûter cher, deux ou trois collants par semaine. Vivement l'été qu'elle aille jambes nues. Note bien ce que je t'ai dit.

– Je noterai votre intéressant point de vue dans mon rapport, assura Cyril avec un sourire.

Un esthète aux cheveux longs retenus sur la nuque par un ruban s'annonça comme peintre, bien que Cyril ne demandât jamais la profession des interrogés.

– Le collant? J'ai longtemps pensé que c'était une insulte à l'esthétisme, à la grâce du mouvement, aux arts plastiques. Et puis, un soir, j'ai changé d'avis en voyant ma femme se dévêtir. Vous avez déjà vu une femme quitter son collant, je suppose. Ma femme en porte, comme toutes ses amies. Quand, dans les lumières tamisées de la chambre, elle quitte le sien, on dirait un papillon qui va déployer ses ailes en s'extirpant de sa chrysalide. D'ailleurs, je l'ai filmée à plusieurs reprises avec mon Caméscope. J'ai passé le film, un soir, devant les membres du ciné-club, ils l'ont trouvé très réussi et plein de poésie. Peut-être que mon film pourrait intéresser votre boîte américaine, pour sa publicité? Je peux vous dire que ma femme est autrement roulée que les échalas qui présentent les collants à la télé. Ma femme, monsieur, dans ce film, c'est la Vénus de Milo avec des bras et des jambes! acheva l'homme, l'œil en fusion.

Cyril accepta sa carte de visite et promit de transmettre la proposition à Winford Panty Hose.

Depuis leur réconciliation, les deux délégués prenaient tous leurs repas ensemble. Le soir, devant un verre au bar de l'hôtel, ils échangeaient des confidences. De celles de la jeune fille, Cyril déduisit qu'elle avait eu une vie plus que difficile. Elle avouait n'avoir jamais vu dans les mains de sa mère un billet de cinq cents francs avant qu'elle lui apporte son premier salaire. Successivement serveuse de bar, emballeuse dans une fabrique de conserves, liftier dans un grand magasin, elle allait «passer» standardiste grâce aux attentions particulières d'un chef de rayon, quand ce dernier avait été muté dans une succursale de province.

– Il aurait voulu que je le suive. Il voulait même divorcer pour m'épouser. Mais ma mère était à l'hôpital et j'avais deux sœurs et un frère que je ne pouvais pas abandonner. Et puis, j'avais dix-sept ans et lui trente-trois. Dès qu'il a été parti, la déléguée du personnel, une qu'il avait larguée pour moi, a tout fait pour que je sois virée. Elle a réussi. Après ça, j'aime mieux pas me souvenir de ce que j'ai fait. La galère, je l'ai connue. J'ai même tâté de la drogue, et pas que de l'herbe. Et puis, j'ai rencontré Mark. Ça s'écrit avec un K à la fin, pas avec un C. C'est lui qui m'a tirée d'affaire. Je peux dire qu'il m'a peut-être sauvé la vie, en tout cas de la prison, parce que c'est là que j'aurais fini. Je lui dois d'être redevenue une fille normale. C'est pour ça, bien qu'il ait un sale caractère et soit souvent injuste et querelleur, que je le quitterai jamais. Il a besoin de moi pour son ménage et un peu pour ses affaires, avoua-t-elle.

— Et que fait Mark avec un K ? demanda Cyril.

— Il est sculpteur et il a trouvé un truc qui commence à rapporter. Il sculpte pas la pierre, comme tout le monde, il sculpte dans le fromage.

— Le fromage ! s'exclama Cyril, se retenant de rire.

— Oui. Dans les fromages durs, comme le comté, le gruyère, le vieux hollande, le cheddar, le cantal, et d'autres dont je sais pas les noms.

— Mais ces sculptures ne peuvent se conserver longtemps. Qu'est-ce qu'on en fait ? On les mange, comme les bons-hommes en pain d'épice ? risqua Loubin.

— Ça nous est arrivé de les manger quand on n'avait rien d'autre. Mais, maintenant, il les passe au vernis avec une bombe genre laque à cheveux. Il y en a, on dirait du marbre, d'autres de la terre cuite. Je t'assure ! Des fromagers lui en achètent pour mettre dans leur devanture. Le mois dernier, un grand restaurant italien lui a commandé la reproduction d'une statue de la Sainte Vierge avec le Christ mort sur ses genoux, j'ai oublié le nom...

— Une *pietà*, peut-être ?

– Ouais, c'est ça! Il va sculpter dans une meule de parmesan qu'on a livrée à la maison. Elle est grande comme cette table et pèse au moins trente kilos. Mark a dit que la télé viendra le filmer avec son chef-d'œuvre au restaurant. Ça lui amènera peut-être des commandes. En attendant, on aura tous les débris de parmesan pour mettre sur les nouilles, dit Mélanie.

– Et tu es heureuse avec ton sculpteur? demanda Cyril.

En voyant le regard noir de la jeune fille s'assombrir encore d'un ton, il regretta cette question.

– Je sais pas, Cyril, si je suis heureuse. Je sais pas vraiment comment on est quand on est heureuse. Avec Mark, c'est pas toujours dimanche. Il est égoïste et grognon. Quand ça va pas, que le fromage est pas facile, trop mou, friable, trop sec, je ne sais, il boit du vin blanc. Le fromage, ça donne soif, tu sais. Mais quand il a bu, il devient muet et reste au lit trois jours. Dans ces moments-là, je le surveille, parce que ses copains m'ont dit qu'une fois il s'était taillé les veines. Il paraît que les artistes sont tous comme ça. Alors, je me dis qu'après tout, faut se cramponner. Un jour, peut-être, il sera comme son idole, César, qui écrasait des vieilles autos. Mark m'a dit qu'on s'était moqué de lui au début, et puis il a fait fortune et les gens vont dans les musées voir ses sculptures.

– Je souhaite de tout cœur, Mélanie, que Mark réussisse. Tu mérites d'être heureuse, dit Cyril, ému.

– Tu es gentil avec moi maintenant, dit-elle en posant sa main sur celle du garçon.

– J'ai toujours voulu être gentil avec toi.

– Ouais, mais tu comprends, je pouvais pas le savoir. Tu parles pointu, comme disait ma mère des bourgeois chez qui elle faisait le ménage. Tu parles pas comme nous autres, qui savons moins de mots, remarqua-t-elle.

– J'ai été élevé assez durement, tu sais. Quand je disais ce que ma grand-mère appelait un «gros mot», du genre de ceux que tu emploies facilement, j'étais puni, privé de dessert, obligé d'apprendre une fable par cœur. Et puis, j'ai été entraîné à utiliser le mot juste. Je t'ai expliqué ce que sont l'électromécanique et l'optique. Les termes des sciences sont précis et, dans la vie courante, j'essaie aussi d'user du mot qui convient. Mais tu ne dois pas voir dans mon langage snobisme bourgeois, prétention ou mépris pour qui ne s'exprime pas correctement, expliqua Loubin.

– Tu as eu une éducation, toi. Moi pas. Et c'est peut-être ça qui nous fait différents. Tu me gênes... non, c'est pas le mot, tu ne me gênes pas, tu...

– Je t'intimide, c'est ça que tu veux dire ?

– Oui, c'est ça, tu me complexes. Tiens, voilà le mot : tu me complexes !

– Ne sois pas complexée ni intimidée, Mélanie. Tu es une fille formidable qui aurait pu fort mal tourner et qui s'est sortie de situations dont les nantis ne soupçonnent pas l'existence. Je suis heureux de t'avoir connue et de t'avoir pour amie. Et puis, dis-toi que je suis chômeur comme toi. Je n'ai même pas l'assurance d'avoir, dans un mois, de la poussière de parmesan à mettre sur mes nouilles, acheva-t-il gaiement avant de lui poser sur la joue un baiser fraternel.

Le jeudi soir, après des heures passées sous la pluie à tenter de faire parler des gens qui ne souhaitaient que se taire, il ne trouva pas Mélanie à l'hôtel.

– Elle est rentrée il y a une heure, dit la réceptionniste. Elle m'a demandé, comme déjà deux fois ce matin et deux fois cet après-midi, si on ne l'avait pas appelée de Paris. J'ai dit qu'il n'y avait pas eu de communication pour elle. Elle est montée dans sa chambre et, un moment après, elle est ressortie.

– Elle était bien… enfin, je veux dire : normale?

– Oui, mais à mon avis elle semblait déçue parce qu'il n'y avait pas eu de téléphone pour elle, monsieur.

Ce n'est que vers une heure du matin que Cyril, qui guettait le retour de Mélanie, entendit son pas dans le couloir et sa porte se refermer. Il s'endormit rassuré. Après tout, Mélanie ne lui avait peut-être pas tout raconté de sa vie privée.

Le vendredi matin, à l'heure du petit déjeuner, elle apparut à la cafétéria les yeux rouges, les paupières gonflées, la mine défaite.

– Salut, dit-elle à Cyril en posant son plateau de self-service sur la table voisine.

– Salut. Tu ne prends pas ton petit déjeuner avec moi?

– T'as vu ma tête? J'ai pas envie que tu me regardes en face. Je suis moche à faire peur, murmura-t-elle.

– Tu n'es pas moche, tu ne fais pas peur, mais j'imagine que tu as des ennuis. Je ne t'ai pas vue, hier soir. Tu es rentrée à plus de minuit.

Comme Mélanie se taisait, Loubin commença à beurrer une tartine.

– Tu n'es pas obligée de me raconter ta vie, mais, si je puis t'aider…, reprit-il.

Elle repoussa brutalement le plateau, croisa les bras sur la table, y enfouit sa tête et se mit à sangloter. Les rares clients de la cafétéria jouèrent l'indifférence, les uns s'absorbant dans la lecture d'un journal, les autres concentrant leur regard sur leur tasse à café.

– Voyons, que se passe-t-il ? Ne pleure pas, dit Loubin.

Il vint s'asseoir en face de la jeune fille, lui caressa les cheveux et, lui prenant le menton, l'obligea à relever la tête.

– Laisse-moi, on nous regarde. On va croire que c'est à cause de toi que je pleure, murmura-t-elle en reniflant.

– Je me moque de ce que pensent les gens. La seule chose qui compte, c'est ton chagrin. Alors, pourquoi ?

Mélanie prit la serviette en papier du service, s'essuya les yeux et écarta les mèches de cheveux qui lui collaient au visage.

– Hier, c'était mon anniversaire. Hier, j'ai eu vingt ans. Et Mark, ce salaud, m'a même pas téléphoné ! Personne ne sais que j'ai vingt ans. Je sais bien que, pour une fille comme moi, qui a vécu ce qu'elle a vécu, ça veut plus dire grand-chose, avoir vingt ans. D'ailleurs, les pucelles de vingt ans, y a longtemps qu'on n'en voit plus. Mais quand même. Ma mère disait, la pauvre : «Pour tes vingt ans, les affaires iront peut-être mieux pour nous, on fera une fête.» Elle est plus là. Y a pas eu de fête, pas même un coup de fil de mon jules. Pardonne-moi, je suis idiote. Ça va passer. Eh oui, c'est comme ça, la vie !

Cyril lui prit la main et demeura silencieux jusqu'à ce que sa compagne eût recouvré son sang-froid.

– Écoute, Mélanie, la fête promise par ta mère, tu l'auras. Nous la ferons ce soir, tous les deux. Je vais retenir une table dans un restaurant étoilé, il y en a d'excellents à Tours. On se mettra beaux, on boira du champagne, après on ira danser, il y a sûrement une boîte dans cette ville. Tes vingt ans, tu les fêteras avec une grosse vache, mais tu les fêteras ! Aucune fille ne mérite d'être privée de ses vingt ans.

Comme elle se taisait, ne pouvant ni parler ni retenir de grosses larmes de fillette qui glissaient sur ses joues, Loubin lui sourit.

– Tu veux bien que je m'invite à tes vingt ans ?

D'un mouvement de tête, elle acquiesça.

– Avale ton thé et au travail ! Nous n'avons jamais été en retard. Il suffirait qu'un inspecteur de Winford se pointe, justement aujourd'hui, pour que nous ayons des salades.

En marchant vers les emplacements désignés pour la journée, Mélanie prit le bras de Cyril. Quand ils se séparèrent, elle eut un vague sourire :

– J'essaierai de m'arranger. J'ai vu une jupe en solde dans une boutique et j'ai des souliers, ce sera mieux que les *jeans* et les baskets. Je sais pas comment te dire que tu es chouette avec moi.

– Ne dis rien. Demain soir, nous rentrons à Paris. Peut-être ne nous reverrons-nous jamais, mais, ce soir, tu as vingt ans et un chevalier servant. Oublie le reste !

Au soir de cette journée, quand Cyril regagna l'hôtel, la réceptionniste l'interpella.

– Mlle Rousset a demandé trois fois si vous étiez rentré, monsieur, dit-elle.

«Allons bon, que lui arrive-t-il encore ?» pensa Loubin. Il avait choisi, en fonction de ses modestes moyens, un cadeau d'anniversaire pour Mélanie, ce qui lui avait pris du temps. Elle devait s'impatienter, ou elle ne voulait plus faire la fête. Peut-être que le Rodin du fromage s'était manifesté. Aussi se dirigea-t-il tout de suite vers la chambre de la jeune fille.

Sa voix, quand elle cria «Entrez», parut à Cyril plutôt joyeuse, et ce fut un plaisant spectacle qu'il découvrit en poussant la porte. Mélanie, vêtue, en tout et pour tout, d'un slip et d'un soutien-gorge noirs, se tenait debout devant le seul miroir de la pièce, bras écartés, mains tendues.

– J'ai voulu me mettre du vernis sur les ongles pour faire élégante, mais ce bon Dieu de vernis met un temps fou à sécher. La vendeuse m'a dit un quart d'heure, mais ça fait trois quarts d'heure que je suis là, c'est toujours mou. Je peux même pas enfiler mon collant, sinon je bousille ma peinture! Je t'attendais pour que tu m'aides. Ben, me regarde pas comme ça! Tu me gênes… Et puis zut, t'as déjà vu des filles dans cette tenue, non?

– Jamais d'aussi charmantes, Mélanie.

– Tu te moques de moi! Je me connais, je suis maigre, j'ai pas beaucoup de nichons et, un jour, le docteur du dispensaire m'a dit : «Pas besoin de passer dans la machine pour faire une radio. En éclairant ton dos, on voit par devant tes poumons à travers les côtes».

– C'était un monsieur mal élevé. Je t'assure qu'ainsi tu es charmante, je dirais même plutôt jolie. Tu es mince – très mince, c'est vrai –, mais bien proportionnée et…

Cyril s'interrompit brusquement, ayant soudain conscience de la détailler comme un maquignon sur le marché.

– Le chignon te va très bien, reprit-il.

– J'ai eu un mal, bon sang, à le faire tenir, faudra pas me bousculer. Arrête de me mettre en boîte et attrape mon collant noir, là sur le lit. Tu vas être obligé, mon vieux, de me l'enfiler, sinon ce sera pas un dîner, ce sera un réveillon! Et fais gaffe à pas me l'accrocher avec tes ongles!

Si Cyril Loubin avait déjà eu l'occasion d'aider une femme à ôter son collant, jamais il ne s'était trouvé dans la situation d'en aider une à passer le sien.

– D'abord les pieds, les deux, dit Mélanie en se laissant tomber en travers sur le lit, jambes en l'air, la tête dans le vide pour ne pas écraser l'échafaudage capillaire.

Cyril s'exécuta avec ce vague frémissement des sens que suscite le plaisir en perspective.

– Surtout me chatouille pas, exigea-t-elle en agitant les mains, doigts écartés, pour activer le séchage du vernis.

Mélanie avait le pied petit, bien fait, nerveux, les ongles nets, et Loubin, précautionneux, réussit à la chausser de Nylon sans se faire houspiller.

– Maintenant les jambes, l'une après l'autre ! Tu le montes jusqu'au-dessus du genou. Tire, bon sang, n'aie pas peur de tirer, c'est élastique, mais rentre tes ongles !

Mélanie se comportait avec un tel naturel qu'il eût été pervers de soupçonner dans son attitude la moindre intention provocante.

Cette deuxième étape franchie, Loubin, dissimulant son trouble, se redressa.

– Et voilà, fit-il du ton de celui qui vient d'achever une corvée.

– Comment, « et voilà » ? C'est pas fini, dit Mélanie en se mettant debout. Maintenant, tu le tires jusqu'en haut des cuisses, et après, tu passes par derrière et tu le places à la taille.

Comme les mains de Cyril hésitaient au contact de cette chair tiède et soyeuse, elle explosa :

– Tu vois où elle est, ma taille, empoté ! Passe ton doigt dans la ceinture du collant, quelle soit bien plate sur celle du slip. Et tu vérifies, derrière, que la couture, elle est bien en face de la...

– Colonne vertébrale, dit précipitamment Loubin qui, le sang à la tête, s'imaginait rouge comme un coq.

Mélanie pirouetta, se mira le dos, trouva que le collant n'était pas assez tendu sur les cuisses, exigea que son compagnon fasse disparaître une opacité que ce manque de tension provoquait sur le genou. Enfin elle se déclara satisfaite et demanda la jupe jetée sur l'unique chaise.

– Tu te rends compte, je l'ai payée cent trente-neuf francs! À Paris, ça vaut le double.

Elle enjamba le vêtement qu'il remonta et ajusta en prenant soin de ne pas pincer le collant dans la fermeture à glissière.

– Bon, maintenant je me débrouille toute seule. Mais, dis donc, moi, j'ai fait un effort. Tu vas pas rester en *jeans*, toi?

– Je vais me changer tout de suite, dit Loubin, battant en retraite.

Bienvenue fut la douche qui restaura sa sérénité. Tout en se préparant, il s'étonna de la faculté qu'ont les filles de se transformer en un rien de temps. La Mélanie qu'il venait de quitter paraissait bien différente de celle qu'il fréquentait depuis deux semaines. Teint blême, cheveux ternes, regard las avaient disparu avec le blue-jean javellisé, les baskets et le polo flottant. Cette fille au corps frêle et souple apparaissait soudain dépouillée d'une vulgarité étrangère à sa vraie nature. Il eût aisément enserré sa taille dans ses deux mains et, découvrant – mais l'avait-il vraiment regardée jusqu'à ce soir? – sa jambe fine, sa cheville caprine et son petit buste insolent, il trouvait aujourd'hui désirable une femme dont il se fût hier détourné.

Quand, ayant revêtu blazer et pantalon gris, il vint la chercher dans sa chambre, elle rayonnait de fraîcheur.

– Tu es vraiment une fille de vingt ans. Superbe! Un vrai Tanagra, lança-t-il en offrant son bras à une Mélanie rose et parfumée.

Le veilleur de nuit venait de relever la réceptionniste de jour. Il les salua gaiement.

202

– Bonne soirée, les amoureux! lança-t-il en leur ouvrant cérémonieusement la porte.

Au restaurant, on les prit pour un couple. Ils jouèrent le jeu en levant leur flûte de champagne pour un toast.

– À tes vingt ans, Mélanie, à ton bonheur! dit-il en lui glissant un paquet.

– Tu es fou, tu te ruines! Un cadeau?

Elle défit les nœuds du ruban avec précaution et tira de son étui un carré de soie aux armes de la ville de Tours que Cyril avait trouvé dans une boutique pour touristes, près de la cathédrale.

– C'est trop, tu m'offres déjà un dîner et maintenant cette écharpe. Je ne sais comment te dire merci... Non, c'est trop...

Mélanie se mit à pleurer doucement et Cyril lui prit la main.

– Ton Rimmel va couler.

– J'espère que ma mère me voit, ce soir. Je sais pas si le Ciel existe, mais, s'il existe, elle y est sûrement, murmura-t-elle.

Le garçon présenta le canard à l'orange commandé par Cyril.

– J'ai cru comprendre que Madame et Monsieur célèbrent un anniversaire, dit le maître d'hôtel qui veillait à la qualité du service.

– Pour ne rien vous cacher, Madame a vingt ans ce soir, répondit Loubin avec une désinvolture mondaine, réplique à l'indiscrétion de l'employé.

– Ah, le bel âge, madame!... Le jour de mes vingt ans est loin, mais je m'en souviens, c'est le jour où l'on m'a envoyé faire la guerre en Algérie... Pour tout anniversaire, le dessert est offert par le patron. Tous nos vœux, madame.

Enjouée et faisant effort pour se comporter comme elle imaginait que le souhaitait son compagnon, Mélanie tint à savoir pourquoi ce dernier voulait tellement devenir gardien de phare et vivre seul dans une tour, face à l'océan.

– C'est que tu veux oublier une femme, sûr! Dans les romans-photos qui finissent mal, c'est toujours comme ça, asséna-t-elle.

– Je n'ai pas de femme à oublier, je t'assure, mais tenir en état de fonctionnement les lumières qui, dans la nuit et la tempête, guident les marins vers le port, est une mission sacrée depuis la plus haute Antiquité. Depuis le phare d'Alexandrie! énonça Cyril avec emphase.

– D'accord. Mais l'amour, il en faut! T'auras pas de femme, alors?

– Me suis pas encore posé la question. Mais le gardien de phare a des vacances à terre, comme on dit. Et là, il s'amuse... Du moins, je crois, fit-il.

Après le repas, quand elle eut soufflé les deux bougies – une par dizaine – que le serveur économe avait cru courtois de planter dans sa part de gâteau, Mélanie refusa d'aller danser dans la seule boîte de la ville.

– Tu es fatiguée?

– Non, pas fatiguée, contente, mais j'ai la tête qui tourne un peu. Le champagne, je crois : j'ai pas l'habitude.

– Alors, qu'est-ce qui te ferait plaisir : une infusion, un café?

– Non. Pas ça.

Elle hésita un instant puis, fixant Cyril de son regard aux reflets d'escarboucles, dit d'une voix rauque :

– Maintenant qu'on est bien ensemble, devine un peu ce qui me ferait plaisir.

– Je ne sais deviner ni un peu ni beaucoup. Je donne ma langue au chat. Dis ton désir.

– Je voudrais qu'on rentre à l'hôtel, que tu me parles encore, que tu me prennes dans tes bras et… que tu m'enlèves mon collant, gloussa-t-elle, le feu aux joues.

– Mais, Mélanie, ce n'est pas…

– Je sais, c'est culotté de la part d'une fille, tu vas me prendre pour une Marie-couche-toi-là, comme ma mère appelait les filles faciles.

– Je suis pas sûr qu'elle approuverait que nous passions la nuit ensemble, risqua Cyril.

– Peut-être que je te plais pas assez? Maintenant que tu m'as vue à moitié à poil, tu sais comment je suis, grogna-t-elle, soudain sombre.

– Tu me plais, Mélanie, beaucoup, mais j'ai scrupule à profiter d'une mauvaise occasion. Tu as été déçue de ne pas être appelée par ton ami, tu as bu du champagne, tu veux être gentille avec moi, mais…

– Mais quoi, Cyril? Je ne suis pas ronde. Ma déception, tu me l'as fait oublier. J'ai envie de prolonger dans la tendresse le moment que tu m'offres. Mais, si ça te dit rien, je m'en consolerai, comme du reste.

Il régla l'addition qui engloutit, avec le cadeau acheté l'après-midi, la moitié d'une semaine de sondages pour Winford Panty Hose.

– Rentrons, dit-il simplement.

Chemin faisant, il lui prit la taille et l'embrassa.

Mélanie, la délurée, audacieuse en paroles, se révéla d'une gaucherie d'adolescente quand, plus tard, dans la chambre, il entreprit de la dévêtir entre baisers et caresses.

– J'ai froid et j'ai la tête qui me tourne encore plus quand je suis couchée, avoua-t-elle en s'allongeant sur le lit.

– Ferme les yeux, ça ira mieux. Je dois passer par ma chambre, je reviens, annonça Cyril en rabattant draps et couverture sur le corps nu frissonnant.

– Viens vite. Promis, hein ?

– Promis, assura-t-il en effleurant ses lèvres avant d'éteindre la lumière crue du plafonnier pour ne laisser que celle, plus discrète, du chevet.

Dix minutes plus tard, quand il revint, Mélanie dormait sagement, pelotonnée tel un chaton frileux, cheveux épars sur l'oreiller. Attendri, Cyril Loubin l'observa un instant, puis remonta le drap sur l'épaule nue de la dormeuse, éteignit la lampe de chevet et regagna sa chambre. Rêveur sentimental, il s'endormit à son tour, les sens apaisés, satisfait que la courte romance vécue avec Mélanie ne s'achève pas en étreinte banale de fêtards.

Le lendemain, lors de leur dernière journée de travail, ni le garçon ni la fille ne firent allusion à ce qui ne s'était pas passé. Au petit déjeuner, Mélanie, cheveux tirés, légèrement maquillée, apparut portant, mollement noué autour du cou, le carré de soie offert la veille.

– Tu as été formidable, hier. Tu sais, tu m'as demandé l'autre jour si j'étais heureuse. Je t'ai dit que je savais pas comment c'était. Et bien, maintenant, grâce à toi, je sais, dit-elle en l'embrassant sur la joue.

– Alors, je suis heureux aussi, dit Cyril, rendant le baiser.

– Faut que je te dise que Mark m'a réveillée au petit matin. Il voulait savoir l'heure d'arrivée du train, ce soir. Il viendra m'attendre à la gare. Paraît qu'il avait sa photo hier dans *France Soir*, avec sa sculpture en parmesan. Plein de journalistes lui ont téléphoné, même un du *Monde* qui s'occupe d'art marginal. Il était tout fier. Il croit qu'avec cette pub, ça va bien marcher pour lui, maintenant.

– J'en suis ravi. Ce Mark est un veinard. En plus du cœur de Mélanie, il aura peut-être gloire et fortune, conclut Cyril.

Le ton chaleureux cachait un vague regret, teinté de mélancolie, que Mélanie ne perçut pas.

Dans le train, ils préparèrent les rapports pour leur employeur occasionnel, échangèrent leurs adresses et, à la sortie de la gare, Mélanie Rousset présenta Mark à Cyril. Le sculpteur, une sorte de géant sympathique au teint coloré, toison léonine poivre et sel, serra fortement la main de Loubin, souleva Mélanie, la secoua comme une poupée de chiffon et la laissa retomber sur ses pieds après un baiser d'ogre affable.

Loubin les regarda s'éloigner. Lui, volubile et gesticulant, elle trottinante, déhanchée par le poids de son sac de voyage dont l'artiste se souciait peu de la débarrasser.

Avant de disparaître dans l'escalier du métro, elle se retourna, eut à l'adresse de Cyril un sourire de gamine reconnaissante et résignée, façon de lui lancer une dernière fois : « Hé oui, c'est comme ça, la vie… »

12.

Bien qu'aucun des soucis du sans-emploi n'eût été résolu pendant son absence, c'est avec jubilation que Cyril Loubin retrouva Paris et sa mansarde. Sa situation n'avait pas évolué d'un iota, mais il fut heureux de revoir son décor familier, de reprendre ses habitudes, de trinquer avec ses amis Kalim Kolari et le professeur Ternin. Pour le Kosovar et lui-même, ce dernier était devenu, au fil des échanges, une sorte de mentor érudit dont l'atticisme portait à la sérénité.

Le courrier remis par Mme Morales se révéla sans intérêt : une facture d'électricité, le dépliant du concessionnaire d'une prestigieuse marque d'automobiles qui proposait une réduction – sept mille francs sur le nouveau modèle à trois cent cinquante mille francs – à qui déciderait de changer de véhicule avant l'été, l'annonce du Club des chanceux, qui informait M. Cyril Loubin – en lettres majuscules – qu'il venait d'entrer dans le premier cercle des élus appelés à participer au prochain tirage du lot unique d'un million de francs. Pour franchir le deuxième cercle – on en comptait cinq –, il suffisait de souscrire aux œuvres complètes en sept volumes de Gregorio Torsino, poète sicilien du XVIIᵉ siècle, mort au cours d'une éruption de l'Etna. Cyril offrit le dépliant du marchand d'autos à la gardienne dont le mari, forgeron devenu mécanicien, avait une passion pour les limousines de luxe, et il jeta la promesse de fortune du Club des chanceux à la poubelle avec le dédain d'un nabab multi-milliardaire.

Le lendemain, lors de la réunion de clôture de l'opération Winford Panty Hose, il revit Mélanie qui lui sauta au cou avec fougue. Elle exhibait le carré de soie de ses vingt ans.

– Je l'ai pas quitté depuis que tu me l'as donné. Tu sais, tu m'as vraiment porté chance ! dit-elle.

Elle allait enchaîner, quand le directeur commercial de Winford, venu spécialement des États-Unis pour étudier le marché européen, prit la parole.

– Je dois d'abord transmettre à miss Mélanie Roussette *(sic)* les félicitations du président de la compagnie, annonça-t-il dans un excellent français.

Il expliqua que le roi du collant avait été impressionné par les rares qualités du premier rapport de Mélanie, traduit à Paris et parvenu à Baltimore dans les délais.

– Truffé de pourcentages extrêmement signifiants, le compte rendu de notre déléguée intérimaire à Tours servira désormais de modèle pour les futures enquêtes, car non seulement les informations y abondent, mais miss Roussette sait employer le mot juste, son style est clair, je dirais même limpide, comme celui de Voltaire. On devine que cette personne possède de solides connaissances et qu'elle ne dédaigne pas, au contraire de certains intellectuels snobs, de les mettre au service du commerce international, conclut l'Américain.

Ovationnée, Mélanie se retourna, confuse, vers Cyril qui, pantois, se dandinait d'un pied sur l'autre, ne sachant s'il devait rire ou s'offusquer. Elle reçut un coffret capitonné contenant trois douzaines de collants et un attaché-case avec nécessaire à écrire.

Comme tous ceux et celles qui avaient participé à l'opération de sondage provincial, Loubin se vit remettre, en plus de son salaire, un sac de voyage, une boîte de vingt-quatre plaquettes de chewing-gum et aussi – parce que ses rapports, bien que moins exaltants que ceux de Mélanie, avaient été remarqués par le service marketing – six paires de chaussettes au sigle WPH.

Très entourée, Mélanie eut du mal à s'isoler un instant avec Cyril dans un coin du salon.

– T'as entendu ce qu'il a dit, le mec. J'avais envie de crier : «C'est pas moi, c'est mon ami Cyril qui a tout fait; moi, j'ai fait que recopier!» Mais j'ai pensé que ça te plairait pas que je fasse ça.

– Ça ne m'aurait pas plu, en effet, et je suis rudement content pour toi. Sans compter qu'entendre ma prose de camelot comparée à celle de Voltaire me flatte, même par personne interposée, dit Loubin, sincère et amusé.

– C'est pas tout, ils m'offrent un *job* fixe. Formatrice des délégués-enquêteurs, payée en dollars. C'est fou, non? Ils veulent que j'apprenne l'anglais et ils vont m'envoyer faire un stage en Amérique. Je crois pas que je tiendrai le choc, Cyril. Je devrais refuser, dire la vérité. Je suis pas capable. Si encore tu étais avec moi.

– Tu seras capable si tu veux l'être. Tu es intelligente, tu as de la volonté et, du fait de ce que tu as vécu, plus de maturité que la plupart des filles de ton âge. Tu es agréable à regarder quand tu soignes ta mise. Tu peux apprendre vite. Surveille ton langage et tes manières, entraîne-toi déjà à ne pas tronquer les négations... Pour enrichir ton vocabulaire, achète un dictionnaire et lis les auteurs classiques, pas des bandes dessinées, conseilla-t-il.

– Je vais essayer, mais si ça foire, j'aurai l'air d'une idiote.

– Pense à ta mère. Elle serait fière de toi. Pour elle, et un peu pour moi, tu dois essayer, Mélanie.

Un conseiller s'approcha, qui interrompit l'entretien.

– Le directeur vous réclame, je vous cherche partout, dit-il en prenant le bras de la vedette du jour.

– Je t'aime bien, tu sais, Cyril, jeta Mélanie, entraînée par l'homme.

– Moi aussi, je t'aime bien. Bonne chance, répondit Loubin, sans être certain que Mélanie l'ait entendu.

Cet épisode rendit le désoccupé profondément mélancolique. Non pas à cause de la méprise entretenue par Mélanie sur l'identité du véritable auteur du rapport – son amour-propre n'était pas en cause –, mais parce qu'il craignait qu'elle ne réussisse pas dans l'entreprise où elle se trouvait embarquée. Un échec la rendrait très malheureuse. Peut-être aurait-il dû lui enseigner les rudiments qu'elle ignorait. Il aurait pu aussi la présenter au professeur Ternin, fin pédagogue, qui l'aurait instruite plus scientifiquement. Le sculpteur de parmesan n'aurait sans doute pas apprécié cette complicité, surtout maintenant que les magazines consacraient des pages à son art fromager. Il avait d'ailleurs toutes chances de devenir un artiste coté depuis qu'un sculpteur chinois, célébré par la presse américaine, exposait au Lantern Festival de Taïwan un lapin géant fait de riz coagulé.

– Laissons faire les dieux, dit Jérôme Ternin quand Loubin raconta, sans omettre un détail ni celer l'ambiguïté de ses rapports avec Mélanie, l'expédition de Tours.

Kalim Kolari, qui assistait à l'entretien, ne voulut retenir du récit de son ami que la nuit de plaisir gâchée.

– Tu aurais dû la réveiller et lui faire l'amour. Elle n'attendait que ça, cette fille simple. Elle t'en voudra toute sa vie d'avoir été privée d'une partie de jambes en l'air! C'est drôle, tu es intelligent et instruit, mais avec les filles tu restes timoré comme un séminariste, déclara le Kosovar.

– Kalim n'a pas tort, mon ami. «Une femme pardonne tout, excepté qu'on ne veuille pas d'elle», a dit Musset. Votre Mélanie a dû se sentir d'autant plus frustrée qu'elle avait fait une approche circonstanciée, d'abord en se faisant vêtir et dévêtir par vous afin d'allumer vos sens, sans doute, ensuite en décidant délibérément de tromper son amant régulier. Vous devez savoir que certaines femmes tiennent la fidélité pour un sentiment contre nature. Au passant d'en profiter! Ce que vous n'avez pas su – ou pas voulu – faire, conclut Ternin.

– Je n'ai pas voulu, en effet. Je ne suis pas comme Kalim, qui saute sur toutes celles qui passent à sa portée, répliqua Cyril avec humeur.

– Je ne saute pas sur toutes les filles, mon vieux. Je sais choisir. Surtout depuis que j'ai trouvé dans *la Princesse d'Élide*, une comédie galante que me fait étudier M. Ternin pour un examen de français que je dois passer bientôt, un véritable avertissement : «Lorsqu'on veut donner de l'amour, on risque d'en recevoir», écrit Molière. Dans la situation où je suis, l'amour avec un grand A serait bien encombrant, déclara avec sérieux le Kosovar.

– Qui vous dit que ce n'est pas aussi ce qui m'a retenu? demanda Cyril.

– Dans votre cas, c'est sage, reconnut le professeur.

– Dans ton cas, c'est idiot, corrigea Kalim, ponctuant son assertion d'une bourrade amicale, tandis que Jérôme Ternin emplissait les verres d'un vin blanc de Saint-Saphorin arrivé de Suisse pendant l'absence de Loubin.

Au cours de la quinzaine suivante, Cyril s'attendit à recevoir un appel de Mélanie Rousset. Celui-ci ne vint pas. Il en fut dépité. Puis, estimant que la débrouillardise de cette enfant de la balle lui permettrait de se tirer d'affaires, il décida de ranger l'aventure inachevée de Tours sur le même rayon de sa mémoire que celle, pareillement ratée, du Salon des salons. Le souvenir de la nuit norvégienne ne le consolait qu'à demi de ses déboires amoureux, et celui de sa rencontre d'autrefois avec Estelle Picarougne demeurait vivace et irritant.

La chasse à l'emploi mobilisa à nouveau toutes ses facultés et il se résolut pour la première fois à passer le seuil d'une association de quartier d'aide aux chômeurs. Il précisa aussitôt à l'orienteuse, du genre des Girl Scouts, lingerie tout coton, devenue dame patronnesse, dont un cartouche posé sur son bureau face au visiteur révélait l'identité, Hélène de Belletouche, qu'il n'avait pour le moment besoin d'aucune aide matérielle ou financière, ce que la majorité des gens dans sa situation réclamait. Il demandait simplement un travail, quel qu'il soit, ses modestes ressources ne lui permettant pas de subvenir plus de deux mois à ses besoins essentiels. Si la présentation du chômeur fit bon effet, Mme de Belletouche, austère et même un peu bourrue, mais d'une saine franchise, le mit en garde : les diplômes constituent parfois un handicap.

– Ils éveillent souvent la méfiance des employeurs qui ne veulent pas introduire dans leur entreprise des jeunes gens trop instruits pour assumer les tâches subalternes qu'ils proposent. Ils redoutent plus que tout l'esprit critique et l'influence que peut prendre un intellectuel progressiste dans une entreprise de manuels. Les patrons ne s'adressent pas à nous pour recruter des ingénieurs ou des cadres, mais pour obtenir rapidement de la main-d'œuvre intérimaire de base, fruste et bon marché, précisa la dame.

– Je puis jouer les balourds, dit Cyril, ironique.

– Je n'en doute pas, mais je ne peux tout de même pas vous envoyer éplucher les légumes à la Soupe populaire, restaurer des appartements insalubres ou ramasser les vieux journaux pour le recyclage du papier. Alors, ne restent que les petits boulots, dit la dame.

– Je suis prêt à en accepter, madame. D'ailleurs, je n'ai pas le choix.

– Vous n'êtes pas le seul diplômé dans ce cas, hélas. Je puis cependant vous proposer un emploi temporaire de *bagboy* – ce qu'on devrait peut-être appeler en français ensacheur – dans un supermarché. C'est un *job* nouveau qui, à ma connaissance, n'existe pas encore en France. Le grand patron de Topmarket, la nouvelle chaîne de supermarchés haut de gamme, veut imposer des méthodes apprises aux États-Unis, où il a dirigé des grandes surfaces. De surcroît, comme il est de tendance écolo, il a supprimé les sacs de plastique qu'on distribue partout pour les remplacer par des sacs de papier kraft recyclé.

– Ce sont de bonnes initiatives, commenta Cyril.

– Il est à souhaiter qu'elles fassent école, car les pauvres femmes que nous sommes ont parfois bien du mal à se tirer seules des manutentions, accélérées par les caissières qui, une fois la note payée, se désintéressent de la cliente, dit la dame.

– Mais en quoi consiste exactement le travail du *bagboy*, madame? demanda Loubin, marquant un peu d'impatience devant ce bavardage.

– Le travail consiste à vous tenir près d'une caisse pour aider les clientes à loger leurs achats dans les sacs de papier distribués à volonté. C'est payé deux tiers du smic, le troisième tiers revenant à notre association, et cela pour six heures de travail par jour. Ces manutentionnaires peuvent recevoir des pourboires et certains se sont fait de bonnes journées à Topmarket.

– Je suis partant, déclara Cyril.

La dame décrocha son téléphone, s'entretint brièvement avec un correspondant, raccrocha, rédigea une fiche qu'elle tendit à Loubin.

– Voici l'adresse. Vous commencez demain à neuf heures. Pour ce travail, pas de formation. On vous donnera sur place un gilet d'uniforme et un badge. Emportez photos, papiers d'identité et la carte que je vous remets.

Dès le premier contact, les relations entre Cyril et les produits naturels ou manufacturés de la société de consommation se révélèrent hasardeuses.

Tout se passa le mieux du monde tant qu'il n'eut à emballer que peu d'articles. Les célibataires, les veuves et les veufs, les divorcés, les revenus modestes facilitaient sa tâche. Un saucisson et une bouteille de vin par-ci, un pot de miel et trois kilos de pommes de terre par-là, un paquet de biscottes, deux tablettes de chocolat plus un pack de bière, et les clients partaient contents, leurs sacs de papier kraft lestés, remerciant le *bagboy* d'un sourire.

Mais les mères de famille nombreuse, les ménagères en approvisionnement mensuel, les couples aisés, les maris domestiqués pourvus de listes, ceux qui ont «peur de manquer à cause de la guerre des Balkans», se présentaient parfois à la caisse en poussant deux Caddie qui débordaient de sachets, flacons, boîtes, caissettes, cageots, victuailles, légumes, fruits, produits d'entretien.

Jamais Cyril, avant d'être contraint de les capturer sur un tapis roulant de caoutchouc – où les lançait sans précaution la caissière – pour les ensacher prestement avant qu'ils ne s'amoncellent contre le butoir dans des sacs crevables à merci, n'avait soupçonné la perfidie des marchandises et denrées aux emballages alléchants et fragiles.

Le code-barres, invention diabolique que lit un œil cathodique, rend aisé et rapide le travail de la caissière, mais il oblige l'emballeur à travailler à une vitesse record sous peine de provoquer en amont un embouteillage néfaste à la productivité, en aval la colère du client qui, ayant payé son dû, trépigne d'impatience.

Dès les premiers essais, Cyril découvrit que les bocaux de verre, contraints à la promiscuité, peuvent se heurter et se fendre pour répandre confitures ou olives. Il constata l'indiscipline des poireaux débottés, des oignons en rupture de filet, des haricots verts, grouillants vipereaux, des cucurbitacées glissantes, des camemberts fugueurs, des godets de yaourt et de crème qu'un coup d'ongle fait bâiller comme huître en chaleur. La propension qu'ont les œufs, même extra-frais, à éclore à la moindre pichenette le prit au dépourvu, comme le stupéfia la puissance explosive d'une brique de soupe chinoise lâchée sur le pavement. La mollesse soudaine des quenelles sous vide, quand s'ouvre leur sarcophage de plastique moulé, l'impressionna. Il eut à colmater des fuites de farine, des hémorragies de lentilles, des cataractes de haricots secs, et souffrit de la pesante inertie des barils de lessive, des packs d'eau minérale, des bidons d'huile.

Quant aux fruits et légumes de morphologie sphéroïde, pommes, pamplemousses, oranges, citrons, tomates, navets, sitôt franchie la frontière du tiroir-caisse, ils tentaient, roulant de-ci de-là, de braver la force du destin qui les conduit aux estomacs humains.

Bien qu'associé à une caissière espagnole de troisième géné-ration naturalisée, charmante et compréhensive, le *bagboy* Loubin, dès la première heure, se fit tancer à haute voix par une cliente pour avoir lâché sans précaution une boîte de petits pois surfins sur une barquette de framboises. Les fruits n'attendaient que cette pression pour rendre leur jus vermeil, lequel fut épongé par un tee-shirt de coton blanc que Cyril avait cru malin de placer au fond du sac.

– Où l'avez-vous pris, votre emballeur : dans un institut pour handicapés mentaux ? Quelle andouille ! cria la femme à la caissière.

Une fille, montée sur patins à roulettes, fut appelée pour remplacer la barquette et le tee-shirt que la caissière bien-veillante passa par profits et pertes afin d'éviter des ennuis au débutant.

– *Madre de Dios*, fais attention ! Je ne pourrai pas toujours cacher tes bêtises, dit la jeune femme.

Une heure plus tard, alors qu'il tentait d'introduire dans un sac trop étroit un ananas piquant comme un hérisson, le fruit exotique, lui échappant des mains, chut sur un gros pot de fromage blanc dont il perfora le mince couvercle d'alumi-nium. Animé d'une sorte de glissement perpétuel, le tapis roulant se couvrit d'une lave blanche qu'il avala pour la répandre dans ses mécanismes cachés. Bientôt furent englués de fromage une douzaine de barres de céréales chocolatées, deux lampes de poche, un tube de crème antirides et un sachet de pruneaux. L'accident obligea l'employée à fermer sa caisse, ce qui faillit provoquer une émeute, les clients étant contraints d'aller prendre les files devant d'autres sorties.

– Tu n'es vraiment pas doué, mon vieux. Tu serais pas dyslexique, par hasard ? Sûr que le chef va s'amener, pronostiqua la caissière.

Elle profita de la pause imposée pour restaurer son maquillage, tandis que Cyril aidait le technicien d'entretien – il découvrit qu'on appelait ainsi le balayeur – à nettoyer le plan d'emballage souillé.

La caissière en chef, tailleur bleu marine, souliers fins, coiffure stricte, maquillage discret style magazine féminin populaire, avait suivi un stage de formation psycho-socio-culturo-commerciale qui la rendait apte à faire face à toutes les situations, y compris alerte à la bombe, incendie et hold-up par commando de voyous banlieusards. Mais l'inondation d'un plan d'emballage par fromage blanc fluide, heureusement sans matières grasses, n'avait pas été évoquée par les socio-psychologues formateurs.

– Dès que tout est nettoyé, vous remettez la caisse en route, ordonna-t-elle sèchement à la caissière.

Après avoir considéré Cyril Loubin de haut en bas et de bas en haut, comme si elle s'attendait à lui trouver une tête de satyre et le pied fourchu, elle le tira à l'écart et se présenta.

– Je suis la cheffe, deux f-e, de la section caisses. Si je comprends bien, vous avez crevé un grand pot de fromage blanc, dit-elle, désignant l'emballage dans le seau du technicien nettoyeur.

– C'est-à-dire que je me suis piqué l'index avec l'ananas. Il m'a échappé, j'ai tenté de le rattraper et je me suis à nouveau piqué, le pouce cette fois. Je n'ai pu l'empêcher alors de percuter le couvercle, assez peu résistant, convenez-en, du pot de fromage blanc. C'est aussi simple que ça, dit Loubin, contrit mais persifleur.

– En tout cas, nous allons devoir remplacer tout ce qui a été gâché…

– J'y compte bien, tiens ! J'avais déjà payé, moi, quand cet abruti a balancé mon ananas sur mon zéro pour cent, interrompit la cliente, une forte femme qui suivait en maugréant l'évolution de la situation.

– Acceptez les excuses de Topmarket, madame. Allez vous réassortir et revenez me voir, dit la cheffe caissière.

Puis se tournant vers Loubin :

– Je pourrais retenir sur votre salaire le montant des marchandises perdues et aussi – elle regarda sa montre – le rendement moyen d'une caisse pendant vingt minutes, c'est la règle chez nous. Mais vous débutez et je passe l'éponge. Seulement, quand vous aurez fini votre travail, je vous demande de vous présenter au service social. La caissière dit que vous êtes dyslexique.

– Je n'ai aucune difficulté, madame, à comprendre et à reproduire les mots écrits. Je ne suis donc pas dyslexique au sens médical du terme, mais simplement peu entraîné à jongler avec les ananas et les pots de fromage blanc, répliqua Loubin.

– Ne soyez pas insolent. En tout cas, votre maladresse paraît maladive, peut-être est-elle congénitale. Si vous êtes malade, il faut vous faire soigner. Mais nous ne prendrons pas les soins en charge, j'aime mieux vous le dire tout de suite, car vous êtes à l'essai et pas encore embauché. En attendant, regagnez votre poste et faites attention à ne plus provoquer de catastrophe, sinon c'est la porte ! Il y a des tas de garçons au chômage qui ne demandent pas mieux que de prendre votre place. Être engagé à Topmarket, pour un type comme vous, c'est une chance, un privilège, assura avec arrogance la caissière en chef.

– En somme, d'après vous, je serais donc un privilégié ?

– Exactement. Et ne le prenez pas sur ce ton, ou je vous embarque chez le directeur des ressources humaines. Il en a maté de plus malins que vous ! Je vous le répète : en entrant à Topmarket, vous êtes un privilégié.

Cyril Loubin avait trop souvent entendu ce qualificatif pour supporter le jugement de la péronnelle. Il sourit, décrocha son badge, ôta le gilet de toile orange qu'il ne portait que depuis quelques heures et le tendit à la femme :

– Comme, dans ma famille, on a horreur des privilèges depuis la nuit du 4 août 1789, je cède bien volontiers ma place à qui voudra. Bonne journée, madame.

La cheffe de la ligne caisses le regarda s'éloigner, interloquée et vexée de voir son autorité bafouée par un garçon qui aurait dû être reconnaissant à Topmarket de lui offrir pareille chance d'entrer dans la vie active. Comme elle avait aussi été dressée à motiver le personnel, à prouver que le galon ne dispense pas du service, qu'un chef, sachant tout faire par définition, peut remplacer n'importe qui au pied levé, elle se dirigea vers la caisse maintenant privée de *bagboy*.

Sa prestation de *baggirl*, loin d'être exemplaire, se termina sitôt que commencée. Rendue nerveuse par sa discussion avec Cyril, elle eut la malchance de saisir un sac défectueux qui s'ouvrit spontanément sous le poids d'un pot de moutarde modèle géant économique. Tel une torpille, le verre lui éclata entre les pieds, teignant d'un seul coup en jaune ses escarpins bleus.

– Il semble que Maille ne vous aille pas, ironisa un quidam.

– *Madre de Dios!* Tous dyslexiques, ce matin! grommela la caissière, retenant à grand-peine une furieuse envie de rire.

Cyril Loubin avait déjà passé la porte du supermarché et ne put donc pas jouir de la scène. Comme toujours en pareille circonstance, il regretta bientôt de n'avoir pu contrôler la réaction d'orgueil loubinesque qui le privait d'un travail qu'il eût aisément assumé avec un peu d'entraînement.

Immergé dans ses réflexions amères, il marchait sans but, mains dans les poches, quand il s'entendit appeler par son nom. Le cousin Jean-Paul lui barrait le trottoir. Après l'accolade d'usage entre parents, on en vint aux propos de ceux qui se sont perdus de vue depuis plusieurs années.

– Alors, où en es-tu de ta vocation de gardien de phare? As-tu réussi tous les examens? demanda l'homme dont Cyril remarqua tout de suite la mine triste et les vêtements fatigués, le col de chemise effiloché.

– J'ai réussi mes examens, mais j'attends toujours un phare à garder et, depuis bientôt deux ans, je rame comme un galérien. En fait, je suis sans emploi. Je vais de petits boulots en occupations aléatoires, confessa Cyril.

– Eh bien, nous en sommes au même point. Les Ateliers de Sambre et Meuse ont été rachetés par les Allemands, ce qui a donné lieu à une première restructuration, à travers laquelle je suis passé en perdant mes primes d'ancienneté.

Puis les Allemands ont revendu aux Japonais, d'où nouvelle restructuration qui m'a envoyé, avec une diminution de salaire, de Lorraine en Rhône-Alpes ; et, l'an dernier, les Japonais ont cédé l'entreprise aux Hollandais, lesquels ont démantelé les ateliers pour construire un élevage intensif de porcs. J'ai été licencié, avec des indemnités dont il ne reste rien. Car, mon pauvre vieux, j'ai eu d'autres malheurs dont il ne sert à rien de parler.

Ce cousin par alliance avait toujours été considéré par les Loubin comme promis à un bel avenir. Dans l'entreprise de charpentes métalliques où il était entré à dix-neuf ans, il avait gravi tous les échelons en suivant des cours du soir. Des concours réussis lui avaient valu le titre d'ingénieur, dont il était fier. Le général Loubin citait volontiers en exemple cet homme sérieux et travailleur « monté par le rang ».

Cyril avait assisté à son mariage avec la gentille cousine Régine qui, au temps de l'adolescence, lui avait révélé l'usage grisant qu'un garçon et une fille peuvent faire des organes qui les différencient. Le souvenir de la femme lui revenant à la vue du mari, il s'enquit de la santé de sa parente.

– Comment va ma charmante cousine ?

– Ta charmante cousine, oui, parlons-en, mon pauvre petit ! Mais tu ne sais rien, ton père ne t'a pas raconté ?

– Je n'ai pas vu mon père depuis des mois. Nous sommes en froid. Que s'est-il passé ?

– Il s'est passé que Régine a foutu le camp au Canada avec un trappeur que nous avions rencontré au festival francophone de Givors.

– Non ! Régine vous a quitté, comme ça, brutalement ?

– Oui, mon petit. Une vraie garce, cette Loubin. Plus encore que tu ne peux imaginer, parce qu'elle m'a plaqué avec les trois enfants. Elle n'en a pas voulu. Elle a dit qu'elle repartait à zéro pour vivre une vie proche de la nature avec un vrai mâle. La fumée des usines, elle en avait assez! Voilà la triste vérité, mon petit. Ta charmante cousine est non seulement une épouse infidèle, mais une mère dénaturée.

– Quel âge ont vos enfants? demanda Loubin, ému par la détresse contenue de Jean-Paul.

– Le garçon a six ans, ma première fille quatre et la petite dernière, deux. Tu imagines que c'est dur de faire face à tous les problèmes que posent la vie quotidienne. Je n'ai pas retrouvé de travail. Les gens de mon âge, quelle que soit leur expérience professionnelle, sont rayés de la vie active. Personne n'en veut. Qu'ils attendent de toucher leur maigre retraite ou qu'ils crèvent! Place aux freluquets incompétents qu'on paie avec une fronde! Je suis chômeur en fin de droits. Les indemnités versées par les Hollandais ont fondu au fil des mois.

– Comment vous en tirez-vous?

– Mal, très mal. Tel que tu me vois, je viens de vendre ma voiture. En banlieue, elle est inutile, car j'ai le RER. D'ailleurs, dans la cité HLM où j'habite, les voyous en brûlent toutes les nuits. Je ne veux pas alimenter des incendies qui parfois tournent mal. Le vrai problème est financier, tu t'en doutes. Avec deux mille deux cents francs d'allocations familiales par mois, plus un supplément de cinq cents francs, étant donné ma situation, une aide au logement qui ne couvre pas complètement mon loyer, à peu près deux mille six cents francs de RMI, je dois loger, chauffer, éclairer, nourrir, vêtir, distraire mon petit monde avec moins de sept mille francs par mois. Même si la cantine est gratuite pour l'aînée, si j'ai une carte de bus et l'aide médicale, je peux te dire que lorsque les factures de gaz, d'électricité, de chauffage, d'eau et de téléphone arrivent, j'ai des sueurs froides. Car je dois aussi payer la femme de ménage, une Maghrébine attentive et dévouée, qui n'est d'ailleurs pas mieux lotie que moi, son mari lui préférant sa seconde épouse, plus jeune. Elle vient deux heures par jour laver le linge, repasser en gardant les deux plus jeunes, tandis que je cours les ANPE et les bureaux de placement. Je suis un galérien qui n'a pas mérité la galère, mais qui doit faire face.

Ému par cet aveu dont il devina ce qu'il coûtait à Jean-Paul, Cyril Loubin lui proposa de prendre un verre au bistrot voisin.

– Non, merci, Cyril. Je dois rentrer pour aller chercher mon aînée à l'école. Mais laisse-moi te dire encore que le plus déprimant est d'être le chef d'une famille d'assistés. Certains jours, j'ai honte de ma condition. Je ressens comme un reproche les regards de mes enfants quand je refuse de leur offrir un McDo ou un jeu vidéo. Je devine qu'ils pensent que, si leur mère est partie sans laisser d'adresse ni donner de nouvelles, c'est ma faute. J'ai dû lui faire subir des choses horribles, comme on en voit à la télévision. Et puis, les autres, les gens actifs, me font bien sentir que j'appartiens à une catégorie inférieure de citoyens. Je suis de ceux qui font augmenter leurs impôts. Certains nous enverraient volontiers, moi et mes semblables, dans des crématoires réactivés! Ils ont individuellement le sentiment de m'entretenir, de nourrir et de loger un fainéant et un cocu. Et ne parlons pas des professionnels de la compassion, politiciens de tous bords et hauts fonctionnaires des ministères et des administrations. Ils vivent en sécurité dans les beaux quartiers, ils sont gardés, conduits, accompagnés, invités, ont des notes de frais, des primes, des retraites confortables. Parfaite incarnation de l'arrogant et stupide coq gaulois, ils donnent comme lui de la voix pour attirer l'attention des médias sur leurs émois charitables, alors qu'ils se foutent complètement du sort d'assistés qu'ils se gardent bien de fréquenter, sauf, après aseptie des lieux, en période électorale. Quant aux humanitaires de salon, ils trouvent beaucoup plus exotique de s'intéresser aux misères lointaines qu'à celles, souvent cachées, qui sont à leur porte.

Comme Cyril se taisait, ne sachant que dire, le cousin Jean-Paul lui tendit la main pour un au revoir aussi problématique que chagrin.

– Je t'envie, sais-tu. Jeune et diplômé, pas de charges familiales, libre de tes mouvements, tu ne dépends que de Dieu et de toi-même. Il te reste tout de même le recours d'un père en cas de famine absolue. Tu es encore, sans peut-être t'en douter, un privilégié, soupira-t-il.

Cette fois, Cyril Loubin ne réagit pas. Sur les bancs de nage de la galère commune, il jouissait en effet d'une meilleure place que l'homme humilié qui s'éloignait, courbé sous le poids d'une condamnation imméritée.

13.

Après ce nouvel échec, Cyril eut le sentiment d'être descendu d'un échelon dans la hiérarchie des sans-emploi. Soucieux des formes, au contraire de beaucoup de jeunes gens de sa génération, il tint à rendre compte de son insuccès à l'orienteuse de l'association d'aide aux chômeurs qui l'avait introduit à Topmarket. Hélène de Belletouche, veuve et cinq fois grand-mère, se dévouait bénévolement à la tâche ingrate qui consiste à trouver du travail à ceux qui n'en n'ont pas, et, de ce fait, méritait considération.

Elle écouta, compréhensive et indulgente, le récit des mésaventures du *bagboy*. Habituée à la fréquentation des exclus, des caractériels, des abouliques, des dépressifs, des drogués repentis, des alcooliques en cours de sevrage, des dilettantes, des instables, des paresseux et même des purs fumistes, elle avait tout de suite classé Cyril dans la catégorie des gens les plus difficiles à caser, celle des rejetons bourgeois, diplômés, sérieux et timides, chez qui l'orgueil de classe déclenche parfois des audaces soudaines, des dédains altiers, des rejets imprévus. Elle ne tint donc pas rigueur à Loubin de son ratage et apprécia qu'il rapportât loyalement sa désastreuse expérience.

Pour sa part, le jeune homme, révisant la première impression qu'avait laissée sur lui cette dame d'œuvres à chignon brioche et talons plats, perçut, à sa seconde visite, une personne au sens social élevé qui, au contraire des fonctionnaires chargés de l'accueil des chômeurs dans les administrations, avait à cœur de rendre service à son prochain, sans attendrissement superflu, mais sans ménager ni son temps ni sa peine.

— Vous êtes un garçon trop réfléchi pour le genre de travail que je vous avais proposé, reconnut-elle. Dans tout emploi de manutentionnaire, il ne s'agit pas de penser, mais d'acquérir l'automatisme du robot. Or, vous avez tendance, de par votre formation et votre culture, à intellectualiser votre activité. Sachez que, dans la plupart des entreprises, on ne demande plus aux gens de comprendre ou d'expliquer ce qu'ils font. On exige seulement, pour soutenir le niveau de productivité, maître mot de l'époque, qu'ils fonctionnent comme des rouages sans états d'âme.

— S'il en est partout ainsi, que puis-je faire, sinon me robotiser? dit Cyril.

— Si vous voulez, je puis vous envoyer prendre l'air, ça vous fera du bien. Tenez, distributeur de publicités sous les essuie-glaces des automobiles, ça vous va? demanda la dame en tirant un dossier de la pile posée sur son bureau.

— Je veux bien essayer, répondit Loubin sans enthousiasme.

— Le contrat est d'une semaine, pour une agence de publicité spécialisée dans les sciences occultes et divinatoires, voyance, cartomancie, chiromancie, etc. Vous allez prendre les papillons à cette adresse et vous les distribuez dans le XVIIIᵉ arrondissement. C'est là que se trouve, paraît-il, le gros de la clientèle des gitanes, tireuses de cartes, mages africains, derviches tourneurs, fakirs sur planche à clous, pythonisses et extralucides en tous genres. Un commerce de dupes, certes, mais plus prospère qu'on ne croit. Faites attention, soyez ponctuel et consciencieux. D'après ce que dit son agent, Mme Amandine, la voyante de qui vous allez répandre le message, est méfiante et très organisée. Elle serait capable de voir à distance si vous distribuez scrupuleusement ses prospectus ou si vous les glissez dans une bouche d'égout. Mécontente, elle vous jetterait peut-être un mauvais sort, conclut la dame en riant.

– Je ne vois pas ce qui pourrait m'arriver de pire que de mendier du travail, observa-t-il sans rire.

Lesté d'une sacoche qui contenait des centaines de petites cartes où l'on pouvait lire, sous une chouette clignant de l'œil, les spécialités de Mme Amandine – lignes de la main, tarots, marc de café, boule de cristal, cendre de cigare – et la formule «spécialiste du retour d'affection», Cyril devint ainsi péripatéticien publicitaire.

Au long des rues, il décora pendant une semaine, y compris le dimanche, des milliers de pare-brise et put dresser un inventaire des réactions des automobilistes.

Certains maugréaient en dégageant l'essuie-glace et laissaient tomber la carte dans le caniveau sans y prêter attention. Les femmes, plus souvent que les hommes, prenaient le temps d'y jeter un regard avant de s'en débarrasser. Rares étaient celles qui la conservaient. Cyril vit quelques messieurs empocher le tract, peut-être pour l'étudier à loisir. D'autres, soucieux de ne pas polluer le trottoir, le glissaient dans le vide-poches de leur véhicule. Les distraits, ne découvrant le prospectus qu'une fois installés au volant, jaillissaient de leur siège et l'arrachaient d'un geste rageur. Les indifférents ne prenaient même pas la peine de libérer l'essuie-glace et les plus hargneux faisaient fonctionner les balais jusqu'à projection du papier gênant.

– Rares m'ont paru les gens susceptibles d'avoir recours aux talents de Mme Amandine, confia-t-il à Hélène de Belletouche quand celle-ci lui remit, en cinq coupures de deux cents francs, son gain de la semaine.

– Dans ce milieu très particulier, on paie correctement, mais en liquide. C'est comme ça, dit-elle.

– Auriez-vous autre chose à me proposer? demanda Cyril, empochant les billets.

– Comme je m'intéresse à votre sort, car j'ai un petit-fils du même âge que vous, élève à Polytechnique, je vous ai réservé, pour les départs en vacances de Pâques, un emploi-jeunes intérimaire. Il s'agit d'accompagner et d'informer les gens de passage dans les gares au moment des grands départs. Je suis certaine que vous serez accepté. Allez de ma part voir ce monsieur à la gare de Lyon : il vous mettra au fait du *job*. Et bonne chance! conclut l'orienteuse en lui tendant pour la première fois la main.

Cyril fut agréé sans encombre. Vêtu d'un gilet rouge, il joua pendant quelques jours le rôle de guide, parfois de porteur ou de conducteur de fauteuil roulant pour handicapé. Il constata que de nombreux voyageurs ne savent pas interpréter les billets délivrés par Socrate, le fameux ordinateur central des réservations dont les bégaiements semèrent un temps la panique aussi bien parmi les usagers que chez les guichetiers, houspillés par les voyageurs déprogrammés. Il découvrit que les personnes âgées ont du mal à lire les tableaux qui annoncent les voies de départ des trains et qu'en tirant leurs valises à roulettes au long des quais, elles courent le risque d'être bousculées par les plus ingambes. Quant aux sourds, ils ne reçoivent pas les messages diffusés par les haut-parleurs, rendus inaudibles, même aux bienentendants, par le brouhaha des plates-formes, semblable à celui d'un champ de foire. Cyril se dit que la société des chemins de fer devrait offrir des cours de diction à ses speakers dont l'élocution embarrassée et la prononciation pâteuse, tonnante, nasillarde, sépulcrale ou grasseyante, parfois brouillée par des parasites, rend incompréhensibles les informations diffusées.

Cyril Loubin fut conduit à s'occuper d'une vieille dame, élégante et distinguée, de qui il porta la valise jusqu'au TGV en partance pour Avignon.

– Puis-je encore vous demander de placer ma valise au-dessus de ma tête, dans le porte-bagages ? Je sais que ce n'est pas sa place, mais, que voulez-vous, monsieur, aux arrêts, très souvent, des voyous montent dans le train et volent les valises placées sur les claies réservées à cet usage au bout de la voiture. Ces trains ont été fort bien conçus par des ingénieurs intelligents qui croient, comme Jean-Jacques Rousseau, que l'homme est naturellement bon, et pour des citoyens honnêtes vivant dans une société policée. Vous savez comme moi que la malfaisance impunie est aujourd'hui courante... même en première classe, dit-elle en lui glissant dans la main trois pièces de dix francs.

Il aida encore la voyageuse à quitter son manteau, le plia soigneusement, le glissa sans faux plis dans le porte-vêtements et, quand elle fut commodément installée, lui

231

tendit les magazines qu'à sa demande encore il tira d'un sac qui portait la griffe d'un grand maroquinier espagnol.

Cette extrême courtoisie, remarquée par les autres voyageurs, fit le malheur de Cyril Loubin. Alors qu'il prenait congé de la voyageuse, le train démarra sans qu'aucune annonce ait été faite, une partie du personnel roulant étant en grève ce jour-là.

– Mon Dieu! s'écria la dame. Ce train est direct jusqu'à Lyon, vous voilà embarqué, mon pauvre ami, dans une drôle d'aventure. Peut-être faut-il tirer le signal d'alarme pour faire arrêter le convoi, afin que vous puissiez descendre?

Des usagers se récrièrent qu'on ne stoppe pas un train pour si peu.

– L'altruisme ne paie pas! ricana un freluquet en levant le nez de son ordinateur portable.

– Je vais peut-être avoir des ennuis avec le contrôleur, remarqua Loubin en cherchant du regard une place libre.

Par chance, le contrôleur se montra compréhensif. La vieille dame confessa qu'elle était seule responsable de la présence à bord d'un passager clandestin et qu'elle était prête à payer le billet de Cyril jusqu'à Lyon et retour.

– Je ne vais pas faire d'histoires, mais les gilets rouges n'ont pas à monter dans les trains. C'est bien de rendre service, mais faudrait pas aller trop loin, tout de même, dit l'homme, s'efforçant au ton sévère.

– Il n'y a pas eu d'annonce et j'ai été surpris par le départ, dit Loubin.

– N'en parlons plus, mon gars. Va m'attendre à la voiture-bar, on arrangera ça, dit l'homme à la pince.

Par solidarité professionnelle, il ne tenait pas à entendre dénoncer publiquement une déficience caractérisée du service.

La bonne main offerte par la voyageuse permit à Cyril de régler les consommations.

— À Lyon, je te confierai à un collègue remontant sur Paris. Sinon, tu seras bon pour payer ta place, conclut le contrôleur.

Si le retour s'effectua aussi aisément que l'aller, Cyril Loubin eut à répondre de sa désertion de poste. Bien qu'involontaire, celle-ci fut immédiatement sanctionnée.

— On m'a déjà fait le coup du train qui part sans crier gare! dit le chef qui avait le sens de la formule. La semaine dernière, un gilet rouge est monté dans un TGV avec une jeune femme à canne blanche. Paraît qu'elle était pas plus aveugle que moi. Mais lui, il n'a pas eu le culot de reparaître ici. D'après le rapport du contrôleur, tu es honnête, mais un peu godiche. Aussi, je vais te donner une chance de te racheter. Tu vas être affecté à la campagne de promotion. Tu vas te balader dans la gare et demander aux usagers ce qu'ils pensent du service. C'est simple. Mais si tu remontes dans un train, je te fous dehors, compris?

— Le sondage, ça me connaît, dit Cyril. J'ai sondé les collants à Tours.

— On t'en demande pas tant. Tout ce qu'on veut savoir, c'est comment les gens perçoivent nos efforts pour améliorer le service, dit le chef.

Cyril Loubin eut tout loisir, au cours des jours suivants, de constater l'ingratitude des Français à l'égard d'une entreprise d'État. S'il se fit souvent éconduire par des partants qui craignaient de manquer leur train et par des arrivants pressés de rentrer chez eux, certains voyageurs prirent cependant le temps d'exposer leurs doléances en termes plus ou moins choisis.

L'un d'eux, furieux que son TGV ait du retard, désigna l'affiche, que la société venait de placarder dans toutes les gares du réseau et qui proclamait, autosatisfaction invérifiable : « soixante-huit pour cent d'usagers satisfaits ».

– Cette publicité est indécente ! s'écria l'homme qui se disait habitué des grandes lignes. On arrive à ce pourcentage, qui n'est d'ailleurs pas fameux, parce qu'on a d'abord interrogé les trois cent mille retraités qui ne paient pas le train, plus tous les employés de la SNCF en activité et leur famille, plus les débrouillards qui obtiennent des cartes de circulation, politiciens, fonctionnaires, diplomates. Mais ceux qui paient plein tarif, hein, vous croyez qu'ils sont satisfaits ? Notez bien sur vos tablettes, jeune homme, que je ne suis pas d'accord. Et puis, on a le culot d'écrire que la société va équilibrer son budget ! Comment ça ? Parce que les contribuables paient ses dettes et éclusent son déficit. Facile, non ? Si vous payez mes dettes et subventionnez mon commerce, sûr que j'équilibre et même que je fais des bénéfices. Et moi, je travaille bien plus de trente heures par semaine ! Votre bilan, comme tous les bilans des entreprises publiques, dont le Crédit lyonnais, est fabriqué à la main. Vivement que toutes soient privatisées ! Comme en Grande-Bretagne. Rendez-vous l'an prochain, jeune homme ! Nous en reparlerons, conclut le voyageur dont le convoi était enfin annoncé.

Plusieurs sondés ricanèrent en rappelant les grèves qui s'étaient succédé pendant des mois au cours de l'année précédente, et deux femmes âgées, sœurs et sans doute encore demoiselles, arrivées sur le quai une demi-heure avant la mise en place de leur train, confièrent à Cyril leurs inquiétudes et déceptions.

– Autrefois, dit l'une, les trains partaient et arrivaient à l'heure d'un bout de l'année à l'autre, par tous les temps.

– Moi, j'ai connu les grands rapides, le Mistral et le Train bleu, à vapeur, monsieur, au temps du PLM, sur Paris-Menton, dit l'autre.

– Aujourd'hui, reprit la première, cette société des chemins de fer où tout le monde commande et où personne n'obéit n'est plus fiable. Le prévoyant qui retient sa place à l'avance n'est jamais certain de voyager au jour dit. Il suffit du mouvement de mauvaise humeur d'une catégorie d'employés pour que l'usager reste sur le quai, ou pire, qu'il soit débarqué avant sa destination, quelquefois en rase campagne.

– Ah! la télévision peut vanter les avantages du train! Publicité mensongère, monsieur. Dites-le bien à vos chefs, renchérit sa sœur.

– D'ailleurs, nous ne nous risquons à prendre le train que lorsque nous ne pouvons pas faire autrement. Quand notre neveu ne peut pas nous conduire en auto, comme aujourd'hui, ajouta la plus bavarde.

– Cependant, mesdames, le train est sûr alors que la route est dangereuse, fit observer Loubin, prenant la défense de l'entreprise nationale.

– Dangereuse, certes, pour les insensés qui conduisent comme des fous. Mais notre neveu, monsieur, est un garçon prudent, n'est-ce pas? demanda-t-elle se tournant vers sa sœur.

– Oh oui! Il ne dépasse jamais le cent quatre-vingts, alors que le TGV roule à deux cent soixante, confirma l'interpellée.

– Quand il roule! ironisèrent en chœur les deux femmes.

Son stage ferroviaire terminé, Cyril Loubin, maintenant dans les meilleurs termes avec Mme de Belletouche, eut au cours des semaines suivantes des activités diverses.

Il remplaça pendant quelques jours un livreur de journaux à domicile, terrassé par la grippe, ce qui le fit lever à quatre heures du matin pour déposer sur le seuil des gardiens d'immeubles le quotidien des abonnés. Autre occupation très matinale fut l'emploi de préposé aux poubelles, qui lui valut d'être insulté par les gens qu'il tirait brutalement du sommeil en roulant sous leur fenêtre les lourds conteneurs d'ordures ménagères.

Il fut aussi assistant d'un maître-plombier, de qui l'apprenti, trouvant le travail trop dur, avait déserté l'entreprise. Cyril apprit à ses dépens que dégager un tuyau obstrué est une opération délicate et même risquée. Pourvu d'un débouchoir que le plombier nommait furet, sorte de fer à boudin fixé au bout d'une longue tige souple, il entreprit, sous contrôle, le débouchage d'une canalisation d'évacuation de lave-linge.

– Quand on n'a pas de mari pour bricoler et cinq enfants, donc beaucoup de linge à laver, et que la machine refoule au lieu d'évacuer, c'est la poisse! soupira la jeune mère de famille, en plein désarroi.

Plus que jolie, encore enveloppée à cette heure matinale d'un simple kimono japonais, elle ne manquait ni de charme ni de sex-appeal.

– Vous en faites pas, ma petite dame. Le plombier peut remplacer le mari… au moins pour le bricolage. On va vous arranger ça, dit l'artisan.

Athlète genre Bel-Ami, moustache conquérante, œil de velours, nature aussi charmeuse que virile, l'homme avait tout de suite éveillé la sympathie du désoccupé. Il ordonna à Cyril de dévisser la bonde de dégorgement, apparente sur un tuyau horizontal qui, partant du lave-linge, disparaissait dans la cloison.

– Tu introduis d'abord ton furet. Attention, il faut procéder avec doigté : ces tubes de plastique ne sont pas épais.

Loubin obtempéra et, une fois le furet engagé, interrogea l'artisan du regard.

– Tu pousses en tournant jusqu'à ce que tu sentes une résistance. Quand ça bute, c'est qu'on touche le bouchon, un agglomérat de fils, de charpie, de toutes sortes de choses : barrettes de col, boutons de chemise, billets doux, tickets de métro, le tout comme cimenté par de la lessive mal dissoute et du calcaire, indiqua posément le plombier pédagogue.

– Ça résiste, dit soudain Cyril, à genoux devant la canalisation et actionnant vigoureusement le furet.

– Alors, tu pousses plus fort jusqu'à ce que tu sentes que tout fout le camp. Et, quand c'est libéré, pour bien nettoyer, tu vas et viens une douzaine de fois en faisant tourner ton furet, reprit le plombier.

– Ça accroche encore un peu, observa Cyril.

– Vas-y, pousse plus fort, ça va dégager, ordonna le plombier.

– La voie est libre ! s'écria soudain l'apprenti intérimaire, étonné par la simplicité de l'intervention.

– Tu vois, c'est pas sorcier. Tu retires le furet en faisant gaffe de pas mouiller partout, et tu revisses la bonde. Maintenant, j'envoie l'eau, d'abord doucement, pour voir si le bouchon s'est pas coincé plus loin, ensuite plein pot, pour laver la conduite, conclut l'homme de l'art en mettant la vidange de la machine en route.

L'expérience étant concluante, la jeune femme battit joyeusement des mains, ce qui fit agréablement béer son kimono.

– Comment je vous règle ? demanda-t-elle.

– Comme vous voulez. Je vous fais une facture ou pas ?

– Quelle est la différence ? demanda la dame.

– Si je vous fais une facture, je suis obligé de compter la TVA. Si vous me réglez en liquide, ce qui est normal pour une fuite d'eau, plaisanta le plombier, vous ne payez pas de TVA.

« Et lui ne paiera pas d'impôts », commenta mentalement Cyril.

Il se préparait à prendre congé avec son mentor, après avoir refusé le verre de vin que les dépannés se croient obligés de proposer aux manuels, quand parvinrent de la pièce voisine des rires éclatants d'enfants.

– Ce sont mes petits derniers, dans la chambre d'à côté. Ils sont faciles et gais comme des pinsons. Toujours à s'amuser d'un rien, dit la maman.

En franchissant le seuil de la laverie, Cyril comprit tout de suite la nature du rien qui amusait les bambins. De l'eau s'écoulait en glougloutant sous la porte de leur chambre et se répandait en vaguelettes onctueuses sur le plancher du couloir. Elle baignait déjà les pieds d'une commode Louis XV. D'une pression du coude et d'un mouvement de tête, Cyril alerta le plombier.

– Bon Dieu, fermez l'eau, vite ! cria l'artisan à la dame restée près de sa machine.

En pénétrant dans la chambre, ils virent deux enfants à genoux dans l'eau. L'un, qui ne marchait pas, faisait naviguer sa pantoufle en poussant des gloussements radieux; l'autre, qui parlait à peine, tentait d'enseigner le crawl à un poupon de Celluloïd.

— Guillaume, Madeleine, cessez ce jeu idiot et sortez de là, dit la mère en soulevant le garçonnet, tandis que la fillette, à plat ventre dans l'eau, pataugeait en baragouinant avec son poupard.

L'origine de la cataracte était une grosse fente dans le tuyau qui, émergeant de la cloison de la laverie, longeait le mur de la chambre jusqu'à la colonne de descente, située dans l'angle opposé de la pièce.

— Hé oui! Dans ces immeubles modernes jamais finis, on a parfois ce genre d'accident. J'ai bien vu que le tuyau de raccordement était fatigué. Avec le chauffage, le plastique durcit en vieillissant. Il se fend et le calcaire calfeutre un temps les fissures. Mais, quand on nettoie, les fentes s'ouvrent et l'eau fuit. Voilà pourquoi, Madame, votre fille est… mouillette! expliqua sans s'émouvoir l'artisan qui avait des lettres.

Cyril admira le sang-froid du maître ès plomberies, de qui il redoutait la colère. Mais quand il se retrouva seul avec lui, pendant que la mère de famille allait confier ses enfants à une voisine, l'artisan ne manifesta nulle acrimonie.

— Mon gars, tu as fait de la belle ouvrage! Tu as poussé trop fort et le furet a crevé le tuyau. Ça m'étonnait aussi que ça évacue si bien et si vite. Fais pas cette tête : j'aurais pu agir pareil. En tout cas, je suis bon maintenant pour un vrai chantier.

— Je suis désolé, monsieur, dit Cyril, penaud.

— T'en fais pas, on va arranger ça, assura l'artisan en donnant une bourrade amicale au jeune homme.

«Arranger ça» prit trois heures au cours desquelles la victime de l'inondation, dont le kimono béait, impudique, à chaque mouvement, eut l'occasion d'apprécier la compétence et l'habileté du plombier. Avec l'économie de gestes du spécialiste, il trancha à la scie électrique le tuyau endommagé, puis le remplaça par un mètre de tube neuf qui, dûment rabouté et encollé, se révéla d'une parfaite étanchéité.

— Comme ça, vous serez tranquille pour quelque temps. Mais faudra songer, un de ces jours, à remplacer ce tube entre la machine et la descente, dit le plombier.

— Ce sera une occasion de nous revoir, minauda la dame, tout sourire.

— Maintenant, je vais m'occuper de la facture, annonça l'artisan à Cyril. Descends les outils, range-les dans la camionnette. Pas la peine que tu remontes. Tu m'attends dans la voiture. Ça peut prendre un peu de temps, car il faut tout calculer pour que l'assurance rembourse au mieux madame, ajouta-t-il avec un clin d'œil.

Cyril patienta une bonne demi-heure, se disant que l'établissement d'un tel document devait autant relever de l'œuvre d'imagination que de l'évaluation comptable. Le plombier reparut enfin, jovial et sifflotant.

— Elle est gentille, cette dame, n'est-ce pas? Son mari s'est tiré avec l'Anglaise au pair qui gardait les mioches. Je lui ai fait une bonne petite remise. Et puis, avec l'assurance, elle y perdra pas. Quand on peut, faut toujours faire plaisir aux clientes, dit-il en s'installant au volant.

— Vous feriez bien, monsieur, avant de rentrer chez vous, d'essuyer le rouge à lèvres que madame Butterfly vous a laissé autour de la bouche, osa Cyril, taquin.

– Merci, mon gars. J'ai une épouse genre tigresse. N'empêche qu'il faut jamais refuser les arrhes… même en nature! déclara l'aimable luron en mettant le contact.

Comme il ne voulait pas faire carrière dans la plomberie et que l'artisan devait recruter un véritable apprenti pourvu d'un Certificat d'aptitude professionnelle, Cyril quitta bientôt l'excellent homme qui tirait de son métier des plaisirs annexes. Celui-ci laissa à Loubin un souvenir d'autant meilleur qu'il honora très largement sa brève collaboration.

Par les soins de Mme de Belletouche, Cyril passa de la plomberie à la figuration intelligente dans un parc d'attractions pour enfants. Il fut successivement loup, grand-mère et ogre. Il tint ce dernier rôle avec tant de conviction que le père d'un bambin, effrayé par ses grognements, le menaça d'une raclée. S'étant fait, à la demande d'un responsable du parc, ogre tendre distributeur de bonbons, il fut un moment soupçonné de pédophilie par une mère belge. Au bout d'une quinzaine, le titulaire revint de congé et Cyril se dépouilla sans regret de ses peaux de bête et des hardes du méchant.

Au fil de leurs rencontres, Mme de Belletouche avait pris Loubin en affection. Aussi s'appliqua-t-elle à ne pas laisser le chômeur sans occupation. Bien que tous provisoires, les gagne-pain qu'elle lui proposa ensuite permirent à Cyril de participer, avec plus ou moins de bonheur et d'intérêt, à des activités qui, sans cela, auraient été à jamais étrangères à un gardien de phare. La réalisation de sa vocation lui paraissant de plus en plus incertaine, il aurait sombré dans la plus noire neurasthénie sans ces médiocres exutoires au chômage, fallacieux modérateurs des statistiques ministérielles.

«Dans un an, vous aurez vingt-cinq ans et vous pourrez bénéficier du RMI, soit deux mille deux cents francs par mois», lui avait dit l'assistante sociale du parc d'attractions. Cette perspective, loin de le rassurer, avait augmenté son spleen. Devenir assisté chronique sans avoir jamais rien produit d'utile lui paraissait le comble de la déchéance civique.

Entre deux engagements d'occasion, il retombait dans la réalité quotidienne, comme le trapéziste choit dans le filet après avoir raté sa voltige. Ce n'est pas douloureux, mais c'est humiliant.

Il trouvait cependant chaque fois la force d'âme, galérien attaché à sa galère, de passer d'un travail à l'autre avec conscience. Il fut ainsi ramasseur de boules dans un bowling dont il apprécia l'ambiance sportive et la bonne nourriture, puis veilleur de nuit dans un hôtel sans ascenseur, et encore laveur de vitres, livreur de pizzas, agent recenseur, un travail qui peut occuper pendant deux semaines tous les vingt ans.

Engagé un soir comme placier pour un gala à l'Opéra, il vit d'assez près le président de la République, ceux de la Chambre et du Sénat, des ministres, des ambassadeurs, des hauts fonctionnaires, les épouses, les maîtresses et les filles légitimes ou adultérines des uns et des autres. Le spectacle offert eût été plaisant si le metteur en scène, politiquement engagé, n'avait tenté de livrer, à travers le *Faust* de Goethe et de Gounod, un message social en faisant du vieux docteur médiéval un maître de forges du XIXe siècle, affreux exploiteur du peuple, qui détourne de son devoir et met dans son lit une petite ouvrière syndiquée nommée Marguerite.

Il distribua, au Salon de la santé mentale, des boules antistress, mais ne revit pas à cette occasion, comme il l'avait vaguement espéré, la gentille Élisabeth montée sur échasses.

À la foire organisée pour la défense et la propagation des Produits de la mer, il fut tenancier d'un bar à huîtres. Sa prestation, prévue pour une semaine, s'interrompit au bout de quarante-huit heures après qu'il se fut ouvert la paume en forçant une fine de claire récalcitrante.

Le métier de lessiveur de graffitis ne le persuada pas que les tagueurs, contrairement à ce qu'assurent certains par démagogie culturelle, sont des artistes primitifs. Tout juste des barbouilleurs désœuvrés qui, n'ayant vu que des bandes dessinées, en reproduisent maladroitement le graphisme parfois primaire, la bénédiction sociale et les subventions ministérielles ne leur donnant ni idées ni talent. Seules y gagnent les entreprises de nettoyage, tandis qu'y perdent collectivement les contribuables.

L'entretien d'aquariums pour le compte d'une société spécialisée fut le moins bien rétribué mais le plus agréable de ses travaux intérimaires. D'abord, parce que les gens qui aiment les étranges poissons colorés des mers du Sud sont, comme eux, peu loquaces, attentifs, de bonne compagnie, bien que certains, dès qu'on les dérange, puissent devenir aussi vindicatifs que l'affreux *inimicus didactylus*. Ensuite, parce que les grands amateurs sont des gens fortunés qui ne regardent pas à la dépense, même s'ils ne distribuent pas de pourboire, sans doute pour ne pas froisser la dignité du travailleur.

Cyril fut ainsi introduit dans l'appartement-musée d'un banquier, possesseur d'un immense aquarium qui fourmillait d'espèces rares, poissons clowns ou balistes, dans un décor digne de *Vingt Mille Lieues sous les mers*. Vidanger l'eau souillée, ajouter à l'eau fraîche les sels synthétiques qui donnent aux poissons l'illusion d'évoluer dans l'océan, cueillir à l'épuisette les saletés et, parfois, les molles dépouilles des décédés, vérifier le fonctionnement des pompes et la température, remplacer les plantes aquatiques flétries, tout cela suppose de la délicatesse, des précautions, de l'adresse. Cette activité d'intérieur aurait pu être bénéfique et Cyril aurait même été embauché à plein temps si, au cours d'une intervention, un des poissons les plus précieux de la collection, un *pomacanthus imperator*, ne s'était pris dans les mailles de l'épuisette que le jeune homme utilisait pour ôter les déchets en suspension dans l'eau. De l'épuisette, le poisson tomba sur la moquette où il fit quelques bonds désespérés avant que Cyril ne mette le pied dessus pour l'immobiliser. Le malheureux le fut de façon définitive. La colère du banquier collectionneur fut en proportion de la perte qu'il éprouvait. Voir périr sous la semelle d'un inconnu l'empereur de l'aquarium, enlevé aux récifs coralliens des Caraïbes, le mit à deux doigts de l'apoplexie. Il signifia au spécialiste, dont Cyril était l'assistant occasionnel, que le contrat avec sa société était rompu, puis il l'invita de façon fort grossière à vider les lieux avec l'assassin, « avant que je ne l'étrangle », précisa-t-il en allongeant sous le nez de Cyril des mains meurtrières.

Un maître d'hôtel plein de morgue poussa Loubin et son compagnon vers la porte et, dès le palier, le nettoyeur en titre s'en prit à son aide, le traitant de tous les noms malsonnants qu'il put rassembler et l'assurant que le patron, quand il apprendrait le désistement de son plus gros client, leur passerait à tous deux un savon exemplaire. Le banquier, personnalité connue du tout-Paris et président de la Confrérie internationale des aquariophiles, ne manquerait pas de faire une très mauvaise publicité à l'entreprise.

Par la grâce de Poséidon, Cyril s'en tira sans blessures, mais sans un sou. Le chef d'entreprise, sa colère retombée, estima qu'il s'agissait d'une faute professionnelle grave et retint la totalité du salaire de l'intérimaire, «ce qui ne suffira pas, et de loin, à payer le poisson rare que je vais devoir offrir à ce milliardaire», rugit-il en montrant la porte à Loubin.

Ce dernier s'en fut, comme souvent, chercher consolation auprès de Jérôme Ternin.

— Vous pourriez traîner ce type aux prud'hommes, mais je ne vous le conseille pas. Votre maladresse constitue bien une faute professionnelle, et plaider vous vaudrait plus d'ennuis que d'argent, dit le professeur.

— Alors que je suis plutôt adroit de mes mains, je ne commets, depuis un an, que des maladresses, soupira Cyril. Ai-je matière à exister dans cette société? Je crains d'en arriver à une sorte d'état neutre, à ne plus oser rien entreprendre de crainte de faire des bêtises, soupira-t-il.

— Vos maladresses viennent de votre subconscient. Il refuse, à votre insu, les travaux que vous êtes contraint d'accepter. Mon pauvre ami, vous êtes le siège d'un obscur conflit élémentaire entre la faim et la fierté. Pour manger, vous devez vous abaisser, et l'esprit qui commande le geste renâcle à cet abaissement, d'où vos maladresses répétées, expliqua le professeur.

Comme Kalim, le vieux pédagogue trouvait leur ami commun de plus en plus taciturne et amer. Le Kosovar, engagé dans les études qu'il avait souhaité faire, s'efforçait de distraire Cyril. Il l'invitait à participer à des rencontres et à des dînettes animées avec des étudiants et étudiantes de sa spécialité. Au cours de ces réunions, Cyril s'ennuyait et, au contact de ces jeunes passionnés d'informatique, ressentait davantage encore son insignifiance. Tous paraissaient assurés de trouver des emplois à leur mesure, dans des entreprises qui, après l'alerte du passage à l'an 2000, attendaient tout du troisième millénaire. De surcroît, comme il ignorait à peu près tout des concepts, de la terminologie et de la symbolique d'une technologie où le virtuel l'emporte sur le réel, il se sentait étranger à ce monde. Il se serait égaré dans les dédales des autoroutes de l'information, tel un aborigène australien dans Paris. Les ordinateurs qu'il avait connus cinq ans plus tôt, pendant ses propres études, devenaient obsolètes. Comparés aux nouveaux, de plus en plus sophistiqués, qui recevaient Internet, avalaient les encyclopédies et les musées, transportaient le Philharmonique de Berlin aux Kerguelen, répondaient au téléphone, suivaient les satellites, faisaient les achats des ménagères, jouaient à la Bourse, les anciens *computers* ressemblaient déjà à des Ford T confrontées à des Ferrari de formule 1.

– Maintenant, de nous deux, c'est moi l'exilé, dit Cyril à Kalim, un soir où son ami l'avait invité à dîner au Coq d'or.

Bien intégré, doué pour l'électronique, usant du vocabulaire français avec assurance, Kolari trouvait aisément, dans l'informatique, des travaux à façon bien rémunérés.

– Tu vois, Cyril, sur cette terre, on est toujours le Kosovar de quelqu'un, constata-t-il gentiment.

14.

Mme Morales intercepta Cyril Loubin alors qu'il rentrait, un soir, en compagnie du professeur Ternin, après une station au bar des Amis.

– Ah, monsieur Loubin, je vous guettais. Vous êtes le seul à pouvoir dépanner Mme Rulade, l'épouse du commissaire de police qui habite au sixième. Je vous explique : demain soir, on remet une décoration à son mari. Il y a cérémonie et banquet, avec le ministre, s'il vous plaît…

– Nous en sommes heureux pour ce couple très discret. Transmettez nos félicitations au commissaire, coupa M. Ternin en s'éloignant.

– Je vous explique, reprit la gardienne à l'intention de Loubin. La jeune fille qui garde habituellement les enfants Rulade a la grippe. Elle vient seulement de prévenir. Alors la maman cherche d'urgence une garde pour demain soir. Elle veut quelqu'un de sérieux. Vous pensez bien qu'avec un mari commissaire de police, on ne peut pas faire entrer n'importe qui chez soi. Si j'avais pas eu à dîner le petit copain de mon aînée – je veux l'avoir à l'œil ! –, je les aurais gardés, moi, les gosses. Mme Rulade offre trois cents francs pour trois heures, plus cent francs par heure entamée si les parents rentrent plus tard. C'est plus du double de ce qu'on donne d'habitude et c'est bien payé pour s'asseoir devant la télé, non ? J'ai parlé de vous, j'ai garanti que vous êtes honnête et que vous aimez les enfants. Mais faut vous décider tout de suite pour que les Rulade aient le temps de se retourner si vous voulez pas, conclut Mme Morales.

Cyril pensa qu'il n'aurait que deux étages à descendre et que la soirée était correctement payée.

– Combien d'enfants ? Et quel âge ont-ils ?

– Deux enfants de six ans, deux garçons, des jumeaux, toujours à rire et pas difficiles. La maman les fait dîner avant de sortir. Ne reste qu'à les mettre au lit à l'heure et à les regarder dormir, précisa la gardienne.

– Dites à cette dame que j'accepte.

– Je vais lui téléphoner tout de suite pour la rassurer. La pauvre était au bord des larmes, tout à l'heure. Elle se voyait déjà obligée de rester à garder ses enfants pendant que le ministre décorait son mari.

– Heureux de lui rendre service, dit Cyril.

– Faudra être à dix-neuf trente chez elle. Vous verrez, c'est une gentille dame, et le commissaire est bon enfant, conclut la gardienne.

Le lendemain, Cyril fut très aimablement reçu par l'officier de police, déjà vêtu de son smoking, et par Mme Rulade, longue et belle blonde dont un fourreau noir moulait en ronde bosse, troublante sincérité de la soie tendue, des formes vénustes.

Les jumeaux qu'elle amena avaient déjà revêtu pyjama et robe de chambre. Ils présentaient des visages joufflus et roses d'enfants bien nourris et souvent lavés. Ils adressèrent un salut timide à leur cornac d'un soir. Cyril leur trouva l'air ensommeillé, ce qui lui parut de bon augure.

– Ils ont dîné après le bain. Mais je vous laisse deux barres de chocolat aux céréales qu'ils croqueront en se mettant au lit à neuf heures. C'est mauvais pour les dents, mais je cède quand nous sortons. Ils n'ont pas droit à la télévision le soir. Ils ont vu leur dessin animé tout à l'heure. Mais je vais vous confier la clef du récepteur afin que vous puissiez regarder une émission si ça vous chante, quand ils seront endormis, dit Mme Rulade.

– Gardez votre clef, madame. Je préfère la lecture à la télévision ; d'ailleurs j'ai apporté un livre. Vos enfants ont l'air d'être sages et je suis certain que nous allons bien nous entendre, ajouta Loubin.

– Octave et Domitien sont habituellement obéissants, parfois taquins, mais sans méchanceté. Toutefois, ne cédez à aucune de leur demande et soyez ferme sur l'heure du coucher.

Du fond de l'entrée, la voix du mari interrompit le discours de l'épouse.

– Chérie, nous devons partir. Je ne peux m'offrir le luxe d'arriver après le Contrôleur général !

Devant le miroir d'une patère le commissaire tentait, pour la centième fois, d'imposer la position horizontale à son nœud papillon qu'animait un agaçant mouvement hélicoïdal.

– Tout se passera bien, vous verrez. La gardienne vous a dit les conditions. Nous serons certainement rentrés avant minuit, acheva Mme Rulade en décochant à Cyril un sourire délectable.

Elle disparut dans le couloir, sirène ondoyante au sillage parfumé.

M. Ternin, qui avait vu arriver dix ans plus tôt le jeune ménage dans l'immeuble, assurait que le charme de Mme Rulade avait beaucoup servi la carrière de son mari. Cyril, ce soir-là, en fut persuadé.

Les parents disparus, Cyril rejoignit les enfants qui, dans la cuisine, jouaient avec des automobiles télécommandées.

– Ça roule mieux que sur la moquette, tu comprends, dit Octave.

– Et puis, on n'abîme pas les pieds des meubles, ajouta Domitien.

Cyril prit une chaise pour regarder les jumeaux diriger avec habileté leurs véhicules, faisant se poursuivre les formules 1 autour de la pièce, jusqu'au heurt voulu lors d'un dépassement.

– Vous serez plus tard de fameux pilotes, observa Loubin, ne sachant comment engager la conversation avec ces garçonnets dupliqués, qui portaient des noms d'empereurs romains.

– Qu'est-ce que c'est, ton auto ? demanda Octave.

– Je n'ai pas d'auto, confessa Cyril.

– T'as pas d'auto ! s'étonnèrent en chœur les deux enfants.

– Non, je n'ai pas d'auto, répéta Cyril.

– T'en veux pas, comme tonton Euzène, ou t'as pas de sous pour en azeter une ? s'enquit Domitien, qui zézayait.

– On peut très bien se passer d'auto, surtout en ville, répondit Loubin, éludant la question.

– Et t'as une femme, alors ? reprit Octave, assis en tailleur sur le carrelage, comme si la possession de l'une palliait l'absence de l'autre.

– Ou une copine ? ajouta Domitien.

– Je n'ai ni femme, ni copine, ni auto, mes enfants, et je trouve vos questions un peu indiscrètes, dit-il, comprenant que le manque avoué de compagne et d'automobile était perçu par les jumeaux comme une louche anomalie.

Déroutés par la remarque, les garçonnets se concertèrent à voix basse, puis Domitien s'adressa à Cyril :

— Tu veux bien zouer avec nous aux terroristes ?

— Aux terroristes, comment ça ?

— Comme à la télé. On entre dans la banque, tu es le banquier. On t'attache sur la chaise et on te demande où sont les sous, d'accord ? expliqua Octave.

— D'accord, je suis le banquier assis à son bureau, dit Cyril.

— Attends ! Faut le temps qu'on arrive avec les pétoires, dit l'un.

— On revient, dit l'autre, entraînant son frère hors de la pièce.

Cyril perçut des rires étouffés et les jumeaux réapparurent, les traits aplatis sous des bas de Nylon empruntés à la lingerie de leur mère et brandissant des mitraillettes, jouets que l'on eût aisément pris pour armes véritables. Formés par la télévision, les enfants se conduisirent en malfaiteurs de téléfilm.

— Que personne ne bouze ou je vais faire un carnaze ! cria l'un des garçons.

— Et vous, le banquier, qui volez l'argent des gens, vous allez nous dire comment on ouvre le coffre ! ordonna l'autre.

— Non, je ne le dirai pas, s'écria Cyril pour jouer le jeu.

— On va t'attacher et te brûler les pieds avec un...

— Zalumo, souffla son frère.

Sous la menace des mitraillettes, Cyril fut invité à mettre ses mains derrière le dos autour du dossier de la chaise, et les deux enfants disparurent à sa vue. Il ne comprit ce qui se passait qu'en sentant sur ses poignets le froid du métal et en entendant le claquement sec des menottes qu'on refermait.

– Maintenant, tu peux plus bouzer, constata Domitien.

– On l'a bien eu! ricana Octave.

– Mais, où avez-vous pris ces menottes? demanda Cyril, incapable de dégager ses mains, les garnements ayant adroitement engagé la chaîne dans les barreaux du dossier.

– C'est à papa, expliqua Octave.

– Il en a d'autres, ajouta son frère.

– Tiens, on pourrait lui en mettre aux pieds aussi, comme ça il pourrait pas marcher, proposa le premier, voyant Cyril qui se levait et soulevait la chaise dont il ne pouvait se séparer.

– Je sais me servir de mes pieds, et si vous comptez m'entraver comme un bagnard, vous recevrez des coups, dit-il, conservant le ton de la comédie, bien qu'il fût assez irrité.

Il comprit au regard qu'échangèrent les deux enfants que le jeu en cachait un autre, moins innocent.

– Je trouve ça idiot et je vous prie de me libérer en ouvrant ces menottes au plus vite, ordonna-t-il sèchement.

– On ouvrira quand tu nous auras donné la clef de la télé, lança Octave, soudain hargneux.

– Je n'ai pas la clef de la télévision; votre mère ne me l'a pas donnée. Et, si je la possédais, je ne vous la donnerais pas!

– On va fouiller ses poches, proposa Domitien en s'avançant vers le captif.

Cyril avait les moyens de tenir les gamins à distance. Il pivota, leur opposant la chaise et, avec celle-ci, marchant à reculons, les poussa sans ménagement vers la porte qui donnait sur la salle à manger. Comprenant qu'ils n'auraient pas le dessus, les jumeaux battirent en retraite.

– Si vous ne voulez pas que je raconte tout à vos parents, ouvrez ces menottes immédiatement.

— On ouvrira quand on aura la clef de la télé. Si tu la donnes pas, on dira aux parents que tu nous a tripoté la culotte et que c'est pour ça qu'on t'a attaché, tiens! dit Domitien.

— Et mon père, qui est flic, te mettra en prison, ajouta Octave.

— C'est ça! Et vous croyez que je me serais laissé prendre si je n'avais pas cru à un jeu? Vos parents ne sont pas aussi stupides que vous. Et vous serez punis. Une fois de plus, ouvrez ces menottes et libérez mes mains, s'écria Cyril, cette fois furieusement.

Les complices, soudain inquiets, se concertèrent en silence. Cyril avait entendu dire que les jumeaux communiquent sans parler. Il découvrit qu'il en était ainsi quand, ôtant d'un même geste le bas qui cachait leurs traits, ils firent mine de se rendre.

— D'accord, on zoue plus, assura Domitien.

— On va chercher la clef de la menotte, dit son frère, et tous deux disparurent dans l'appartement.

Bien que décidé à prendre son mal en patience, Cyril s'étonna, au bout de dix minutes, de ne pas revoir ses tortionnaires. Alors que les jumeaux avaient été jusque-là plutôt bruyants, il ne percevait plus aucun son. Il décida de se déplacer, soulevant la chaise, tel un âne son bât, malgré les bracelets qui lui sciaient les poignets. Il traversa la salle à manger déserte, mais ce qu'il vit dans le salon l'immobilisa sur le seuil. Les garçons, assis sur la moquette devant la table basse, s'empiffraient allégrement. Comme en témoignaient les bavures de chocolat qui décoraient leur menton, ils avaient déjà croqué la confiserie vespérale avant d'ouvrir une boîte de mélange pour cocktail et un étui de biscuits au fromage. Cette collation n'eût pas scandalisé Loubin si les jumeaux n'avaient choisi de l'arroser de porto. La bouteille, prélevée dans le bar familial bien approvisionné, trônait sur la table entre des verres à whisky qui avaient déjà été vidés et que Domitien se préparait à emplir à nouveau.

– Vous allez vous rendre malades ! Cessez de boire tout de suite et allez vous coucher. L'heure est passée ! s'écria Loubin, en colère.

Sa situation d'enchaîné ne lui permettait aucune intervention efficace et sa parole ne suffit pas à convaincre les deux garnements. Déjà éméchés, les jumeaux heurtaient leurs verres en riant, portant des toasts délirants, comme ils l'avaient vu faire aux adultes.

– Vous allez vous rendre malades, répéta Cyril sans conviction en reposant sa chaise pour s'y asseoir.

– On sera pas malades. Papa et maman boivent souvent de ce vin et ils sont zamais malades, dit Domitien, reposant son verre vide.

– Avez-vous trouvé la clef des menottes ? Ouvrez-les tout de suite, ou vous serez punis pour vos bêtises ! lança Loubin, excédé.

– La clef, on l'a pas trouvée, éructa Octave dont le regard flottait, signe de l'effet soporatif des libations.

– On n'a pas la clef, hoc… hoc… c'est papa qui la garde, hoc… hoc…. Quand il reviendra il t'enlèvera, hoc… hoc… les menottes, compléta Domitien dont l'ivresse s'accompagnait de hoquets.

Les menaçant du pied, Cyril réussit à éloigner les enfants de la bouteille qui, d'ailleurs, semblait perdre tout attrait pour eux. Afin de se mettre à l'abri des entreprises de leur garde, ils grimpèrent sur le canapé et se tinrent recroquevillés, de plus en plus pâles et mal à l'aise.

– Tu peux boire aussi, si tu veux. On le dira pas à maman. La fille qui nous garde les autres soirs boit toujours en regardant la télé. On l'a jamais dit, on n'est pas des...

– Zudas, souffla Domitien à qui les films de gangsters avaient enseigné le vocabulaire du milieu.

Puis il ferma les yeux et s'endormit la tête sur l'accoudoir du canapé. Quelques minutes plus tard, Octave, se laissant aller contre l'épaule de son frère, eut un dernier hoquet et succomba à son tour.

Bien que touchant comme un chromo du calendrier des Postes, le tableau des jumeaux endormis n'émut pas Cyril Loubin. La pendule du salon marquait dix heures trente; le commissaire et sa femme, à cette heure-là en plein banquet, ne rentreraient pas avant deux bonnes heures. Privé de l'usage de ses mains, le cornac fit le tour de l'appartement à demi courbé sous sa chaise dont le dossier lui râpait la nuque dès qu'il tentait de se redresser. Il vit, suspendus aux murs, des palais vénitiens «mirant leur front dans les eaux», une millionième reproduction du pont des Soupirs, des quais de Seine avec amoureux et clochards, des paysages bucoliques à la Corot que des verts agressifs et des jaunes aveuglants transformaient en plats d'épinards aux œufs. La psyché lui renvoya l'image ridicule et humiliante d'un colporteur ployant sous sa hotte, et il se prit à penser qu'il serait incapable de se rendre aux toilettes si l'envie l'en prenait. Maudissant les affreux gosses, il revint au salon, s'assit et, laissant reposer le menton sur la poitrine, décida de trouver l'oubli dans le sommeil, ce qui lui fut bientôt accordé.

Beaucoup plus tard, un cri de femme le rendit au monde sensible.

– Bonté divine! Viens vite voir, Lulu! Viens voir! lançait Mme Rulade à son mari.

Devant le miroir de l'entrée, le décoré bombait le torse, admirant la médaille du Mérite civil du ministère de l'Intérieur épinglée à son revers.

Cyril rouvrit les yeux, redressa la tête et distingua un couple aux yeux exorbités, qui le fixait comme s'il eût été un martien tombé dans le salon.

– Je suis content de vous voir, dit-il simplement.

– Mais que signifie ce bordel? bredouilla le commissaire, soupçonneux par profession, tandis que sa femme découvrait les enfants endormis sur le canapé.

– Pourquoi ne sont-ils pas au lit à cette heure? Et que faites-vous dans cette position? ajouta-t-elle, se tournant vers Cyril.

– Je suis attaché à cette chaise sans l'usage de mes mains depuis neuf heures du soir, madame. Vos charmants bambins m'ont menotté…

– Menotté? coupa le commissaire, incrédule.

– Voyez vous-même, dit Cyril.

Les époux firent le tour de la chaise, se penchèrent et exprimèrent des réactions différentes.

– Ça alors, il fallait y penser! Ils sont tout de même futés, nos gamins! observa le commissaire, jobard, en tâtant les menottes, tandis que son épouse éclatait de rire.

– Mon Dieu, que c'est drôle! Mon pauvre garçon, ainsi arrangé, vous ressemblez au saint Sébastien du Greco, dit-elle.

– Une chance que vos enfants n'aient pas eu d'arcs et de flèches à leur disposition, sinon la ressemblance eût été plus complète! lâcha Loubin, agacé par la désinvolture de la dame.

– Expliquez-vous, mon vieux, comment est-ce arrivé? demanda le commissaire.

Il se débarrassa du nœud papillon qui lui serrait le cou et se laissa choir dans un fauteuil, tandis que sa femme emportait dans leur chambre les jumeaux que rien ne semblait pouvoir réveiller.

— Je vous raconterai tout dès que vous m'aurez libéré, monsieur. Je vous attendais avec impatience, croyez-moi, puisque vous détenez la clef des menottes ! dit Loubin, sèchement.

— Bien sûr, bien sûr, n'ayez crainte, je vais vous libérer, dit l'homme.

Il parut réfléchir, comme s'il se demandait où pouvait bien se trouver la clef en question, quand sa femme réapparut.

— Voyons, Lulu, ôte les menottes de ce garçon. Il doit trouver le temps long et je voudrais qu'il m'explique la présence de la bouteille de porto et des cacahuètes, dit Mme Rulade.

— Oui, tiens, faut aussi expliquer ça. Vous sifflez mon porto et je vous retrouve enchaîné pendant que mes enfants dorment...

— Ils ne dorment pas, monsieur, ils cuvent. Car vos affreux gosses m'ont attaché, sous prétexte de jeu, avant de boire votre porto dans des verres à whisky. Vous imaginez les doses qu'ils se sont envoyées ! Ils se sont endormis saouls comme des grives, et j'espère qu'ils auront le réveil qu'ils méritent. En attendant, je vous demande instamment de me rendre la liberté. J'ai assez joué pour ce soir, s'écria Loubin, cette fois très en colère.

— Oui, Lulu, ouvre ces menottes, dit Mme Rulade en se laissant aller sur le canapé, après s'être débarrassée de l'étole qui couvrait ses épaules nues.

– L'ennui, c'est que mon trousseau de police est resté au ministère, rue des Saussaies. Il y a un bout de temps que je ne me sers plus de menottes. Et, ici, je n'ai pas de clef, dit le commissaire, penaud.

– Eh bien, il ne te reste qu'à la chercher. Nous n'allons pas passer la nuit ainsi, dit la femme.

– La barbe! la barbe! la barbe! tempêta le policier. Sortir la voiture, traverser Paris, tu te rends compte. Je suis fatigué, j'ai mal aux pieds dans ces vernis et je ne digère pas le homard! Pas plus, d'ailleurs, que le discours du ministre, qui n'a pas cessé de te faire du genou sous la nappe, dit le commissaire dont le teint rose virait au vermillon.

– Tout cela ne regarde pas monsieur et tu dois le délivrer de ses menottes, répliqua avec autorité Mme Rulade en adressant à Cyril un sourire compatissant.

– Si vous ne voulez pas vous déranger, vous pourriez peut-être les forcer avec une pince, proposa Cyril, conciliant.

– Inviolable, mon vieux. C'est le modèle 322 T de 1990, modifié en 1998 à la demande de ceux de l'Antiterrorisme. Même à la cisaille industrielle, on n'en vient pas à bout, alors…

– Alors, il ne te reste qu'à aller chercher la clef, Lulu, répéta avec force l'épouse. Pendant ce temps, monsieur me racontera ce qui s'est passé; comme ça, tu pourras te coucher dès ton retour, ajouta Mme Rulade d'une voix calme mais ferme.

– Bon, bon! Mais je vais d'abord changer de chaussures.

Le policier disparut en grommelant. À peine avait-il quitté l'appartement que son épouse vint près du prisonnier et, d'un geste dont Cyril se demanda s'il se voulait maternel ou enjôleur, elle lui caressa délicatement les cheveux.

– Alors, racontez-moi tout, à moi, à moi toute seule, rou-
coula-t-elle, charmeuse.

Puis, elle releva sans aucune gêne son étroit fourreau jusqu'en haut des cuisses pour s'asseoir commodément aux pieds
de l'enchaîné.

– Pourrais-je d'abord avoir un verre d'eau, dit Cyril, trou-
blé.

– De l'eau ou plutôt un peu de pur malt avec des glaçons?
proposa la belle blonde.

– C'est aimable à vous. Un peu d'alcool ne me fera pas de
mal, admit Loubin.

Elle se releva, négligeant de descendre sa robe et révélant
ainsi des jambes superbes, «gainées de voile onze deniers», se
dit mentalement Loubin pour qui la collanterie n'avait plus
de secret depuis l'aventure tourangelle.

Mme Rulade refusa encore de plonger un chalumeau dans
le breuvage, comme le demandait l'enchaîné. Elle lui présenta
le verre, posa doucement la main sur la nuque de Cyril et le fit
boire à petites gorgées en fixant le jeune homme d'un regard
pénétrant où il crut lire une foule de promesses.

Ayant bu, Cyril raconta, sans omettre aucun détail, le
déroulement de la folle soirée.

– Mon Dieu, comme ces enfants sont inventifs et malins,
commenta la maman, plus admirative qu'ennuyée.

– Ils promettent, en effet! dit Cyril.

– Vous ne devez pas leur tenir rigueur de leur sotte
conduite. J'exigerai qu'ils vous présentent des excuses par
écrit. Mon pauvre ami, quelle soirée! conclut Mme Rulade
en passant sur la joue de Cyril une main parfumée.

– Elle se termine mieux qu'elle n'a commencé, dit Loubin,
émoustillé.

Ils allaient s'abandonner quand les pas du commissaire retentirent dans le couloir. D'un mouvement vif des hanches, Mme Rulade fit retomber son fourreau, se jeta dans un fauteuil et prit un air las auquel le mari fut sensible.

– J'ai fait aussi vite que j'ai pu. Tu dois être terriblement fatiguée, ma chérie, dit-il en extrayant d'un trousseau la clef qui libéra Cyril.

Les poignets rouges, les bras ankylosés, Loubin se leva, fit deux ou trois mouvements et demanda la permission de se retirer.

– N'oublie tout de même pas de payer monsieur, souffla Mme Rulade après que le commissaire eut serré distraitement la main de Cyril.

– Bien sûr! Où ai-je la tête? Combien lui doit-on? demanda-t-il à sa femme.

Elle lui glissa un chiffre à l'oreille.

– Tant que ça! s'étonna le policier.

Puis il tira de son portefeuille un billet de cinq cents francs qu'il tendit à Cyril.

– Je vous raccompagne, dit aussitôt Mme Rulade, prenant les devants.

En ouvrant la porte palière, elle aurait voulu fixer à Cyril un rendez-vous, mais, à l'autre bout du couloir, le commissaire surveillait le départ du baby-sitter qui jamais n'avait été aussi bien nommé. Cyril et la blonde inflammable ne purent qu'échanger des regards lourds de désirs contrariés.

Après une telle nuit, Cyril Loubin ne se leva qu'en fin de matinée. Il fit lentement sa toilette, se confectionna un petit déjeuner roboratif et ne descendit de sa mansarde qu'au début de l'après-midi, avec l'intention de se rendre à l'Association d'aide aux chômeurs du quartier. Mme Morales voulut savoir comment s'était passée la garde des enfants Rulade.

– Nous nous sommes bien amusés. Nous avons joué aux terroristes, résuma-t-il.

– Ils sont gentils, n'est-ce pas, ces petits, et bien élevés?

– Ils sont même attachants, précisa Cyril avec un sourire.

Comme il réclamait son courrier, la gardienne lui tendit une enveloppe.

– Ce matin, Mme Rulade a déposé cette lettre pour vous. C'est de la part de ses enfants, m'a-t-elle dit en me remerciant de vous avoir envoyé chez elle. Et puis, elle m'a dit aussi que vous l'appeliez entre treize heures et quinze heures, elle a insisté là-dessus, au numéro que vous trouverez dans la lettre, transmit la gardienne.

Loubin s'éloigna sur l'avenue et reconnut, en ouvrant l'enveloppe, le parfum de la jeune femme. Le pli contenait une carte représentant deux poussins rieurs, car on était dans le temps de Pâques. Au verso, Domitien et Octave avaient calligraphié des excuses banales, dictées par leur mère. Un numéro, d'une écriture différente, figurait sur un Post-it jaune collé sur la carte.

Cyril consulta sa montre. Le délai d'appel fixé par Mme Rulade expirait dans un quart d'heure. Il tira son téléphone mobile de sa poche, s'adossa à un platane et composa le numéro. La voix chaude de Lucette lui parut encore plus musicale que la veille.

– Ah, enfin! Je craignais que vous ne trouviez pas mon message à temps, dit-elle.

– Je me suis levé fort tard, confessa Cyril.

– J'ai peu de temps, mon ami, j'attends ma mère d'une minute à l'autre. J'aurais voulu vous revoir, mais je ne peux pas quitter mes garçons aujourd'hui. Ils ont vomi toute la nuit et ils ne sont guère brillants. Pour l'instant, ils font la sieste.

– Ils tenaient une vraie cuite, rappela Cyril.

– Les voilà bien punis. Ils ne recommenceront pas de sitôt. Mais je voulais surtout vous dire que je dois partir en voyage demain avec mon mari. Il a été nommé commissaire central à Tours. Je dois donc trouver au plus vite un logement dans cette ville. Je reviendrai seule à Paris dans quelques jours et j'aurai fort à faire. Mais alors, comment vous joindre ? Vous n'avez pas le téléphone, m'a dit la gardienne dont il faut craindre l'indiscrétion. Je ne peux pas non plus m'aventurer à l'étage de service où logent notre bonne et la domestique de nos voisins de palier.

– Puis-je, moi, vous appeler ?

– Ce n'est guère prudent : mon mari est d'une jalousie maladive et je ne veux pas d'histoires. Vous comprenez ?

– Je comprends. Alors, comment faire pour reprendre contact ? J'aurais tant plaisir à vous revoir, dit Loubin.

– Moi aussi, Cyril. C'est bien Cyril, votre prénom ? On sonne. C'est ma mère ! coupa Lucette Rulade avant de raccrocher.

Cyril regretta aussitôt de ne pas avoir pensé à communiquer à l'ardente mère des jumeaux le numéro de son téléphone mobile. Cet oubli anéantissait la meilleure chance qu'il aurait eue de la revoir.

En marchant sur l'avenue, il se dit qu'à Tours, ville la plus échangiste de France d'après les rumeurs, la belle Mme Rulade trouverait, avec ou sans mari, à satisfaire une sensualité aussi gourmande qu'audacieuse. Puis, en réfléchissant, il reconnut sans plaisir que Lucette était encore une aventure ratée. Abonné à l'échec dans tous les domaines, il ne lui restait plus qu'à mettre ses ambitions et ses désirs sous le boisseau, à devenir, comme des milliers d'autres garçons, sans emploi et sans amour, un exclu, nouvelle catégorie sociale ouverte aux malchanceux de son espèce.

15.

Vint le jour où les petits boulots, de plus en plus courus par les jeunes sans formation et les diplômés sans débouchés, se firent rares. Tandis que mai le dilettante, dévoré par les ponts et jours fériés, s'épuisait à retenir une douceur printanière déjà boutée hors saison par les premières chaleurs, les pensées de Cyril Loubin étaient loin d'être en accord avec le charme badin du moment. Alors que, partout, éclatait l'allégresse d'un renouveau avéré dans les parcs comme dans les toilettes des femmes, une anxiété latente torturait le jeune homme. Il se voyait avec angoisse dans l'incapacité prochaine de payer son loyer, ses gains des derniers mois, bien que sagement gérés, ayant fondu. Or, s'il acceptait de se nourrir de sandwichs, il ne supportait pas l'idée d'avoir à quitter sa mansarde. Trop fier pour envisager des aides municipales ou un hébergement social, il errait dans la ville, s'imaginant sans toit, réduit à la situation de SDF, nouvelle caste d'intouchables sur laquelle s'apitoient les médias. Les sans-abri que nourrissait le patron du bar des Amis se résignaient à cette demi-vie parce qu'anéantis par la misère, ils oubliaient qu'il en existait d'autres. Mais lui, Cyril Loubin, passé du confort familial à celui, plus élémentaire, d'une chambre de service, préférerait la mort à la rue.

C'est en ruminant ces sombres pensées qu'il s'en fut déjeuner d'un croque-monsieur à la brasserie du Coq d'or où l'accueillit Angela, toujours empressée à le bien servir. Elle avait suivi, à travers les brèves confidences de Cyril, ses occupations de fortune et se désolait de voir ce gentil garçon privé d'un travail régulier et bien rémunéré.

– Alors, comment ça va, ce matin ? dit-elle en lui tendant machinalement une carte qu'il connaissait par cœur.

– Chère Angela, c'est le calme plat. Rien à l'horizon et pas d'alizé prometteur. Me voici plus désoccupé que jamais, dit-il.

La serveuse haussa les épaules pour montrer combien elle méprisait un sort si injuste, et disparut dans les cuisines.

Par le jeu des grandes glaces opposées qui mettaient en abîme, au sens héraldique du terme, le décor de la salle, Cyril vit sa propre image multipliée à l'infini. Il se trouva la mine d'un décavé. Les joues creuses sous ses cheveux blonds, dont il tentait chaque matin d'aplanir les ondulations, le teint blême, le regard las, les rides du pessimisme à la commissure des lèvres, il se sentait aussi archaïque que les miroirs *modern style,* classés par l'administration des Monuments histori-ques, qui lui renvoyaient son image.

«Avec une tête pareille, j'ai peu de chance de plaire à un employeur éventuel», se dit-il.

Vive et le geste assuré, Angela s'interposa entre l'homme et son reflet et déposa devant Cyril le demi de bière à la pression et le croque-monsieur commandés, auxquels elle avait ajouté de son propre chef une assiette de frites dorées.

– J'ai peut-être une idée pour vous, dit-elle en se penchant vers lui.

— Elle sera la bienvenue, soupira Cyril avec un sourire de gratitude.

— Vous voyez, là-bas, ces deux messieurs qui discutent, murmura-t-elle en désignant d'un mouvement de tête des consommateurs, habitués de la brasserie.

— Oui, je les ai déjà vus ici.

— Eh bien, c'est le patron et le comptable de l'agence de voyages Chrysor, qui est tout à côté. Le patron, le gros serré dans son gilet, je le connais depuis dix ans. Il est bourru, mais c'est un homme actif et malin. Son affaire marche très fort. On dit que c'est une des meilleures agences de Paris. En servant, je l'ai entendu râler parce qu'une employée récemment embauchée ne lui avait pas dit qu'elle était enceinte. Elle s'est mise en congé de maternité ce matin. Elles font toutes ça, paraît-il. Elles se tirent pour un an et le patron doit leur tenir la place au chaud! dit aigrement Angela qui ne pouvait prétendre à pareille stratégie.

— Et vous pensez que je pourrais postuler pour remplacer la future mère?

— Pourquoi pas? Ça doit pas être bien sorcier, leur boulot. Et puis, le comptable a dit : «Désormais, faut plus engager que des hommes, comme ça on ne nous fera plus le coup du Saint-Esprit!» Si vous acceptez, moi, je parle de vous, et, s'ils veulent vous voir, ils vous font signe. On marche comme ça?

— On peut toujours essayer, dit Loubin sans conviction.

— Dès que vous avez fini de manger, je vais leur parler, conclut la serveuse.

La gentillesse d'Angela, le zèle qu'elle déployait pour tenter de rendre service allaient droit au cœur de Cyril. Kalim, lui aussi habitué de la brasserie et sachant l'intérêt que la serveuse portait à Loubin, taquinait parfois son ami :

«Ta sombre fiancée du Coq d'or m'a demandé de tes nouvelles. Elle se languit de toi. Tu devrais lui faire l'amour au moins une fois. Sûr que ça la rendrait plus gaie», disait-il, ce qui agaçait le sans-emploi.

Ce jour-là, l'intervention de cette femme fut bénéfique. À peine avait-il achevé son assiette de frites que Cyril vit Angela se diriger vers la table du voyagiste. L'homme se pencha pour repérer Loubin et la serveuse revint vers ce dernier à grands pas.

– Ces messieurs vous demandent de venir à leur table, dit-elle, radieuse.

Cyril les rejoignit et se présenta.

Le patron de l'agence Chrysor se nomma, Charles André Talbot, et désigna son comparse, Philibert Trépoux, fondé de pouvoir.

– Asseyez-vous et prenez un café. Paraît que vous cherchez du boulot?

– Oui, monsieur.

– Avez-vous une idée de ce qu'est le boulot d'un voyagiste?

– Pas du tout, dit Cyril, franc et déjà résigné à ne pas faire l'affaire.

– Tant mieux. Si vous ne savez rien de ce foutu métier, vous n'avez donc pas d'idées préconçues, dit M. Talbot.

Vinrent ensuite les questions habituelles sur les études, les diplômes, l'expérience professionnelle. Le fait que Cyril avouât, avec quelque fierté, une vocation de gardien de phare parut plaire à Talbot. Il apprécia aussi que le protégé d'Angela parlât couramment anglais, correctement allemand, se débrouillât en espagnol et possédât une bonne présentation. Une seule référence amena une moue sur les lèvres de l'homme dont le regard gris dardait entre des paupières pincées comme des meurtrières. Cyril ayant cru bon de préciser que son père était général, Talbot lui rapporta une anecdote peu flatteuse :

– Il y a quelques années, un colonel organisa un voyage de cinq cents anciens combattants aux États-Unis. Une pagaille, une débâcle, la Bérézina en Boeing ! Deux morts de crise cardiaque à New York et quatre-vingts valises perdues à Kennedy Airport. Si les Américains avaient opéré de même en 44, les Allemands seraient encore là ! Le tourisme est une chose trop sérieuse pour être confiée à des militaires, acheva Talbot, parodiant Clemenceau.

– Rassurez-vous, monsieur, mon père n'est jamais intervenu dans mon travail. À dire vrai, il ignore tout, depuis deux ans, de mes activités. Je devrais plutôt dire de mes inactivités, crut bon de préciser Loubin.

Charles André sourit. Il préférait aux geignards les garçons qui traitaient leurs difficultés avec humour. Encouragé par le courant de sympathie qu'il sentait naître avec ce gros homme à la mise soignée, gouailleur au verbe sonore, Cyril énuméra ses différents emplois provisoires, de promeneur de chiens à emballeur, sans oublier ses stages dans le jardinage, l'aquariophilie, ses *interim* comme chauffeur de maître, livreur de journaux, hôte de salon, sondeur en collanterie, lessiveur de graffitis.

– Très bon, tout ça. Pas pour le porte-monnaie, mais pour l'expérience. Passez demain matin à sept heures à mon bureau, c'est le seul moment où je suis tranquille. Apportez diplômes et papiers, et on verra ce qu'on peut faire de vous, dit M. Talbot en mettant fin à l'entretien.

Il quitta aussitôt la brasserie, son fondé de pouvoir sur les talons.

Quand Cyril regagna sa table, Angela vint aux nouvelles.

– Je dois le voir demain. Peut-être va-t-il me proposer quelque chose, dit Cyril, à qui l'adversité avait appris la circonspection.

– Oh, pourvu que ça marche ! Ce soir, je ferai une prière à sainte Catherine de Sienne, soupira Angela.

Quand Cyril réclama son addition, la serveuse lui apprit que M. Talbot avait demandé qu'on la mît sur son compte.

– Je vous l'ai dit, c'est un brave homme. Il n'y a que deux catégories de gens qu'il ne peut pas supporter : les mollassons qui traînent les baskets et les énarques qui croient tout savoir, précisa la serveuse.

Qu'un chef d'entreprise dirigeant une trentaine d'employés soit, dès sept heures du matin, à son bureau avait de quoi surprendre un néophyte comme Loubin. Néanmoins, il se présenta à l'heure dite.

Calé dans un fauteuil pivotant, acier nickelé et cuir noir, derrière une longue table de palissandre où ne figuraient qu'une pile de dossiers et un buste du général de Gaulle, M. Talbot avait l'air parfaitement lucide quand il accueillit le jeune homme dans un bureau d'une exemplaire sobriété. Sous verre, des affiches anciennes de la Compagnie Générale Transatlantique, de la Cunard, de la White Star et de l'Amerika Linie rappelaient la grande époque des paquebots de luxe. Sur une étagère, entre médailles commémoratives et fanions internationaux, le lévrier de bronze de la Greyhound Company et une maquette du Concorde indiquaient qu'on admettait aussi l'autocar et l'avion comme moyens de transport.

Le directeur fondateur de Chrysor examina rapidement les documents présentés par Cyril et les rendit sans les commenter en se déclarant prêt à prendre le jeune homme à l'essai.

– Pour être tout à fait honnête avec vous, monsieur, je dois vous dire que je déteste les voyages. Je suis d'un naturel casanier et j'ai peu de goût pour le changement, prévint loyalement Cyril.

M. Talbot resta bouche bée une fraction de seconde, puis libéra un rire énorme.

– C'est parfait, mon gars. Tous les gus qui se présentent pour travailler chez moi croient qu'ils vont visiter la Chine ou gigoter la semaine suivante au carnaval de Rio ! Ce n'est pas d'un cornac dont j'ai besoin pour remplacer cette fille qui a oublié d'avaler sa pilule, c'est d'un agent qui vende des destinations ! Je vais d'abord vous mettre au téléphone, pour répondre aux clients qui demandent des renseignements. Quand ma secrétaire arrivera, vers huit heures et demie, si le RER n'est pas en grève, elle vous donnera un tas de brochures à lire et même à étudier, afin que vous sachiez ce que nous avons en magasin. Chrysor peut emmener n'importe qui n'importe où, par n'importe quel moyen, et le ramener : c'est la devise de la maison. Mais sachez tout de suite ceci : la plupart des gens qui se renseignent par téléphone n'ont qu'une vague idée de l'endroit où ils veulent se rendre pour leurs vacances ou leur voyage de noces. Les décidés, ceux qui ont fait leur choix, les habitués des voyages viennent directement à l'agence, et mes collaborateurs s'en occupent.

– Bien monsieur, dit Cyril pour montrer qu'il évaluait toute l'importance de la fonction.

– Quant aux conditions, les voici, reprit Talbot. Pas de contrat, ni indéterminé, ni déterminé, ni autre, destiné à camoufler le chômage. Tant que l'essai, dont j'apprécie moi-même la durée, n'est pas concluant, et jusqu'à l'embauche ferme, si elle doit arriver, c'est deux cents balles par jour et des tickets restaurant maison, uniquement valables à la brasserie du Coq d'or. Voilà, c'est à prendre ou à laisser. Si ça vous va et si, plus tard, je vous engage, vous commencerez au smic avec, en plus, des primes proportionnelles aux dossiers bouclés, c'est-à-dire à ce que vous vendrez. Après, on verra. Faut d'abord vous former sur le tas. C'est la seule école de tourisme que j'aie connue, la seule à laquelle je crois.

– Je ferai tout pour apprendre rapidement, monsieur, dit humblement Cyril.

– Dans trois jours, je saurai si vous êtes doué ou bon pour l'ANPE. J'ai de vieux routiers du voyage avec moi. Ils vous *brieferont* et jugeront de vos capacités. Je vous souhaite bonne chance. Si vous n'avez rien prévu ce matin, vous pouvez commencer tout de suite, conclut Talbot en quittant son fauteuil.

Bien qu'il fût à peine huit heures, les employés des deux sexes arrivaient à l'agence. Le patron présenta Cyril à un homme aux cheveux blancs.

– C'est le pilier de la boutique. Il travaille avec moi depuis trente ans et sera votre instructeur : Victor de Blanval, que tout le monde ici appelle le Marquis parce qu'il assure être marquis de Blanval et autres lieux, ce qui est peut-être vrai. Il va vous affranchir et vous pourrez lui poser toutes les questions que vous voudrez, dit Charles André Talbot que tout le personnel appelait Cat, autant par référence à ses initiales qu'à son regard félin.

Le marquis, long visage ridé, silhouette osseuse, regard lavande et maintien sévère, aurait aisément passé pour un pasteur britannique des beaux quartiers. Il ne marqua nul enthousiasme à l'évocation de la mission pédagogique que lui confiait son patron. Il avait souvent tenté d'inculquer quelques principes voyagistes à des jeunes gens qui s'étaient montrés rétifs à son enseignement ou incapables de le mettre en pratique. Ces garçons et ces filles avaient traversé l'agence comme des météores. M. de Blanval craignait donc une fois de plus de perdre son temps avec le nouveau venu, bipède longiligne, maigre, de bonne allure mais au sourire verrouillé et dont le blazer accusait trop d'années de service, comme sa chemise aux manchettes élimées. Consciencieux, le marquis conduisit cependant Loubin dans son bureau, le fit asseoir et, sans préambule, commença son cours par une citation d'André Malraux :

– «Le tourisme est au voyage ce que la prostitution est à l'amour», énonça-t-il devant l'apprenti déconcerté. Cela ne veut pas dire, jeune homme, que nous devons nous conduire comme des proxénètes. Nous vendons des kilomètres, de l'évasion, de la culture, du rêve, du plaisir, mais aussi toute la logistique nécessaire au touriste pour qu'il jouisse, en toute sécurité et confort, du dépaysement dont il escompte non seulement l'oubli de son quotidien, mais aussi un éventail d'étonnements. Chrysor pratique un tourisme éducatif, au sens humaniste du terme, et laisse aux clubs et aux comités d'entreprises les séjours bronzette avec planche à voile, shopping exotique et barbecue. Nos clients doivent revenir de voyage avec des images, des souvenirs, des relations, des nostalgies parfois. Cela orne, certes, leurs conversations mais d'abord meuble leur esprit. Un être de sensibilité moyenne ne revient pas des bas quartiers de Calcutta tel qu'il est parti. Au retour, les touristes qui ont quelque chose dans la tête et dans le cœur veulent en

273

savoir plus sur le pays visité, ses habitants, son histoire, ses mœurs. C'est pourquoi certains y retournent. Nos habitués savent que nous les envoyons en Égypte non seulement pour leur montrer le musée du Caire et la pyramide de Khéops, mais aussi pour leur donner envie de mieux connaître une civilisation à laquelle nous devons beaucoup. L'école et l'université ne dispensent plus que médiocrement ce genre de leçons de choses et le bon peuple ne les reçoit qu'à travers reportages orientés, gentils romans, *péplums,* cédéroms, Internet ou jeux vidéo, dit M. de Blanval, s'interrompant pour allumer une cigarette.

– Si je comprends bien, monsieur, un vendeur de destinations, comme dit M. Talbot, doit aussi vendre du savoir, observa Cyril pour montrer qu'il avait saisi l'aspect intellectuel d'une activité d'apparence strictement pratique.

– Exact, jeune homme. Vous allez voir la secrétaire du *boss,* elle vous donnera une documentation; étudiez-la et, demain matin, je vous installe devant un téléphone afin que la standardiste, qui filtre les appels, vous passe des clients potentiels. N'oubliez pas ceci : de la courtoisie, de la patience, de la gentillesse, une assurance sans pédanterie. Il s'agit de donner confiance et surtout de ne pas laisser soupçonner que vous prenez votre interlocuteur pour un imbécile ou un ignare... même si c'est le cas !

Nanti de trois kilos de dépliants touristiques frappés au sigle de Chrysor – un aigle enlevant dans ses serres une sphère terrestre –, Cyril Loubin fut installé devant le bureau abandonné la veille par l'employée en mal d'enfant. À la fin de la journée, il avait fait le tour du monde en avion, parcouru les océans en bateau, traversé les continents en autocar. Il savait le prix d'une croisière au Spitzberg, d'un safari au Kenya, d'une traversée des États-Unis en bus, d'une descente de la Volga et d'une ascension de l'Etna. Comme il tenait à posséder au mieux son sujet, il demanda la permission d'emporter chez lui la documentation, ce qui lui fut accordé.

Le lendemain, dès huit heures, il était à pied d'œuvre, prêt à démontrer ses capacités de vendeur de voyages culturels. Sans jouer l'examinateur, le marquis de Blanval posa deux ou trois questions sur les dépliants que Cyril avait étudiés jusque tard dans la nuit. L'instructeur fut étonné de constater que l'élève avait bien appris sa leçon. Il tint aussitôt à lui en donner une autre.

– Vous remarquerez vite, jeune homme, qu'une grande partie de notre clientèle est composée d'hommes et de femmes du troisième, voire du quatrième âge, et même du dernier âge. En termes de voyagiste, nous préférons, pour ménager les susceptibilités, nommer les soixante à soixante-dix ans les seniors, les soixante-quinze à quatre-vingt-cinq ans, les aînés, et, au-delà, les paisibles.

– C'est-à-dire les plus de quatre-vingt-cinq ans ! s'étonna Cyril.

– Oui. Ils voyagent aussi, croyez-moi. L'an dernier, nous avons envoyé un couple, quatre-vingt-quinze et quatre-vingt-seize ans, à New York. Ils voulaient voir l'Amérique avant de partir pour la destination à tous assurée mais dont on ignore tout, puisque, jusqu'à présent, personne n'en est revenu, dit M. de Blanval avec un rictus de croque-mort.

– Un charter de centenaires, ce doit être impressionnant, commenta Loubin.

– Nous y arriverons bientôt. En attendant, vous devez savoir que vivent en France douze millions de personnes de plus de soixante ans. Ce sont elles qui jouissent de loisirs et disposent des meilleurs moyens financiers. Ceux qui n'ont jamais pu voyager à cause de leur profession, de leurs charges familiales ou du manque de temps libre sont saisis, dès la retraite, d'une bougeotte irrépressible. Ce sont des clients difficiles et exigeants pour le confort, la nourriture, la régularité des horaires, la qualité des services. Ils paient sans tergiverser, mais en veulent pour leur argent.

– Sont-ils nombreux à se déplacer ? demanda Cyril.

– Les plus de soixante ans représentent, si l'on en croit les statistiques, environ vingt-cinq pour cent du marché européen des voyages. C'est dire que vous avez une chance sur quatre, quand sonnera le téléphone, d'être interrogé par un plus que sexagénaire.

– Je m'efforcerai de me conduire en petit-fils attentionné, commenta gaiement l'apprenti.

– Sachez encore, pour ne pas être surpris, que des octogénaires libres de toute responsabilité, qui ne savent que faire de leurs journées, tiennent à partir en vacances en même temps que les actifs, même si on leur explique – et vous devrez le faire – qu'en dehors des périodes où les actifs voyagent, ils seront mieux traités et à moindres frais. Certains s'obstinent à choisir les mois les plus encombrés, les périodes de vacances scolaires, notamment, alors qu'ils n'ont plus d'enfants à charge, le temps de Pâques ou de Noël où tous les avions sont pleins d'amateurs de neige ou de soleil. Ils passent des heures le nez sur des cartes ou à faire tourner une mappemonde. Solitude et fuite du temps les angoissent, d'où leur envie d'aller là où vont les autres et en même temps qu'eux. Ce serait, disent les sociologues, parce que les gens âgés veulent rester dans le coup. Pour ne pas être traités différemment des plus jeunes membres du troupeau, ils se jettent dans les embouteillages et sont contents d'y macérer!

La sonnerie du téléphone interrompit l'entretien.

– Sans doute votre premier client, dit le marquis en soulevant le combiné pour le tendre à Cyril avant de se diriger vers son bureau.

Le client se révéla être une dame à la voix assurée, prolixe et légèrement chichiteuse. Sans salutations, elle s'annonça d'emblée comme une «bonne cliente de Chrysor».

– Il y a deux ans, avec vous, j'ai fait la Terre Sainte : exténuant; l'an dernier, en juillet, le cercle polaire : un peu décevant, le paysage ressemble à celui de la Haute-Loire; et, en automne, la descente du Rhin, qui m'a valu cinquante-sept piqûres de moustiques et un dégoût définitif pour la choucroute. Cette année, je suis indécise. J'ai envie de soleil, mais pas trop chaud; j'ai envie de mer, mais pas trop froide; je souhaite un climat doux, mais pas lénifiant. Je veux voir des choses, ne pas rester sur un transat à l'ombre des cocotiers. Vous comprenez, il faut qu'en voyage l'esprit trouve son compte, comme le corps, n'est-ce pas? Alors, que me proposez-vous? Je dispose d'une quinzaine, en juin. Après, je dois garder mes trois petits-enfants tout l'été, dans ma propriété de Normandie. Sûr qu'il pleuvra. Alors, avant la corvée familiale, les vacances! Que me proposez-vous? répéta la dame.

– Que penseriez-vous d'une croisière, madame? C'est reposant, puisque le bateau est un hôtel quatre étoiles qui se déplace, et vous pouvez, au choix, visiter les îles grecques, les Caraïbes, les fjords de Norvège...

– Pas de bateau, je vous en prie! coupa la correspondante. Je viens de voir le film *Titanic.* On est à la merci du premier iceberg venu et, pour peu que le capitaine soit en train de dîner, le bateau coule et l'on se noie! Non, monsieur, pas de croisière!

– Puis-je vous proposer un séjour à Dubayy : c'est un pays qui roule sur l'or, tout y est calme, luxe et volupté. En juin, justement, est organisé le Shopping Festival en même temps qu'ont lieu les plus fameuses courses de chameaux.

– Et où se trouve ce paradis des chameaux?

– C'est un des Émirats arabes unis du golfe Persique. Il a eu, l'an dernier, le prix de la meilleure destination du Moyen-Orient, ajouta Cyril.

– Le Moyen-Orient, encore! C'est les Arabes! Je ne suis pas raciste, mais j'en vois déjà trop, à Paris. Et puis, il suffirait que Saddam Hussein se mette en colère à cause de ces Américains bagarreurs ou des malheureux Juifs, pour que les touristes se retrouvent otages, et les femmes violées! Non merci, pas de Moyen-Orient.

– Si vous ne craignez pas le train, nous avons un très beau et instructif voyage à bord du Transsibérien. Sans quitter votre *single*, vous allez, en dix-sept jours, de Moscou à Vladivostok en traversant l'Oural, la steppe, la taïga, en frôlant le lac Baïkal, pour finir par le plus grand désert du monde et la Mandchourie. Vous ne vous arrêtez qu'à la mer du Japon, c'est-à-dire au Pacifique, acheva Cyril, assez content de son exposé.

– Je ne vais pas chez les communistes ou les ex, qui n'ont pas changé, monsieur. Question de principe! dit sèchement la dame. En somme, vous n'avez pas grand-chose à proposer, ajouta-t-elle, perfide.

– Nous avons, madame, des centaines de destinations. Je puis vous les énumérer toutes, si vous voulez?

– Je n'en demande pas tant. Chrysor est classé comme voyagiste-conseil, alors conseillez-moi.

Un peu décontenancé, Cyril s'efforçait d'imaginer la personnalité de sa correspondante.

– Un séjour dans un très bel hôtel de Larnaca, à Chypre, est tout indiqué en cette saison. C'est l'île où naquit Vénus, c'est là que la belle des belles se remit des rudes étreintes du dieu Mars et que Lazare, le ressuscité, a vraiment fini sa vie, débita Cyril, rassemblant ses souvenirs mythologiques.

Le marquis lui avait dit : « L'important est de ne pas lâcher le client avant de l'avoir ferré. » Aussi s'appliquait-il à retenir sa correspondante. Le cri de celle-ci lui vrilla le tympan.

– Quoi, Chypre ? Parlons-en ! Entre les Grecs et les Turcs, c'est toujours la guerre ! Il y a plus de vingt ans, mon mari était encore de ce monde, des amis nous avaient vanté Chypre. Nous y sommes allés. Nous avons quitté le matin notre hôtel pour une excursion au musée de Nicosie. Quand nous sommes revenus, le soir, l'hôtel n'existait plus. Il avait été bombardé et démoli par les Turcs, ou par les Grecs, je ne m'en souviens plus. Je n'ai même pas récupéré ma chemise de nuit et mon vanity-case ! J'étais jeune, alors, prête à m'amuser d'une paille en croix. J'ai couché nue sur une paillasse dans un boui-boui de troisième classe. Heureusement que mon mari était là ! Aujourd'hui, ça ne me ferait plus rire. Et puis, je suis une bonne catholique, très tolérante, mais je n'aime pas les popes barbus ! Non, monsieur, Chypre, c'est fini !

– Que diriez-vous alors d'une quinzaine en Écosse, avec hébergement dans des châteaux aimablement hantés, avec visite du plus ancien golf du monde, à Saint Andrews, d'une distillerie de whisky, du manoir d'Abbotsford où vécut Walter

Scott? Vous pourriez peut-être voir le monstre du Loch Ness, risqua Loubin.

– Ah ça, c'est intéressant. Je ne connais pas l'Écosse. Dites-moi, quel temps fait-il en juin? Il pleut, bien sûr!

Pensant avoir ferré la cliente, Cyril, qui avait sous les yeux le guide édité par Chrysor, se lança dans des considérations climatiques, culturelles et gastronomiques qui eussent réjoui Sean Connery, Écossais exemplaire. De l'intermittence bénéfique des pluies au son grinçant des cornemuses, en passant par la rude mollesse des tweeds qu'on pouvait se procurer à Inverness et la panse de brebis farcie, il vanta le pays d'Ivanhoé avec tant d'enthousiasme que la dame indécise parut convaincue.

– Est-on certain, au moins, de voir le fameux monstre du Loch Ness, monsieur?

– Nous ne pouvons, hélas, madame, vous le garantir. Nessie est aussi lunatique qu'espiègle. On ne saurait prévoir ses apparitions. Mais vous rencontrerez, madame, dans les pubs proches du loch, des Écossais qui ont vu le monstre et qui l'ont même photographié, assura Cyril.

S'ensuivit un long silence, temps mort pendant lequel il imagina la cliente en train de réfléchir. Elle revint en ligne pour le décevoir.

– Je vais réserver l'Écosse pour l'automne. Vous pouvez déjà m'inscrire pour septembre. J'ai réfléchi. En juin, il me faut vraiment soleil et repos. J'ai donc envie de retourner aux îles Canaries. J'y ai séjourné il y a cinq ans et j'en garde un très bon souvenir. Au San Catalina, à Las Palmas, il y avait un excellent coiffeur. C'est rare, vous savez, un bon coiffeur. Retenez-moi donc une très bonne chambre, avec vue sur la mer, du 10 au 25 juin.

La dame donna sans réticence son nom et son adresse.

– Je passerai demain à l'agence pour tout régler. Et, pour l'Écosse, n'oubliez pas, en septembre. Je compte sur vous. Merci, monsieur, dit-elle avant de raccrocher.

Cyril Loubin se sentit déçu. Pendant près d'une demi-heure, il s'était donné à fond pour vendre à cette femme une des destinations les plus prestigieuses de l'agence, et, finalement, elle en choisissait une qu'il n'avait pas proposée. Comme il remettait de l'ordre dans ses papiers avant de communiquer à la réception l'identité de la cliente censée se présenter le lendemain, M. de Blanval sortit de son bureau et vint droit à lui.

– Bravo! Pour un début, c'est prometteur, Cyril. J'ai écouté toute la conversation sur mon poste.

Le fait que son mentor l'eût appelé par son prénom le rassura et lui fit pardonner au marquis l'espionnage dont il avait été l'objet.

– Vous trouvez que je m'en suis bien tiré? demanda-t-il.

– Bien sûr, vous avez parfaitement présenté, et d'une manière très culturelle, nos destinations les plus chères, et vous avez vendu l'Écosse pour septembre. C'est bien, mais vous n'avez pas compris, étant nouveau dans le métier, que cette dame avait déjà décidé d'aller en juin aux Canaries avant de nous téléphoner. Elle voulait seulement se persuader que c'était bien, pour le moment, la meilleure option. Elle n'avait peut-être pas prévu, en revanche, de s'engager pour l'automne, et vous lui avez magistralement vendu le Loch Ness, qui n'est pas facile à placer. Continuez ainsi et tout ira bien. Vendre du voyage, voyez-vous, c'est comme vendre du théâtre. Le client paie avant la représentation et ne sait qu'après si la pièce était bonne! conclut le marquis avec un petit rire satanique.

16

Quelques semaines après avoir vendu l'Écosse à une dame qui ne souhaitait que les Canaries, Loubin fut convoqué par Charles André Talbot.

– Mon garçon, vous paraissez doué pour ce *job*. Le personnel de l'agence apprécie votre sérieux, votre pugnacité, votre courtoisie. Le marquis ne tarit pas d'éloge sur «le gamin», comme il vous appelle. Gina, ma secrétaire, qui a vu défiler des tas de clampins, m'a dit de vous : «Celui-là est un bon. Gardez-le.» Or, cette vierge quinquagénaire a du jugement. Donc, signez le contrat que voici. Je donne six mille deux cent cinquante francs par mois, c'est plus que le smic annoncé, mais le marquis est formel : vous valez ça. Votre baratin téléphonique est convaincant et vos résultats appréciables. Dès le mois prochain, vous serez intéressé aux affaires que vous bouclerez.

– Puis-je espérer un jour m'adresser aux clients de vive voix, monsieur ? Certains soirs, j'ai l'oreille ankylosée et la trompe d'Eustache saturée, risqua Loubin, enchanté d'un salaire fixe au-dessus de ses espérances.

– Ça viendra, mon gars, en son temps, promit Cat.

Après quatre mois passés à répondre à des candidats au voyage souvent indécis, parfois ignorants, rarement ingénus mais tous exigeants, Cyril Loubin avait acquis assez d'assurance pour se sentir à l'aise dans une profession imposée par les circonstances, mais qui lui assurait un salaire convenable et le mettait à l'abri du dénuement tant redouté.

Persuasif et consciencieux, Cyril proposait aux gourmands des croisières gastronomiques, aux mélomanes des croisières musicales, aux amoureux des séjours à Venise, aux solitaires des voyages en groupe, aux aventureux, l'Himalaya ou le cap Nord. Sacrifiant à l'œcuménisme mercantile, il vendait aux pèlerins aussi bien le Mur des lamentations que La Mecque, le mont Athos, Assise et saint François, la chapelle Sixtine ou les six mille bouddhas des vallées birmanes.

Malgré les risques d'attentat et d'enlèvement, l'Arabie, «terre des mystères» d'après le dépliant Chrysor, conservait ses adeptes. Cyril eut même, un jour, l'impression qu'un mari choisissait à dessein le Yémen avec le vague espoir de se débarrasser de son épouse.

– On parle de séquestration et même d'assassinat de touristes dans ce pays. Ils s'emparent surtout des femmes, n'est-ce pas? demanda le client.

– C'est arrivé quelquefois, mais nous prenons toutes les précautions possibles, monsieur. Les voyageurs doivent rester groupés et ne pas s'écarter des itinéraires surveillés.

– Mais on peut tout de même faire du hors-piste, si j'ose dire?

– C'est aux risques et périls du voyageur. Dans ce cas, l'agence ne peut rien garantir. L'avertissement figure d'ailleurs dans nos contrats, précisa Cyril.

– Que serait la vie sans risques? Hein, je vous le demande! Ma femme est curieuse et intrépide. Retenez-lui donc une place pour le prochain circuit yéménite. Je ne peux pas l'accompagner, mais elle a besoin de changer d'air, conclut l'homme, enjoué, avant de raccrocher.

Aux gens pressés, capables d'investir cent cinquante mille francs par personne, Cyril conseillait le tour du monde en avion supersonique. Voir, en quelques jours, New York, San Francisco, l'Alaska, Hawaii, les îles Fidji, Bali, Cuba, les Philippines, la Corée, le Vietnam et l'Afrique du Sud, avec coup d'œil aux Seychelles, devait être aussi grisant qu'une soirée en boîte sous les flashes techno. Aux paisibles du quatrième âge, il suggérait plutôt des navigations méditerranéennes – onze escales en vingt et un jours – avec assistance médicale, régime alimentaire crétois, conférence quotidienne, valses lentes et slows.

Il eut parfois du mal à satisfaire des passionnés, comme ce sommelier parisien, engagé depuis des années dans le tour du monde des vignobles. Ayant visité les chais des cinq continents, ce prospecteur scrupuleux tenait à déguster, sur place, les derniers crus manquant à sa collection.

– J'ai testé tous les bourgognes, les bordeaux, les alsaces et les chinons. Et aussi le rudesheimer allemand, le barbera et le chianti d'Italie, le jerez et le rioja d'Espagne, le malvoisie de Madère, le moscatel portugais, la dole de Genève et le saint-saphorin vaudois, même le klôch de Styrie, le rouge de Patra, le tokay hongrois, le kéfraya du Liban et les cabernets de Californie, jusqu'aux crus de l'Afrique du Sud au temps de l'apartheid! Ah, monsieur, j'ai fait des milliers de kilomètres, taste-vin en main, déclama-t-il.

Pendant que l'homme reprenait son souffle, Cyril le félicita pour sa résistance et cet itinéraire vineux qui ne figurait pas encore dans les périples de Chrysor.

– Avant de rejoindre les vignobles de l'au-delà, où j'espère trouver autre chose que du vin de messe, je veux tâter des crus australiens et de la Nouvelle-Galles. Un capitaine au long cours m'a dit grand bien des clarets de Carowa. Je veux juger de leur robe et de leur cuisse. Je vous adresse une liste des vignobles qui m'intéressent et vous m'organisez le circuit. Ça coûtera ce que ça coûtera.

– Se cuiter chez les aborigènes ne doit pas être sans danger. Assurez ce brave homme d'un retour éventuel par Europ Assistance, ajouta M. Blanval à qui Loubin soumettait le projet.

Pour une danseuse, se disant héritière de la Loïe Fuller, Cyril dut trouver, en Floride, un dauphin de bonne composition, capable de danser avec l'artiste une rumba aquatique. Convenablement médiatisée, cette exhibition ajouterait à la renommée de la ballerine.

L'évocation fréquente des rivages maritimes prisés par les inconditionnels des plages ranimait chez le jeune homme sa vocation contrariée. Sur toutes les côtes de la planète, les hommes, après Ptolémée, ont construit des phares, et Cyril en découvrait de nouveaux chaque jour sur les cartes qu'il était conduit à consulter. Il ne manquait jamais de cercler d'un trait rouge le point noir irradiant des rayons, symbole international des phares et balises. Il se voyait ainsi, guettant l'horizon à l'entrée d'un port asiatique, à la pointe d'une lagune africaine, sur un atoll ensoleillé des Caraïbes.

Chaque soir, il notait dans un calepin les coordonnées de ces feux lointains, enrichissant ainsi, avec sa nomenclature des phares, ses connaissances géographiques. Puis il s'endormait, bercé par le ressac d'un océan ignoré.

Les hommes et les femmes employés de Chrysor avaient tous leurs joies intimes, leurs soucis et leurs misères, mais, à l'exemple du patron, ils manifestaient au travail une bonne humeur communicative et c'est avec gentillesse et serviabilité qu'ils avaient accueilli le nouveau venu. Au fil des mois, Cyril noua avec le marquis de Blanval une relation confiante et chaleureuse. Souvent, ils prenaient ensemble leur déjeuner à la brasserie du Coq d'or, servis par Angela, satisfaite d'avoir aidé Cyril à se caser dans une entreprise du voisinage.

– Voyez-vous, dit un matin, à l'heure de la pause-café, M. de Blanval, il devient de plus en plus difficile aux voyagistes d'offrir aux touristes de l'inédit. La planète n'a pratiquement plus de secrets à livrer. Les documentaires télévisés ou vidéo emmènent l'ingambe, comme le paralytique, dans la forêt amazonienne ou au cap Horn aussi communément qu'ils les introduisent à Buckingham Palace, dans les bordels de Djakarta ou les casinos de Las Vegas. Quand ces gens arrivent à destination, après des heures d'avion, ils ont souvent le sentiment de connaître les lieux et se demandent pourquoi ils ont payé si cher pour visiter, dans un confort parfois relatif, ce qu'ils ont vu et revu à domicile, assis dans leur fauteuil, un verre à la main et leur chat sur les genoux.

– Rien ne vaut cependant le contact physique avec un pays, ses odeurs, ses bruits, la présence d'êtres différents, l'approche d'une flore et d'une faune particulières, la révélation de mœurs insoupçonnées, récita Cyril qui avait bien appris sa leçon.

– C'est ce que nous essayons de faire croire à nos clients. Mais sachez, gamin, que, sans l'imprévu, secrètement espéré par le voyageur, la vague promesse d'aventure, les aléas du hasard que contient tout départ, nous pourrions fermer boutique, acheva le marquis.

Jérôme Ternin et Kalim Kolari approuvaient l'un et l'autre l'engagement de leur ami, encore que le Kosovar le qualifiât de pis-aller de subsistance. Nanti d'un diplôme français d'informatique et fort bien noté, grâce à son multilinguisme et à son application au travail, Kalim venait quant à lui d'être embauché par une multinationale américaine. Son premier emploi l'appelait par chance en Allemagne où ses parents avaient émigré avec l'espoir de retourner un jour au Kosovo, quand la paix régnerait dans les Balkans. Quelques jours avant son départ, tandis que les trois compères vidaient une bouteille de meursault dans l'antre bibliothèque du professeur, Kalim, qui voyait l'avenir en bleu, tenta de faire partager son optimisme à Cyril.

– Ce premier poste allemand est, m'a-t-on dit, un tremplin pour les États-Unis où se trouve le siège de la boîte. Quand j'y serai, sûr que je te dégoterai un *job*. C'est bien le diable si, de Vancouver à Los Angeles, ou de Boston à La Nouvelle-Orléans, sur des milliers de kilomètres de côtes, tant atlantiques que pacifiques, il n'existe pas un phare, même en ruine, pour t'occuper! dit-il.

Cette perspective prometteuse, mais dénuée de fondement, fit sourire Loubin et amusa M. Ternin.

– Bien que moins imaginatif que vous, cher Kalim, je pense qu'un jour ou l'autre, en effet, l'obstination de Cyril sera récompensée. En attendant, il ne perd pas son temps et gagne son pain. Comme «l'enfant amoureux de cartes et d'estampes», il découvre le vaste monde sur les planisphères et sous les auspices du brillant Chrysor, lequel, alias Vulcain, est, je vous le rappelle, le forgeron de l'Olympe. Engendré par Junon avec l'aide du vent, celui qui forgeait les bijoux des déesses peut aussi bien forger le destin de notre ami, déclara le professeur.

Ces échanges aidaient Loubin à supporter son sort et l'incitaient à montrer plus d'indulgence à l'égard de ceux qui attendaient d'une agence de tourisme les services les plus insolites.

Il devait être délivré de son courtage téléphonique par la soudaine défection d'un des meilleurs guides accompagnateurs de Chrysor. Walter Baudran, cornac d'âge mûr, des plus séduisant, homme de culture, cicerone expérimenté, avait, pendant dix ans, promené des milliers de touristes à travers le monde, sans autre incident que la noyade d'un retraité dans le Mékong et l'accouchement d'une cliente devant les chutes du Niagara. Ce matin-là, il téléphona de Yokohama à Charles André Talbot, lequel, à peine la conversation terminée, jaillit de son bureau en vociférant, allant jusqu'à mettre en doute la vertu de la Madone. Tout le personnel comprit qu'un événement grave venait de se produire. Gina tentait de calmer son patron au bord de l'apoplexie, mais l'indignation débordait de cet homme, d'ordinaire si maître de lui.

– Écoutez tous! Savez quel coup nous fait ce sacré Walter? Il vient de m'annoncer qu'il ne rentre pas. Qu'il ne remettra jamais les pieds ici. Il a rencontré une Japonaise bourrée de fric, il l'épouse et nous laisse tomber. Il a consciencieusement mis nos clients dans l'avion du retour, pas de problème de ce côté-là, mais il reste au Japon avec sa geisha. Voilà, mes amis, comment un vieux collaborateur déserte en pleine saison!

La colère de Charles André Talbot était justifiée par l'emploi du temps, depuis longtemps établi, du premier cornac, qui faisait subitement défaut. Deux jours après son retour du Japon, Walter Baudran aurait dû s'envoler pour Acapulco avec un groupe de vingt personnes. Tout était prêt pour ce voyage qui rassemblait des gens huppés, commerçants aisés, membres de professions libérales, rentiers désœuvrés. Or, tous les autres cornacs de l'agence assuraient des missions loin de Paris.

Dès que Cat eut recouvré son sang-froid, il réunit dans son bureau l'état-major de l'entreprise, promu, pour employer une terminologie à la mode, cellule de crise. Après une heure de délibérations, au cours de laquelle filtrèrent à travers les cloisons des éclats de voix et des exclamations horrifiées, Gina apparut dans la salle où s'activaient les employés et se dirigea vers Cyril Loubin. Le jeune homme, aux prises avec le président d'un club de handicapés moteurs qui attendait de Chrysor l'organisation d'une descente du Nil en felouque, lui fit signe de patienter.

– Écourtez la conversation, ordonna la secrétaire. Le *boss* veut vous voir séance tenante.

Cyril prit néanmoins le temps de conclure l'affaire, car l'opération paraissait juteuse pour l'agence et pour lui-même, puisqu'il était maintenant intéressé aux ventes. C'est donc serein qu'il se rendit à la convocation du patron, sans soupçonner que sa destinée amorçait une surprenante bifurcation.

Derrière la porte capitonnée du sanctuaire patronal, il découvrit une sorte de tribunal et demeura figé sur le seuil, ne sachant quelle contenance adopter. Le fondé de pouvoir, les chefs de services, le marquis de Blanval et le conseiller juridique entouraient le bureau de M. Talbot. Cyril sentit peser sur lui des regards lourds où l'on pouvait lire, suivant les personnes, inquiétude, perplexité, ironie ou doute.

Il n'eut pas à s'interroger longtemps.

— Avez-vous un passeport en cours de validité ? Êtes-vous vacciné contre la fièvre jaune, la variole, le paludisme et tout le toutim ? lança Charles André.

— Mon passeport est sans doute périmé et je n'ai jamais été vacciné, sauf contre la variole, quand j'étais enfant, confessa Cyril, étonné.

— Bon Dieu, ça fout tout par terre ! s'écria Talbot.

— Mais non, je vais arranger ça, intervint vivement le fondé de pouvoir qui avait des relations à la préfecture de Police et un beau-frère gynécologue.

— Il faut que tout soit réglé demain matin, insista Cat.

Cyril subodora avec terreur ce qui le menaçait.

— Pourquoi devrais-je posséder un passeport en règle, monsieur, s'il vous plaît ? risqua-t-il timidement, pour obliger Talbot à préciser son propos.

— Bien sûr, j'aurais dû commencer par là, dit le patron, subitement radouci. Vous allez remplacer cette ordure de Walter sur Acapulco. L'avion part demain après-midi, vous aurez vingt pèlerins à cornaquer pendant une semaine. Une seule consigne, mais formelle : ramenez-les vivants !

Il ne s'agissait pas d'une proposition, qui eût été démarche courtoise, mais d'un ordre. Bien qu'abasourdi par une décision qu'il ne pouvait éluder, Cyril tint à prouver qu'il se souciait lui aussi de la bonne marche de l'entreprise.

— Et qui va me remplacer au téléphone, pendant mon absence, monsieur ? bredouilla-t-il.

— On va y mettre le môme qui tamponne les dépliants. Comment s'appelle-t-il, déjà ? grogna Talbot.

– Séraphin Minjard, souffla le fondé de pouvoir.

– Bon. Il bafouille l'anglais, paraît-il. En tout cas, faudra faire avec, en le surveillant de près, compléta Cat, adressant un regard au chef des ventes.

Cyril se dit que sa promotion subite au rang de cornac, sorte d'élite de la profession, allait peut-être faire le bonheur de Séraphin. Depuis des semaines, dans le sous-sol de l'agence, ancienne cave badigeonnée à la chaux, ce garçon appliquait des centaines de fois, chaque jour, le tampon de Chrysor sur les documents fournis à l'agence par les offices du tourisme du monde entier, les compagnies aériennes et maritimes, les stations balnéaires, climatiques ou thermales. La veille même, Séraphin Minjard, que le manque d'air et de soleil rendait pâle comme un moine cloîtré, avait montré à Cyril le durillon qui déformait son index.

– C'est le résultat du tamponnage à la chaîne, avait-il expliqué avant d'ajouter : quand je sors de mon antre éclairée au néon, l'aigle de Chrysor apparaît en surimpression sur tout ce que je regarde, que ce soit un film à la télé ou les fesses de ma petite amie !

Se souvenant de cet entretien, Loubin demanda une faveur.

– Puis-je annoncer moi-même à mon successeur son élévation… dans tous les sens du terme ? dit-il avec un sourire dont seul M. de Blanval apprécia la goguenardise.

– D'accord, mais essayez de mettre le même au courant du boulot sans perdre de temps, car le marquis va devoir vous expliquer, en quelques heures, ce qu'on attend d'un cornac, métier particulier, croyez-moi ! conclut M. Talbot avec un soupir qui en disait long sur ses craintes de voir Cyril Loubin compromettre, par son inexpérience, l'image de Chrysor.

Pour rassurer Charles André, dont la main tremblait encore en allumant le premier cigare de la matinée, Cyril attendit d'être seul avec le voyagiste.

– J'ai déjà été cornac, monsieur, pour chiens, pour vieilles dames, pour enfants, et je ferai tout pour que nos clients soient satisfaits, dit-il.

– Cela n'a rien de comparable avec ce qui vous attend. Mais vous êtes un brave cœur et je compte sur vous. Le général de Gaulle a écrit dans *le Fil de l'épée* : «L'action de guerre revêt essentiellement le caractère de la contingence»; sachez qu'il en est exactement de même de l'action touristique, cita Charles André en désignant d'un mouvement de tête le buste du héros dont, par volonté paternelle, il portait le premier prénom.

Le marquis de Blanval s'efforça de donner de l'assurance au nouveau cornac. Il commença par lui communiquer le pedigree des voyageurs dont il aurait la responsabilité pendant quelques jours, puis livra ses conseils.

– Sur place, vous trouverez notre correspondante mexicaine. Vous parlez un peu l'espagnol, elle y sera sensible. C'est un ancien professeur du lycée français, une femme sympathique et cultivée. Mais attendez-vous à devoir gérer l'imprévu. Son domaine, c'est culture et loisirs, pas l'intendance, laquelle ne doit pas suivre, comme l'a dit l'idole du *boss,* mais précéder. Surtout, gardez votre sang-froid, quoi qu'il arrive. Ne vous laissez pas influencer par ce que diront ou réclameront les clients. Ils vont certainement vous traiter comme un gamin, car tous ont au moins le double de votre âge. Il se pourrait même que certains s'adressent à vous comme à un larbin. Bloquez-les tout de suite, poliment mais fermement : vous représentez Chrysor, la première agence de tourisme culurel de Paris. Et pas de favoritisme. Vous pouvez aider une vieille dame ou un vieux monsieur à monter dans un bus, mais, avec les femmes plus jeunes, n'allez jamais au-delà de la courtoisie professionnelle. Pas de flirt qui puisse susciter des jalousies. Si vous êtes en manque de tendresse, faites appel aux ressources locales. Si un couple, ou des gens du groupe, vous invitent le soir à prendre un verre au bar, refusez. Ce serait pour exprimer des doléances, faire modifier le programme ou formuler des critiques, généralement calomnieuses, envers d'autres membres de l'expédition. Vous verrez très vite se constituer des sous-groupes, par affinités sociales ou intellectuelles, et en peu de temps tel ou tel voyageur acquérir un ascendant évident sur tous les autres. Cela vous confirmera que l'égalité, comme la fraternité, est une foutaise! Mais ne laissez personne gouverner le groupe à votre place. Pour vous défiler des invitations, vous pourrez toujours invoquer le travail administratif. Vous aurez en effet à rédiger chaque soir le rapport journalier et à tenir les comptes des frais imprévus que vous serez fatalement amené à engager : pourboires aux chauffeurs, aux loueurs de transats sur la plage, aux maîtres d'hôtel, aux femmes de chambre, surtout si votre groupe est bruyant comme le sont généralement les Français en voyage à l'étranger. En cas de pépin : le consul de France; en cas d'accident, la correspondante de l'agence a ses médecins et des relations dans cliniques et hôpitaux. Dites-vous bien que, quoi qu'il advienne, *the show must go on,* comme on dit au music-hall!

C'est à l'aéroport – où le groupe Chrysor dut patienter pendant que des électriciens essayaient de comprendre pourquoi l'appareil de projection de films du Boeing 747 ne fonctionnait pas – que Cyril Loubin fit la connaissance de ceux qu'il allait guider, conseiller, assister, avec qui il allait passer une semaine.

Le premier passager qu'il salua, propriétaire d'une sucrerie du Nord, se montra peu loquace. Rigide, Marcel Lecandy pinçait les narines comme s'il se fût trouvé là à son corps défendant. Il n'était qu'agacé par l'attitude de sa femme, une rousse minuscule qui dissimulait derrières des verres fumés ses yeux rougis par des larmes qu'elle tamponnait gauchement.

— Il en est toujours ainsi quand elle quitte ses cinq chats, expliqua, railleuse, l'inséparable et intime amie du couple, une célibataire revêche que Loubin soupçonna tout de suite d'être la maîtresse du mari.

Un sexagénaire lymphatique et discret, encombré d'un chevalet et d'un attirail de peintre, s'avança, flanqué d'une dame mélancolique qu'il présenta comme son épouse, ce que ne confirmèrent pas les passeports. Au-dessus de l'Atlantique, Cyril apprit plus tard d'une voyageuse, cliente habituelle de Chrysor, comme le faux ménage, que la dame avait toutes les raisons d'être triste.

— Elle joue *Back Street* depuis des années. Et cela, sans espoir, car ce barbouilleur du dimanche, qui se prend pour Gauguin, est un paresseux entretenu par une légitime très riche, dont il se soucie peu de divorcer. Heureusement pour la maîtresse, la légitime a peur en avion, rapporta la mauvaise langue, une petite boulotte sans grâce dont Loubin décida aussitôt de se méfier.

Plus sympathiques lui parurent la veuve récente d'un pharmacien et sa fille, myope blonde au visage constellé de taches de rousseur. Mince, gracieuse mais peu soignée, Magali, jeune biologiste, expliqua, sur le ton de la confidence, qu'elle emmenait sa mère en voyage pour la distraire de son chagrin.

Un grand gaillard, rougeaud et enjoué, le type même du boute-en-train redoutable, déjà vêtu d'un complet tropical «afin d'être à l'aise dès l'arrivée», négligea de se présenter, estimant être connu de tous. Bernard Navier, promoteur immobilier renommé, dont les mariages et les divorces à répétition fournissaient copie et clichés aux chroniqueurs, voyageait seul. Il proclama tout de suite son intention de prendre du bon temps.

– Un ami m'a donné l'adresse d'un night-club où l'on trouve les plus belles filles d'Acapulco, même de vraies Aztèques descendues des montagnes. Nous pourrons aller les voir ensemble, proposa-t-il chaleureusement au cornac.

Un grossiste en poisson, que tout le monde appelait capitaine, bien qu'il n'eût jamais navigué, sa femme et deux autres ménages de Concarneau constituaient une unité homogène. Ces trois couples de mareyeurs faisaient leur commun voyage annuel pour dépenser une cagnotte, produit des parties de cartes de toute une année bretonne. Cyril devina que ces bons vivants feraient bande à part et ne lui causeraient nul ennui.

Moins exubérant se révéla un trio composé des parents et d'une gamine de treize ans et demi qui répondait au joli prénom de Sandrine. Le père, comme la mère, portait sur sa progéniture des regards aussi admiratifs qu'attendris. L'avion n'avait pas décollé que Cyril savait déjà que la fillette avait passé son baccalauréat avec dispense, «vu son âge», et mention très bien, ce qui avait «époustouflé le corps professoral». Elle voulait «faire» Polytechnique. Le voyage à Acapulco constituait sa récompense, car elle s'intéressait depuis longtemps, confia le père, aux spéculations mathématiques des Mayas.

Participaient encore au voyage un Oriental ventru, plein de faconde, généreux et serviable. Sa compagne, trop élégante, trop blonde, engrumelée de bijoux, avançait, précédée d'un buste impressionnant. Chaque inspiration un peu forte faisait bâiller son chemisier qu'elle s'empressait de clore avec une feinte confusion.

Pendant son premier vol transatlantique, Cyril Loubin n'eut pas souvent loisir de s'interroger sur la sécurité ou le confort de l'appareil. Les clients de Chrysor, gens aisés et pour la plupart habitués aux vols longs courriers, ne lui laissèrent que peu de répit. Ceux qui ne réclamaient pas d'ultimes précisions sur le programme du séjour, le confort de l'hôtel, la qualité de la nourriture, tenaient à savoir si l'on devait s'habiller pour dîner, si l'on disposerait d'un coffre à bijoux, quelle serait la température de l'eau, combien de pesos il convient de jeter aux mendiants, etc. Les touristes qui connaissaient le Mexique conseillaient aux autres de ne boire que de l'eau minérale ou des boissons cachetées, de s'abstenir de manger des crudités, d'éplucher soigneusement les fruits et même de se laver les dents au whisky s'ils ne disposaient pas de granulés purificateurs pour l'eau des lavabos.

À l'aéroport de Mexico, Cyril égara un moment le promoteur immobilier. Tandis que les limousines attendaient pour acheminer les touristes haut de gamme vers leur destination finale, le gai luron contait fleurette à une hôtesse allemande.

Grâce à la correspondante de l'agence, sérieuse et ordonnée, l'installation dans un palace – dont l'architecture, caricature bétonnière d'une pyramide précolombienne, impressionna le promoteur français – ne suscita aucune récrimination.

Tandis que ses ouailles se remettaient du décalage horaire, Cyril tint à faire un repérage des alentours de l'hôtel, comme le lui avait conseillé M. de Blanval.

Acapulco, cité au nom magique, l'avait longtemps fait rêver, comme Veracruz, Valparaiso ou Samarcande. Or, entre plages dorées et montagnes bleues, il ne découvrit, posé sur le sable, qu'un alignement de longues bâtisses de vingt étages, percées d'alvéoles ouvertes sur la baie. Ce mur du Pacifique fait d'hôtels remplis par les agences de voyages, le plus souvent américaines, abritait des restaurants – où l'on servait les mêmes hamburgers qu'à New York, accompagnés des mêmes frites arrosées du même ketchup et suivis de l'*apple pie* brevetée – et des dancings réservés aux résidents. De l'heure du cocktail à l'aube, des orchestres de mariachis se relayaient pour animer des nuits mexicaines qui eussent endormi Zapata, de qui chaque hôtel possédait une relique, montre, ceinturon, tromblon ou chapeau – ces souvenirs, dont la source paraissait inépuisable, étant naturellement disponibles à la réception !

Les membres du groupe Chrysor n'attendaient d'Acapulco que les plaisirs et sports de la plage, coupés de quelques excursions culturelles dans l'arrière-pays. Si les voyageurs, entre deux baignades dans les eaux tièdes du Pacifique, somnolèrent pendant une conférence rappelant l'épopée de Cortés venu convertir quelques Indiens au christianisme et tuer les autres, tous se passionnèrent, en revanche, pour une attraction nocturne, célèbre dans toute la province de Guerrero. Avec émotion ou curiosité, ils virent des Indiens plonger, à partir d'une terrasse à flanc de montagne, dans une minuscule crique située quarante mètres plus bas. Cernée de rocs aux dents aiguës, cette piscine naturelle constituait un piège mortel. En s'y jetant à la lueur des torches, des hommes risquaient chaque nuit leur vie pour gagner celle de leur famille. Les applaudissements des étrangers, venus là comme on va au cirque pour voir le lion dévorer le dompteur, laissaient les plongeurs indifférents. Seuls comptaient les pesos récoltés après l'exploit. Cyril et la biologiste myope commentaient ce numéro, que tous deux trouvaient inhumain, quand Sandrine, la surdouée, se saisissant du chapeau de son père, se mit spontanément à quêter parmi les spectateurs. Avec assurance, parfois avec une insistance polie, la fillette, plus grave que souriante, sollicita les couples qui, déjà, se dirigeaient vers la piste de danse. Avant de tendre le couvre-chef à l'homme nu et ruisselant qui remontait de l'abîme, elle y versa son argent de poche, puis se détourna en essuyant une larme.

– On peut être forte en thème et avoir du cœur, constata le capitaine de Concarneau qui, comme ses amis beloteurs, s'était montré généreux.

– Faites donc danser Magali, j'ai peur qu'elle ne s'ennuie, dit la veuve du pharmacien à l'oreille de Loubin.

Cyril estima que faire danser une jeune fille sans cavalier entrait dans ses attributions. Il entraîna donc Magali dans un paso doble avec l'affabilité et la décence d'un cornac rompu aux mondanités imposées.

17.

Nature anxieuse, Cyril Loubin dormit peu pendant ses premières nuits acapulciennes. Puis il se persuada que la profession de cornac, bien que grevée des responsabilités d'un moniteur de colonie de vacances, offre aussi des avantages.

Sans Chrysor et la défection soudaine du premier guide de l'agence, il n'aurait jamais flâné sur la plage la plus courue d'Amérique centrale ni séjourné dans un caravansérail de béton à cinq étoiles, baptisé palace par les voyagistes internationaux. «Quoi que me réserve l'avenir, j'aurai connu des moments de nabab», se disait Cyril.

Seuls quelques couples participaient aux rares excursions culturelles, mais Loubin trouvait rassurant que les Français, au contraire des Américains, des Anglais et des Belges, ne pratiquent pas exclusivement la baignade rituelle, le bronzage scientifique, les longues siestes.

Si quelques Chrysoriens, tel saint Laurent condamné au gril, pratiquaient le *recto verso* du matin au soir sur leur natte, au risque de voir s'évaporer leurs dernières cellules grises, la plupart des ouailles de Cyril s'adonnaient à des activités plus viriles. Les Concarnois, abandonnant le gin-rummy, avaient loué un *cabin cruiser* et son capitaine pour pratiquer, au large, la pêche au gros. Il y avait chez ces Bretons un peu de l'Hemingway du *Vieil Homme et la mer*. Ils embarquaient tôt le matin, avec victuailles et boissons, espérant rapporter au bout de leur ligne un espadon géant. Ce n'est qu'à la fin du séjour qu'ils purent être filmés en compagnie de leur unique prise, un vieux marlin à la peau tavelée. Cyril entendit le capitaine mexicain commenter en espagnol, pour un autre marin, cette pêche miraculeuse.

– Ce poisson de ma connaissance était las de nager. Il n'attendait que l'hameçon d'un touriste pour en finir avec la vie, mon ami.

D'autres membres du groupe s'exerçaient, avec plus ou moins de style, au ski nautique, tandis que, préférant le gazon au sable, les golfeurs passaient leurs journées sur les *greens* dont l'accès était compris dans le forfait. Les plus timorés baigneurs, redoutant la rencontre d'un requin ou d'un banc de barracudas, fuyaient les eaux émeraude du Pacifique pour celles, chlorées, d'une piscine hollywoodienne.

Chaque soir, le cornac retrouvait les dames de son groupe, parées telles les favorites de l'empereur Moctezuma. Pour faire haute société locale, elles exhibaient de riches paréos, des maquillages aztèques à base d'huile de nacre, des architectures capillaires pyramidales élevées par le coiffeur de l'hôtel, un authentique Indien Otomis. À cette heure-là, gaines et soutiens-gorge restituaient aux sexagénaires une plastique et un sex-appeal restructurés. Allant de l'une à l'autre, Cyril avait du mal à reconnaître dans ces femmes élégantes et gracieuses les dénudées aux chairs fanées de la plage. «Comme quoi, pensait-il, se souvenant de Mélanie et de son aventure tourangelle, si les jeunes filles sont plus attirantes nues qu'habillées, les femmes d'un certain âge ont plus de charme vêtues qu'à poil.»

Le shopping hôtelier ne livrait à la convoitise des résidents que les sacs à main d'un sellier parisien habilleur de chevaux, la lingerie coquine de la Fifth Avenue, les bijoux de la rue de la Paix, de New Bond Street ou de Tiffany, les montres genevoises, les parfums dont on respire les effluves numérotées à Paris, à Rome, à New York, à Gstaad, à Sydney et même, depuis peu, à Moscou.

La plage, en revanche, accueillait le commerce indigène pratiqué à la sauvette. Des gamins délurés, parlant vingt mots de chaque langue occidentale, sachant compter en dollars comme en livres sterling, en francs suisses comme en *deutsche Mark,* imbattables en calcul mental quand il s'agissait de convertir des devises étrangères en pesos dont le taux de change variait dix fois dans l'heure suivant l'apparence du client, brandissaient, sous le nez des allongés, bracelets et bagues d'argent ornés de douteuses turquoises, chapeaux de paille, paniers, iguanes empaillés, hippocampes secs, Vierges de la Guadalupe sculptées dans une noix de coco.

Aux blasés qui méprisaient les babioles folkloriques et que repéraient avec un flair infaillible les petits Mexicains, on montrait furtivement des objets de fouilles, butin supposé des pilleurs de sites archéologiques. Sortait parfois des haillons une statuette en lave basaltique représentant le dieu Quetzalcoatl. Garantie très ancienne et authentique par le fils de celui qui l'avait sculptée la veille, elle était négociée avec discrétion. La pauvreté les ayant rendus comédiens, les petits vendeurs faisaient mine de se cacher des policiers qui les rançonnaient. Ils jetaient alentour des regards terrorisés, dissimulaient la pièce rare à l'approche du moindre quidam, expliquant qu'il fallait conclure au plus vite. Le plagiste qui avait, lui aussi, part aux bénéfices, chuchotait à l'oreille des touristes que l'exportation des œuvres d'art étant illicite, les petits marchands miséreux encouraient des années de prison. Apitoyés, les étrangers écourtaient la durée du marchandage et payaient au prix fort des objets qui ne valaient que leur poids de lave ou de glaise rouge, ainsi qu'il fut démontré.

Le père de la petite surdouée ayant acquis, pour vingt-cinq dollars, une terre cuite représentant un matou zapotèque, «pièce unique enlevée au temple d'Oaxaca», se vit offrir, deux jours plus tard, une réplique très exacte, parce que sortie du même moule, de la pièce réputée unique et digne du musée de Mexico.

Cyril Loubin voyait avec soulagement arriver la fin du séjour, satisfait de n'avoir eu à régler qu'un litige entre M. Navier et le concierge de l'hôtel. L'homme aux clefs d'or avait refusé de laisser monter dans la chambre du Français la belle métis rencontrée dans une boîte de nuit. Le cerbère policé disposait, comme la plupart de ses confrères, d'un réseau de demoiselles toujours prêtes à tenir compagnie, jusqu'au petit déjeuner, aux messieurs seuls. L'introduction dans l'hôtel d'une courtisane constituait donc une concurrence déloyale. Jouant les citoyens vertueux, le concierge s'était fait, pendant trois minutes, l'ardent défenseur de la moralité mexicaine. Un billet de dix dollars avait fait taire ses scrupules et le client de Chrysor avait pu passer la nuit avec sa conquête. Un seul souci, d'ordre sémantique, agitait Loubin : sous quelle rubrique et en quels termes justifierait-il cette obole à un proxénète?

Il s'interrogeait encore quand, un matin, une délégation de ses ouailles vint le trouver pendant qu'il prenait le petit déjeuner sur la terrasse de l'hôtel en laissant errer son regard sur la baie où l'on disputait une régate. L'eau bleue, le ballet

304

des voiliers, la chaude morsure du soleil, la bonne odeur du café et des toasts, le pépiement des oiseaux auxquels il jetait des miettes : tout concourait à faire de ce moment une pause heureuse. Aussi fut-ce sans plaisir qu'il accepta l'interruption.

Le sucrier Lecandy, comme toujours encadré par sa minuscule épouse et sa plantureuse maîtresse, exposa aussitôt la situation.

– Vous ignorez sans doute ce qui se prépare, commença-t-il.

Il y avait dans le ton une nuance de reproche, comme s'il était patent qu'un cornac ignore tout de la vie du groupe dont il est responsable.

– Que se prépare-t-il ? Une mutinerie ? lança gaiement Cyril dont rien, ce matin-là, ne pouvait entamer la belle humeur.

– Pire que ça ! La femme, enfin la personne qui accompagne M. Verdet, le peintre, a décidé de rapporter en France un tatou vivant ! déclama, tragédienne, la commère qui, dans l'avion, avait révélé à Cyril l'existence du faux ménage.

– Oui, monsieur, cette dame s'est procuré un énorme *armadillo*, comme ils disent ici. Il est dans sa chambre depuis deux jours. Elle a acheté un grand panier et pense le passer en fraude. Nous ne voulons pas de ça dans l'avion, compléta l'amie du malaxeur de betteraves.

– D'autant plus que cet animal, plus gros qu'un lapin et qui semble fait de plaques d'aluminium, pue comme un putois, renchérit une dame.

– Il peut mordre et nous infecter, déclara, péremptoire, Marcel Lecandy.

– Le *nine-banded armadillo,* qui vient de la cordillère des Andes, fait partie de la famille des édentés. Il ne peut donc pas mordre, monsieur. Il se nourrit de baies, de plantes, d'herbes, d'insectes, parfois de serpents. Ce n'est pas un mammifère dangereux, assura Magali, la biologiste, venant au secours du cornac.

Loubin promit de convaincre l'amie du peintre de rendre la liberté au tatou. Après cette intervention, le café lui parut amer et les brioches cotonneuses. Ces gens avaient gâché son petit déjeuner. Comme Magali s'attardait, il l'invita à prendre un jus d'ananas.

Depuis le départ de Paris, cette jeune fille très réservée ne quittait guère sa mère. À la mise modeste des deux femmes et au peu de dépenses qu'elles faisaient, Cyril avait deviné que leurs ressources devaient être limitées, en tout cas très inférieures à celles des autres membres de l'expédition, qui semblaient avoir l'argent facile.

– Voulez-vous que je me charge de dissuader cette dame d'emporter son tatou en France? demanda Magali.

– L'autorité scientifique dont vous avez fait preuve tout à l'heure peut être utile, en effet, reconnut Loubin.

– Au CNRS, je travaille à l'étude des influences climatologiques sur les réflexes sexuels des mammifères tropicaux. L'*armadillo* en fait partie et je sais qu'il ne survivra pas au voyage en avion. Sans compter qu'à l'arrivée, vous pourriez avoir des ennuis avec les services vétérinaires. L'importation du *nine-banded armadillo* est interdite en France, ajouta-t-elle.

Cyril accepta le concours si gentiment proposé. Comme la médiation fut couronnée de succès, il fit déposer le soir même une orchidée dans la chambre que Magali partageait avec sa maman. Après le dîner, oubliant les recommandations du marquis de Blanval, il invita la jeune fille et sa mère à prendre un verre au bar de l'hôtel avant d'entraîner Magali seule jusqu'au night-club où ils dansèrent.

— Je ne méritais pas une aussi belle fleur, monsieur. La dame au tatou s'est facilement rendue à mes raisons et m'a autorisée à libérer l'animal. Je l'ai lâché dans le jardin derrière l'hôtel, expliqua Magali au cours d'un slow.

— Je vous suis très reconnaissant de ce geste. Je dois vous avouer que c'est la première fois que j'avais à résoudre un tel cas, mademoiselle. Je dois même vous avouer, mais ne le répétez pas, que c'est aussi la première fois que j'accompagne un groupe de touristes, confessa Cyril.

— Je vous assure qu'on ne s'en doute pas. Vous avez choisi un métier intéressant.

— En fait, je n'ai pas choisi. Je fais ça pour gagner ma vie. Ma vocation est ailleurs…

— Ah! Et que souhaitez-vous faire?

— Je voulais être gardien de phare… mais il n'y a plus de phare à garder. Tout est automatisé ou presque, soupira-t-il en invitant la jeune fille à s'asseoir.

Lancé sur le sujet qui lui tenait à cœur, certain de s'adresser à une personne intelligente et sensible, Cyril Loubin, comme toujours ému quand il évoquait son rêve inaccessible, commença à développer le thème de la solitude, de la contemplation de la mer, de la mission sacrée du veilleur des lumières qui guident les navires aux abords des côtes, au milieu des récifs ou des bans de sable.

— En somme, la vestale qui prévient les naufrages, dit Magali.

— Si vous voulez, concéda Loubin.

Elle remonta ses lunettes sur le nez, qu'elle avait assez long, et dit comprendre une telle vocation.

— En somme, vous êtes un misanthrope. Ce que vous voulez, c'est vivre à l'écart de vos semblables. Mais, comme vous êtes civiquement scrupuleux, il vous faut un prétexte, mieux : un alibi. Vous avez trouvé l'isolement du gardien de phare, c'est génial ! dit-elle avec un sourire qu'un connaisseur en mimiques féminines eût trouvé moqueur.

Comme Loubin lui proposait une nouvelle danse, elle consulta sa montre et parut ennuyée en découvrant qu'il était minuit passé.

– Maman va s'inquiéter. Je dois la rejoindre. Excusez-moi et merci pour ce bon moment et… ces confidences, conclut-elle avant de disparaître.

Cyril regretta son départ. Elle n'était pas jolie, Magali, du genre sainte Agathe côté corsage, épaules pointues et cuisses maigres, peu soignée de sa personne, mais il émanait d'elle une sorte de résignation attendrissante, due peut-être à sa myopie. Il aurait voulu voir ses yeux sans ses affreuses lunettes modèle Sécurité sociale, car la plage lui avait révélé tout le reste. Mais c'était une demoiselle sérieuse qui ne flirtait pas. «Déjà vieille fille savante, du genre de celles qui deviennent parfois des Marie Curie», estima-t-il.

Il regagna sa chambre et se mit au lit avec les mémoires apocryphes d'Emiliano Zapata, qui le conduisirent bientôt au sommeil.

L'aube radieuse du dernier matin filtrait à travers les doubles rideaux quand de petits cris aigus et des gémissements, qui n'avaient rien de douloureux, tirèrent Cyril d'une bienheureuse inconscience. Il tendit l'oreille, car les bruits révélateurs venaient de la chambre voisine, occupée par le joyeux promoteur immobilier dont les ébats avec une entraîneuse avaient déjà coûté dix dollars à Chrysor.

«Il est infatigable, ce type ! Est-ce la même ou une autre ?» se demanda le jeune homme. Mû par une curiosité déplacée, mais qu'il jugea de sa part professionnelle, il attendit que les ébats eussent pris fin, se leva, entrouvrit sa porte et guetta le moment où s'ouvrirait celle du voisin.

Il n'eut pas longtemps à attendre et retint une exclamation de surprise en voyant Magali quitter, sur la pointe de ses pieds nus et en nuisette vert Nil, la chambre du lovelace. « Ça alors! Ça alors! Ça alors! » répéta-t-il par trois fois pour vaincre son incrédulité.

En se rasant, il aboutit à trois conclusions. Premièrement : les saintes-nitouches existent encore de nos jours. Deuxièmement : Don Juan fait feu de tout bois. Troisièmement : un Loubin ne comprendra jamais rien aux femmes!

C'est au cours de la dernière séance de plage qu'intervint un événement qui devait compter dans la vie de l'apprenti cornac. Depuis quelques jours, Mme Lecandy paraissait triste, fuyait dès la fin des repas la compagnie de son mari et de leur amie commune.

Attentif au moral de sa troupe, Cyril l'approcha.

– Vous devez être contente de rentrer en France pour retrouver vos gentils minets, dit-il du ton un peu niais dont on use avec les enfants.

– Ils se sont bien passés de moi, allez! D'ailleurs, je suis une personne dont on se passe facilement, les chats comme les autres, répliqua-t-elle, amère.

Un peu décontenancé, Cyril crut prudent de dévier la conversation.

– Que pensez-vous de votre séjour? Êtes-vous satisfaite de l'hôtel, de la nourriture, du service, des distractions? Demain, je distribuerai dans l'avion du retour des questionnaires plus détaillés pour connaître l'appréciation des membres du groupe.

– Oh, tout est bien. Je n'ai à me plaindre de rien en ce qui concerne le voyage et le séjour. Ni non plus de vos très courtois services. D'ailleurs, nous sommes des fidèles de Chrysor, monsieur. Nous avons souvent voyagé avec, pour guide, M. Walter Baudran. Une personnalité très différente de la vôtre. Mais vous l'avez fort bien remplacé, conclut la dame, enfin souriante.

Cyril s'inclina et s'éloigna. Il n'avait pas fait trois pas que Thérèse Lecandy le rejoignit.

– Savez-vous de quoi j'ai envie ce matin, avant de quitter Acapulco?

– Dites, nous devons satisfaire toutes vos envies, c'est la règle de Chrysor, madame.

– Eh bien, je voudrais faire un tour en parachute ascensionnel. Ce doit être grisant de survoler la baie, suspendue entre le ciel et l'eau. On doit avoir une vue superbe. Mais n'est-ce pas dangereux?

– Du tout! Le parachute s'élève de lui-même, doucement, quand le canot qui le tire avance. Et, quand le canot s'arrête, le parachute redescend. Vous voyez toute la journée des gens s'amuser à ce jeu.

– Arrangez-moi ça, je vous prie. J'ai envie de voler. D'oublier un instant la Terre et les terriens.

Imaginant une fêlure dans le ménage à trois, Cyril s'empressa de demander aux pilotes du Chris-Craft qui tirait le parachute ascensionnel une prestation pour sa cliente.

– C'est l'invention d'un ingénieur français, se plut à rappeler le marin mexicain avant d'expliquer le fonctionnement de l'appareil.

– L'air s'emmagasine sous la coupole de toile, d'où il est éjecté, vers l'arrière et vers le bas, par des orifices qui garantissent en l'air la stabilité, madame. Tant que nous le remorquons, le parachute se comporte comme un cerf-volant, puis, dès que nous revenons vers la plage et cessons le remorquage, il redevient un parachute conventionnel et descend doucement pour vous déposer sur le sable. Donc, rien à craindre, nous ne vous lâchons pas et, à l'arrivée, l'un de nous est sur la plage pour vous recevoir dans ses bras, conclut le beau garçon musculeux au teint cuivré en découvrant une denture d'une parfaite blancheur.

Cinq minutes plus tard, l'épouse du marchand de sucre s'élevait dans l'air, en maillot de bain, non sans avoir poussé quelques gloussements craintifs. Tous les membres du groupe présents sur la plage et détenteurs d'un Caméscope filmèrent l'ascension. Quand le cerf-volant eut atteint son point de culmination, une centaine de mètres, le canot amorça le tour de la baie afin que la voltigeuse puisse jouir au mieux du spectacle, lequel, vu d'en haut, se résumait, entre mer et bidonvilles, à une série de longs parallélépipèdes de béton surmontés des enseignes qui coloraient de néon les nuits acapulciennes.

– Cette petite dame est vraiment courageuse, observa la maman de Magali.

– Point n'est besoin de courage pour ce genre de parachutisme. Sauter de quinze mille mètres en chute libre, tomber à la vitesse de cinq mètres à la seconde procure d'autres émotions, croyez-moi, répliqua un Concarnois, ancien des commandos aéroportés.

Quant au sucrier, apparu sur la plage avec l'inséparable amie alors que sa femme était déjà en l'air, il fut stupéfait d'apprendre que la personne dont on suivait les évolutions aériennes était son épouse.

– Qu'est-ce qui lui a pris ? Elle a le vertige en montant sur un escabeau et la voilà suspendue à un morceau de toile ? Ça alors, je n'aurais jamais cru ma femme capable d'une telle audace ! s'étonna-t-il.

– Que voulez-vous, elle a besoin de prendre de la hauteur, comme elle dit souvent. Pour elle, tout ce qui est terrestre est mesquin… sauf les chats ! lança la rivale.

Tandis que diminuait l'intérêt pour une exhibition cent fois renouvelée et qu'au loin, au-dessus de l'eau, Mme Lecandy se balançait au milieu des mouettes, Cyril se rapprocha de la mère de Magali.

– Je n'ai pas encore vu votre fille, ce matin.

– Elle dort. Elle est exténuée. Elle m'a dit que vous avez dansé jusqu'à des heures impossibles, cette nuit. J'en suis bien contente et vous en remercie, car ma pauvre Magali n'a pas beaucoup de distractions. Je lui dis souvent : «Magali, tu es trop sérieuse, amuse-toi un peu, profite de ta jeunesse !»

Cyril accepta les remerciements tandis qu'à l'autre bout de la plage le promoteur immobilier, qui aurait pu donner une autre explication de la lassitude de Magali, lutinait la marchande de sorbets, petit pruneau souriant et peu farouche.

Chacun vaquait à ses loisirs quand, soudain, un cri d'effroi fit se tourner toutes les têtes. Dressée sur la pointe des pieds, cambrée telle une figure de proue, l'Orientale dont le buste marmoréen constituait une attraction érotique pour les baigneurs autochtones désignait le ciel de la main.

– Regardez, regardez : la dame s'envole ! Ils l'ont lâchée. Oh, mon Dieu ! Comment va-t-elle redescendre, maintenant ?

Voyant revenir le canot vers la plage tandis que le cerf-volant-parachute s'éloignait de la côte en prenant de l'altitude, Cyril eut la sensation que ses veines temporales allaient éclater. De fait, sa cliente s'envolait.

Du groupe rassemblé au bord de l'eau montaient des exclamations et des murmures angoissés. À peine débarqués, le pilote du Chris-Craft et son acolyte furent interpellés.

– Comment se fait-il que vous ayez lâché le filin ? Bon sang ! C'est du propre ! lança le capitaine concarnois, soutenu par ses amis.

– Il faut faire quelque chose ! Prévenir la police, dit l'un.

– Envoyer un hélicoptère pour la récupérer ! proposa l'autre.

– Regardez, elle monte, elle s'éloigne, reprit la femme qui avait donné l'alerte.

– Et, comme elle ne doit pas peser plus de quarante kilos, elle n'est pas près de redescendre, murmura le plagiste.

– Partie comme ça, si elle choppe un *jet stream,* elle peut traverser le Pacifique et atterrir au Japon, pronostiqua Bernard Navier qui venait de fixer rendez-vous à l'heure de la sieste à la marchande de sorbets.

– À moins qu'elle ne tombe dans la dépression des îles Hawaii, émit M. Verdet, le peintre.

Recouvrant son sang-froid, Loubin fendit la foule hargneuse qui entourait les Mexicains. Le pilote basané avait pâli d'un ton et ne montrait plus ses dents blanches. L'homme qui, une demi-heure plus tôt, aurait pu doubler James Bond et s'exprimait avec aisance en anglais et en français, ne connaissait plus que l'espagnol, ce qui aggravait son cas face aux amis de la voltigeuse. Cyril, lui, pouvait le comprendre. Faisant taire avec autorité les braillards, il apprit que, sur un coup de vent inattendu, le filin reliant le parachute au canot s'était brusquement tendu et avait arraché le gros anneau de métal, pourtant fixé par des vis au bordage du bateau.

— Regardez, même le bois a été arraché, expliqua l'homme en montrant à Loubin un trou cerné d'échardes dans le teck vernissé.

Pendant cet entretien, une patrouille de police se présenta.

— Sûr qu'ils vont me mettre en prison en attendant de comprendre ce qui s'est passé. Et si je paie pas, ils m'enlèveront ma licence, grogna le pilote, plus ennuyé par le risque encouru que par le largage de l'étrangère.

Le sergent qui commandait la patrouille comprit tout de suite, devant la colère des touristes, qu'il devait faire preuve d'initiative.

— Je vais alerter nos tireurs d'élite. Ils disposent de fusils américains à longue portée. Ils suivront à bord du canot la dame qui est en l'air, et, quand ils seront en bonne posture, ils tireront pour crever le parachute et la dame tombera à la mer. On la repêchera. C'est tout ce qu'on peut faire, assura-t-il, catégorique.

— Ils ne vont tout de même pas tirer cette pauvre femme comme un canard! Ils risquent de la tuer! s'insurgea l'athlétique Navier.

— Alors, que faire? demanda Cyril, de plus en plus inquiet.

— D'abord, ne pas la perdre de vue, dit le capitaine de Concarneau qui, muni de ses jumelles, suivait les évolutions de Mme Lecandy.

— Ensuite, mettre à la mer toutes les embarcations disponibles et la suivre pour la recueillir si elle tombe à l'eau quand le parachute remplira son office, compléta un autre Breton.

– Mais, au fait, où est son mari ? Il faut le prévenir ! dit la mère de Magali.

Le plagiste prit sa course vers la piscine de l'hôtel et, quelques minutes plus tard, le sucrier, rejoignant le groupe, fut informé de l'évasion aérienne de son épouse. Il demeura un instant sans voix, puis, mis au courant de la proposition des policiers, approuva sans hésiter l'intervention des tireurs d'élite.

– Thérèse comprendra qu'entre deux dangers, nous ayons choisi le moindre – n'est-ce pas, mon amie ? demanda-t-il à l'amie du couple.

– Certes, mon ami. La laisser disparaître au gré des vents serait bien coupable, approuva, doucereuse, la rivale de l'envolée.

Déjà, plusieurs canots automobiles filaient dans un jaillissement d'écume à travers la baie. Le sucrier prit place dans le dernier bateau, abandonnant sur la rive la concubine dont Cyril trouva le sourire aussi inconvenant que celui de la sorcière de Blanche-Neige offrant la pomme empoisonnée.

En attendant l'arrivée des tireurs d'élite de la police, la foule suivait les allées et venues de la parachutiste. «Holà!», «Juste ciel!», «Miséricorde!» et autres interjections horrifiées montaient de la plage quand un courant éloignait la naufragée des airs.

«Elle revient!», «À la bonne heure!», «Chance!», «Neptune est avec elle!», s'écriaient les mêmes quand le cerf-volant se rapprochait.

– À midi, le vent tourne. Sûr qu'elle va revenir vers nous, assura le plagiste.

Contrairement à la plupart de celles des spécialistes salariés, la prévision météorologique du Mexicain se révéla exacte et l'on vit soudain le parachute se diriger bon train vers la plage en perdant de l'altitude. À deux cents mètres du rivage, il plafonnait à cinquante mètres au-dessus des vagues ; à cent mètres, on vit distinctement gesticuler la trop légère épouse du sucrier que la foule encouragea.

«Continuez !», «Tenez bon !», «N'ayez pas peur !», «Laissez-vous aller !», criaient les gens.

– Tirez en arrière sur les suspentes, nom de Dieu ! hurlait l'ancien para breton.

Cyril comprit le nouveau danger qui guettait sa cliente quand il vit le parachute, rasant les flots, se diriger vers la façade de l'hôtel.

– Elle va se fracasser la tête sur les terrasses, prévint le promoteur immobilier.

– Et ce bon sang de bout qui pend est encore trop haut pour qu'on l'attrappe, lança un marin concarnois.

C'est alors que le sang des Loubin se manifesta chez Cyril avec une irrésistible détermination.

– Vous, venez avec moi ! ordonna-t-il à Bernard Navier. Prenez-moi sur vos épaules et courez. Il faut saisir le câble et immobiliser le parachute avant qu'il n'atteigne les bâtiments !

Le promoteur obtempéra sans discuter et l'on vit, spectacle inhabituel sur cette plage huppée, un gaillard d'un mètre quatre-vingt-dix, chevauché par un grand garçon malingre, trotter à la rencontre d'un parachute qui glissait de plus en plus vite vers la plage d'Acapulco.

– Ne vous cramponnez pas à mes cheveux, mon vieux, j'ai une moumoute, souffla la monture.

– Au dernier moment, je vais grimper tout droit sur vos épaules. J'ai fait la pyramide, au collège. Tenez-moi bien. Il faut que je me dresse juste le temps d'attraper la corde.

– *O.K.*, souffla le promoteur en serrant à pleines mains les mollets de Cyril.

Ce jour là, Nuestra Señora de la Guadalupe protégea le tourisme acapulcien dont la saison eût été compromise si l'épouse d'un riche sucrier du nord de la France s'était abîmée contre le béton hôtelier.

Dressé sur les larges épaules du brave Navier, tel un équilibriste de cirque, Cyril Loubin, dans un suprême élan, saisit l'anneau arraché au Chris-Craft, qui, par bonheur, lestait le filin. Il s'y suspendit tandis que son porteur, le laissant choir, se saisissait de la corde et obligeait le parachute à s'abattre sur le sable où s'étala la dame aux chats, défaillante mais indemne.

Des hourras, vivats et bravos couronnèrent cet exploit. Quand les tireurs d'élite arrivèrent, toutes sirènes hurlantes, ils trouvèrent les membres de Chrysor, plus de nombreux pique-assiette indigènes qui avaient suivi cette nouvelle odyssée de l'espace, occupés à sabler le champagne offert par Lecandy sur les terrasses de l'hôtel.

Devançant le mari, assez peu empressé auprès de son épouse, Bernard Navier avait ramassé Thérèse Lecandy comme un fétu de paille pour l'étendre sur un matelas où elle avait bientôt repris ses esprits. Il posa longuement sur la dame au sourire reconnaissant le tendre regard du loup prêt à croquer le petit chaperon rouge, puis il prit Cyril à part :

– Cette minifemme, qui semble de verre filé vénitien, a cependant tout ce qu'il faut là où il faut, et c'est ferme ! Un vrai Tanagra !

– Un peu fragile pour vous ! ironisa Loubin.

– Vous apprendrez, mon vieux, qu'au lit il n'y a que deux sortes de femmes stimulantes : les armoires normandes et les fouets à battre les œufs! Et, à mon avis, M. Loubin, notre rescapée est un mixer qui s'ignore, souffla-t-il avec un clin d'œil grivois.

Cyril admit la classification et le pronostic, imaginant déjà l'épouse humiliée, consolée et comblée par le promoteur immobilier. Veiller au respect de la fidélité conjugale ne relevant pas de ses attributions, il regagna sa chambre, fourbu mais satisfait.

«Une seule consigne : ramenez-les vivants!» avait exigé Charles André Talbot. Le cornac avait rempli son contrat.

18.

Les échos de l'affaire d'Acapulco avaient précédé Cyril Loubin à Paris. Dès son retour, cadres et employés de l'agence, informés par la correspondante mexicaine de Chrysor, l'accueillirent tel un nouveau *superman*, sauveur de la civilisation des loisirs. Le marquis de Blanval fut le plus chaleureux, et même un peu ému par la conduite de celui qu'il considérait comme son élève. Charles André Talbot se montra plus mesuré dans ses compliments :

– Vous avez eu la chance de tirer la stupide épouse d'un de nos bons clients de la situation où elle s'était fourrée. C'est bien, mais c'était aussi votre devoir.

– C'est dans cet esprit que j'ai agi, monsieur, dit Cyril avec une pointe d'aigreur.

– Bien sûr, mais, à l'avenir, vous devrez mieux apprécier les capacités physiques de ceux et celles qui veulent pratiquer des activités sportives. En voyage, les gens surévaluent souvent, par inconscience ou pour paraître, leurs aptitudes et leurs forces. C'est aussi votre devoir de dissuader les faibles de prendre des risques. La chétive Mme Lecandy n'était certainement pas préparée à faire du parachutisme... même

319

ascensionnel! Enfin, tout est bien qui finit bien, conclut Cat sans autres considérations.

Si Loubin fut déçu, M. de Blanval fut outré. Le peu de cas que son employeur et ami Talbot faisait, avec désinvolture, du comportement intelligent et courageux de l'apprenti cornac lui parut inique.

— Toujours aussi rustaud, ce bougre! lança-t-il à l'adresse de Loubin en pénétrant en coup de vent dans le bureau patronal, dont il referma la porte avec fracas.

Cyril ne sut jamais ce que le marquis dit à Talbot, mais quand celui que tout le personnel considérait comme la conscience de l'entreprise réapparut, son courroux était retombé.

— Il vous attend, dit-il simplement à Cyril en désignant d'un signe de tête le bureau de Charles André Talbot.

Le patron avait déjà dominé sa confusion. Tout miel et tout sourire, il invita Loubin à s'asseoir, civilité exceptionnelle.

— Le marquis vient d'attirer mon attention sur les problèmes que pose l'absence définitive de Baudran. Puisque vous avez fait vos preuves à Acapulco, je vais vous titulariser. Vos émoluments augmentent de mille cinq cents francs par mois, ce qui vous met au tarif des guides sans diplôme de l'Institut du tourisme et sans ancienneté. Ça vous va?

— Je vous remercie, monsieur.

— Vous accompagnerez donc le prochain circuit des châteaux de Louis II de Bavière. Une balade tranquille, avec des gens motivés. Un historien, académicien de surcroît, sera le guide-conférencier. Veillez à ce qu'il ne manque de rien et qu'une majorité de pèlerins suive ses conférences. Ce type nous coûte cher. Mais, pour raconter *in situ* l'histoire du roi fou, un érudit titré est indispensable. Départ après-demain. En attendant, mettez-vous au téléphone, le temps que je trouve quelqu'un. Pendant votre absence, ce minus de Séraphin a été enlevé par la sœur d'un maharadjah.

– Non ? Enlevé, ce garçon de dix-sept ans ! C'est presque un détournement de mineur, s'étonna Cyril que l'annonce d'une substantielle augmentation de salaire rendait badin.

– En voyage comme ici, méfiez-vous des femmes, mon gars ! conclut Cat, signifiant la fin de l'entretien.

Cyril Loubin s'empressa d'aller remercier M. de Blanval pour son intervention.

– Cat n'est pas un mauvais cheval, mais, comme tous les patrons, il n'offre rien spontanément. Il faut demander son dû pour l'obtenir. Dans une entreprise, celui qui ne demande rien est considéré comme satisfait. C'est pourquoi je m'en suis mêlé.

Cyril voulut connaître les détails de l'enlèvement du jeune Séraphin Minjard, qui, monté du sous-sol où il tamponnait des dépliants, l'avait remplacé à l'information téléphonique.

– C'est le patron qui a jeté le gamin dans les bras de l'Indienne. Venue pour signer, avec notre agence, un accord exclusif d'hébergement de nos clients dans son palais de Jaipur, elle avait besoin, pendant son séjour, d'un accompagnateur pour la piloter dans les boutiques du faubourg Saint-Honoré et porter ses paquets. Cette mante religieuse en sari a vampé le môme Séraphin dont elle répétait le prénom avec gourmandise comme qui suce un bonbon.

– Séraphin kidnappé par une Indienne ! Quel destin ! commenta Loubin.

– Et une Indienne hindoue ! Il faut reconnaître que c'est une ravissante créature, descendue d'une peinture érotique du Rajasthan. Longue natte brune, des escarboucles à la place des yeux, une bouche à damner un bonze et des doigts souples comme des pétales d'hibiscus. Elle a embarqué notre Séraphin en m'assurant qu'elle allait lui apprendre en rien de temps l'hindoustani… et un tas d'autres choses ! À mon avis, ce chétif ne tiendra pas le choc, car en matière de pratiques sexuelles, je crois cette femme capable d'ajouter chaque nuit un chapitre au *Kama-sutra* ! conclut le marquis, hilare.

Promu cornac à part entière, Cyril Loubin prit, au cours du circuit des châteaux de Louis II de Bavière, une assurance très professionnelle. La pathétique destinée d'un souverain incompris de ses sujets, esthète décadent qui, le premier, reconnut le génie de Wagner, passionna les voyageurs. Lors des déplacements en autocar, l'académicien de service sut avec éloquence entretenir l'intérêt de ses auditeurs. D'un château l'autre, passant du style médiéval recomposé au plagiat caricatural des splendeurs versaillaises, l'expédition Chrysor fut une réussite. On ne déplora que trois indigestions dues à la charcuterie bavaroise et la chute, sans gravité, d'une dame du troisième âge dans le parc de Linderhof. Quant au conférencier du quai Conti, contrairement à ce que redoutait Cyril, il se montra d'une exquise simplicité, n'exigeant à l'heure du coucher qu'un flacon de pur malt millésimé.

Une nouvelle surprise attendait Loubin à Paris. Si le personnel de Chrysor avait applaudi lors de son retour d'Acapulco, ce furent des compliments teintés d'envie que lui décernèrent ses collègues en lui mettant sous les yeux un magazine populaire. Une photographie en couleurs, pleine page, le représentait juché sur les épaules de Bernard Navier.

Bras étirés, bouche ouverte, regard exorbité, il venait de saisir le filin du parachute fugueur. Sur la plage d'Acapulco, on reconnaissait plusieurs participants au voyage dans l'attitude des gens qui, nez en l'air, suivent béatement un feu d'artifice. Les pages suivantes livraient d'autres photographies, «communiquées par un de nos lecteurs, témoin du drame d'Acapulco», était-il précisé. Elles montraient Navier, «le génial bâtisseur de la tour tronquée de l'an 2000 et de l'arche bancale de Crossenlair», portant dans ses bras musclés «Mme Lecandy, épouse du grand sucrier de Saint-Just-en-Ternois (59)». Le texte rendait compte de la mésaventure acapulcienne de manière fortement dramatisée, avant de conclure : «Tout le mérite du sauvetage de la malheureuse, enlevée par un parachute dévoyé qui l'aurait entraînée aux antipodes et peut-être plus loin, où elle eût péri d'inanition, revient à M. Cyrille Loubin, nous a déclaré modestement M. Bernard Navier. M Loubin est guide chez Chrysor, le premier voyagiste culturel français.»

– Ce M. Navier est bien honnête. Mais le journaliste a mal orthographié mon prénom, constata simplement Cyril en rendant le journal.

– Le patron veut vous voir, dit Gina, la secrétaire, rendue revêche par l'incongruité du vedettariat de Loubin.

Cette fois-ci, Charles André Talbot se montra enthousiaste et tendit même un cigare à Cyril. Ce dernier ne fumait pas, mais il accepta le havane, pensant l'offrir plus tard au professeur Ternin.

– Mon garçon, ce papier vaut de l'or, commença Talbot en frappant du plat de la main sur un exemplaire de l'hebdomadaire. Une page de publicité dans ce magazine à gros tirage coûte plus de cent mille francs. Et voilà deux pages gratuites, le nom de Chrysor cité trois fois! Hein, bonne affaire! J'ai téléphoné au journal pour avoir des clichés. Je vous en donnerai un comme souvenir. Je connais ce Navier, un sacré coureur de jupons, marié et divorcé quatre fois, un peu louvoyeur en affaires mais brave type, généreux avec ses femmes et fidèle à ses amis. Et c'est bien à vous que revient tout le mérite du sauvetage, comme il l'a dit. Bravo, Cyril! Continuez ainsi, et vous réussirez dans notre foutu métier.

Le marquis cueillit Loubin à sa sortie du bureau directorial et l'emmena prendre un café au Coq d'or où la serveuse, Angela, sauta au cou du héros médiatisé.

– J'ai montré le journal à tous mes clients. Vous êtes célèbre, maintenant. Peut-être que vous allez passer à la télé. Ce que je suis contente pour vous!

– Chère Angela, sans vous, je ne serais pas devenu guide chez Chrysor. Ma reconnaissance est inaltérable, dit Cyril en rendant baiser pour baiser.

– Le patron va venir vous saluer, ajouta gaiement Angela.

Le tenancier, un Corrézien, ne passait jamais le rempart du comptoir. Cyril le soupçonnait de ne posséder qu'une seule cravate noire, lustrée, qu'il nouait sous un col blanc amovible, changé deux fois la semaine. Quant à son veston de toile noire, il était, d'après Angela, renouvelé tous les dix ans à la foire de son village. Cependant, à en juger par l'extrême déférence des cadres de la banque voisine, M. de Blanval lui attribuait un compte et un portefeuille richement garnis. Ce jour-là, dès qu'Angela eut servi les cafés, l'Auvergnat quitta son refuge et traversa la salle pour annoncer aux deux amis qu'il offrait les consommations.

– Ce pingre l'aurait dit plus tôt, nous aurions commandé des portos, murmura le marquis.

– C'est déjà un beau geste. Tout le monde n'en fait pas autant, dit Loubin.

– Hélas! Je comprends ce que vous voulez dire... Vous apportez à l'agence plus de deux cent mille francs de publicité pour pas un sou! Cat, s'il était proportionnellement aussi large que le bougnat, devrait vous offrir une prime d'au moins cinq pour cent. Mais n'y comptez pas. Et là, je ne puis intervenir!

À défaut de prime, Cyril bénéficia d'une récompense plus intime. Dans son courrier, il trouva, ce même jour, une lettre de son père. L'épouse du général Loubin avait découvert le portrait de son beau-fils chez le coiffeur. Elle s'était emparée du magazine pour le montrer à son mari. Ce dernier, appréciant le courage et la présence d'esprit du rejeton rejeté depuis plus de deux ans, avait pris la plume. Chaleureux et sincère, le message paternel se concluait par une invitation à dîner «entre hommes», au Cercle militaire. Cyril devait téléphoner pour prendre date.

En rentrant chez lui, Loubin s'arrêta au kiosque de son quartier pour acheter l'hebdomadaire qui venait de révéler son existence à deux millions six cent mille lecteurs, si l'on en croyait le tirage annoncé.

Chez les commerçants du quartier, il comprit soudain ce qu'était la célébrité.

– Vous êtes dans mon hebdo, ce que vous êtes bronzé! dit la boulangère.

– C'est rudement bien, ce que vous avez fait là-bas, en Amérique, pour sauver une Française! dit le crémier en choisissant pour Cyril un camembert «fait à cœur» au lieu de lui vendre, comme d'habitude, le premier de la pile.

La charcutière minauda :

– J'irais bien faire un tour sur cette plage de Cacapoulo. Vous pourriez pas nous avoir des prix, dans votre agence ? Après ce que vous avez fait, on devrait pas vous refuser ça.

Il s'attendait encore à recevoir les compliments de sa concierge, mais l'épreuve lui fut épargnée. Mme Morales n'ouvrait que les magazines espagnols et sa fille aînée ne lisait que *le Monde*.

Le professeur Ternin ignorait jusqu'à l'existence des magazines *people*. Quand Cyril lui présenta sa photographie, il écarquilla les yeux, oublia de tirer sur sa pipe.

– Eh bien, vous voilà dans la situation d'une star du *show-biz!* Qu'est-ce que ça vous rapporte ? Que vous a donné votre patron pour cette superbe réclame ?

– Ça, dit Cyril en tendant à M. Ternin le cigare offert par Talbot.

– Hé, hé! un Monte-Cristo grand module... Ce n'est pas mal! dit le professeur qui n'avait aucune idée des tarifs publicitaires.

Devant une bouteille de meursault, Cyril confia à son vieil ami que le récit illustré de son aventure acapulcienne avait rappelé son existence au général Loubin.

– C'est, comme on dit maintenant, une retombée positive. Car, voyez-vous, il n'est pas bon, il est même contre nature qu'un fils et un père soient fâchés et ne se rencontrent plus. Si la mort décidait sans prévenir d'entériner à tout jamais cette séparation, je suis certain que vous en auriez non seulement des regrets, mais des remords. Allez vite dîner avec le général. Vous avez prouvé que vous pouvez vivre autrement que du métier des armes, il admettra votre originalité.

Le professeur allait développer des considérations sur l'usage abusif que font certains hebdomadaires de l'image des citoyens ordinaires, quand la sonnerie du téléphone lui coupa la parole. En remontant, entre pouce et index, le fil de raccordement, il aboutit au combiné, enseveli sous une pile de dossiers, et décrocha.

– C'est notre ami Kalim, il appelle d'Allemagne, il a vu votre photo dans l'édition teutonne de ce journal. C'est bien que vous soyez là, dit Ternin en tendant l'appareil à Cyril.

Le Kosovar se montra dithyrambique.

– Formidable, mon coco! Pour ton *curriculum*, quel appoint! Avec ta bouille dans ce magazine international et les circonstances, du coup, tu vas être sollicité. Peut-être même par Hollywood. Paraît que Clint Eastwood a besoin d'un remplaçant!

– Arrête! Je ne suis pas très fier d'être livré en pâture à une foule de gens que je ne connais pas. Je ne me vois pas annexant cet article à mon *curriculum vitae*.

– Bêcheur! Profite de cette pub! Fais mousser!

– D'ailleurs, j'ai un *job* intéressant. Je voyage, je vois du pays, des gens…

– Alors, demande de l'augmentation à ton *boss*, et, s'il ne marche pas, passe à la concurrence! Sûr que tu seras reçu à bras ouverts. Un cornac qui rattrape les mémés en route pour la station Mir, ça ne doit pas courir les *charters*!

– Je suis bien chez Chrysor, j'y reste… jusqu'à ce que les Phares et Balises m'appellent. Et ce n'est pas cette publicité intempestive qui va faire avancer ma candidature, au contraire! dit Cyril, désabusé.

– Ma parole, tu te vois encore gardien de phare ? Oublie ça. C'est un *job* pour barde breton. Tire un trait et place-toi dans le commercial. C'est ce qui marche et, dans la vente, le type qui a sa photo dans un journal est toujours bienvenu.

Loubin soupira. Il n'avait que faire des conseils de Kalim.

– Et toi, es-tu satisfait de ton emploi et de l'ambiance allemande ?

– Formidable ! J'ai pu installer mes parents dans un appartement. Moi, j'habite un studio et, crois-moi, les *fraulein* sont rudement chouettes. Avec elles, au lit, c'est comme s'il s'agissait chaque fois de défoncer le mur de Berlin ! Et puis, elles sont douces, gentilles, grassouillettes comme je les aime, et pas vénales. Leur défaut, c'est d'être sentimentales comme des nonnes portugaises. Toujours prêtes à t'emmener faire la connaissance de papa et maman. Je fais gaffe à ne pas me laisser piéger !

– En somme, tu es un homme heureux, constata Cyril.

– Avec un bon *job* bien payé, des parents à l'abri des avanies ethniques, un avancement assuré l'an prochain à Seattle et des jolies filles sous la main, tu comprendras, toi qui sais d'où je viens et ce que j'ai vécu, que, si je ne me disais pas heureux, je serais un pauvre crétin !

L'entretien téléphonique s'acheva sur la promesse d'une prochaine rencontre à Paris, le Kosovar devant y passer une semaine de vacances.

M. Ternin échangea à son tour quelques phrases avec Kalim et raccrocha.

– Notre ami fait son chemin, semble-t-il. Ce garçon mérite réussite et bonheur. Je l'ai vu travailler, Cyril, pendant des mois, jour et nuit. Quelle volonté il avait de sortir de sa condition d'apatride ! À sa place, beaucoup auraient flanché, se seraient découragés, se seraient contentés des aides dites sociales. Lui, jamais! J'ai toujours eu l'impression que les obstacles le stimulaient. Les franchir était devenu un jeu, même si le risque était réel et la mise élevée. Aujourd'hui, je suis content de l'entendre dire à son vieux maître qu'il a su profiter de son enseignement et de ses avis, conclut le professeur, ému.

Ce soir-là, Cyril se laissa envahir par la morosité.

Kalim était heureux parce qu'il avait su arracher à la vie ce qu'elle semblait décidée à lui refuser. Sa prodigieuse assurance, sa pugnacité, son aptitude à ne considérer que les éléments positifs, à négliger les autres, l'avaient conduit à la réalisation de ses ambitions.

En le faisant observer, M. Ternin avait formulé inconsciemment une critique à l'encontre de celui qui se cramponnait de façon irréaliste à sa vocation de gardien de phare. «Mon obstination a certainement quelque chose de ridicule aux yeux de mes amis. Renoncer, tirer un trait, oublier mon rêve, me détourner du but que je me suis fixé : la sagesse selon Kalim le commande, et M. Ternin pense sans doute de même. Mais le courage me fait défaut. Je suis dans la situation de l'aérostier qui ne se résout pas à se délester, pour éviter la chute, de ce qu'il a de plus précieux dans sa nacelle», constata-t-il loyalement.

Avant de se coucher, il prit cependant une décision. «Si, dans les six mois à venir, l'administration des Phares et Balises ne m'a pas fait signe, je retire ma candidature et me donne entièrement au métier de cornac, que je n'ai pas choisi mais qui vaut n'importe quel autre.» Ayant ainsi ouvert la voie à la résignation, il s'endormit.

Trois jours plus tard, au Cercle militaire, club des baroudeurs retraités, Cyril trouva son père vieilli. En costume civil, le général Charles-Hubert Loubin paraissait dépouillé de son assurance de guerrier étoilé. Il confia à son fils qu'atteint par la limite d'âge, il avait dû quitter l'active un mois avant que ne commence le conflit opposant les forces de l'OTAN à la Serbie. Il avait raté cette guerre qui ne disait pas son nom, mais à laquelle il n'eût en aucun cas participé, les missiles intercontinentaux de l'unité qu'il commandait n'étant pas engagés dans un conflit continental. Le général avait trompé sa vacuité et ses frustrations de stratège en rédigeant des articles pour des revues, en donnant des cours de balistique à l'École de guerre et dans les académies militaires européennes. La veille de son entrée dans le cadre de réserve, il avait reçu sa quatrième étoile de général de corps d'armée et avait été élevé à la dignité de grand officier de la Légion d'honneur. Pour la première fois, devant Cyril, il se départit de sa rigueur et se montra véritablement paternel.

– Depuis que j'ai été rendu à la vie civile, je me suis beaucoup interrogé sur ton cas. Je t'ai pardonné d'avoir rompu avec la tradition de notre famille. Je n'aurais pas dû en faire un drame mais, au lieu de te condamner, t'aider à réaliser ta bizarre vocation. D'ailleurs, l'armée n'est plus ce qu'elle était, la guerre non plus. Aujourd'hui, on se bat par ordinateurs et radars interposés. On s'expédie des missiles, des leurres, des caméras volantes, des antimissiles, on coupe le gaz et l'électricité à distance. La guerre est devenue un jeu vidéo, on ne voit plus l'ennemi qu'à la télévision et les risques sont pour les pékins plus que pour les soldats. Les combattants d'aujourd'hui, Cyril, sont les ingénieurs électroniciens et les informaticiens. Les derniers chevaliers furent, il y a plus d'un demi-siècle, les Compagnons de la Libération. On voit maintenant de jeunes gringalettes diplômées, qui n'ont pas la force de soulever un mousqueton, promues pilotes de chasse, et d'autres sur les passerelles des destroyers. Il y a même une femme générale! Le temps des cantinières est révolu, Cyril. La Madelon de nos grands-pères ne sert plus à boire : elle commande la tournée d'eau minérale entre deux *briefings*! Et pas un biffin n'a envie de lui pincer la taille! Donc, je ne regrette plus que tu aies choisi de rester civil de carrière, comme tu te plaisais à le dire pour m'agacer, avoua le général en posant une main déjà constellée de tavelures sur celle de son fils.

– Je suis heureux, père, que vous me disiez tout cela aujourd'hui. J'ai toujours voulu vous faire honneur et réussir dans une profession où les Loubin ne s'étaient pas encore illustrés. Gardien de phare eût été mieux que guide de voyage, bien sûr.

– L'important, mon garçon, n'est pas ce que l'on fait, mais ce que l'on est. Tu as prouvé, par ton acte de bravoure accompli au Mexique, que le sang des Loubin circule gaillardement dans tes veines. Tu n'as pas dérogé. Sais-tu que sous Louis XV, en 1743, Thibert-Alphonse Loubin, capitaine aux Gardes, a sauvé une princesse de la mort en retenant par sa corde à poulie un énorme lustre prêt à choir sur cette favorite?

– Je suis intervenu parce que le parachute, au contraire du lustre, refusait de tomber, observa Cyril en riant.

– Dans le cas de notre valeureux ancêtre, il s'agissait d'un attentat. Un valet corrompu, au service du duc de Buckingham, avait dénoué la corde. Es-tu sûr que des terroristes opposants au régime de Mexico n'ont pas monté l'affaire du parachute pour déconsidérer le gouvernement mexicain, décourager les visiteurs et compromettre la saison touristique?

– Non. Il ne s'agissait que d'un accident, j'ai eu la preuve en main.

– Cela ne diminue en rien la noblesse de ton geste. Quelle que soit la cause de cet accident, le gouvernement mexicain devrait te décorer, conclut le général.

Père et fils réconciliés se quittèrent sur une accolade après que Cyril eut promis de venir passer un week-end à Loubin-les-Chênes, la vieille maison de famille perdue dans le Périgord noir.

Au cours des mois qui suivirent, les voyages Chrysor conduisirent le cornac en Angleterre pour le Derby d'Epsom, ce qui le contraignit à endosser une jaquette à revers de soie et à se coiffer d'un haut-de-forme gris clair.

Il connut Vienne par un froid polaire à l'occasion d'un des deux cent quarante bals qui meublent les soirées entre le nouvel an et la mi-carême. Obligé de revêtir habit noir et cravate blanche pour danser sur des airs de Strauss, il ne goûta aucune des griseries de la valse, les tournoiements sur trois temps lui donnant le vertige.

Au Kenya, lors d'un safari-photo, il découvrit le goût inné des Françaises pour choisir une toilette de circonstance. Chaque matin, au petit déjeuner, les participantes à l'expédition apparaissaient vêtues de tenues de brousse kaki à poches multiples, du style de celles qu'arborait Susan Hayward dans *les Neiges du Kilimandjaro*. Crânement coiffées d'un Stetson ceint de bourdalous en peau de léopard, ces dames, jugulaire au menton, armées de caméras et de Caméscope, ne rêvaient que d'approcher au plus près, à bord de quatre-quatre, les fauves du plus grand parc naturel d'Afrique. Quoique plus soucieux de confort que d'élégance, leurs compagnons portaient shorts de coupe britannique, chaussettes blanches et bottillons de toile.

Tous tentaient de fixer sur la pellicule le profil d'un éléphant ou d'une girafe qui se découperait avec art sur la calotte de neige du Kilimandjaro. Un audacieux tenta même de louer un petit avion pour voir si, «tout près de la cime ouest» de la montagne de Dieu, «il y a une carcasse gelée et desséchée de léopard», ainsi que l'a écrit Ernest Hemingway.

Si zèbres et antilopes détalaient à l'approche des voitures, lions et lionnes, affalés au bord des pistes, posaient sur les véhicules et leurs comestibles occupants le regard du clochard famélique salivant devant une boîte de sardines.

– Surtout, quoi qu'il arrive, ne descendez pas des voitures, répétait le guide local.

Au cours de ce voyage, une riche veuve, s'étant amourachée d'un long Masaï, guerrier photogénique délégué par sa tribu auprès des touristes, décida de l'épouser à la mode africaine pour finir sa vie avec lui dans la brousse.

– J'ai enfin trouvé, dans ce peuple primitif et viril, un homme résistant qui ne baratine pas, n'expédie pas l'amour en trois minutes, et qui, au lieu de s'endormir après, s'en va tuer une panthère avec sa lance pour vous faire une descente de lit!

Le cas paraissait délicat mais Loubin, avec la complicité du concierge du *lodge,* réussit à séparer les fiancés et à convaincre sa cliente de retourner à la civilisation avec le groupe dont les membres se gaussaient sans charité d'une passion aussi exotique.

Pour trois marqueurs de couleur et deux caisses de bière, le Masaï, qui n'en était pas à sa première aventure avec une Blanche de passage, accepta de répudier publiquement la veuve.

– *Hakuna matata,* dit-il, ce que le concierge anglophone traduisit par : *No problem.*

Pleurant comme une midinette, l'amante méprisée tint à offrir à l'ingrat un souvenir : ses boucles d'oreilles en or et diamant de Cartier.

– Ainsi, il ne m'oubliera pas, gémit-elle en accrochant aux oreilles de l'indigène, où pendaient déjà un tube d'Aspirine et un chausse-pied de l'hôtel Hilton, les précieux bijoux.

Cyril crut bon de cacher à sa cliente qu'une heure plus tard, le squelettique don Juan avait échangé les boucles contre le sifflet d'une gouvernante anglaise.

Bien installé dans sa fonction, Cyril Loubin eut encore l'occasion de promener des touristes dans les réserves indiennes du Canada où ils achetèrent aux Hurons des tomahawks *made in Taiwan.*

Lors d'un autre voyage, il craignit de perdre un client dans le canyon du Colorado, quand la mule que montait ce dernier se mit à éternuer alors que la troupe longeait un précipice sur un étroit sentier.

– L'ennui, quand elle éternue, c'est qu'elle ferme les yeux, fit remarquer le voyageur, inquiet.

– Les touristes nous apportent leurs microbes, fulmina le guide indien.

– C'est un rhume de cerveau. Une bonne inhalation d'eucalyptus et, demain, il n'y paraîtra plus, diagnostiqua un médecin, membre du groupe.

– Et qui paiera l'eucalyptus? demanda l'Indien, main tendue.

Cyril se fendit d'un billet de cinq dollars et la mule, dont on apprit plus tard qu'elle était dressée à cet exercice, cessa d'éternuer.

À Pompéi, un couple de jeunes mariés confia son Caméscope à un gamin errant pour qu'il les filme devant les fresques du lupanar. Le petit voleur disparut avec l'appareil.

– Il en est à son troisième aujourd'hui, commenta un gardien, plus admiratif que contrit.

À Porto, lors d'un week-end dégustation, le cornac dut, avec l'aide du consul de France, tirer de prison trois ivrognes de son groupe qui, dans la tenue d'Adam, faisaient leurs ablutions dans les bénitiers lors de la première messe à la cathédrale.

À Munich, si peu de Chrysoriens se rendirent en pèlerinage à Dachau – «c'est trop triste, dirent certaines dames, nous ne sommes pas venues ici pour pleurer» –, tous les hommes du groupe voulurent vider en compagnie de Japonais et d'Américains de grandes chopes de bière à la Hofbrauhaus.

– C'est ici que M. Adolf Hitler a prononcé des tas de discours et c'est ici qu'il a échappé à un attentat, expliqua une serveuse taillée en fille d'Hercule, bien trop jeune pour avoir connu ce dont elle parlait.

À Istanbul, Cyril Loubin découvrit avec étonnement qu'au Pera Palace Hotel, la chambre la plus demandée par les nouveaux riches russes était celle de Trotski. Les Françaises du groupe obligèrent leurs maris à distribuer de gros pourboires pour obtenir la chambre qu'avait occupée l'espionne Mata Hari avant de rentrer en France où elle allait être fusillée, celle où avait dormi – «seule», assura le réceptionniste – Greta Garbo, et, en troisième choix, la suite occupée dans les années vingt par Sarah Bernhardt. Loubin, qui tenait à satisfaire ses ouailles, constata que les lits autrefois occupés par le shah d'Iran ou Agatha Christie – qui avait écrit au 411 un de ses meilleurs romans, *le Crime de l'Orient-Express* – ne faisaient pas recette. Il se contenta, pour sa part, de la chambre que préférait Aristote Onassis, et ne se réveilla pas plus riche pour ça!

De tous les imprévus que lui réserva le métier de cornac, le plus inimaginable le toucha personnellement. Débarquant de Paris à l'aéroport de Washington, Cyril attendait, avec un groupe d'anciens combattants, l'autocar qui devait transporter les Français au cimetière d'Arlington, quand une voix féminine cria son nom. Il eut du mal à reconnaître, dans l'élégante jeune femme qui lui sauta au cou avec émotion, la petite Mélanie Rousset avec qui, deux ans plus tôt, il avait sondé les Tourangeaux pour le compte des collants Winford.

De la brune maigrichonne et renfrognée, aux traits communs, à la peau grise, il ne restait rien. Vêtue d'un tailleur Chanel, teint de pêche, maquillage subtil, montrant dans un sourire de cover-girl une denture trop blanche et trop régulière pour être d'origine, les cheveux coiffés en chignon de femme d'affaires, le rare petit cheval de jade créé par Mellerio en pendentif, Mélanie était devenue belle, presque distinguée, du moins tant qu'elle se tut.

– J'ai changé, hein! dit-elle, devant l'étonnement de Cyril.

– Tu es superbe! Comment la demoiselle de Tours a-t-elle réussi cette transformation?

– Le fric, mon vieux! Avec de l'argent, il n'est pas difficile de soigner son corps et sa mise! Je suis toujours chez Winford. *Dir-com* pour l'Europe! J'ai bossé comme une dingue. J'en ai bavé pour apprendre l'anglais et l'espagnol, mais, maintenant, je fais partie du *staff* international.

– Et que fais-tu à Washington?

– Je rejoins mon fiancé, Bill Topper, tu connais au moins de nom, le numéro deux de Winford. Son père est sénateur et il compte bien lui succéder. Je me marie dans trois semaines. Si tu es encore là, je t'invite : ce sera grandiose! Le président a promis de venir au cocktail, dit Mélanie avec une exquise simplicité.

– Je ne serai plus ici… mais qu'est devenu ton sculpteur de parmesan? demanda Cyril.

– On s'est quittés bons amis. Finalement, c'était pas mon genre. Un type sans ambition. Il ne pouvait pas suivre ma progression sociale. Il a essayé de sculpter le nougat : ça collait; puis le caramel : ça ramollissait; le saindoux : ça fondait. Mais c'est un artiste. Un peu poivrot, mais artiste. Il fait maintenant dans le polystyrène durci. Bill l'a aidé en lui commandant le modèle en résine synthétique du nouveau mannequin Winford. Il paraît qu'il me ressemble…, dit Mélanie.

L'arrivée du car des anciens combattants obligea Cyril à interrompre l'entretien.

– Et toi, tu l'as pas encore trouvé, ton phare?

– Hélas, Mélanie, je cornaque des touristes!

– Écris-moi, chez Winford. Si t'as besoin de collants pour une fille, te gêne pas. Faut que je me sauve, voilà mon chauffeur, dit-elle en désignant une limousine aux vitres fumées, presque aussi longue que le Greyhound réservé au groupe Chrysor.

Tandis que le bus climatisé franchissait le Potomac, roulant vers Arlington National Cemetery, Cyril Loubin ne put détacher sa pensée de Mélanie. Comme Kalim, elle avait eu la volonté farouche de sortir de sa condition. Il la soupçonnait certes d'avoir usé de ses modestes charmes, comme d'autres femmes ambitieuses, pour se pousser dans l'entreprise. Mais il savait que la stratégie galante fait long feu si ne se manifestent pas, hors du canapé patronal, d'autres qualités : intelligence, bon sens, caractère résolu, volonté d'acquérir par le travail des compétences professionnelles exploitables.

« La fesse peut mettre le pied à l'étrier, mais c'est grâce à la tête qu'on reste en selle », conclut-il quand l'autocar se fut engagé dans l'avenue des Héros, tracée au milieu de cent soixante mille tombes.

19.

Un matin, Cyril Loubin trouva dans son courrier une lettre de type administratif dont l'origine lui fit battre le cœur : ministère de la Mer, bureau des Phares et Balises.

Il l'ouvrit d'un doigt impatient et découvrit ce qu'il n'espérait plus : une convocation pour le concours destiné au recrutement externe des contrôleurs des Travaux publics de l'État, spécialité Phares et Balises. Les épreuves, pour les candidats résidant dans la région parisienne, seraient organisées au ministère de la Mer deux mois plus tard.

– Rien de grave ? osa Mme Morales, intriguée par la soudaine agitation de son locataire.

– Oh, si ! C'est grave, madame, très grave ! Peut-être un bouleversement dans ma vie, lança joyeusement Cyril, ce qui rassura l'Espagnole.

– Vous allez vous marier ?

– Mieux que ça. J'ai enfin une chance de devenir gardien de phare, ce que je souhaite depuis que j'ai vu la mer.

– Gardien de phare ? Drôle de métier, c'est comme gardien de prison ou gardien de parking, m'sieur Cyril.

– Pas du tout ! Métier primordial, madame Morales. Maître des lumières salvatrices, vestale des mers ! Seulement, on recrute par concours et, l'an dernier, seuls cinq garçons étrangers à la fonction publique ont été reçus. Car les fonctionnaires ont autant de places réservées. Il va falloir que je bûche sérieusement.

La gardienne regarda Loubin qui s'éloignait en esquissant un pas de danse.

«Après tout, Kalim et Mélanie ne sont peut-être pas les seuls élus de la chance», se dit Cyril en descendant l'escalier du métro.

À l'agence Chrysor, il ne put dissimuler son euphorie, mais n'en divulgua pas la cause.

– Ma parole, vous êtes amoureux, dit Gina après lui avoir rappelé qu'il partait pour Rome le soir même.

Cette mission était depuis longtemps organisée. Il s'agissait d'accompagner trente clients de Chrysor qui, depuis un an, avaient réservé leurs places dans un des trains spéciaux formés pour conduire les chrétiens désireux d'assister à la béatification d'Eusèbe Cornillon, un missionnaire martyrisé par les Hopi-Topi cent ans plus tôt.

– Une bénédiction pontificale ne peut pas vous faire de mal, ironisa Gina.

Élevé dans la religion catholique, Cyril se dit qu'à la veille d'un concours qui déciderait de son sort, aucun patronage ne devait être négligé, surtout pas celui du représentant de Dieu sur la Terre.

Malgré l'apparente pagaille qui préside aux déplacements de masse où l'on se perd et se retrouve, l'embarquement du groupe Chrysor se déroula sans aléas. Venus de tous les diocèses, encadrés par des religieux et des nonnes, les pèlerins se mirent à chanter dès le départ du train. Ils répétèrent avec plus de conviction que d'ensemble les cantiques du programme romain. Parmi les pieux Chrysoriens se trouvaient l'évêque *in partibus* de São Tomé et un chanoine avignonnais, teint brique et ventre rond, réincarnation du curé de Cucugnan. Quand les pèlerins gagnèrent leur couchette, la mélodie ferroviaire, rythmée par le roulement syncopé des bogies, devint berceuse pour les chanteurs et Cyril put ouvrir son traité d'électromécanique pour entamer ses révisions.

Le surlendemain, à Saint-Pierre, une foule cosmopolite mais recueillie suivit l'office de béatification. Cyril apprit que le désormais bienheureux Eusèbe Cornillon avait été cuit au court-bouillon et dégusté par des anthropophages. On regretta de ce fait l'absence de reliques, les Hopi-Topi ayant négligé de renvoyer les os du missionnaire aux autorités ecclésiastiques.

— Ces reliefs d'une eucharistie criminelle auraient fait l'ornement des reliquaires à travers la chrétienté comme, en Italie, les trois pouces connus de sainte Catherine de Sienne, observa une nonne au teint diaphane.

Comme d'autres fidèles, Cyril s'étonna de cette originalité anatomique de la Siennoise. Un jésuite étranger au groupe intervint :

— Les autorités du Vatican n'ayant jamais pu déterminer lequel des pouces est en surplus, et donc faux, on continue de vénérer les trois en pensant que la sainte, un jour, reconnaîtra les siens, expliqua le religieux d'un ton patelin.

Le pèlerinage romain n'aurait pas laissé de souvenir particulier au cornac s'il ne s'était conclu par un événement exceptionnel. Le bon curé provençal, sanctifiant symboliquement ses libations, avait consommé à Rome deux fiasques de lacrima cristi à chaque repas et quelques verres de grappa au dessert. On l'avait vu somnoler pendant les offices de l'apres-midi. Dans le train du retour, dès le départ de Pise où le convoi s'était arrêté pour que les pèlerins pussent voir le miracle de la Tour penchée, le chanoine s'endormit. Cela ne surprit personne, jusqu'au moment du repas, quand les religieuses qui partageaient son compartiment ne purent le réveiller.

À l'autre bout de la voiture, Cyril, plongé dans la résolution d'un problème comportant «le calcul de la focale d'une optique pourvue d'une lentille à quatre panneaux avec anneaux catadioptriques devant porter à dix-huit milles marins», fut brusquement tiré de ses équations par une nonne affolée.

– Monsieur, monsieur, le chanoine est mort. Oh, mon Dieu, qu'allons nous faire?

– Le chanoine est mort! Comment ça?

– Comme meurt un saint à qui le Seigneur veut faire une grâce dernière, monsieur : il est mort en dormant.

– Êtes-vous sûr qu'il ne cuv…, qu'il n'est pas simplement assoupi? se reprit Loubin.

Lors de l'embarquement à Pise, il avait vu trois bouteilles de chianti dépasser du sac de voyage du prêtre.

– Non, monsieur, notre bon chanoine ne dort pas. Son cœur a cessé de battre. Je suis sœur hospitalière et j'ai vu assez de morts pour savoir à quoi m'en tenir. J'ai déjà prévenu notre Mère supérieure : elle est en prière près du défunt. Et j'ai envoyé chercher Monseigneur l'Évêque, expliqua la nonne, autoritaire.

– Inutile d'ébruiter cet accident. Je vais aller voir ce qu'on peut faire. Le chanoine est sous la responsabilité de l'agence

Chrysor et c'est à moi de prendre les décisions qui s'imposeront, répliqua Cyril, catégorique.

En entrant dans le compartiment où reposait paisiblement le prêtre, le chef abandonné sur l'appui-tête, il trouva l'évêque *in partibus* de São Tomé assis près du mort, et deux nonnes agenouillées.

— Notre frère a rendu son âme à Dieu. Je lui ai fermé les yeux et la bouche. À mon avis, son dernier souffle fut vineux, commenta à voix basse le prélat à la seule intention de Cyril, donnant ainsi à entendre, avec un sourire de compassion, qu'il connaissait le goût prononcé du défunt pour la dive bouteille.

Cyril fit baisser les stores du compartiment afin que les voyageurs circulant dans le couloir ne soient pas intrigués par la scène, et exigea que l'on tînt le décès secret. Puis il invita les religieuses à prendre place sur les banquettes dans l'attitude la plus naturelle qui soit.

— Mais il faut tirer le signal d'alarme! Faire arrêter le train à la prochaine gare et transporter le corps en un lieu où il sera mis en bière. On ne peut voyager avec un mort jusqu'à Paris, monsieur, dit la religieuse hospitalière.

— Ma sœur, nous sommes encore en Italie et, si nous déclarons le décès ici, il y aura enquête et, peut-être, autopsie. Celle qui a découvert le mort risque fort d'être retenue plusieurs jours dans un commissariat jusqu'à la fin de l'enquête, déclara Cyril pour impressionner la nonne.

— Notre guide a raison, mes sœurs. Attendons d'avoir passé la frontière. Une fois en France, nous aviserons, dit le prélat.

— Après Vintimille, notre train spécial s'arrête à Nice, puis à Marseille et Avignon. Si nous pouvons tenir l'affaire secrète jusque-là, nous livrerons Monsieur le Chanoine aux siens. Trouvez, Monseigneur, le numéro de téléphone de sa cure. J'alerterai sa bonne ou son vicaire, et le saint homme rentrera chez lui en toute discrétion. Qu'en pensez-vous? proposa Cyril.

La stratégie fut spontanément adoptée par l'évêque. Attendu pour dîner chez le primat des Gaules, il se souciait d'être retardé par la police italienne.

Cyril et les religieux redoutaient le passage de la frontière, mais une complicité atavique semble régir les rapports entre le sabre et le goupillon : policiers et douaniers, invités à ne pas déranger le vieux chanoine assoupi, saluèrent aimablement et se retirèrent sur la pointe des pieds.

Grâce au téléphone mobile, Cyril prévint aussitôt le vicaire avignonnais d'avoir à se trouver avec une voiture fermée et un aide à l'arrivée du train spécial.

– Je serai là avec notre jardinier. C'est un homme robuste et de confiance, dit le prêtre.

Ils furent exacts au rendez-vous et le chanoine, dont on expliqua aux curieux qu'il souffrait d'un malaise sans gravité, fut descendu du train, soutenu par Cyril et le jardinier. Ce dernier avait du mal à retenir ses larmes :

– Sacré pépère… On l'aimait bien! Il avait les artères à moitié bouchées. Sûr qu'à Rome il a dû écluser pas mal de *vino rosso* et se remplir de *spaghetti alla carbonara*. La table, c'était son penchant, monsieur, souffla l'employé en guise d'oraison funèbre.

En arrivant à Paris, l'évêque *in partibus* de São Tomé remercia Cyril :

– Mon jeune ami, vous avez agi au mieux dans cette bien triste affaire et, par ma voix, l'Église vous remercie. Vous avez fait preuve d'une vraie charité chrétienne en ramenant le corps de notre pauvre frère dans sa paroisse. Aussi, aux trois cents jours d'indulgence donnés par le Saint-Père à l'occasion de notre pèlerinage à Rome, j'ajoute quarante-cinq jours supplémentaires pour la rémission de vos péchés passés, présents et à venir.

Ayant parlé, le prélat offrit à Cyril sa bénédiction épiscopale et lui tendit son anneau à baiser.

Quand Loubin rapporta les événements à Charles André Talbot, ce dernier rappela sans acrimonie que le premier devoir d'un cornac chrysorien est de ramener ses clients vivants.

– Ce curé nous a faussé compagnie sans prévenir, monsieur. Je l'ai ramené mort, certes, mais je l'ai ramené ! Et sans le moindre scandale.

– Je reconnais que vous avez fait preuve de sang-froid et d'esprit de décision. « Soldat, je suis content de vous », comme disait Napoléon, conclut Cat.

Gina, la secrétaire, à qui les guides rapportaient souvent de menus cadeaux, interpella Cyril :

– Qu'apportez-vous de Rome ?

– Trois cent quarante-cinq jours d'indulgence et le portrait d'Eusèbe Cornillon béni par le pape, dit Cyril en lui tendant l'image pieuse.

Profitant des bonnes dispositions du patron, Cyril crut loyal d'informer ce dernier qu'il pourrait être contraint de donner sa démission dans un mois ou deux.

– Quoi ? Vous aussi ! Vous avez rencontré une péronnelle argentée, comme Baudran ou ce crétin de Séraphin ?

Cyril expliqua qu'il allait, dans quelques jours, se présenter à un concours difficile.

– Si je réussis, je pourrai peut-être réaliser ma véritable vocation : gardien de phare.

– Vous, gardien de phare ? Mais c'est fini, ça ! Tout est automatisé, électronique, commandé à distance. Les types qui gardent les phares, surtout pour les protéger des vandales, ne font que briquer les cuivres et nettoyer les lentilles. J'ai mon bateau au Croisic. Je navigue et les phares, je connais ! C'est pas un métier pour vous.

– Je vais tenter le concours de contrôleur des Phares et Balises : ça ne débouche pas, j'imagine, sur un travail de femme de ménage, monsieur, répliqua Cyril avec humeur.

– C'est autre chose, en effet. Vous serez affecté à une subdivision, Dieu sait où. Vous ne verrez la mer et ne grimperez dans les phares, tempête ou pas, que pour dépanner les systèmes. Autant s'occuper des balises d'aéroport : on y voit du monde, au moins, dit Talbot qui semblait en savoir plus que n'avait imaginé Cyril.

– En tout cas, j'ai la chance, au vu d'un dossier déposé depuis deux ans, d'être invité à concourir. Je ne vais pas la laisser passer, rétorqua Loubin, agacé.

– Grand bien vous fasse ! Mais vous me devez deux mois de préavis, hein ! Ne l'oubliez pas, d'autant que votre programme est déjà fixé. Je compte bien que vous l'assurerez. En attendant, je vais mettre le marquis en piste pour qu'il me déniche un type pour vous remplacer. Personne n'est indispensable, mon garçon ! conclut avec humeur Charles André.

Même s'il se gardait de le dire à l'intéressé, M. Talbot considérait Cyril comme le meilleur cornac de son agence. Le fondateur de Chrysor, orphelin de père, avait quitté l'école à quatorze ans. Autodidacte curieux de tout, il appréciait les connaissances variées de son collaborateur, sa bonne éducation, sa ponctualité et le scrupule que Loubin mettait à étudier, avant chaque voyage, l'histoire du pays où il devait se rendre et les mœurs de ses habitants. Fouillant dans les bibliothèques, ce garçon ne se contentait pas, comme d'autres cornacs, de parcourir la documentation sommaire rassemblée à l'agence au fil des années. «Je serais très gêné, monsieur, si, au cours d'une excursion, un de nos clients me posait une question à laquelle je serais incapable de répondre», avait-il dit.

Sous son apparente rudesse, sa volonté affichée de maintenir ses distances avec le personnel, Charles André Talbot cachait la sensibilité de ceux qui, sans la renier, ont dominé leur modeste origine, ont vécu des années obscures avant d'obtenir, à force de travail et d'obstination, une situation enviable. La perspective de perdre Cyril causait donc à cet homme autant de peine que de déception.

La veille du concours, quand le cornac vint lui annoncer qu'il serait absent deux jours, Charles André souhaita bonne chance à son collaborateur.

– J'espère sincèrement que vous réussirez, Loubin. Si vous êtes reçu, nous arroserons ici votre succès. Si ça ne marche pas, vous retrouverez votre place, dit-il en serrant fort la main de Cyril.

Avec un BTS d'électromécanicien, un certificat supérieur d'optique, une abondante documentation réunie et étudiée au fil des années et ses visites répétées aux phares bretons pendant les vacances, Cyril Loubin estimait avoir de bonnes chances de réussir le concours, même si la compétition s'annonçait rude.

En se rendant au ministère, le matin des épreuves, il se prit à rêver d'un avenir conforme à ses aspirations. Admis, il recevrait une affectation dans une subdivision des Phares et Balises. Pendant les six premiers mois, dits de formation initiale des contrôleurs, alterneraient les cours à l'école de Plouzané, près de Brest, et des stages dans différents phares où les gardiens titulaires prennent en charge des stagiaires. Il apprendrait ainsi, au cours des veilles, au fil des anecdotes, le métier avec des hommes pourvus de plus d'expérience que de diplômes. Titularisé contrôleur, il serait envoyé dans un phare comme gardien auxiliaire, mais devrait périodiquement, pendant six mois encore, suivre des cours de recyclage au centre de formation brestois, l'électromécanique, l'informatique et l'électronique évoluant sans cesse. Une seule chose chagrinait l'ermite refoulé et entachait sa rêverie : le gardiennage solitaire des phares avait été supprimé en 1874 après les curieux événements du phare hanté de Tévennec, sinistre tour dressée sur un récif entre le raz de Sein et la mer d'Iroise. Partout les derniers phares gardiennés comportaient une couple de gardiens. Cohabiter dans un espace restreint avec un homme qui ne partagerait peut-être aucun de ses goûts constituait une inquiétante perspective. Inconsciemment, sans doute, Cyril avait jusque-là évité d'y penser.

Quarante-huit heures plus tard, les épreuves terminées, il se réfugia, harassé et la tête vide, chez Jérôme Ternin, à l'heure du verre de blanc.

— Alors, comment s'est passée cette compétition? demanda le professeur.

— Je crois avoir bien répondu à toutes les questions et voici le brouillon de mon mémoire, censé faire la synthèse de mes connaissances, dit-il en tendant plusieurs feuillets à son mentor.

Lecteur consciencieux, M. Ternin prit son temps avant de rendre le texte à son auteur.

– Je ne suis guère qualifié pour apprécier les données techniques que vous développez avec clarté sur les systèmes électromécaniques et électroniques des phares, mais vous y mêlez, me semble-t-il, beaucoup trop de romantisme. Je conçois qu'il existe une mystique des phares, qu'on pourrait nommer pharalogie, mais les références que vous faites avec lyrisme au phare d'Alexandrie, élevé sous le règne de Ptolémée par Sostrate de Cnide, et à celui, plus impressionnant mais d'une existence douteuse, qu'on appelait le colosse de Rhodes, risquent de vous faire passer, aux yeux d'examinateurs pragmatiques, pour un poète égaré dans la technologie. À notre époque, la technique, qui ne s'embarrasse pas de considérations étrangères à son essence, l'emporte toujours sur la poésie.

– Pour moi, le phare est symbole de connaissance. Sa lumière triomphe de l'obscurité comme le savoir triomphe de l'obscurantisme. D'ailleurs, vous avez vu que, l'été dernier, les sauniers de Noirmoutiers, qui avaient transformé en marais salant l'esplanade au pied du Trocadéro, avaient aussi élevé un phare de douze mètres de haut pour veiller sur leurs quarante tonnes de sel marin, déclara Cyril, enthousiaste.

– Ah! parlons-en, de cette salaison des plates-bandes ! Après avoir fait pousser du blé aux Champs-Élysées, entassé de la neige importée à la Défense, couvert le gazon des stades de collines terreuses ou d'une galette de glace, habillé le Pont-Neuf d'oripeaux plastifiés, construit place de la Concorde, dans la perspective du Louvre, palais des rois de

France, je vous le rappelle, la porte d'un palais arabe, transformé la tour Eiffel en calendrier, on a inondé pendant une semaine un des rares espaces dégagés de la capitale! Et ce n'était rien à côté de ce que nous avons subi pour le passage à l'an 2000, et que je veux oublier! Et l'on continue de livrer périodiquement les rues de la capitale à ceux qui courent à pied, à bicyclette, à moto et même sur patins à roulettes! Tout est prétexte à fête, à rassemblement des Nombreux, pour parler comme un Grec. L'*homo sapiens* est partout remplacé par l'*homo festivus* bêtifiant, ainsi que le démontre mon confrère, le talentueux sociologue Philippe Muray.

– Les Romains, que vous chérissez, avaient déjà fait de cela une devise politique : *Panem et circenses* – Du pain et des jeux : c'est ce que demandait le peuple.

– Nos contemporains veulent du saucisson et du football. Mais si ce n'était que cela! Apprendre avec application passe pour une activité rebutante et nocive aux cerveaux enfantins. Tout enseignement doit être ludique! De la maternelle à l'université, le jeu l'emporte sur l'étude. Au lieu d'élever un phare, les sauniers auraient dû ériger une statue à la Bêtise, déesse béate de notre civilisation turlupinesque! s'indigna M. Ternin.

– Il faut vivre avec son temps, professeur, protesta Cyril.

– Mon temps n'est pas celui de la convivialité imposée, de la fête forcée, du bonheur dans l'ignorance, de la niaiserie promue philosophie pour tous, du n'importe qui peut faire n'importe quoi. Voyez-vous, mon jeune ami, ce qui traduit le mieux l'ambiance de ce temps, avec qui vous voudriez me faire cohabiter, c'est le *rap*. Nous avons là une intéressante résurgence ethnologique du rythme binaire, né des premiers tam-tams dans la forêt primitive. Quand le primate évolué s'est dressé sur ses pattes de derrière pour devenir l'*homo erectus*, il s'est mis à aboyer ce genre de syllabes répétitives que l'on prend aujourd'hui pour une musique nouvelle! Non, Cyril, ce temps ne me va pas, et je suis heureux d'en avoir vécu un autre, celui d'une civilisation aujourd'hui agonisante!

Comme Loubin, habitué aux diatribes du vieil agrégé de grec et de latin, se taisait, M. Ternin vida son verre avec componction et reprit:

– Vous-même, Cyril, avouez-le, n'êtes pas tellement à l'aise dans ce temps, puisque vous ne souhaitez que vous isoler, tel Siméon le Stylite, sur une tour battue par les flots, loin de vos semblables des deux sexes. D'ailleurs, à ce propos, permettez-moi d'observer qu'il n'est pas sain qu'un garçon de votre âge n'ait pas une relation féminine suivie – maîtresse, concubine, cousine, amie de la mère, copine, voisine de palier, bref, quel que soit son statut. Vous êtes cependant en bonne santé, hein? parut soudain s'inquiéter Jérôme Ternin.

– Rassurez-vous, professeur, tout fonctionne! Mais je ne publie pas mes aventures. Jalonnant mes voyages, elles sont le plus souvent furtives, discrètes et ancillaires. Je dois reconnaître qu'il ne s'agit que d'exutoires sexuels, confessa Cyril.

– Cela me paraît insuffisant et, pour tout dire, bestial, mon ami. Comment un être sensible peut-il se satisfaire de tels rapprochements? L'amour n'est pas que le contact de deux épidermes, comme l'a écrit Chamfort qui partageait la Guimard avec le prince de Soubise, l'ambassadeur de Russie et quelques autres...

– J'aurais pu devenir amoureux d'une jeune fille si elle ne m'avait fait comprendre, dans l'heure où je l'ai rencontrée et perdue, qu'elle me tenait pour un minable.

– J'ai connu ce genre de femmes, elles finissent générale-ment dans le lit d'un tyran analphabète. Mais qui veut vivre dans un phare doit cependant se souvenir de ce vers du père Hugo : «L'amour est une mer dont la femme est la rive…»

– Mais… je sais nager, professeur! conclut Loubin en riant.

Le lendemain matin, à l'agence Chrysor, ceux qui étaient au courant de la tentative de Cyril ne lui posèrent pas de questions. Seul M. de Blanval osa lui demander quand seraient connus les résultats du concours.

– Pas avant une semaine. Nous étions plus de deux cents candidats. Je serai informé par courrier du ministère, dit Cyril.

– Mais, vous voguerez alors sur la mer ligurienne avec les derniers napoléonistes! observa le marquis.

– Je me suis arrangé avec mon voisin, M. Ternin. Il ouvrira mon courrier et je lui téléphonerai pour savoir.

– En attendant, mon cher, cette mission – sans doute votre dernière pour Chrysor – va vous plaire : une croisière exceptionnelle sur les traces de Napoléon à l'île d'Elbe. J'ai obtenu vingt cabines sur le *Vendôme,* un paquebot tout neuf qui peut embarquer cinq cents passagers. Naturellement, les nôtres sont en première classe. Il en coûte vingt-cinq mille francs par tête de pipe pour douze jours. C'est vous dire que vous aurez du monde huppé avec historiens, conférenciers, projections de films, soirée Comédie-Française, Orchestre philharmonique de Novograd, ballets hongrois et même vente aux enchères d'un chapeau de l'empereur dont le propriétaire doit se séparer pour payer l'ISF. Ah, je vous envie! Voguer en Méditerranée en cette saison est un vrai délice. Et, pour un cornac, la tranquillité absolue. Tout juste vérifier que vos clients remontent à bord après les escales et que personne ne tombe à la mer après une cuite.

Un peu plus tard, comme Cyril Loubin, muni de tous les papiers et documents nécessaires, se préparait à quitter l'agence, Charles André Talbot le fit appeler :

— Il ne serait pas honnête de ma part de vous cacher plus longtemps que Mme Talbot et moi-même participons à la croisière napoléonienne. Nous sommes les invités de mon banquier, qui veut célébrer loin de Paris le deux centième anniversaire de son établissement. Nous serons donc à bord du *Vendôme*, mais, rassurez-vous, je ne me mêlerai en rien de votre travail. Je ne serai pas le patron de Chrysor, mais un passager comme un autre. Ça ne nous empêchera peut-être pas de prendre un verre ensemble.

La nouvelle ne réjouit pas Loubin. Cat avait beau dire qu'il n'interviendrait pas dans les activités du cornac, il paraissait peu probable qu'un patron se désintéressât complètement des clients de son agence.

Les Chrysoriens, comme quatre cent cinquante autres passagers, embarquèrent, par une fin d'après-midi pluvieuse, dans l'avant-port de Fréjus d'où était partie, le 28 avril 1814, la frégate anglaise *Undaunted* qui avait emporté l'empereur vaincu vers son minuscule et très éphémère royaume insulaire.

Une surprise attendait Cyril dès son installation à bord. Alors qu'il revenait sur le pont principal après avoir accompagné une vieille dame à demi impotente jusqu'à sa cabine, une vigoureuse tape sur l'épaule le fit se retourner. Il se trouva face à Bernard Navier, qui lui parut encore plus grand, plus puissant et plus velu qu'à Acapulco.

– Je savais que vous conduisiez le groupe Chrysor, et ça me fait sacrément plaisir de vous revoir, dit le promoteur avant que Loubin ne soit revenu de sa surprise. Et il y a quelqu'un à qui ça fera autant plaisir qu'à moi…, ajouta-t-il.

Passant une main derrière son dos, il fit apparaître, tel un prestidigitateur, la minuscule Thérèse Lecandy, la rescapée du parachute ascensionnel.

– La petite dame aux chats ! Comme c'est plaisant de vous revoir avec M. Navier ! s'écria Loubin tandis que la femme lui plaquait deux gros baisers sur les joues.

– Nous ne nous sommes plus quittés après Acapulco, dit-elle en se blottissant contre le promoteur.

– Oui. Autant vous le dire tout de suite, pour Thérèse et moi, ce fut le coup de foudre, et nous sommes comme qui dirait en voyage de noces.

– En voyage de noces ?

– Vous me connaissez, hein ! Quand je veux quelque chose, c'est tout de suite. J'ai divorcé Thérèse de son marchand de sucre et nous sommes mariés depuis une semaine. Et comme mon banquier m'a invité pour sa croisière anniversaire, nous voilà !

– Et… vos chats, madame ? demanda bêtement Cyril, étonné par la soudaineté de cette union.

– On les a laissés à mon ex-mari, gloussa Thérèse.

– Oui, c'est la grosse Marcelle, vous savez, l'inséparable amie, qui s'en occupe. Paraît que les chats ne l'aiment pas. Ils lui griffent les fesses quand elle se balade dans le plus simple appareil, ricana Navier.

– Moi, je n'ai plus besoin de chats. J'ai le meilleur gros matou du monde, roucoula Thérèse en embrassant l'avant-bras velu de son compagnon.

— Nous vous devons notre bonheur. Je peux dire que, grâce à vous, ma petite femme, je l'ai cueillie au vol! fit Navier, content de lui.

La nouvelle mariée s'éclipsa pour aller réceptionner ses bagages, et le promoteur fit confidence de sa félicité :

— Mon vieux, j'ai enfin trouvé celle qu'il me faut. Comme elle a toujours été malheureuse, elle n'est pas exigeante. Douce et gentille, elle ne savait rien de rien de l'amour. J'ai tout appris à ma Thérèse. Mais quelle élève douée! Son butor de sucrier la négligeait depuis des années. Il l'avait épousée pour ses hectares de betteraves. Maintenant, on les lui vend, les betteraves, et cher! Je peux vous le dire entre hommes, je n'ai jamais connu une petite femme aussi bien roulée, aussi souple, aussi vive, aussi câline, aussi chaude et aussi... comment dit-on, maintenant... permissive!

Cyril Loubin, qui ne souhaitait rien tant que voir les gens heureux, s'en fut faire l'appel de ses ouailles et régler une affaire de malle égarée en se disant que la petite dame aux chats méritait le bonheur. Quant à Navier, il ne lui manquait qu'un peu d'éducation pour faire un mari sortable, sinon fidèle.

Le *Vendôme* leva l'ancre au crépuscule. Cyril, qui n'était pas très sûr des réactions de son estomac, bien que la mer fût d'une placidité lémanique, préféra prendre une légère collation dans sa cabine plutôt qu'affronter le dîner habillé de la salle à manger.

Il choisit ensuite d'aller saluer les officiers de quart qui, en uniforme blanc, veillaient sur des cadrans et des écrans dans l'ombre bleutée de la passerelle. Une sorte de téléscripteur déroulait une carte sur laquelle serpentaient les isobares porteurs des prévisions météorologiques.

– L'anticyclone des Açores est à sa place, nous allons vers le très beau temps, dit le commandant en second.

Après cette visite de courtoisie, Cyril Loubin regagna le pont promenade et s'accouda au bastingage. Les échos cacophoniques, parce que mêlés, de plusieurs orchestres montaient des salons. Il fallait que les aînés pussent danser sur l'air d'une valse ou d'un slow, tandis que les plus jeunes exigeaient rock et lambada. Loubin, qui avait remarqué plusieurs dames seules tout à fait courtisables, se promit de vérifier plus tard si, comme l'affirmait le marquis de Blanval, la croisière offre le meilleur terrain de chasse aux célibataires, l'air marin étant réputé avoir de surcroît des vertus aphrodisiaques.

Mais, pour l'heure, seules intéressaient Loubin les lumières de la côte que longeait le paquebot. Parmi ces lumières scintillaient les feux de phares qu'il identifia aisément. Il observait le feu blanc à secteur rouge, occulté toutes les quatre secondes, du phare d'Agay, quand Charles André Talbot vint s'accouder près de lui.

– Ben alors! Vous n'allez pas danser? Il y a des tas de femmes qui font tapisserie!

– Toutes nos Chrysoriennes sont accompagnées, monsieur. Quant aux autres, je n'ai pas à m'en occuper, n'est-ce pas? Chaque groupe des agences concurrentes a un ou plusieurs cornacs. À eux de jouer, persifla Cyril.

– Mais c'est de votre plaisir que je veux parler. À votre âge, j'usais une paire de vernis dans la nuit en valsant.

– Je danse mal et la valse me fait tourner la tête.

– Navier, lui, danse comme un ours. Mais vous le verriez tourner avec l'ex-Mme Lecandy, vous seriez ému. Jamais vu un couple aussi amoureux et aussi… disproportionné! On dirait un gigot flanqué d'une gousse d'ail!

– Vous avez donc le même banquier, M. Navier et vous? osa Loubin.

– Oui, Bordier Picarougne et Cie : des gens honnêtes et scrupuleux depuis cinq générations et…

– Vous avez dit Bordier Picarougne et Cie? coupa Cyril à qui ces noms rappelaient des souvenirs.

– Vous connaissez? s'étonna Talbot.

– De nom… comme tout le monde, monsieur.

– Je vous disais : des banquiers exemplaires. Ils ont rendu l'argent des Juifs dès 1945 et ont refusé ces temps-ci les dépôts en liquide de deux ministres qui ne leur inspiraient pas confiance. Bordier Picarougne, c'est aussi solide, peut-être plus, que la Banque de France, mon garçon.

Un feu attira soudain le regard de Loubin. Il oublia aussitôt les Bordier Picarougne et Cie.

– Regardez, monsieur! Ces deux éclats blancs toutes les dix secondes : c'est le phare de la Garoupe, au cap d'Antibes. Ce feu porte à plus de cinquante kilomètres. Il y avait déjà un phare ici en 1837. Il faut gravir cent quatorze marches pour accéder à sa lanterne, à plus de cent mètres au-dessus du niveau de la mer. Sa décoration intérieure est superbe et d'après MM. Gast et Guichard, auteurs de *Phares de France*, son optique est une des plus belles qui soient. Vous pensez : une optique de Fresnel, à quatre panneaux, avec lampe aux halogénures métalliques de quatre cents watts! récita, exalté, le cornac.

Charles André Talbot eut une mimique et un mouvement de tête qui, dans la pénombre, échappèrent heureusement à Cyril.

– Mon pauvre garçon! C'est une véritable obsession, vos histoires de phares! Vous pouvez en reconnaître beaucoup, comme ça, à vue de nez?

– Tous les phares de la Manche, de l'Atlantique, de la Méditerranée, les phares italiens, anglais, écossais, quelques grecs, même si je ne les ai jamais vus! Sans les phares, monsieur, dans l'obscurité et la tempête, on ne verrait pas la frontière entre les eaux et la terre ferme.

– Eh bien, vous êtes vraiment mordu, mon pauvre garçon. Quoi qu'il m'en coûte de vous perdre, je souhaite du fond du cœur que vous soyez reçu au concours des contrôleurs. Mais, si jamais vous êtes recalé…

– Regardez, regardez là-bas! l'interrompit Loubin en désignant dans la nuit des traits lumineux. C'est le phare du cap Ferrat qui annonce Nice. Un éclat blanc toutes les cinq secondes et trente-huit kilomètres de portée en mer. Ah, que c'est beau, monsieur, un phare, la nuit!

– Très beau, reconnut Talbot du ton conciliant qu'on adopte avec les gens au cerveau dérangé.

Puis il annonça qu'il rejoignait son épouse pour «lui faire tourner une valse».

– Amusez-vous bien, monsieur. Et bonne nuit! dit aimablement Cyril.

– Et vous, qu'allez-vous faire? demanda Charles André.

– Je vais guetter l'apparition du premier phare italien de San Remo, monsieur.

20.

À l'escale de Gênes, les passagers du *Vendôme* furent d'abord invités à méditer sur le destin des découvreurs de mondes devant les ruines de la maison abusivement dite de Christophe Colomb. Puis ils furent reçus par un érudit local au palais des Princes, construit en 1529 pour Andrea Doria. Les salons décorés à fresque par Perin del Vaga, où Napoléon avait proclamé la République ligurienne en 1805, étant occupés par l'administration municipale, les pèlerins durent se contenter d'entendre raconter dans la cour du palais l'histoire du siège imposé à Masséna par les Anglais et les Autrichiens. Sitôt le discours achevé, les touristes se dispersèrent à travers la ville, les mélomanes courant voir le violon de Paganini, les admirateurs de Garibaldi allant visiter le musée du Risorgimento, les dévots cheminant vers la cathédrale pour s'agenouiller devant une coupe antique utilisée, assure-t-on, pendant la Cène. Mais la plupart des participants à cette croisière éminemment culturelle s'en furent déguster des *gelati misti* aux terrasses des glaciers.

Cyril s'empressa de se rendre à la Lanterna, un des plus beaux phares du monde, érigé au XIVe siècle. Il gravit l'escalier qui le conduisit jusqu'à la coupole, à soixante-seize mètres au-dessus du port.

– Un phare, c'est aussi beau le jour que la nuit, dit-il en glissant un pourboire au gardien.

La sirène du *Vendôme* ayant lancé un premier appel aux passagers, il dut écourter sa visite pour rejoindre le quai d'où partaient les embarcations destinées à reconduire à bord les croisiéristes. Il attendit la dernière navette et, s'étant assuré qu'aucun Chrysorien ne restait à terre, prit place dans le bateau.

Sous le soleil de l'après-midi, il admirait encore, vue de l'avant-port, l'élégance de la Lanterna, quand une voix de femme que son oreille n'avait pas oubliée le fit sursauter.

À la proue de la chaloupe, Estelle Picarougne était assise entre deux *midships*.

«Évidemment, j'aurais pu penser qu'elle serait à bord avec les banquiers, père et oncle!» se dit Loubin, regrettant une fois de plus son manque de perspicacité.

Durant la traversée, il observa intensément la jeune fille. Vêtue d'un ensemble-pantalon blanc ouvert sur une blouse à motifs colorés, elle relevait fréquemment, d'un geste nonchalant, une mèche brune que la brise marine s'obstinait à extraire de son chignon. Cyril gardait de leur brève rencontre, un soir de Noël, le souvenir d'une fille délurée, élégante mais d'allure garçonnière, portant les cheveux courts. Sa chevelure, maintenant abondante et strictement coiffée, lui conférait une féminité plus affirmée. Visage rosi par l'air marin, un bras allongé sur le bordage, elle souriait, mais son regard pensif – cela ne déplut pas à Cyril – errait sur la baie, attestant une sorte d'indifférence amusée aux propos sans doute galants des jeunes officiers de la marine marchande.

Ce n'est qu'à bord du navire, quand elle se fut débarrassée de ses chevaliers servants, qu'il osa l'aborder.

– Le père Noël vous salue bien, mademoiselle, dit-il en marchant à son côté.

Estelle tourna vivement la tête, sourcils froncés, regard dédaigneux. Quand elle reconnut Loubin, ses yeux reflétèrent un amical intérêt.

– Le père Noël, bien sûr, je me rappelle! C'était en...

– C'était il y a longtemps, mais je vous ai tout de suite reconnue, dans la chaloupe. Pardonnez, je vous prie, ce rappel intempestif d'un événement aussi grotesque, murmura-t-il, soudain confus, comme tous les timides, de s'être abandonné à un acte impulsif.

– Si je m'en souviens bien, c'est à moi de demander pardon. J'ai eu de drôles de façons, cette nuit-là, après votre chute dans l'escalier! Vous l'ignoriez, bien sûr, mais je venais de rompre mes fiançailles et j'étais excédée. Et puis, votre attitude méprisante envers l'argent bourgeois... Si, si, vous avez dit quelque chose d'approchant, quand je vous ai tendu le produit de la quête, rappela-t-elle, réfutant la dénégation de Loubin.

– Cela reste tout de même pour moi un bon souvenir. Je ne vivais alors que de petits boulots et ma chute chez votre oncle, le banquier Bordier, m'a tiré d'affaire pour quelques semaines, reconnut Cyril.

– Il semble que votre situation soit meilleure aujourd'hui. J'en suis heureuse pour vous, dit-elle, désignant d'un geste vague le décor luxueux du paquebot.

– Ma présence à bord est professionnelle, mademoiselle. Je suis accompagnateur – cornac, comme on dit dans le métier – à l'agence Chrysor.

– Vous voyagez donc beaucoup. Ce doit être intéressant, instructif même, car la société Chrysor a la réputation de n'organiser que des circuits culturels.

– Chaque voyage est une aventure et…

– Il faudra que vous me racontiez ça. Pas maintenant, car j'ai tout juste le temps de passer une robe pour le cocktail du commandant. Vous y serez?

– Les cornacs ne sont pas invités à ces mondanités, mademoiselle, dit Cyril avec un sourire désabusé.

– Cet ostracisme est idiot! Alors, voyons-nous après le dîner. Au bar des premières. J'ai moi aussi des choses à vous dire, ajouta-t-elle en lui tendant la main.

À l'heure du rendez-vous, Loubin, respectant l'étiquette du bord, endossa son smoking sur une chemise à plastron plissé bleu ciel, et noua un ruban de velours sous son col. La veille, alors qu'il portait chemise blanche et nœud papillon noir, des passagers lui avaient commandé des consommations.

Estelle l'attendait, seule, à une table isolée. Les épaules nues et bronzées, le dôme des seins saillant d'un fourreau argenté aux reflets métalliques que Loubin compara à la peau finement écaillée d'une sirène, la jeune fille lui sembla encore plus belle et désirable que dans ses rêves d'autrefois, où elle apparaissait inaccessible et narquoise. Le regard de la jeune fille exprimait au contraire le plaisir sincère de le revoir.

Le barman apporta bientôt une bouteille de champagne «envoyée à M. Loubin par M. Bernard Navier, avec ses compliments». Cela ne parut pas surprendre Estelle.

– Comment Navier a-t-il su que nous avions rendez-vous? demanda Cyril.

– J'ai commis l'indiscrétion de le lui dire quand, au cours du cocktail, je l'ai entendu expliquer à mon oncle et à mon père comment il avait sauvé d'une drôle d'aventure, avec l'aide d'un guide de Chrysor, celle qui est devenue sa nouvelle épouse, une sorte de Tanagra à lunettes, constellée de taches de rousseur. M. Navier est un gros client de la banque familiale, comme M. Talbot, et je puis vous dire que tous deux vous tiennent en grande estime. Quand j'ai compris que vous étiez le cornac d'Acapulco, j'ai dit aux Navier et aux Talbot que nous nous connaissons, et mon oncle a aussitôt raconté votre numéro de père Noël cascadeur.

– J'imagine qu'une fois de plus, on a dû rire à mes dépens, remarqua sèchement Cyril.

Dans un geste spontané, Estelle lui prit la main.

– Ne soyez pas amer. Personne n'a ri. Vous auriez pu vous tuer ou demeurer infirme pour la vie. Tout le monde sait maintenant que vous êtes un garçon de qualité, instruit et courageux. Ne pourraient rire de votre mésaventure que les cœurs secs et les imbéciles. Moi, en tout cas, je n'ai pas ri, même si j'ai été odieuse, cette nuit-là.

– Vous ne pouviez pas comprendre. J'étais sans travail et aux abois. Vous ne sauriez vous représenter la menace de perdre sa mansarde quand on ne peut pas payer son loyer. Je crains qu'aujourd'hui, vous ne puissiez comprendre davantage. Nous appartenons à des mondes tellement différents !

– Vous n'allez pas recommencer à dire des bêtises ! Oui, je suis une petite bourgeoise et fière de l'être, contrairement à beaucoup d'autres femmes de ma classe qui s'humilient pour plaire aux démagogues. Mais qu'êtes-vous d'autre qu'un petit bourgeois, Cyril Loubin, fils, petit-fils et arrière-petit-fils de général sans reproche ? Je suis fille, petite-fille et arrière-

363

petite-fille de banquier sans reproche. Quelle différence? La fortune? C'est un bien périssable. Mais le fait que vous me rappeliez ma position sociale aussi durement me chagrine. Cela prouve que vous me gardez rancune de mon attitude stupide d'autrefois.

– Non, je n'ai ni rancune ni rancœur, et quand je pensais à vous…

– Parce que vous avez quelquefois pensé à moi? coupa, incrédule, Mlle Picarougne.

– Assez souvent, oui, pour regretter que nous nous soyons quittés fâchés. Car, même si je n'espérais plus vous revoir, cette séparation coléreuse, une nuit de Noël, me gênait, je l'avoue, mademoiselle.

– Appelez-moi Estelle, et noyons l'ancien malentendu dans le champagne.

Ils choquèrent leurs flûtes et, les yeux dans les yeux, savourèrent un instant cette réconciliation que Cyril se plut à imaginer chargée de promesses.

– Nous aurions pu nous revoir plus tôt, Cyril, si vous aviez su panser la blessure d'amour-propre que je vous avais infligée, reprit-elle.

– Comment ça? Au Noël suivant? demanda Loubin à qui la gentillesse d'Estelle et le vin de champagne donnaient de l'assurance.

– Ma tante Picarougne, celle qui vous reçut à la banque et dont je partage à bord la cabine, ne vous avait-elle pas demandé de lui envoyer un *C.V.* détaillé?

– C'est exact. Je ne l'ai jamais envoyé.

– Et pourquoi, s'il vous plaît? insista Estelle.

– Parce que votre tante ne pouvait rien pour moi. Je voulais être, je veux toujours être gardien de phare.

– Vous voulez être gardien de phare, vous ?

– Cela dépend de l'Administration. Mais je touche peut-être au but. J'ai présenté la semaine dernière, à Paris, le concours de contrôleur des Phares et Balises. Si je suis admis dans les cinq premiers, le but sera atteint. Je connaîtrai bientôt mon sort.

– Gardien de phare ? Curieuse vocation. Nous avons un manoir sur la presqu'île de Crozon. J'ai visité le phare de la pointe Saint-Mathieu. La maison du gardien est d'un triste… Bien que la vue s'étende de la pointe du Raz à Ouessant, comme de chez nous…

– Je connais Saint-Mathieu : c'est un phare à terre. Moi, ce que je veux, c'est un phare en mer. Un donjon solitaire sur un récif. Le tête-à-tête permanent avec l'océan, dans la sérénité et la fureur des éléments. Être le mainteneur de la lumière qui guide les marins, voilà ce que je désire plus que tout au monde ! déclama Cyril, exalté et emphatique dès qu'on l'incitait à définir son engouement pour les phares.

Estelle demeura un instant silencieuse, puis, doucement, comme qui caresse un animal blessé dont on peut craindre la réaction, elle posa la main sur celle de Loubin.

– Comme on a dû vous faire du mal, Cyril, pour que vous aspiriez à cet isolement, sous prétexte d'une mission impérieuse… Je comprends mieux, maintenant, votre réflexe orgueilleux d'autrefois, dit-elle, enrouée par l'émotion.

– On m'a déjà dit que ma vocation devait s'expliquer par la misanthropie. Peut-être parce que je me suis très tôt réfugié dans la solitude, pour des raisons qui ne peuvent intéresser personne, Estelle.

– Vos raisons m'intéressent, moi ! J'ai un diplôme de psychologie appliquée. Dites-les-moi, s'il vous plaît.

À son tour, Cyril Loubin saisit la main de la jeune fille. Elle était tiède et douce : une main ointe chaque jour de crème parfumée. Puis il raconta son histoire : sa mère morte tragiquement, l'irruption d'une marâtre, la mésentente avec son père, son dénuement matériel pendant des mois, les petits boulots, toutes les mésaventures qui en avaient découlé et qui amusèrent Estelle. Il dit aussi son amitié avec Kalim, le Kosovar, maintenant tiré d'affaire, et son attachement quasi filial au vieux professeur Jérôme Ternin.

— Je comprends mieux. Mais la solitude ne conduit à l'extase que les ermites, dit-elle, gentiment moqueuse.

— Les autres vous distraient de vous-même, ajouta Cyril, un rien grandiloquent.

— Et vous ne souhaitez pas être distrait ? répliqua la jeune fille en riant.

Même en accordant sincérité et sympathie à son interlocuteur, elle ne fut pas dupe d'un désabusement qui ressemblait fort au désir de se faire plaindre, voire consoler. Des hommes, mariés le plus souvent, lui avaient déjà fait le coup de la solitude.

Loubin parut prendre un temps de réflexion, délai nécessaire à la mobilisation de son courage pour oser une réponse moins anodine que la question.

— Vous ne souhaitez donc pas être distrait ? répéta la jeune fille, taquine.

— Par vous, oui, lâcha Cyril tout à trac, en ayant conscience de rougir comme une pucelle.

— Eh bien, comptez sur moi… pour vous faire la conversation ! s'empressa-t-elle d'ajouter.

La bouteille de champagne était vide et le navire, illuminé comme une immense baraque foraine, avançait sur l'eau noire quand ils passèrent du bar sur le pont promenade. Estelle prit le bras de son compagnon. Il la conduisit jusqu'au bastingage où tous deux s'accoudèrent, épaule contre épaule.

– Vous voyez, au loin, cette lumière qui apparaît régulièrement, tel un flash? C'est le phare de Livourne. À l'aube, nous verrons à tribord celui du cap Corse, construit sur l'îlot de la Giraglia. Il est isolé par les tempêtes une partie de l'année.

Elle l'écouta disserter longtemps sur les phares antiques et modernes.

– Savez-vous que les Américains, qui ne doutent de rien, ont déplacé de quatre-vingt-sept kilomètres, sur une voie de chemin de fer spécialement construite, le phare légendaire de Cape Hatteras, construit en 1870? C'est le plus haut des États-Unis. Son feu, une lampe de deux cent mille bougies, est visible à plus de trente kilomètres.

– Incroyable! Comment ont-ils fait?

– Ils l'ont soulevé avec des vérins et posé sur une plateforme qui roulait sur sept rails d'acier. Le phare domine maintenant la petite ville de Buxton, d'où il peut encore, heureusement, guider ceux qui naviguent dans les eaux traîtresses de la côte de Caroline du Nord où périrent plus de mille cinq cents naufragés, conclut Cyril.

Soudain, Estelle s'inquiéta :

– Ma tante doit se demander si je ne suis pas tombée à la mer, moi aussi. Il faut que je la rejoigne. Demain, sur l'île, vous viendrez la voir. Ça lui fera plaisir.

Au seuil de la cabine, Cyril retint un moment la main d'Estelle, puis l'effleura de ses lèvres.

– On ne baise la main qu'aux femmes mariées, dit-elle en lui tendant la joue.

Et elle lui rendit un baiser sororal.

Cette nuit-là, Cyril Loubin mit longtemps à trouver le sommeil. Même son atlas des phares et bouées à feu fixe de la mer ligurienne ne parvint pas à détourner sa pensée de la jeune fille. Il finit par se raisonner, estimant qu'elle jouait à la psychologue consultante. Façon de se distraire.

Lors du débarquement à Portoferraio, le cornac eut à conduire les Chrysoriens jusqu'à l'autocar qui leur était réservé et les accompagna pour surveiller leur installation à Cavoli. Dans une petite baie encaissée – «où s'est baignée Aphrodite» prétendit le concierge –, des chambres-bungalows se cachaient au milieu des jardins en terrasses d'où l'on apercevait l'île de Pianosa et son pénitencier agricole.

Le site idyllique séduisit les pèlerins et Cyril constata avec plaisir que les Bordier avaient eux aussi choisi d'héberger leurs invités dans ce domaine plutôt que sur les collines, dans de prétentieux caravansérails de béton avenants comme des sanatoriums.

Dès le lendemain, les guides-conférenciers intervinrent. Soucieux de rappeler que Napoléon, jouant au sous-préfet en mal d'avancement, «n'avait fait que du bien aux Elbois», ils entraînèrent les groupes à travers cette Toscane insulaire que les Anciens nommaient Aethalia la brillante. Aux pèlerins attentifs et émus, Caméscope en batterie, ils montrèrent d'abord les résidences de l'empereur, les uniformes de son armée d'opérette, portés par des figurants en sueur, puis les routes, les vignes, les oliveraies, les carrières de marbre, les sources thermales et même les mines de fer dont l'exilé avait, en dix mois, doté ce royaume transitoire.

Quand il eut visité le phare de Portoferraio, Cyril Loubin, peu disposé à suivre les Chrysoriens entichés du premier

Empire, revint à Cavoli et se mit en quête d'Estelle. Il apprit qu'à la demande de son père et de son oncle, elle accompagnait les invités de la banque dans leurs excursions. Aussi ne trouva-t-il au bungalow où résidait la jeune fille que sa tante, Agathe Picarougne, à qui il se présenta en rappelant leur bref entretien d'une veille de Noël.

La vieille demoiselle lui parut encore plus décharnée, plus plate, dans sa robe d'été légère, qu'autrefois dans son tailleur de fondé de pouvoir. En revanche, son accueil fut plus aimable. Elle rectifia discrètement l'équilibre de sa perruque et fit manifestement un effort pour adoucir son regard réfrigérant. Elle réussit même à livrer un semblant de sourire dans une parenthèse de rides.

– Estelle m'a annoncé votre présence. Elle a évoqué votre situation et m'a révélé vos aspirations, que je trouve assez originales. Gardien de phare n'est pas un métier couru. C'est même un métier en voie de disparition.

– Vraiment !

– Nous sommes, je veux dire la famille, non seulement banquiers, mais aussi armateurs. Nous avons assez d'intérêts dans les installations portuaires et assez de rapports avec le ministère de la Mer pour savoir ce qu'il en est du gardiennage des phares. Je vous souhaite de réussir au concours de contrôleur, mais je crains bien qu'à terme, vous ne soyez déçu.

Comme Cyril faisait mine de se retirer après cette visite de courtoisie, Mlle Picarougne le retint.

– Il y a une bouteille de porto, par-là, dit-elle désignant un bar. Trouvez-la, prenez deux verres et tenez-moi compagnie un moment pendant que les autres courent la campagne.

Cyril s'exécuta et s'assit face à la vieille demoiselle dont les mains sèches et tavelées ressemblaient aux serres d'un condor. Elle expliqua d'emblée pourquoi les Bordier et les Picarougne restaient attachés au souvenir de Napoléon.

– Une banque fut fondée par un Bordier pendant les Cent-Jours pour gérer certains biens qui avaient échappé aux Anglais. Une autre fut établie dans le même temps par un Picarougne pour abriter des fonds dissimulés aux Russes. Elles prospérèrent toutes deux sous Louis XVIII, puis plus encore sous Charles X et Louis-Philippe. Quand vint le second Empire, elles fusionnèrent et des alliances familiales soudèrent l'union financière. Les Républiques n'eurent ensuite qu'à se louer des services d'une banque indépendante. À chaque génération, les liens affectifs se confirmèrent. Ainsi, mon frère, Paul Picarougne, a épousé Marguerite Bordier : ce sont les parents d'Estelle ; et ma sœur cadette, Éléonore Picarougne, est l'épouse d'Édouard Bordier, chez qui vous avez joué autrefois au père Noël acrobate…

– C'est aimable à vous, mademoiselle, de me raconter l'histoire de votre famille. Elle pourrait inspirer un romancier, dit Loubin, étonné par ces confidences.

– Je vous ai dit cela, jeune homme, parce que vous plaisez à ma nièce préférée. Estelle n'a connu jusque-là que des déboires sentimentaux, et je ne voudrais pas qu'elle s'entiche du premier venu un peu trop gentil. Vous savez maintenant ce que sont nos familles. À vous de comprendre qu'il vaut mieux ne pas encourager l'intérêt que semble vous porter Estelle. Ça ne conduirait à rien. Elle finira, comme je le souhaite, par épouser son cousin Nicolas quand il sortira de l'ENA pour entrer dans la banque.

– Vous me demandez en somme de me tenir à l'écart d'Estelle ? demanda Cyril d'un ton sec en quittant sa chaise.

– Ne le prenez pas de haut, s'il vous plaît. Je vous demande seulement de rester à votre place. Ni plus ni moins !

Cyril s'inclina et s'éloigna sans rien ajouter. Maudissant cette Carabosse étique, il regagna son bungalow, enfila son maillot de bain et plongea dans la crique où s'était baignée Vénus. Elle était déserte : les nymphes de l'an 2000 préféraient les piscines de Saint-Tropez.

Cette journée, que la limpidité de l'air, le généreux soleil, les ondulations lascives d'une mer bleue et le ballet des mouettes rieuses auraient dû rendre paradisiaque et sereine, n'apportait à Cyril Loubin qu'une niaise déception.

L'après-midi, il fit seul le pèlerinage du mont Giove pour visiter, à Marciana, l'ermitage où Napoléon avait reçu Marie Walewska, venue présenter à son impérial amant le petit Alexandre, un garçonnet de cinq ans né d'un abandon plus patriotique qu'amoureux de la belle Polonaise. Longtemps assis sur le seuil de l'ermitage, devant le décor sauvage des collines couvertes d'épineux jusqu'à la mer, Cyril médita sur l'inanité des sentiments spontanés, confrontés aux préjugés de classe.

Ce n'est qu'en rentrant, volontairement fort tard pour ne rencontrer personne, qu'il trouva chez le concierge du domaine un message de Jérôme Ternin le priant de le rappeler, « quelle que soit l'heure ». Avant même d'obtenir la communication, Cyril subodora l'échec : s'il avait dû annoncer un succès, le professeur eût laissé un message plus explicite. L'élocution grave et hésitante de M. Ternin confirma, dès les premiers mots, la crainte de Loubin.

– Mon brave garçon, d'après le courrier du ministère arrivé ce matin, votre candidature au poste de contrôleur des Phares et Balises ne peut être retenue. Mais vous avez les félicitations du jury, qui vous a classé septième du concours. Hélas, seuls les cinq premiers sont admis. Je déteste annoncer les mauvaises nouvelles, mon brave ami. Ne m'en veuillez pas!

– Merci, professeur. Je m'en remettrai, répondît Cyril, faisant effort pour assurer sa voix.

– Profitez du moment. Si le ciel est bleu, la mer belle, allez vous baigner avec une jolie fille, buvez un frais *sangioveto* – c'est le meilleur vin elbois – à ma santé, et faites l'amour sur le sable, conseilla M. Ternin.

Accablé par ce qu'il venait d'apprendre, Cyril ne découvrit pas tout de suite le pli glissé sous la porte de sa chambre :

«Vous êtes un lâcheur. Ma tante m'a rapporté votre visite et Dieu sait ce qu'elle a pu vous raconter. Demain matin, je l'accompagnerai quand elle ira herboriser sur le chemin côtier. Nous pourrons bavarder pendant qu'elle remplira son herbier. Venez! – Estelle.»

Tout à sa déception, le recalé des Phares et Balises froissa le message, en fit une boulette et, rageur, l'expédia dans la corbeille à papiers. En d'autres circonstances, cette relance l'eût comblé, mais il avait trop de fierté pour chercher consolation auprès d'une petite bourgeoise destinée à un énarque! Il se jeta sur son lit, les maxillaires serrés, retenant ses larmes, agitant d'amères pensées, se voyant condamné à perpétuité au métier de cornac alors qu'il détestait de plus en plus les voyages et supportait de moins en moins aisément les exigences des clients.

Au petit matin, il s'étonna d'avoir dormi tout habillé, prit une douche, réclama son petit déjeuner, qu'il avala de bon appétit, et se souvint du billet d'Estelle. Il le récupéra, lissa de la main le papier froissé, relut le texte. Il décida aussitôt d'aller dire leur fait aux Picarougne, tante et nièce, afin que fussent clarifiés des rapports qu'il ne tenait pas à poursuivre. Vêtu d'un pantalon de toile et d'une chemisette, il chaussa des espadrilles et descendit vers le chemin côtier.

De loin, il aperçut d'abord Estelle. Assise sur un tertre herbu surplombant la mer, elle paraissait absorbee dans la lecture d'un gros livre. Il découvrit ensuite, en contrebas du chemin, sautant d'un rocher l'autre avec l'agilité d'une chèvre, la vieille Picarougne. Elle se penchait parfois pour cueillir dans des anfractuosités des plantes et des lichens.

En entendant le crissement du gravier, Estelle abandonna sa lecture et se leva vivement. Enjouée, le regard pétillant, elle vint au-devant de Cyril.

– Comme je suis contente! Quel temps superbe... mais vous en faites, une tête! Qu'est-ce qui ne va pas? interrogea-t-elle, subitement sérieuse.

– Eh bien, d'abord, je ne suis pas admis au concours de contrôleur des Phares et Balises. Je l'ai appris cette nuit, par téléphone. Mais cela n'importe qu'à moi et je ne devrais même pas en parler. Ensuite, je suis venu vous dire que j'ai reçu consigne de votre tante de me tenir à l'écart de votre personne. Je resterai donc désormais à la place où l'on m'a si clairement remis.

Sans même qu'elle y prît garde, Estelle laissa tomber son livre sur le sentier.

– Cyril! Mais ce n'est pas possible! s'écria-t-elle, les yeux soudain embués de larmes. Je suis majeure! Ma tante n'a pas à se mêler de mes relations. J'étais si heureuse de vous revoir, de pouvoir me montrer telle que je suis, de gommer le mauvais souvenir de notre première rencontre. Vous n'allez pas me laisser comme ça!

– Votre cousin Nicolas, l'énarque, n'apprécierait guère l'intérêt exagéré que vous portez au premier venu, persifla Loubin.

– Tante Agathe vous a aussi parlé de Nicolas? Elle ignore, la pauvre, que Nicolas a pour maîtresse Adelina, un des mannequins vedettes de *Vogue,* et qu'ils se marieront dès qu'il aura obtenu un poste au Quai d'Orsay, car il déteste la banque. J'aime bien Nicolas, mais ni lui ni moi n'avons jamais songé nous unir. Je suis une femme libre. J'aimerai qui je voudrai aimer et qui m'aimera. Ne tenez aucun compte des propos de ma tante! D'ailleurs, mon père m'a chargée de vous inviter ce soir au grand dîner d'anniversaire de la banque familiale. On mettra aux enchères un chapeau de Napoléon et vous serez mon cavalier, tante Agathe devrait-elle avaler son dentier!

Ne sachant quelle attitude adopter, Cyril tira son mouchoir et le tendit à la jeune fille. Incapable de retenir plus longtemps ses pleurs et de dominer la trémulation de ses lèvres, signes d'un chagrin que l'admirable décor ligurien rendait incongru, elle se détourna, désemparée.

Cédant à l'émotion, le garçon lui pressa l'épaule et, quand elle lui fit face, l'attira contre sa poitrine.

– Je n'imaginais pas vous causer une telle peine, dit-il tendrement.

Elle se redressa, esquissant un sourire.

– Je suis idiote, dit-elle en se tamponnant les yeux.

Il allait l'embrasser quand un cri aigu, suivi d'un « Estelle, viens vite, vite! », les fit tous deux se pencher vers les récifs que les vagues caressaient mollement.

– Oh, mon Dieu, c'est ma tante! Pourvu qu'elle ne soit pas tombée, dit Estelle en prenant sa course.

Loubin se laissa distancer par discrétion, puis suivit la jeune fille, prêt à intervenir.

Arrivée au bord de la falaise, Estelle se retourna vers Cyril, pouffant de rire et lui faisant signe de s'immobiliser.

– Elle n'a rien. Elle a seulement perdu sa perruque, qui s'est envolée! précisa Estelle, cédant au fou rire. Ne vous montrez pas, ne la regardez pas! Ma tante ne se remettrait pas d'une telle humiliation. Je vais lui donner mon carré pour se couvrir la tête et essayer de voir où sont passés ses cheveux.

Quand Cyril fut autorisé à s'approcher, il ressentit un petit plaisir malsain à la vue de la vieille demoiselle coiffée d'un carré de soie arrangé en turban.

– Tiens, vous êtes là, vous aussi? lança d'une voix aigre Mlle Picarougne.

– Pour vous servir, mademoiselle, répliqua Cyril, ironique, tandis qu'Estelle désignait, ballottée par les vagues à vingt mètres du rivage, la perruque grise de la vieille demoiselle.

– La marée va la porter, en moins d'une heure, à Piombino, décréta Cyril, hilare.

– Ma tante n'en a pas d'autre, observa Estelle, contrite.

Le sang des Loubin, qui avait poussé Gilles-Romaric Loubin, garde de Philippe IV le Bel, à se jeter dans la Seine au pied de la tour de Nesles, en 1312, pour sauver un amant usagé de Marguerite de Bourgogne, dicta sa conduite à son descendant : Cyril quitta ses chaussures, son pantalon et sa chemisette, puis se dirigea vers le bord du promontoire.

– Vous n'allez pas… C'est trop haut! cria la jeune fille au moment où il plongeait au risque de se fracasser la tête sur les rochers.

Les deux femmes le virent nager un crawl rapide et, un instant plus tard, il regagna la rive rocailleuse, brandissant, tel l'Indien rapportant le scalp d'un ennemi, la perruque détrempée de Mlle Picarougne.

– C'est très bien, ce que vous avez fait, jeune homme. Je vous remercie, se contraignit à dire la vieille fille.

– C'est ce qu'aurait fait le premier venu. Ni plus ni moins, mademoiselle, dit Cyril, s'autorisant une insolence qui fut perçue comme telle.

Sans se soucier de la présence de sa tante, Estelle prit entre ses mains les joues mouillées du cornac et lui posa sur les lèvres un baiser qu'elle trouva salé.

21.

Le banquet d'anniversaire de Bordier Picarougne et Cie fut organisé à la villa des Moulins, résidence d'été de Napoléon pendant son séjour insulaire.

Dès son arrivée, Cyril Loubin fut présenté par Estelle à tous les membres de la famille qu'il ne connaissait pas encore. Paul Picarougne, le père de la jeune fille, se montra particulièrement aimable. Il se déclara enchanté d'accueillir le fils d'un général dont il avait appris par ouï-dire les états de service. Quant à l'oncle, Édouard Bordier, chez qui le cornac avait si maladroitement tenu le rôle de père Noël, il fut ravi de constater avec courtoisie que la chute n'avait laissé d'autres séquelles chez Cyril qu'une amitié naissante pour sa nièce. Ni les Talbot ni les Navier ne s'étonnèrent de la présence du cornac.

Les toasts furent nombreux et les invités, unanimes, applaudirent au panégyrique de la banque bicentenaire dont les dirigeants, au fil des générations, avaient géré, avec compétence et profit, les fonds des déposants. Au contraire d'autres financiers, ils avaient même su éviter poursuites, condamnations et emprisonnement !

Bernard Navier fut prié de conclure la série des allocutions.

– À l'heure où tant de banquiers boulimiques, grenouilles qui veulent se faire aussi grosses que le bœuf, ne rêvent que d'OPA ou d'OPE sur les établissements rivaux et risquent inconsidérément, au nom de la mondialisation, l'argent de leurs déposants, nous apprécions tous la sage stratégie familiale de Bordier Picarougne et Cie, lança-t-il en levant son verre.

À la fin du repas, un commissaire-priseur, venu spécialement de Paris, mit aux enchères un chapeau de Napoléon déclaré authentique par les experts.

– Mon père m'a dit que l'empereur en changeait aussi souvent que de chemise, afin, sans doute, de laisser des reliques monnayables à la postérité! glissa Estelle à Cyril.

Chaque convive voulut voir de près le couvre-chef «porté par l'empereur pendant la campagne de Russie», toucher le feutre noir ct la coiffe de soie verte où on lisait la marque «Poupart et Delaunay, chapeliers à Paris». Ce fut, comme il fallait s'y attendre, le promoteur Bernard Navier qui, pour le prix d'une Rolls-Royce, l'emporta. Une réussite professionnelle exemplaire lui ayant valu le surnom d'«empereur des tours et marinas», il ne pouvait laisser à nul autre l'impérial trophée.

– Je placerai ce glorieux chapeau sous verre dans le hall de mon siège, à la Défense, afin que le personnel et tous les visiteurs puissent le voir. Un geste éminemment social, convenez-en! dit-il, triomphant.

Le moment d'émotion passé, on dansa dans la salle des Colombes où l'empereur exilé avait donné des bals de sous-préfecture aux dignitaires de sa cour. Intimidé et cérémonieux, Cyril enlaça Estelle. Leurs pas accordés, l'aisance de leur maintien, l'air sérieux du cornac, la grâce et l'entrain de l'héritière suscitèrent de discrets commentaires chez les Bordier comme chez les Picarougne.

– Vous devriez faire danser ma mère, suggéra Estelle à son cavalier.

Cyril obtempéra et enleva Marguerite Picarougne pour un slow.

– Je suis heureuse que vous vous entendiez bien avec Estelle. J'ai remarqué qu'elle rit souvent. Vous la distrayez. C'est bon pour son moral, car sa détestation des futilités mondaines lui fait souvent refuser les distractions des jeunes filles de son âge. Elle passe plus de temps dans les bibliothèques que dans les parties, croyez-moi.

Loubin, s'enhardissant, osa même proposer un tango à Agathe Picarougne. Cette femme squelettique dont la perruque avait été séchée et frisée au fer se révéla une alerte danseuse.

– Il y a bien longtemps que j'ai dansé ainsi, jeune homme. N'ayez pas peur de me tenir ferme. Je ne suis pas en sucre ! dit-elle avec un sourire, devinant que son danseur n'avait jamais eu sous la main si peu de chair sur tant d'os.

Elle paraissait résignée à voir sa nièce entretenir avec le cornac une relation désapprouvée la veille.

– Je ne vous demande qu'une chose, monsieur : ne la faites pas souffrir. Sous des dehors affranchis et assurés, c'est un être fragile, tout de sensibilité, capable d'un véritable attachement. Rendez-la heureuse, ou fuyez pendant qu'il en est encore temps ! dit la vieille demoiselle.

– Pour Estelle, qui doit avoir l'habitude d'être courtisée, je ne puis être qu'un flirt de croisière, un chevalier servant d'occasion, une distraction platonique, mademoiselle.

– Qui sait, mon garçon, ce qu'il y a dans la tête et dans le cœur d'une fille qui va bientôt coiffer Sainte-Catherine !

Cyril reconduisit Agathe Picarougne jusqu'à la bergère où s'était autrefois prélassée Pauline Bonaparte lors des visites à son frère.

Statufiée nue, en Galatée, par Canova, la princesse Borghese était encore présente dans le jardin. Entre deux danses, Cyril y entraîna Estelle, pour lui montrer au clair de lune la femme de marbre gratifiée par la nature, d'après ses amants, des mensurations de Vénus.

– Comme elle était belle, remarqua la jeune fille.

– Mais, vous auriez pareillement inspiré Canova, murmura galamment Loubin.

– Qu'en savez-vous, monsieur?

Tendrement appuyée au bras de son cavalier, Estelle, minaudante, semblait goûter le marivaudage, quand les Bordier donnèrent le signal du retour aux bungalows de Cavoli. Cyril dut se séparer de sa compagne. Elle rentrait en voiture de louage avec ses parents, les invités ayant un autocar à leur disposition.

Durant le trajet, qui prit une heure sur des routes sinueuses, Charles André Talbot vint s'asseoir près de son collaborateur.

– Alors, mon garçon, on ne s'ennuie pas, semble-t-il. Les guides locaux se chargent de tout. Vous êtes comme qui dirait en vacances.

– Il y a un peu de ça, monsieur. Mais, chaque matin et chaque soir, je passe un moment avec nos clients. Ils sont jusque-là très satisfaits, sauf de la nourriture. Trop de poisson et trop de pâtes.

– C'est le pays qui veut ça, hein! Mais je sais par la petite Picarougne que vous avez échoué au concours des Phares.

– C'est tristement vrai, monsieur.

– Alors, vous restez chez moi, oui ou non? Blanval peut débaucher l'assistante d'un concurrent. Avant de lui donner le feu vert par *fax*, j'ai besoin de savoir.

Cyril faillit répondre qu'il n'avait guère le choix, mais il se contint. Puisque le destin lui refusait la sécurité d'emploi du fonctionnaire, il devait continuer à gagner de quoi se nourrir, se vêtir et payer son loyer.

– Si vous voulez encore de moi, je continue, bien sûr. Ne pouvant être gardien de phare, j'essaierai de faire carrière dans le voyage.

– Bon. J'enregistre. Mais vous ne faites pas un mauvais choix, croyez-moi. Le tourisme explose, le nomadisme de groupe est à la mode, les jeunes comme les vieux ont la bougeotte. L'an dernier, six cent vingt-cinq millions de touristes, toutes nationalités confondues, se sont baladés à travers le monde. Il faut prévoir qu'avant dix ans, plus d'un milliard de terriens se dépayseront chaque année en passant d'un continent l'autre. Il y a déjà foule au pied de l'Himalaya, à trois cent cinquante mille francs l'ascension, hospitalisation et funérailles comprises, car tout le monde n'en revient pas. Les bouddhistes refusent du monde au Tibet, le Kremlin est en passe de battre Saint-Pierre de Rome, et il est question d'une marina au cap Horn! On projette aussi d'aménager les pôles, de construire des palaces dérivant sur la banquise, de lancer le bain cryogénique. La Chine, déjà bien éveillée, sera dans deux ans aussi courue, et pour les mêmes raisons, que Disneyland. Et tout ça, bien sûr, en attendant de décrocher la Lune, destination que les tour-opérateurs estiment prochaine. Les réservations sont ouvertes.

– Cornac serait donc un métier d'avenir, bien que la perspective d'accompagner des clients sur la Lune ne m'emballe pas vraiment, monsieur.

– Les cornacs de l'espace seront des scientifiques fournis par la NASA, et Chrysor sous-traitera ce genre de voyage. Restons planétaires, classiques, culturels. D'ailleurs, il existe peut-être un moyen de concilier votre penchant immodéré pour les phares avec le tourisme, qui est notre métier depuis Thomas Cook, notre maître à tous, surnommé «l'incomparable excursionniste».

– Ah oui? s'étonna Loubin.

– C'est un peu tôt pour en parler. Mais d'ici le débarquement à Fréjus, j'aurai peut-être une proposition à vous faire. En attendant, pas un mot à qui que ce soit. Le vieux Cat a des idées, plein d'idées, mais il ne les révèle qu'une fois certain de pouvoir les mettre en pratique, conclut Charles André.

Il ponctua cette déclaration d'une tape amicale sur l'épaule de Cyril avant de rejoindre sa femme.

Bien que somnolent sur la banquette de l'autocar, Cyril se demanda jusqu'à l'arrivée à Cavoli quel pouvait bien être le projet de Talbot. Couché, il cessa d'y penser et s'endormit.

Quand la sonnerie du téléphone le tira du sommeil, il pensa immédiatement qu'un membre du groupe demandait de l'aide. Il avait déjà dû intervenir en pleine nuit dans un bordel de Djakarta pour un infarctus, pour un empoisonnement par huîtres à Maastricht, une fausse tentative de viol lors du Derby d'Epsom, un col du fémur cassé au casino de Baden-Baden. Sa montre indiquait deux heures et quart du matin quand il décrocha le combiné, prêt à faire face à l'adversité. La douce voix d'Estelle le surprit agréablement.

– Je ne peux pas dormir. Et vous ? Si nous allions prendre un bain de minuit ? Le clair de lune est superbe.

– Pour le bain de minuit, c'est raté. Il est plus de deux heures du matin, observa Cyril.

– Façon de parler, bien sûr !

– Mais la chère tante...

– Elle dort comme une bûche, les oreilles bouchées par des boules de cire. Dites oui.

– Ben... oui, bien sûr !

– Dans dix minutes, à la crique d'Aphrodite. D'accord ?

– *O.K.*, j'arrive.

Ils se retrouvèrent sur le sable de la minuscule plage. Estelle se débarrassa de son peignoir et parut dans un maillot noir une pièce. Un vrai maillot de nageuse, pas un de ces assemblages de ficelle qui, ne laissant rien à imaginer, éteignent le désir.

Ils nagèrent un moment côte à côte, tout au plaisir de la fraîche palpation de l'eau sur le corps. Glissant en silence dans la mouvante clarté des vagues teintées de lune, comme dans un bain de lumière, ils s'éloignèrent de la rive, puis revinrent vers la petite plage. Emmitouflée dans son peignoir, Estelle ôta ses peignes, libéra ses cheveux et s'allongea sur le sable, invitant Cyril à l'imiter.

– Seules les étoiles peuvent nous voir. C'est bon d'oublier le monde, ne trouvez-vous pas ? dit-elle en lui tendant la main.

– Vous avez eu une très bonne idée. Ce bain est bien le meilleur que j'aie pris de ma vie, dit-il, ne sachant s'il devait se rapprocher d'elle, la serrer dans ses bras, la couvrir de baisers comme l'envie l'en prenait.

Il sentit, entre ses doigts, trembler ceux d'Estelle. Il s'assit et vit qu'elle frissonnait.

– J'ai froid, reconnut-elle.

– Vous devriez rentrer. Ne pas garder votre maillot mouillé. C'est ainsi que viennent les rhumatismes, dit-il doctement.

Elle se mit debout d'un bond, ouvrit à demi son peignoir, se trémoussa et le referma.

– Vous avez raison, le Nylon me glaçait la peau, dit-elle en expédiant du bout du pied le maillot sur le sable, avant de s'allonger à nouveau près de Cyril.

Tout garçon normalement constitué étendu après le bain, une nuit d'été sur une plage, près d'une fille qui ne lui déplaît pas et qu'il sait, à portée de main, nue sous un peignoir, endure le supplice de Tantale. Cyril le ressentit ainsi. N'osant cependant brûler les étapes, ne sachant comment dissimuler un trouble évident, ce timide choisit de fuir.

– J'ai froid, moi aussi, mais l'eau est si bonne que j'y retourne, lança-t-il en courant, pour plonger avec une énergie qui fit sourire sa compagne.

Elle le suivit du regard tandis qu'il s'éloignait, attendit qu'il reprenne souffle et se retourne vers la plage. Alors seulement elle se leva, fit glisser son vêtement et, nue, cheveux épars sur les épaules, alla le rejoindre.

« C'est Vénus entrant dans l'onde. Un Botticelli vivant », se dit-il, à la fois émerveillé par la nitescence ivoirine de ce corps de femme sous la clarté lunaire et interloqué par l'audace de la jeune fille.

Il nagea à sa rencontre et, tout naturellement, lui prit la taille, cherchant des lèvres qu'elle ne songea pas à refuser. Quand les caresses de Cyril se firent plus pressantes, Estelle le repoussa doucement.

– Pardonnez-moi, dit-il, comme dégrisé.

– Cessez de demander pardon et embrassez-moi encore. Mais, pour… eh bien, ce n'est qu'au cinéma qu'on fait ça dans l'eau!

– Viendriez-vous jusqu'à mon bungalow?

– Le temps de ramasser mon maillot, dit-elle en lui mordillant l'oreille.

Ils gravirent, enlacés, le chemin pentu jusqu'aux petites maisons de bois endormies sous les pins.

– Dans une heure, il fera jour, fit-il observer.

– Ma tante n'ouvre l'œil qu'à sept heures et demie.

Enfermés, ils s'étreignirent avec la fougue de la jeunesse. Cyril eut conscience qu'Estelle, plus tendre que lascive, offrait son cœur avec son corps. Cet abandon, plus que le partage du plaisir, s'imposa comme un don capital.

– Je ferai tout désormais pour que tu sois heureuse, dit-il, l'embrassant doucement.

– Pourvu que ça dure plus que le temps d'une croisière, murmura-t-elle à son oreille comme s'il s'agissait d'un vœu secret.

Il allait l'enlacer à nouveau quand des coups répétés ébranlèrent la porte. Estelle releva le drap jusqu'au menton et interrogea Cyril du regard.

– Qui est là? demanda-t-il.

– Madame Bertillon, Francine Bertillon.

Elle jaillit du lit, s'enroula dans la toile comme dans un péplum.

– Pardon. J'ignorais que vous attendiez la visiteuse de l'aube après celle de la nuit.

– Un instant! cria-t-il à travers la porte.

Puis il se tourna vers Estelle :

– C'est une dame du groupe Chrysor.

– Bien sûr. On dit que tous les cornacs, avec les clientes...

– Estelle, ne soyez pas idiote! Si vous ne craignez pas de vous compromettre, vous pouvez rester au lit. Je suis certain que les Bertillon ont un souci et que je vais l'hériter dans les minutes qui viennent, acheva-t-il en se dirigeant vers la porte.

Estelle se réfugia dans la salle de bains et Cyril reçut la Chrysorienne. Mme Bertillon, épouse d'un industriel connu dans le prêt-à-porter, avait les yeux rouges et chevrotait, en proie à l'affolement.

– Monsieur Loubin, il arrive une chose épouvantable à mon mari. La police est venue le chercher tout à l'heure. On l'a emmené à la prison de Portoferraio.

– On a arrêté votre mari! Sous quel prétexte? Il passait de la cocaïne dans son dentifrice? On n'arrête pas les gens sans raison, madame.

– Ce n'est pas l'heure de plaisanter. Mon mari, monsieur, n'a pas cru vraiment mal faire, hier, aux Mulini, pendant le dîner des Bordier, en démontant le loquet de la porte du cabinet de Napoléon. Il m'a dit : «Il a été patiné par la main de l'empereur!» Mais il y avait des caméras qui espionnent les gens. C'est comme ça qu'on a vu son geste. Le chef carabinier a dit qu'il ne voulait pas causer de scandale, à cause des Bordier, et il a attendu le lever du soleil – paraît que c'est légal – pour envoyer chercher mon époux.

– Je suis désolé de vous dire que c'est un vol. Un vol d'objet historique. Les Italiens ne plaisantent pas avec ce genre de larcin.

– Pfeu! À Sainte-Hélène, l'an dernier, mon mari a emporté le robinet de la baignoire de Longwood et une cuillère en vermeil au chiffre de Napoléon. Il s'en sert tous les matins pour tourner son café. Personne n'a rien vu. En tout cas, personne n'a rien dit. Il y a deux ans, à Austerlitz, dans l'ossuaire, il a ramassé un crâne et deux tibias de Russes. Ni vu ni connu. Et là, pour un bouton de porte, on le flanque en prison ? Oh, mon Dieu ! Il faut le sortir de là, monsieur, je vous en prie ! Il est diabétique : s'il n'a pas son insuline, il risque le coma !

– Rentrez chez vous, madame, je vais voir ce que je peux faire, dit Cyril, plutôt sec.

– Vous devez faire quelque chose, monsieur. Nous avons payé assez cher cette croisière pour qu'on ne laisse pas mon mari en prison !

Loubin invita la dame à sortir et referma la porte.

– Ces bourgeois n'ont aucune moralité, lança Estelle, émergeant de la salle de bains en riant aux éclats.

Elle n'avait rien perdu du dialogue.

– Faut pas généraliser, atténua Cyril.

– Ce Bertillon est richissime, il possède des usines en Asie, des ateliers dans le Sentier et des boutiques partout. Et il vole un bouton de porte ! Laisse-le donc s'expliquer avec les Elbois.

– Impossible ! C'est mon boulot de le tirer de là. N'oublie pas que nous rembarquons cet après-midi. Il ne me reste que quelques heures pour régler cette affaire.

Jetant un regard à sa montre, il ajouta précipitamment :

– Ta tante va ouvrir l'œil, il vaudrait mieux qu'elle te trouve dans ton lit plutôt que dans le mien ! dit Loubin.

– Zut, je l'avais complètement oubliée ! reconnut Estelle.

– Et si elle est déjà éveillée et qu'elle te voit arriver dans cette tenue ?

– Je dirai que je suis allée me baigner tôt ce matin… Ce ne sera même pas un mensonge, dit-elle avec la gracieuse désinvolture d'une femme heureuse.

Elle troqua drap contre peignoir et ouvrit la porte. Sur le seuil, clignant de l'œil dans la lumière dorée du matin, elle exigea encore un baiser.

– Peut-être ne nous reverrons-nous qu'à bord, quand j'aurai embarqué mon groupe, dit Cyril.

– Et ensuite, aurons-nous cent jours, comme Napoléon ?

– Ce sera à toi d'en décider. Austerlitz ou Waterloo, dit-il, noyant dans la dérision la crainte de perdre Estelle, qui déjà l'assaillait.

La jeune fille partie, il éveilla Charles André Talbot par téléphone et le mit au courant de l'affaire Bertillon. La réponse du patron fut rapide et catégorique :

– Passez me voir tout de suite. Je vous donne un paquet de dollars qui vous seront utiles. Les Bordier ont loué des voitures, je leur en emprunte une et vous filez à Portoferraio me tirer cet imbécile de tôle. Notez bien toutes les dépenses. Faudra qu'il rembourse, et c'est un radin !

Cyril arriva au poste de police à l'heure du petit déjeuner. Le commandant des carabiniers, un homme élégant qui se piquait de parler français, invita le visiteur à le suivre dans son bureau. L'officier, dont le sillage fleurait la lavande anglaise, se montra tout d'abord indigné qu'un industriel français eût volé un loquet de porte inscrit au répertoire du patrimoine historique de l'île d'Elbe.

– Je le présente au procureur cet après-midi, annonça-t-il.

– C'est un malade, commandant, un kleptomane, et diabétique lourd, de surcroît. Il n'est pas vraiment responsable

388

de ses actes. Il devrait être examiné par un médecin plutôt qu'entendu par un magistrat.

– Kleptomane! Tiens, je n'avais pas pensé à ça.

– Triste maladie qui préoccupe beaucoup ses proches. Il lui arrive de voler des slips de femmes dans les supermarchés et des brosses à dents chez les pharmaciens, inventa Cyril, décidé à faire bonne mesure.

– Ceci explique peut-être cela, concéda l'officier.

Son sourire donnait à penser qu'il ne croyait pas un mot des propos du cornac, mais appréciait son effort d'imagination.

– De plus, si M. Bertillon ne reçoit pas une piqûre d'insuline avant midi, il peut tomber dans le coma, ce qui nécessiterait une hospitalisation d'urgence. Or le *Vendôme* lève l'ancre dans cinq heures. Ou j'emmène M. Bertillon ou je vous le laisse, asséna Loubin, feignant une indifférence polie.

Le policier parut réfléchir en jouant avec un coupe-papier, puis il vérifia l'émergence symétrique de ses manchettes amidonnées.

– Puisque nous avons récupéré le corps du délit, je peux considérer l'incident comme clos... mais il y a les frais que ce larcin va occasionner à l'Administration. La remise en place du *chiavistello* ne peut être effectuée que par un serrurier agréé par la *Sopra Intendanza delle Belle Arti*. Il viendra de Livourne, de Pise ou peut-être même de Rome, monsieur.

Cyril tira de sa poche le rouleau de dollars remis par Talbot.

– Je comprends fort bien que l'Administration soit en droit d'exiger un dédommagement, commandant. Si je dépose entre vos mains, disons... deux cents dollars, croyez-vous que ce sera suffisant pour couvrir les frais occasionnés par cette malheureuse affaire?

Le carabinier prit un crayon, un bloc de papier et parut s'absorber dans de savants calculs. En fait, il dessinait joliment des grenades libérant une flamme, emblème de son arme.

– Je devrais estimer la dépense en lires, ou en euros, mais disons, en tenant compte du meilleur change, que deux cent cinquante dollars devraient suffire, déclara-t-il.

Cyril tendit trois billets de cent dollars.

– Nous n'avons pas de monnaie américaine, monsieur.

– Le supplément est pour les œuvres sociales de votre compagnie, commandant.

L'officier remercia, glissa les devises dans le tiroir de son bureau et se leva.

– Je vais faire élargir votre kleptomane et je reviens. Vous prendrez bien un *espresso* avec moi ? dit-il en quittant la pièce.

Un charmant caporal, œil de velours et cils battants, de mise aussi soignée que son chef, apporta bientôt, sur un plateau d'argent, les cafés dans de fines porcelaines de Minton.

Par la porte restée ouverte, Cyril, qui comprenait l'italien, entendit l'ordre donné par le commandant : « Pietro et Giovanni, vous allez monter en vitesse aux Mulini remettre en place ce loquet de porte avant l'arrivée du conservateur. »

Au moment de la séparation, Cyril et l'officier échangèrent leurs cartes de visite, puis le cornac, refusant toute conversation avec Bertillon, ramena le *larone* libéré à son épouse.

Dès que le *Vendôme* eut levé l'ancre, Loubin, ayant fait l'appel des Chrysoriens, se rendit dans sa cabine pour rédiger le rapport demandé par Talbot sur l'affaire Bertillon.

À peine fut-il attablé devant sa feuille de papier que le téléphone sonna. Malgré la liaison radio, la voix tonitruante de Kalim fit vibrer l'écouteur :

– Salut, vieux corsaire ! Je suis à Paris, chez M. Ternin. Il m'a dit que la France ingrate ne veut pas de toi pour veiller sur ses côtes ?

– Hélas, j'ai raté le concours.

– Tu n'as rien raté. Le perdant, c'est l'administration des Phares et Balises qui se prive d'un petit génie de la pharologie. Ne regrette rien. Tu avais du métier de gardien de phare une vision romantique qui ne correspond plus à la réalité. Oublie ça ! Et puis, le tourisme est un *job* d'avenir... Bon, je ne te téléphone pas pour philosopher, mais pour te dire que je me marie en septembre, à Genève.

– Tu te maries, toi ! Avec une Suissesse ?

– Non, mon vieux, avec une Serbe !

– Une Serbe ? Mais vous allez vous battre toutes les nuits, ironisa Loubin.

– Troisième génération de Serbes naturalisés suisses depuis Tito. Elle est prof de maths. Une fille superbe, intelligente, pleine de vie et de générosité. Comme moi, elle a compris qu'on doit se foutre de la politique, des ethnies rivales, des frontières imposées, des popes, des curés, des *imam,* des généraux et des adjudants. Nous voulons être libres et heureux, avoir des enfants dépouillés de tout passé tragique ou corrompu. Je compte sur toi comme témoin. Je te trouverai une cavalière : ma fiancée a de chouettes copines.

– Peut-être serai-je en mesure d'amener ma propre cavalière. Ça n'est pas sûr, mais ça peut se faire, dit Loubin, imaginant Estelle à son bras.

Après une série de considérations variées, M. Ternin remplaça Kalim :

– Avez-vous assimilé votre déception, mon ami ? demanda le professeur.

— J'ai suivi vos conseils point par point : le *sangioveto*, le sable fin, la mer bleue et une belle fille que le hasard m'a restituée. Seulement, j'en suis amoureux, professeur.

— Excellent dérivatif, mon bon ami. Comment est-elle, cette consolatrice des affligés ?

Cyril Loubin trouva pour évoquer les charmes d'Estelle la verve et le lyrisme que ses amis lui connaissaient quand il parlait des phares. Il énuméra les qualités reconnues ou supposées de la jeune fille et finit par conclure, un peu confus :

— Pardonnez-moi, professeur. J'ai le sentiment que mon discours amoureux est un peu ridicule.

— Un discours amoureux n'est ridicule qu'à l'oreille de ceux qui n'ont jamais aimé, Cyril. Or ce n'est pas mon cas. Dès votre retour, amenez-moi cette sirène tyrrhénienne.

Cyril promit et, pensif, reposa le combiné sur son socle.

Il allait partir à la recherche d'Estelle quand un steward vint l'informer que trois messieurs priaient M. Loubin de se rendre au salon des premières où il était attendu.

— Qui sont-ils, ces messieurs ?

— Je crois avoir reconnu MM. Talbot, Navier et Bordier, monsieur.

« S'agit-il d'un tribunal ou d'une partie de bridge ? » se demanda, inquiet, le cornac en se rendant, par les coursives, à la convocation.

La chaleur de l'accueil des trois hommes et la vue dans un seau d'une bouteille de champagne à rafraîchir le rassurèrent.

Charles André prit le premier la parole :

— Vous avez su régler l'affaire Bertillon avec célérité et discrétion, et MM. Bordier et Picarougne sont bien aise que le scandale ait été évité. Je vous félicite et ils vous remercient.

Mais ce n'est pas pour parler de cet incident que nous vous avons demandé de venir assister à notre petite réunion. Il s'agit de la réalisation éventuelle de l'idée dont je vous ai touché deux mots, l'autre nuit, dans le bus. Si M. Navier et M. Bordier, qui représente aussi son beau-frère Picarougne, sont là, c'est parce qu'ils devraient être parties prenantes dans une opération dont vous seriez le maître d'œuvre qualifié. Si cela vous intéresse, bien sûr.

– D'après ce que nous savons de vos goûts et ce que ma nièce m'en a rapporté, l'idée de M. Talbot devrait vous séduire, dit Bordier.

– Vous ayant vu agir à Acapulco, je sais que vous êtes un homme sûr et courageux, renchérit Navier.

Loin de rassurer Loubin, ces préambules le laissèrent perplexe.

– Je suis très touché que vous vous intéressiez à mon sort, balbutia-t-il.

– Expliquez-lui votre idée, Charles André, dit M. Bordier.

Le voyagiste tira une bouffée de son cigare, et trouvant son rougeoiement satisfaisant, enchaîna :

– Votre passion pour les phares et vos connaissances exceptionnelles dans ce domaine sont appréciées de nous tous. Directement pour ce qui me concerne, et par nièce interposée pour M. Bordier, nous savons aussi combien vous avez été déçu de n'être pas admis dans le corps des contrôleurs des Phares et Balises. J'ai donc pensé, et je ne suis pas le seul à caresser cette idée, que Chrysor pourrait créer une nouvelle destination culturelle : le circuit des phares. Il s'agirait de visites des phares, disons français pour commencer, réservées à de petits groupes de gens qui aiment la mer et s'intéressent à la vie maritime. On pourrait, pendant la mauvaise saison, leur montrer les phares à terre, et, par beau temps, les phares en mer. Qu'en pensez-vous?

Bouche bée, Cyril prit le temps d'assimiler la proposition et se força à réagir posément.

— Votre idée est très séduisante, mais il faut savoir que de nombreux phares ne sont pas visitables et que des tournées en mer exigeraient un bateau sûr et confortable, avec un équipage expérimenté. Le cabotage pourrait durer plusieurs jours pour approcher les tours dans la journée, mais aussi, si l'on veut être sérieux, faire découvrir, la nuit, aux amateurs, les caractéristiques des feux. Cette initiation suppose des commentaires techniques, mais aussi les récits d'événements parfois tragiques dont les gardiens ont été témoins, victimes ou héros. Car chaque phare, monsieur, a son histoire, qui mérite d'être contée *in situ*, résuma Cyril.

— En ce qui concerne la visite des phares, nous avons assez de relations au ministère de la Mer pour rendre accessibles aux clients de Chrysor ceux qui ne le sont pas au commun des mortels. De cela je fais mon affaire, dit M. Bordier.

— Pour les commentaires techniques, on doit, je crois, vous faire entièrement confiance. Vous saurez très bien, j'en suis certain, raconter ou faire raconter par les gardiens les charmes et risques de leur profession, et aussi ces anecdotes qui rendent les visites vivantes. Quant au bateau, je le ferai construire sur mesure au Havre. Vous transmettrez vos suggestions aux ingénieurs afin que notre unité soit conçue et équipée pour remplir sa fonction.

Dès lors, comme si l'opération était lancée, on entra longuement dans les détails. Au cours de deux heures de discussion, Cyril Loubin, de plus en plus enthousiaste et véhément, énuméra les dispositions à prendre, évoqua les risques, imagina des itinéraires, cita les noms des phares à histoire comme la Jument, la Vieille, Ar-Men et autres. Il proposa même des visites complémentaires : celle des ateliers Barbier-Bénard-Turenne, qui, depuis 1850, fabriquent les feux et optiques des phares, et, parce qu'il était sans rancune, celle de l'École des contrôleurs des Phares et Balises de la subdivision de Brest.

Charles André Talbot applaudit :

– Très bien, on y va! Je vous libère de toutes vos obligations à l'agence. Allez faire du repérage sur les lieux, prendre des contacts, préparer des circuits sur terre et en mer, bref, construisez le projet. Il faut démarrer au printemps prochain, avant que l'idée ne s'ébruite et que la concurrence ne s'intéresse aux phares. Nous créons une société filiale de Chrysor pour exploiter ce nouveau domaine touristique. Bordier Picarougne finance, je gère, vous animez! Quant à la participation de Navier, ce sera d'abord le siège qu'il nous construira là où, ensemble, nous déciderons de le situer, quelque part dans le Finistère Sud, je suppose, ajouta Charles André avec un coup d'œil à Bordier.

– Je vois un bâtiment blanc, en bord de mer, avec une tour en forme de phare, peinte en spirale, genre berlingot, aux couleurs de Chrysor, coupa le promoteur, déjà excité.

– Naturellement, je fournis voiture et secrétaire. Mais ne serait-il pas bon que notre ami Loubin ait aussi une assistante? dit Charles André.

– C'est à mon avis nécessaire. Il lui faut une assistante de confiance, de bonne éducation, assez instruite, bref, quelqu'un de bien, insista Navier.

– Messieurs, le choix d'une collaboratrice attentive, destinée à partager pratiquement au quotidien la vie professionnelle de

M. Loubin, ne peut dépendre que de lui, compléta Cat, échangeant un nouveau regard avec le banquier.

– Il faut en effet que les atomes crochus… accrochent, plaisanta Navier.

– Si M. Loubin estime qu'elle est assez qualifiée pour ce poste, ma nièce Estelle serait, je crois, tout à fait disposée à courir l'aventure, proposa Édouard Bordier.

Cyril finit par comprendre qu'il faisait l'objet d'un aimable complot. Il fut tenté, pour prolonger l'ambiguïté, de dire qu'il préférait un collaborateur de sexe masculin, mais il se rendit avec une vive émotion.

– Je vois que tout a été pensé et prévu. Je pense que Mlle Picarougne et moi nous pouvons constituer une bonne équipe. Encore faudrait-il lui demander son avis.

– Nous le connaissons, dirent en chœur Bordier, Talbot et Navier.

– Je ferai tout pour que l'entreprise que vous me confiez soit une réussite… et que la nièce de M. Bordier soit à l'aise dans ses fonctions, conclut le cornac, ponctuant d'un sourire malicieux cet engagement.

On se serra la main, on se congratula, puis Navier se pencha vers Cyril.

– Il y a celles qui tombent du ciel, comme Thérèse, et celles qu'apporte la mer, comme Estelle. Nous sommes tous deux de sacrés veinards, murmura-t-il avec un clin d'œil avant de libérer le bouchon du champagne.

Comme dans un scénario bien réglé, la détonation fit apparaître dans le salon une Estelle radieuse. La jeune fille posa sur Cyril le regard de celle qui, ayant offert un cadeau, se demande s'il a plu.

– Tu peux l'embrasser. Il t'a choisie comme assistante, dit M. Bordier, désignant le cornac à sa nièce.

Elle s'exécuta sans se faire prier. Le baiser que l'ancienne élève des ursulines échangea avec Cyril ne fut pas de ceux que l'on donne sans y penser. L'oncle Bordier et ses amis n'en furent ni surpris ni scandalisés.

Ce soir-là, au cours du dîner familial auquel Cyril Loubin fut convié, Paul Picarougne, le père d'Estelle, qui n'avait pu assister à la réunion de l'après-midi, se montra plus que compréhensif.

– Je mets à la disposition de… l'équipe du circuit des phares notre manoir de Crozon, annonça-t-il avec un regard de connivence pour Estelle.

– De là, vous pourrez aisément parcourir toute la côte et faire l'inventaire des phares, précisa son beau-frère, Édouard Bordier.

– Et vous aurez, pour le service, un couple de Bretons qui ont vu naître Estelle. La femme est une excellente cuisinière et son mari bon marin et habile pêcheur, compléta Marguerite Picarougne.

En fille bien élevée, Estelle remercia ses parents et Cyril exprima comme il put sa gratitude.

Au crépuscule de ce jour mémorable déambulèrent long-temps, sur le pont promenade, un garçon et une fille se tenant par la taille. Quand la nuit fut complète, ils allèrent s'accouder à la proue du navire pour jouir, solitaires, du vent frais du large.

Cyril Loubin crut enfin à sa chance et la savoura un moment en silence, joue contre joue avec Estelle.

Il avait connu l'injuste galère du chômeur, l'angoisse incommunicable du désoccupé qui n'aspire qu'à travailler, la gêne de celui qui passe, aux yeux des actifs, pour dilettante dans le meilleur cas, le plus souvent pour paresseux, voire parasite. Il avait souffert l'humiliation de l'homme dont on se détourne, de l'exclu. Il avait connu les dîners demi-camembert – demi-baguette, porté des chaussures aux semelles percées, redouté le matin de se retrouver le soir sans toit. Et cependant, ainsi qu'on le lui lançait souvent au visage, il avait toujours été un privilégié. Car, plus que ses diplômes, son éducation et les principes inculqués dans l'enfance lui avaient permis de surnager, d'un petit boulot l'autre, et lui ouvraient maintenant un avenir inespéré.

Il serra plus fort l'épaule de sa compagne et désigna le phare du cap Corse que doublait alors le *Vendôme* et qui leur adressait, toutes les cinq secondes, un clin d'œil complice.

– N'est-ce pas toi qui a suggéré à Talbot et à ton oncle de t'associer au circuit des phares?

– Non, chéri, c'est tante Agathe. Elle n'est pas aussi prude qu'il y paraît, mais elle parle souvent par allégories. Elle a dit à la famille : «Estelle a besoin d'un cornac et... d'un phare!»

Du même auteur

Les Trois Dés, roman, Julliard, 1959.

Une tombe en Toscane, roman, Julliard, 1960; Fayard, 1999. Prix Claude-Farrère.

L'Anglaise et le Hibou, roman, Julliard, 1961.

Les Délices du port, essai, Fleurus, 1963.

Enquête sur la fraude fiscale, Jean-Claude Lattès, 1973.

Lettres de l'étranger, chroniques, Jean-Claude Lattès, 1973; Denoël, 1995. Préface de Jacques Fauvet.

Comme un hibou au soleil, roman, Jean-Claude Lattès, 1974; Livre de poche, 1984.

Louisiane, roman, premier tome de la série *Louisiane*, Jean-Claude Lattès, 1977; Livre de poche, 1985. Prix Alexandre-Dumas. Prix des Maisons de la Presse.

Fausse-Rivière, roman, deuxième tome de la série *Louisiane*, Jean-Claude Lattès, 1979; Livre de poche, 1985. Prix Bancarella (Italie).

Un chien de saison, roman, Jean-Claude Lattès, 1979; Livre de poche, 1982.

Bagatelle, roman, troisième tome de la série *Louisiane*, Jean-Claude Lattès, 1981; Livre de poche, 1985. Prix de la Paulée de Meursault.

Pour amuser les coccinelles, roman, Jean-Claude Lattès, 1982; Livre de poche, 1983. Prix Rabelais.

Alerte en Stéphanie, conte, Hachette Jeunesse, 1982. Illustrations de Mérel.

Les Trois-Chênes, roman, quatrième tome de la série *Louisiane*, Denoël, 1985; Folio, 1989.

La Trahison des apparences, nouvelles, Éditions de l'Amitié - G. T. Rageot, 1986; J'ai lu, 1994. Illustrations d'Alain Gauthier.

L'Adieu au Sud, roman, cinquième tome de la série *Louisiane*, Denoël, 1987; Folio, 1989.

Les Années Louisiane, en collaboration avec Jacqueline Denuzière, Denoël, 1987; Folio, 1989.

L'Amour flou, roman, Denoël, 1988; Folio, 1991.

Je te nomme Louisiane, récit historique, Denoël, 1990.

La Louisiane du coton au pétrole, album, en collaboration avec Jacqueline Denuzière, Denoël, 1990.

Helvétie, roman, premier tome de la série *Helvétie*, Denoël, 1992; J'ai lu, 1993.

Rive-Reine, roman, deuxième tome de la série *Helvétie*, Denoël, 1994; J'ai lu, 1995. Prix du Rayonnement français, 1995.

Romandie, roman, troisième tome de la série *Helvétie*, Denoël, 1996; J'ai lu, 2000.

Beauregard, roman, quatrième tome de la série *Helvétie*, Denoël, 1998; J'ai lu, à paraître.

Et pourtant elle tourne..., chroniques, Fayard, 1998.

INTRODUCTIONS ET PRÉFACES

Boulevard des Italiens, album, Draeger, 1975. Photographies de John Craven. Hors commerce.

Lettre de Vittel, Société générale des eaux minérales de Vittel, 1979. Hors commerce.

Walter Uhl, le rêve capturé, de Claude Richoz, album, Éditions du Vieux-Chêne, Genève, 1985.

À l'ombre de la Perdrix, de Jean Andersson, album, Créer, Nonette, 1986, écrits sur le Pilat. Illustrations de Maurice Der Markarian.

La Guerre de Cent ans des Français d'Amérique aux maritimes et en Louisiane, 1670-1769, de Robert Sauvageau, Berger-Levrault, Paris, 1987.

Voyages dans les Hébrides, de Samuel Johnson et James Boswell, traduction de Marcel Le Pape, La Différence, Paris, 1991.

Manufrance, les regards de la mémoire, de François Bouchut, album, Éditions de l'Épargne, 1992.

Terrenoire, pays noir dans un écrin vert, de Marcelle Beysson, récit historique illustré, Bibliothèque municipale de Terrenoire, Évasion culturelle terranéenne, 1992.

La Suisse, de Louis-Albert Zbinden, album, Romain Pages, Sommières, 1993. Photographies d'Alfonso Mejía.

Cet ouvrage a été réalisé en Caslon par Palimpseste à Paris

Achevé d'imprimer en mars 2000
sur presse Cameron
*par **Bussière Camedan Imprimeries***
à Saint-Amand-Montrond (Cher)
pour le compte de la Librairie Arthème Fayard
75, rue des Saints-Pères, 75006 Paris

35-33-0739-02/9

ISBN 2-213-60539-4

Dépôt légal : mars 2000.
N° d'Édition : 01765. – N° d'Impression : 001061/4

Imprimé en France